EL REINO DEL PUENTE

DANIELLE L. JENSEN

EL REINO DEL PUENTE

CROSS BOOKS

Obra editada en colaboración con Editorial Planeta – España

Título original: *The Bridge Kingdom*

Publicado mediante acuerdo con Context Literary Agency LLC por medio de International Editors' Co.

Bajo el sello editorial CROSSBOOKS M.R.
Avenida Presidente Masarik núm. 111,
Piso 2, Polanco V Sección, Miguel Hidalgo
C.P. 11560, Ciudad de México
www.planetadelibros.com.mx

Primera edición impresa en España: febrero de 2023
ISBN: 978-84-08-26702-7

Primera edición en formato epub en México: abril de 2023
ISBN: 978-607-07-9909-9

Primera edición impresa en México: abril de 2023
ISBN: 978-607-07-9853-5

Impreso en los talleres de Impresora Tauro, S.A. de C.V.
Av. Año de Juárez 343, colonia Granjas San Antonio, Ciudad de México
Impreso en México – *Printed in Mexico*

Para Spencer

HARENDELL
AMARID
NORTHWATCH
MARES
DE LA
TORMENTA
SERRITH
GAMIRE
ERANAHL
DE LAS
SERPIENTES
GUARDIA
CENTRAL
AELA
KESTARK
GUARDIA
MERIDIONAL
VENCIA
MONTANA
KRESTECK
MARIDRINA
DESIERTO ROJO
EL COMPLEJO
OASIS DE
JERIN
NERASTIS
PYRINAT
VALCOTTA

1

Lara

Lara descansó los codos sobre un pequeño muro de arenisca y clavó la mirada en el radiante sol que se ocultaba entre los distantes picos de las montañas, sin nada que los separara más que dunas de arena abrasadora, escorpiones y alguno que otro lagarto. Una extensión que resultaba infranqueable sin un buen camello, los suministros adecuados y una buena dosis de suerte.

Tampoco es que hubiera estado tentada a intentarlo nunca.

Sonó el tañido de un gong, que reverberó por todo el complejo. Todas las noches, desde hacía quince años, era lo que le indicaba que la cena estaba lista; pero aquel día el toque la atravesó como un tambor de guerra. Lara respiró hondo para calmar los nervios, volteó y se dispuso a atravesar el campo de entrenamiento a grandes zancadas en dirección a las imponentes palmeras, acompañada por el susurro que las faldas rosas producían al rozarle las piernas. Las once hermanastras acudían al mismo lugar, todas vestidas con un atuendo distinto de un color escogido meticulosamente por la maestra de Estética a fin de que complementara sus rasgos.

Lara detestaba el rosa, pero nadie le había pedido su opinión.

Tras quince años encerradas en el complejo, aquella sería la última noche en la que las hermanas estarían juntas, y su maestro de Meditación les había ordenado que pasaran la hora previa a la cena en su lugar favorito, contemplando todo lo que habían aprendido y todo lo que llegarían a conseguir con las herramientas que les habían proporcionado.

O, al menos, lo que una de ellas conseguiría.

Lara percibió el aroma del oasis flotando en una brisa serenísima. El olor a fruta y vegetación, a carne asada y, por encima de todo lo demás, a agua. Agua, el bien más preciado. El complejo estaba ubicado en uno de los pocos manantiales del desierto Rojo, pero lejos de las rutas de las caravanas. Aislado. Secreto.

Porque esa era la voluntad de su padre, el rey de Maridrina. Y, por lo que le habían contado, era un hombre que siempre conseguía lo que se proponía, de una forma u otra.

Lara se detuvo en el lindero del campo de entrenamiento y se frotó las plantas de los pies contra las pantorrillas para limpiarse la arena, antes de deslizarlos dentro de unas delicadas sandalias con tacón alto, sobre las que mantenía el equilibrio como si llevara puestas unas botas de combate.

Clic, clic, clic. Los tacones emulaban el latido acelerado de su corazón mientras avanzaba por el pasillo de mosaico y cruzaba el puentecito, y en ese momento le llegó la suave melodía de unos instrumentos de cuerda, amortiguada por el borboteo del agua. Los músicos habían llegado con el séquito de su padre para entretener a los invitados de los festejos de aquella noche.

No creía que llegaran a hacer el viaje de vuelta.

Una gota de sudor le recorrió la espalda y notó ya húmeda la vaina de la daga que llevaba en la parte interior del muslo. «Hoy no morirás —afirmó para sus adentros—. Hoy no.»

Lara y sus hermanas convergieron en el centro del oasis, un patio rodeado por el manantial, lo que lo convertía en un vergel. Se aproximaron a la enorme mesa cubierta por manteles de seda que aguantaban el peso de la cubertería de plata necesaria para los más de doce platos que esperaban en las cocinas. Los sirvientes, todos mudos, aguardaban detrás de las trece sillas, sin levantar la vista de sus pies. Cuando las mujeres se acercaron, retiraron las sillas y Lara se sentó sin mirar, sabiendo que habría un cojín rosa esperándola.

Las hermanas no mediaron palabra.

Por debajo de la mesa, Lara sintió cómo le agarraban la mano. Desvió la vista a su izquierda y se topó fugazmente con la mirada de Sarhina, antes de volver a clavarla en su plato. Las doce eran hijas del rey, todas habían cumplido ya los veinte años y habían nacido de cada una de sus doce mujeres. Habían llevado a Lara y sus hermanastras a aquel lugar secreto para proporcionarles un entrenamiento que ninguna muchacha maridrina había recibido jamás. Y el entrenamiento había finalizado.

A Lara se le revolvió el estómago y le soltó la mano a Sarhina; el contacto con la piel de su hermana más cercana, fría y seca en comparación con la suya, le había provocado náuseas.

El gong volvió a sonar, los músicos dejaron de tocar y las chicas se pusieron en pie. Un instante más tarde, apareció su padre, cuyo cabello plateado refulgía bajo la luz de las lámparas mientras andaba el camino que conducía a la mesa, con unos ojos azules idénticos a los de todas las muchachas presentes. Lara notaba ríos de sudor recorriéndole las piernas, pero estaba entrenada para procesar hasta el más mínimo detalle. El color añil del chaquetón. El cuero gastado de las botas. La espada envainada que pendía de la cintura. Y, cuando se volvió para rodear la mesa, la apenas perceptible silueta de una espada oculta a lo largo de la columna.

Cuando se sentó, Lara y sus hermanas lo imitaron sin emitir el más mínimo sonido.

—Hijas mías.

Silas Veliant, rey de Maridrina, se reclinó en la silla y esbozó una sonrisa, esperó a que el catador le hiciera un gesto afirmativo con la cabeza y dio un largo sorbo al vino. Todas imitaron sus movimientos, pero Lara apenas notó el sabor del líquido carmesí cuando le atravesó la lengua.

—Son mi posesión más preciada —siguió, agitando la copa para incluirlas a todas—. De las veinte que trajeron aquí, son las únicas sobrevivientes. Esa hazaña en sí misma, el hecho de que hayan crecido, es un logro, puesto que el entrenamiento que han recibido habría puesto a prueba a los mejores hombres. Y no son hombres.

Fue precisamente ese entrenamiento lo que impidió que Lara entrecerrara los ojos. Que mostrara cualquier tipo de emoción.

—La trajeron aquí para que yo pudiera decidir cuál de ustedes sería la mejor. Cuál sería mi daga en la oscuridad. Cuál se convertiría en la reina de Ithicana. —Sus ojos mostraban la misma compasión que la de los escorpiones del desierto—. Cuál rompería las defensas de Ithicana y, de ese modo, permitiría que Maridrina recuperara la gloria de antaño.

Lara asintió una sola vez, igual que sus hermanas. No había ninguna expectación. Al menos no sobre la decisión de su padre. Hacía días que se los habían comunicado, y Marylyn estaba sentada en el extremo opuesto de la mesa, con los cabellos dorados trenzados hasta formar una especie de corona sobre la frente y un vestido de lamé a juego. Marylyn era la opción más evidente; era brillante, grácil, hermosa como el amanecer... y fascinante como el crepúsculo.

No, la expectación se la provocaba lo que pasaría a continuación. El rey había escogido a la hija que ofrecería al príncipe heredero —ahora rey— del reino de Ithicana. Lo que nadie sabía era qué le ocurriría al resto. Eran de sangre real, y eso debía tener algún valor.

Todas las hermanas, Marylyn incluida, se habían estado reuniendo alrededor de una montaña de almohadas durante las últimas dos noches, especulando sobre sus destinos. Sobre con cuál de los visires del rey las casarían. A qué otros reinos podrían ofrecerlas como esposas. El hombre o el reino poco importaban. Lo único que querían las hermanas era ser libres de aquel lugar.

Pero durante esas dos noches, Lara se había mantenido al margen, sin decir nada, aprovechando el tiempo para observar a sus hermanas. Para quererlas. Para recordar todas las veces que habían luchado y todas las que las había abrazado con fuerza. Sus sonrisas. Sus ojos. Esa forma que tenían, ya incluso pasada la infancia, de acurrucarse juntas como un montón de cachorros a los que acaban de separar de su madre.

Porque Lara sabía algo que las demás ignoraban: la intención de su padre era que solo una hermana abandonara el complejo. Y sería la futura reina de Ithicana.

Le colocaron delante una ensalada con queso y fruta de colores intensos, y Lara comió por inercia. «Vivirás, vivirás, vivirás», se repitió a sí misma.

—Desde el albor de los tiempos, Ithicana ha mantenido un férreo control sobre el comercio, erigiendo y destruyendo reinos a su antojo, como si de un oscuro dios se tratara. —Su padre se dirigía a ellas con los ojos encendidos—. Mi padre, su padre y su padre antes que él trataron de someter el Reino del Puente con asesinos, guerras, bloqueos y con cualquier herramienta a su disposición. Pero ninguno de ellos pensó en usar a una mujer. —Sonrió con picardía—. Las mujeres maridrinas son indolentes. Son débiles. No valen más que para cuidar la casa y criar a los hijos. Salvo por ustedes doce.

Lara no se inmutó, ni tampoco el resto de sus hermanas, y se preguntó si su padre sería consciente de que todas y cada una de ellas se estaba planteando clavarle una espada en el corazón ante la ofensa de sus palabras. Debería saber que todas eran capaces de algo así.

Su padre prosiguió:

—Hace quince años, el rey de Ithicana exigió una pretendiente para su hijo y heredero, como tributo. Como pago. —Torció los labios en una mueca—. Hace más de un año que el cabrón está muerto, pero su hijo ha reclamado la deuda. Y Maridrina está preparada.

Desvió la mirada hacia Marylyn, y luego a los sirvientes que retiraban ya los platos de ensalada. En la sombra de la noche que se cernía sobre ellos, Lara percibió movimiento y sintió la presencia del grupo de soldados que su padre había traído consigo. Los sirvientes volvieron a aparecer con cuencos humeantes de sopa, precedidos por un aroma a canela y puerro.

—La codicia, la soberbia y la condescendencia de Ithicana serán su ruina.

Lara se permitió apartar la vista de su padre y examinó a sus hermanas. A pesar del entrenamiento y a pesar de que conocieran sus planes, él no tenía ninguna intención de que vivieran más allá de la cena, salvo la elegida.

Dejaron las sopas frente a ellas y todas las hermanas esperaron a que el catador de su padre diera el primer sorbo y asintiera. Acto seguido, tomaron las cucharas y comenzaron a comer obedientemente.

Lara hizo lo propio.

Su padre creía que la astucia y la belleza eran los rasgos más importantes de la hija que había seleccionado. Que sería la muchacha que demostraría más perspicacia como luchadora y estratega. La muchacha que mostraría más talento en el arte de la alcoba. Estaba convencido de que conocía las características que más importaban, pero se había olvidado de una.

Sarhina se enderezó a su lado.

«Lo siento», articuló Lara a sus hermanas sin abrir la boca.

Luego Sarhina empezó a convulsionar.

«Espero que todas hallen la libertad que merecen.»

La cuchara sopera que Sarhina tenía en la mano salió disparada por la mesa, pero las otras muchachas no se dieron cuenta. No le dieron importancia. Porque todas se estaban asfixiando, echando espuma por la boca mientras se retorcían y resollaban, cayendo una a una hacia delante o hacia los lados. Hasta que, poco después, todas quedaron inmóviles.

Lara dejó su cuchara junto al cuenco vacío y miró a Marylyn, quien tenía la cara metida en su plato. Se levantó, rodeó la mesa, le levantó la cabeza del cuenco a su hermana y, después de limpiarle la sopa con delicadeza, la colocó de lado sobre la mesa. Cuando Lara volvió a alzar la vista, su padre estaba lívido, en pie, con la espada a medio desenvainar. Los soldados que acechaban en los flancos se adelantaron apresuradamente y retuvieron a los sirvientes, aterrorizados. Pero todo el mundo, sin excepción, la observaba a ella.

—No elegiste bien, padre.

Lara se dirigió al rey con la cabeza bien alta. Lo fulminó con la mirada, dejando que la parte oscura, avara y egoísta de su alma saliera a la superficie y lo contemplara.

—Yo seré la próxima reina de Ithicana. Y seré yo quien someta al Reino del Puente.

2
Lara

Lara sabía lo que ocurriría a continuación, pero no esperaba que fuera todo tan rápido. Y, aun así, no le cabía duda de que cada detalle le quedaría grabado a fuego en la memoria hasta el día de su muerte. Su padre volvió a envainar la espada y le palpó la garganta con los dedos a la chica que tenía más cerca, y allí los dejó varios segundos mientras Lara lo observaba impasible. Luego, hizo un gesto de cabeza a los guardias que los rodeaban.

Los hombres que en principio debían deshacerse de Lara y sus hermanas dirigieron las espadas a los sirvientes, cuyas bocas sin lengua profirieron gritos mudos mientras trataban de huir de la masacre. Acabaron con los músicos, así como con los cocineros de las más lejanas cocinas y las doncellas que doblaban las sábanas de unas camas en las que no volvería a dormir nadie más. Pronto, los únicos supervivientes fueron la horda de soldados leales al rey, con las manos cubiertas por la sangre de sus víctimas.

Lara ni se inmutó. Lo único que le impedía abrirse paso entre aquella carnicería y lanzarse al desierto que los envolvía era saber que era la única hija restante, el último caballo por el que podían apostar.

Erik, el maestro de Armas, atravesó el palmeral espada en mano. Sus ojos pasaron de Lara a los cuerpos inertes de sus hermanas, y le dirigió una sonrisa triste.

—No me sorprende verte aún en pie, cucarachita. —Era el apodo cariñoso que le había adjudicado el día que llegó, con cinco años y al borde de la muerte, debido a la tormenta de arena que había sobrevenido a su grupo de camino al complejo—. El mundo puede verse arrasado por el hielo y el fuego, pero la cucaracha sobrevive —añadió—. Igual que tú.

Por muy cucaracha que fuera, seguía respirando gracias a él. Erik la había mandado al campo de entrenamiento como castigo por una falta leve dos noches atrás, y había oído a escondidas a miembros de la guardia de su padre mientras planeaban su muerte y la de sus hermanas. Una conversación encabezada por el mismísimo Erik. Los ojos le ardían de rabia mientras miraba al hombre que había sido más padre para ella que el monarca de cabello cano que tenía a su derecha; pero no dijo nada, y apenas le dirigió una media sonrisa.

—¿Ya está? —preguntó su padre.

Erik asintió.

—Hemos silenciado a todo el mundo, majestad. Excepto a mí. —En ese momento, desvió la mirada hacia las sombras que las lámparas de la mesa no alcanzaban a iluminar —. Y a la Urraca.

De las sombras emergió el maestro de Intrigas, y Lara dedicó una mirada fría al homúnculo que había orquestado todos los aspectos de aquella noche.

Con la voz nasal que ella siempre había detestado, la Urraca dijo:

—La chica prácticamente hizo todo el trabajo sucio.

—Deberías haber escogido a Lara desde el principio.

Erik hablaba con frialdad, pero los ojos se le llenaron de

tristeza al contemplar los cuerpos de las muchachas caídas antes de volver a posarlos sobre el rostro de Lara.

Lara sintió el impulso de llevarse la mano al cuchillo. ¿Cómo se atrevía a llorarlas cuando no había hecho lo más mínimo por salvarlas? Pero las mil horas de entrenamiento le ordenaron que no se moviera. Erik le hizo una reverencia a su rey.

—Por Maridrina.

A continuación, desenvainó su puñal y se degolló. Lara apretó los dientes y notó cómo le subía a la garganta el contenido del estómago; amargo, nauseabundo y lleno del mismo veneno que les había dado a sus hermanas. Pero no apartó la vista; se obligó a ver cómo Erik se desplomaba y la sangre le brotaba de la garganta a borbotones hasta que su corazón se detuvo.

La Urraca rodeó el charco de sangre hasta que la luz lo iluminó por completo.

—Ya hay que ser dramático.

Urraca no era su nombre real, por supuesto. Se llamaba Serin, y de todos los hombres y mujeres que habían entrenado a las hermanas a lo largo de los años, era el único que había entrado y salido del complejo a placer, gestionando las redes de espías y los tejemanejes del rey.

—Era un buen hombre. Un sujeto leal.

No había inflexión alguna en la voz del rey, y Lara se preguntó si sentiría aquellas palabras o si su único propósito era contentar a los soldados que observaban la escena. Incluso la lealtad más inquebrantable tiene sus límites, y su padre no era un necio.

La Urraca la miró con los ojos entornados.

—Como sabe, majestad, Lara no era mi primera opción. Sacaba las peores puntuaciones en casi todo, a excepción del combate. Siempre se deja llevar por su temperamento.

Marylyn —empezó, y señaló a su hermana— era la opción evidente. Brillante y hermosa, con un control magnífico de sus emociones, como claramente había demostrado estos últimos días.

Soltó un sonido de fastidio. Todo lo que había dicho sobre Marylyn era cierto, pero se había quedado corto. A Lara se le llenó la cabeza de recuerdos no buscados. Imágenes de su hermana cuidando con delicadeza de un gatito famélico que ahora era el gato más gordo del complejo. De cómo escuchaba en silencio los problemas de sus hermanas para luego ofrecerles los mejores consejos. De cómo, de niña, les había puesto nombre a todos los sirvientes porque le parecía cruel que no lo tuvieran. Luego las imágenes se disiparon, y lo único que quedó frente a sus ojos fue su cuerpo inerte, con el cabello dorado empapado de sopa.

—Mi hermana era demasiado buena. —Lara volvió la cabeza hacia su padre; el corazón le latía a mil por hora, incluso aunque lo estuviera desafiando—. La futura reina de Ithicana debe seducir a su gobernante, convencerlo de su ingenuidad y honestidad. Debe conseguir que él confíe en ella aun cuando esté aprovechando su posición para enterarse de todas sus debilidades hasta el momento en que lo traicione. Marylyn no era la adecuada.

Su padre la contempló sin parpadear, hasta que hizo un leve gesto de aprobación con la cabeza.

—¿Y tú sí?

—Sin duda.

Notaba el pulso acelerado en los oídos y un sudor frío en la piel a pesar del calor.

—No sueles equivocarte, Serin —dijo su padre—. Pero aquí creo que metiste la pata y los hados intervinieron para rectificar ese error.

El maestro de Intrigas se enderezó, y Lara se preguntó si sería consciente de que su vida pendía de un hilo.

—Tiene razón, majestad. Parece que Lara posee una cualidad que no percibí en mis pruebas.

—La más importante de todas: la crueldad. —El rey la examinó unos instantes antes de voltear de nuevo hacia la Urraca—. Prepara la caravana. Partiremos hacia Ithicana esta noche. —Acto seguido, sonrió a Lara como si fuera lo más valioso del mundo—. Ha llegado el momento de que mi hija conozca a su futuro esposo.

3
Lara

Lenguas de fuego se alzaban hacia el cielo nocturno cuando la comitiva partió, pero Lara solo se arriesgó a echar un último vistazo al complejo en llamas que había sido su hogar, cuyos suelos y paredes cubiertos de sangre se iban ennegreciendo a medida que las llamas consumían toda prueba de un complot que había durado quince años. Solo el corazón del oasis seguiría intacto, donde descansaba la mesa de la cena rodeada por el manantial.

Apenas podía soportar la idea de dejar a sus hermanas durmientes envueltas por un círculo de fuego, inconscientes e indefensas hasta que se disipara la mezcla de narcóticos que les había dado. El pulso, ralentizado casi hasta la muerte durante un peligrosísimo período de tiempo, ya se les debería estar acelerando, y cualquiera sería capaz de percibir su respiración si las observara de cerca. Pero si Lara buscara alguna excusa para rezagarse y asegurarse de que estuvieran a salvo, se arriesgaría a que descubrieran su plan y todo habría sido en vano.

—No las quemen. Dejen que los carroñeros limpien sus huesos.

Eso era lo que le había dicho a su padre con el corazón en un puño, hasta que él había estallado en carcajadas y había accedido a su macabra propuesta. Dejaron a sus hermanas desplomadas sobre la mesa, con sirvientes masacrados formando un sangriento perímetro a su alrededor.

Eso sería lo que sus hermanas verían al despertarse: fuego y muerte. Porque solo si su padre creía que las había eliminado serían capaces de tener un futuro. Ella seguiría adelante con su misión mientras sus hermanas vivían sus propias vidas, libres para ser dueñas de sus propios destinos. Lo explicaba todo en una nota que le había metido a Sarhina en el bolsillo cuando su padre había ordenado que buscaran sobrevivientes por el complejo. No podían permitirse que sobreviviera nadie que pudiera hablar sobre la mentira que en ese mismo instante se dirigía a un casamiento en Ithicana.

Su viaje a través del desierto Rojo estaría lleno de dificultades y peligros, pero, en ese preciso instante, Lara estaba convencida de que lo peor sería tener que escuchar a la Urraca cacareando durante todo el trayecto. La yegua de Lara estaba cargada con el ajuar de Marylyn, así que a ella la habían obligado a ir en el asiento de atrás con el maestro de Intrigas.

—A partir de este momento, debes convertirte en la dama maridrina perfecta —le indicó, con una voz que la sacaba de quicio—. No podemos arriesgarnos a que nadie te vea comportarte de otra forma, ni siquiera las personas a las que su majestad considera leales.

La Urraca dirigió una mirada circunspecta a los guardias de su padre, quienes habían montado la caravana con pericia.

No la miraba ninguno de ellos.

No sabían lo que era. Lo que le habían enseñado a hacer. Cuál era su propósito más allá de cumplir un contrato con el reino enemigo. Pero todos y cada uno de ellos creía que había asesinado a sus hermanas a sangre fría. ¿Cuánto tiempo más les permitiría vivir su padre?

—¿Cómo lo hiciste?

Llevaban horas de viaje. La pregunta de la Urraca la arrancó de su ensimismamiento, y ella se ajustó aún más el pañuelo de seda blanca que le cubría el rostro, a pesar de que le daba la espalda.

—Con veneno.

Se permitió decirlo con un toque de mordacidad.

Él resopló.

—Qué osados somos cuando nos creemos intocables.

Ella se humedeció los labios secos con la lengua, notando el calor del sol que se alzaba a sus espaldas. Luego se dejó caer en la balsa de paz que el maestro de Meditación le había enseñado a utilizar cuando elaborara estrategias, entre otras cosas.

—Envenené las cucharas de la sopa.

—¿Cómo? No sabías dónde estarían sentadas.

—Las envenené todas, excepto las de la cabeza de la mesa.

La Urraca se quedó callado, así que Lara continuó:

—Llevo años tomando pequeñas dosis de varios venenos para poder tolerarlos.

Y, sin embargo, se había purgado en cuanto había podido, vomitando una y otra vez hasta tener el estómago seco, y tomando luego el antídoto oportuno; la única secuela del narcótico que había ingerido era el malestar y el mareo que aún sentía.

El maestro de Intrigas tensó su diminuto cuerpo.

—¿Y si se hubiera cambiado la disposición? Podrías haber matado al rey.

—Está claro que consideraba que el riesgo valía la pena.

Lara inclinó la cabeza al oír el repiqueteo de cascabeles de la brida del caballo cuando su padre los alcanzó; el animal no estaba engalanado con latón, como las monturas de los guardias, sino con plata.

—Dedujiste que mi intención era matar a las muchachas que no necesitara —musitó—, pero, en lugar de advertirles o tratar de huir, las asesinaste para ocupar el lugar de la elegida. ¿Por qué?

Porque si las chicas hubieran tenido que abrirse paso a golpes, se habrían pasado la vida huyendo. Fingir su muerte era la única solución.

—Padre, puede que haya pasado la vida aislada, pero los tutores que escogiste me educaron bien. Conozco las penurias que soporta nuestro pueblo bajo el control mercantil de Ithicana. Debemos derrocar a nuestro enemigo, y, de todas mis hermanas, yo era la única capaz de conseguirlo.

—¿Mataste a tus hermanas por el bien de tu país? —le preguntó el rey con sorna.

Lara se forzó a soltar una risita seca.

—Pues... no. Las maté porque quería vivir.

—¿Jugaste con la vida del rey solo por salvarte el pellejo?

Serin se volvió hacia ella, lívido. Él había sido su tutor, lo que significaba que el rey estaba en todo su derecho de culparlo por lo que Lara había hecho. Y su padre era conocido por ser una persona inmisericorde.

Pero el rey de Maridrina se limitó a soltar una carcajada de júbilo.

—Jugó y ganó. —Alargó un brazo y le bajó el pañuelo a Lara para acariciarle la mejilla—. El rey Aren no será consciente de lo que se le viene encima hasta que sea demasiado tarde. Una viuda negra en la cama.

El rey Aren de Ithicana. Aren, su futuro esposo.

Lara apenas oyó cómo su padre ordenaba a sus guardias que montaran el campamento con la intención de que el cortejo descansara durante las horas más calurosas del día.

Uno de los guardias la levantó de la parte trasera del camello de Serin y, mientras los hombres montaban el campamento, ella se sentó en una manta y aprovechó para pensar en lo que estaba por venir.

Lara conocía Ithicana tanto como el resto de los maridrinos, y tal vez incluso más. Era un reino envuelto a partes iguales en misterio y bruma: una serie de islas a lo largo de dos continentes, protegidas por violentos mares que las defensas de los ithicanos, pensadas para repeler infiltraciones, habían hecho todavía más traicioneros. Pero eso no era lo que hacía de Ithicana un reino tan poderoso, sino el puente que conectaba y cruzaba por encima de las islas, la única forma segura de viajar entre los continentes durante diez meses al año. Un puente que Ithicana aprovechaba para mantener al límite de la hambruna a los reinos que dependían del comercio. Desesperados. Y, sobre todo, dispuestos a pagar cualquier precio que el Reino del Puente exigiera por sus servicios.

Al ver que ya habían levantado su tienda, Lara esperó a que los hombres colocaran dentro sus talegas antes de deslizarse hacia las acogedoras sombras, reprimiendo la necesidad de darles las gracias al pasar frente a ellos.

Apenas estuvo sola el tiempo que le llevó quitarse el pañuelo, cuando su padre entró con Serin pisándole los talones.

—Tengo que empezar a enseñarte los códigos —anunció el maestro de Intrigas, y esperó a que el rey se sentara antes de acomodarse frente a Lara—. Marylyn fue la que creó este código, y me atrevería a decir que enseñártelo en tan poco tiempo será todo un desafío.

—Marylyn está muerta —respondió ella, dándole un largo sorbo al agua tibia de su odre antes de volver a cerrarlo con delicadeza.

—No me lo recuerdes —le espetó.

Lara esbozó una sonrisa altiva que no reflejaba en absoluto lo que sentía.

—Acepta que soy la única superviviente de las muchachas que entrenaste, y así no tendré que refrescarte la memoria.

—Comiencen —ordenó su padre antes de cerrar los ojos; su único cometido en aquella tienda era vigilar el decoro.

Serin comenzó a instruirla en el código. No podía introducir ni una sola nota en Ithicana, y eso implicaba que tendría que aprendérselo de memoria. Era un código que quizá no llegara a utilizar jamás, puesto que su utilidad dependía de que el rey de Ithicana tuviera la amabilidad de permitirle que mantuviera el contacto con su familia. Y la amabilidad, por lo que le habían contado, no se contaba entre los atributos de aquel hombre.

—Como sabes, los ithicanos descifran códigos hasta con los ojos cerrados, y ten claro que examinarán todo lo que consigas enviar fuera. Es muy probable que también sean capaces de descifrar este.

Lara levantó una mano y fue bajando los dedos.

—Es muy probable que acabe completamente aislada tanto de los ithicanos como del mundo exterior. Quizá me permitan enviar correspondencia o no y, en todo caso, es muy probable que descifren nuestro código. No tienen forma de acercarse a mí para recoger mensajes. Yo no tengo forma de enviarles nada a través de su gente porque todavía tienen que ganarse la lealtad de alguien. —Acabó por cerrar la mano—. Más allá de huir, y, por tanto, poner fin a mis posibilidades como espía, ¿cómo esperan que les transmita la información?

—Si esto fuera tan fácil, ya lo habríamos solucionado. —Serin extrajo un pesado pergamino de su talega—. Solo hay un ithicano que se comunica con el mundo exterior, y no es otro que el rey Aren en persona.

Abrió el pergamino, timbrado con el blasón del puente curvo de Ithicana y los bordes bañados en oro, y ella examinó la delicada caligrafía, en la que le exigía a Maridrina que enviara a una princesa casadera según lo acordado en el Tratado de los Quince Años, y los invitaba a negociar nuevos términos comerciales entre los reinos.

—¿Quieren que oculte un mensaje dentro de uno de los suyos?

Él asintió y le entregó un frasco de un líquido claro. Tinta invisible.

—Intentaremos animarlo a que nos envíe mensajes para que tengas alguna oportunidad, pero no es demasiado dado a la correspondencia. Por eso debemos seguir estudiando el código de tu hermana.

La lección fue absolutamente tediosa y Lara estaba exhausta. Tuvo que reunir todo el autocontrol del que disponía para no suspirar de alivio cuando Serin por fin se dirigió a su tienda.

Su padre se puso en pie y bostezó.

—¿Puedo hacerle una pregunta, su majestad? —le preguntó antes de que pudiera irse.

Asintió, y ella se pasó la lengua por los labios.

—¿Ha visto alguna vez al nuevo rey de Ithicana?

—No lo ha visto nadie. Usan máscaras siempre que se reúnen con forasteros. —Su padre sacudió la cabeza—. Pero llegué a conocerlo, hace años, cuando no era más que un crío.

Lara esperó, empapando con las palmas de las manos su falda de seda.

—Corre el rumor de que es incluso más despiadado que su padre. Un tipo cruel, inmisericorde con los extranjeros. —Sus miradas se cruzaron, y la extraña compasión que vio en sus ojos hizo que se le congelaran las manos—. Tengo el presentimiento de que te tratará con crueldad, Lara.

—Me han enseñado a soportar el dolor.

El dolor, el hambre y la soledad. Todo a lo que podría llegar a enfrentarse en Ithicana. Le habían enseñado a soportarlo y a no olvidar jamás cuál era su misión.

—Es posible que el problema no sea el dolor tal como lo entiendes. —Su padre le agarró la mano y se la giró para dejarle la palma al descubierto y examinársela—. Sobre todo, Lara, desconfía de su amabilidad. Los ithicanos son, por encima de todo lo demás, ladinos. Y su rey no renunciará a nada sin exigir su pago.

A Lara el corazón le dio un vuelco.

—El centro de nuestro reino se encuentra entre el desierto Rojo y los mares de la Tormenta, y el puente de Ithicana es la única ruta segura hacia el continente —continuó—. No hay desierto ni mar que se postre ante ningún señor; pero Ithicana... Han visto a nuestro pueblo empobrecido, famélico y al borde del desastre antes de permitir que el comercio fluyera con libertad. —Dejó caer la mano—. Durante generaciones, lo hemos intentado todo para hacerlos entrar en razón. Para que vieran el daño que provoca su codicia en los inocentes de nuestras tierras. Pero los ithicanos no son hombres, Lara. Son demonios con piel humana. Y me temo que pronto lo descubrirás.

Al ver a su padre salir de la tienda, Lara cerró las manos con la intención de agarrar algún arma. De atacar. De mutilar. De matar.

Y no fue por sus palabras.

Por muy funesta que fuera la advertencia de su padre, no era para nada la primera vez que la oía. No, eran sus hombros caídos. La resignación en su voz. La desesperación que, brevemente, había visto en sus ojos. Todas las señales de que, a pesar de todo lo que había invertido su padre en aquella treta, no estaba del todo convencido de que Lara fuera a salir airosa de su misión. Por mucho que detestara que la subestimaran, ella no soportaba ver cómo seguían lastimando a aquellos que le importaban. Con sus hermanas libres de sus grilletes, lo que más le importaba en el mundo era Maridrina.

Ithicana pagaría por los crímenes contra su pueblo, y cuando consiguiera acabar con su rey, no solo lo doblegaría.

Lo haría sangrar.

Tras otras cuatro noches de viaje hacia el norte, las dunas de arena roja dieron paso a colinas ondulantes cubiertas por matorrales secos y árboles pequeños, y a montañas que parecían tocar el cielo. Recorrieron estrechas quebradas y, poco a poco, el clima comenzó a cambiar y el páramo infinito empezó a verse salpicado por zonas verdes y alguna que otra explosión radiante de flores. El cauce del arroyo seco que estaban siguiendo se volvió fangoso y, horas más tarde, la caravana chapoteaba entre aguas lentas; pero, más allá de eso, la tierra estaba seca como un yermo. Era un lugar duro y, aparentemente, inhabitable.

Hombres, mujeres y niños dejaban de trabajar en los campos para cubrirse los ojos y contemplar la comitiva. No había nadie que no fuera un saco de huesos y que no estuviera vestido con ropa ajada, tejida en casa, y sombreros de paja de ala ancha con los que resguardarse del constante sol. Sobrevivían gracias a los escasos cultivos y al ganado raquítico que criaban; no les quedaba otra. Las familias de generaciones anteriores podían ganar lo suficiente como para comprar carne y grano importados de Harendell a través del puente, pero ahora, con Ithicana subiendo el precio de impuestos y peajes, la situación era distinta. En ese momento, solo las familias pudientes podían permitirse esos bienes, y las clases trabajadoras de Maridrina se habían visto obligadas a abandonar sus profesiones a cambio de aquellos campos secos para poder alimentar a sus hijos.

«Alimentarlos a duras penas», se corrigió Lara, quien sentía una opresión en el pecho con cada niño que se acercaba corriendo a la ruta de la caravana con las costillas claramente marcadas por debajo de los harapos.

—¡Dios bendiga a su majestad! —gritaban—. ¡Dios bendiga a la princesa!

Las chiquillas corrían junto al camello de Serin y alzaban los brazos para entregarle a Lara collares trenzados de flores silvestres, que ella se colocaba alrededor de los hombros y, cuando ya tuvo demasiadas, en la silla.

Serin le dio una bolsa de monedas de plata para que las repartiera, pero le costó mantener los dedos firmes mientras las dejaba en las manitas. No tardaron en aprenderse su nombre y, en el momento en que el lodo del arroyo se convirtió en unos rápidos cristalinos que se precipitaban con fuerza por las colinas hacia el mar, gritaron:

—¡Dios bendiga a la princesa Lara! ¡Que cuide de nuestra hermosa princesa!

Sin embargo, fue el cántico de «Dios bendiga a Lara, la mártir de Maridrina», cada vez más presente, el que hizo que se le helaran las manos. Eso era lo que la mantenía en vela después de que Serin acabara con sus lecciones todas las noches, y lo que le llenaba la cabeza de pesadillas cuando el sueño la vencía. Sueños en los que se veía atrapada por demonios que se burlaban de ella; donde todas sus habilidades le fallaban; donde, hiciera lo que hiciera, no era capaz de liberarse. Sueños en los que Maridrina ardía.

Y, cada día que pasaba, su destino estaba más cerca.

Cuando la tierra se convirtió en un vergel exuberante, a la caravana se le unió un gran contingente de soldados, y a

Lara la trasladaron de la yegua a un carruaje azul tirado por caballos blancos, cuyos jaeces estaban decorados con las mismas monedas de plata que el caballo de su padre. Y, junto a los soldados, llegó también todo un séquito de sirvientes encargados de atender las necesidades de Lara, de limpiarla y de arreglarla de camino a Vencia, la capital de Maridrina.

Los cuchicheos se filtraban a través de las paredes de la tienda: que si su padre había recluido a la futura novia de Ithicana en el desierto todos estos años por su propia seguridad; que si era una hija queridísima, nacida de su esposa predilecta, escogida personalmente para unir a los dos reinos bajo la bandera de la paz gracias a su encanto y belleza, y cuyo destino sería conseguir que Ithicana le ofreciera a Maridrina los beneficios propios de un aliado, lo que permitiría que el reino volviera a florecer.

La mera idea de que Ithicana fuera capaz de ceder hasta tal punto era irrisoria, pero a Lara no le provocó ninguna gracia tanta inocencia. No al darse cuenta de la esperanza desesperada que les veía en los ojos. En su lugar, almacenó con cuidado esa furia, ocultándola bajo sonrisas cálidas y saludos gráciles desde la ventana abierta del carruaje. Debía demostrar entereza, teniendo en cuenta otras habladurías que había oído.

«Hay que compadecerse de la pobre princesa —comentaba la servidumbre con una mirada triste—. ¿Qué serán capaces de hacerle esos demonios? ¿Cómo sobrevivirá a tanta brutalidad?»

—¿Tienes miedo?

Su padre corrió las cortinas del carruaje cuando se acercaron a las afueras de Vencia, para desgracia de Lara. Había sido la ciudad que la vio nacer, y no la había vuelto a visitar desde que la sacaron de los confines del harén y la llevaron al complejo para que la entrenaran, cuando cumplió cinco años.

Se volvió hacia él.

—Sería una necia si no tuviera miedo. Si descubren que soy una espía, me matarán y cancelarán las concesiones comerciales por puro rencor.

Su padre hizo un ruido de asentimiento antes de sacarse dos dagas con rubíes maridrinos encastados de debajo del chaquetón y entregárselas. Lara las reconoció como las armas ceremoniales que las mujeres maridrinas llevaban para indicar que estaban casadas. En teoría, el marido debía usarlas para proteger el honor de la mujer, pero lo normal era dejarlas desafiladas. Algo decorativo. Inútil.

—Son preciosas. Gracias.

Él soltó una risita.

—Míralas de cerca.

Lara las sacó de las vainas, tocó su hoja y las notó afiladas, pero no estaban equilibradas. En ese momento, su padre alargó un brazo y presionó una de las joyas, y el mango de oro se soltó y dejó al descubierto un cuchillo arrojadizo.

Lara sonrió.

—Si no te permiten comunicarte con el mundo exterior, tendrás que matar el tiempo mientras te enteras de sus secretos, y luego escapar. Es posible que debas abrirte paso y regresar con nosotros para informarnos de lo que sepas.

Ella asintió, girando a un lado y al otro las hojas para acostumbrarse al tacto. Jamás se le ocurriría volver por voluntad propia para entregarles en mano su estrategia de invasión. Sería un suicidio.

Después de enterarse de que su padre pretendía matarla a ella y a sus hermanas durante la cena, Lara había tenido tiempo de cavilar sobre por qué querría su padre matar a las hijas que no acabaran siendo reinas. Era mucho más que el simple deseo de mantener en secreto su plan hasta hacerse con el control del puente. Su padre quería mantenerlo siempre en secreto, porque si alguien llegaba a enterarse, se le negaría su capacidad de utilizar a sus hijos e hijas vivos como herramientas de negociación. Nadie volvería a confiar en él, igual que él jamás confiaría en ella. Por tanto, si Lara llegaba a volver, habiendo completado con éxito o no su misión, a ella también la silenciarían.

Su padre interrumpió sus pensamientos.

—Estuve presente cuando mataste por primera vez —le dijo—. ¿Lo sabías?

Las hojas se quedaron inmóviles entre sus manos mientras Lara hacía memoria. Ella y sus hermanas tenían dieciséis años cuando habían llevado al complejo una hilera de hombres encadenados, bajo la atenta mirada de Serin. Eran saqueadores de Valcotta que habían capturado y trasladado para poner a prueba el temple de las princesas guerreras de Maridrina. «O matas o te matan», les había dicho el maestro Erik mientras las empujaban de una en una hacia el campo de combate. Algunas de las hermanas habían vacilado y caído bajo los embates desesperados del saqueador. No fue el caso de Lara. Jamás olvidaría el golpe seco y líquido que había emitido la hoja al clavarse en la garganta de su oponente desde el otro extremo del campo. La mirada de desconcierto que le había lanzado antes de desplomarse sobre la arena en un charco de sangre.

—No lo sabía —respondió.

—Si no recuerdo mal, los cuchillos son tu especialidad.

Su especialidad era matar.

El carruaje avanzaba a trompicones por las calles de adoquines, y los cascos de los caballos producían repiqueteos agudos contra la piedra. Lara oía vítores intermitentes, así que descorrió la cortina y trató de sonreír a los hombres y mujeres mugrientos que llenaban las calles con los rostros pálidos por el hambre y la enfermedad. Pero lo peor eran los niños, criaturas de ojos apagados y derrotados, con moscas volándoles alrededor de los ojos y las bocas.

—¿Por qué no hacen algo por ellos? —le imploró a su padre, que también miraba impertérrito por la ventana. En ese instante, clavó en ella sus ojos celestes.

—¿Por qué crees que te creé?

Y, acto seguido, se metió una mano en el bolsillo y le dio un puñado de monedas de plata para que las lanzara por la ventana, y eso hizo. Lara cerró los ojos mientras los menesterosos se peleaban por apropiarse del reluciente metal. Ella los salvaría. Le arrebataría el control del puente a Ithicana y ningún maridrino volvería a pasar hambre.

Los caballos aminoraron la marcha al enfilar las empinadas callejuelas que conducían al puerto, donde esperaba el barco que los llevaría a Ithicana.

Hizo a un lado la cortina para contemplar por primera vez el mar e inhalar el olor a pescado y sal que impregnaba el aire. El agua estaba llena de cabrillas, y se abstrajo con el subir y bajar de las olas mientras su padre le quitaba los cuchillos de las manos para poder devolvérselos cuando llegara el momento.

El carruaje atravesó un mercado que parecía casi desierto, con los puestos vacíos.

—¿Dónde está la gente? —preguntó.

Su padre esbozó un gesto sombrío, inescrutable.

—Esperando a que abras las puertas de Ithicana.

El carruaje entró en el puerto y se detuvo. No hubo ninguna ceremonia cuando su padre la ayudó a bajar. En el barco que los esperaba ondeaba una bandera azul y plateada. Los colores de Maridrina.

La guio deprisa por el muelle hasta la rampa que subía al barco.

—Apenas tardaremos una hora en llegar a la Guardia Meridional. Abajo te esperan unos sirvientes que te prepararán.

Lara echó un último vistazo a Vencia, al sol ardiente que los iluminaba desde las alturas, y luego miró hacia los nubarrones, la niebla y la oscuridad que se extendía por el estrecho al que se dirigían. Tenía un reino que salvar... y otro que destruir.

4
Lara

Lara esperaba en la cubierta del barco, que se balanceaba y sacudía como un caballo salvaje, mientras hundía las uñas en el pasamanos y se esforzaba por no expulsar lo que tenía en el estómago. Y, por si fuera poco, al haber crecido en el desierto nunca le habían enseñado a nadar, una debilidad que ya empezaba a atormentarla. Cada vez que el barco se escoraba por culpa del vendaval, contenía el aliento con la certeza de que el buque volcaría y todos se ahogarían. Lo único que la distraía de las visiones de olas cerniéndose sobre su cabeza eran los peligros reales que la aguardaban.

Esa misma noche, ya estaría casada y sola en un reino extraño con fama de cometer las mayores atrocidades posibles. La esposa de un joven que lo dominaba todo. Aquella era la vida de la que había decidido proteger a sus hermanas a costa de la suya, y todo por salvar a su pueblo. No obstante, en ese momento las consecuencias de dicha elección le resultaban terriblemente inminentes. Las nubes bajas flotaban por encima de un mar picado, cambiantes e inquietas como bestias sentientes; pero a través de ellas vislumbraba la sutilísima silueta de una isla. Ithicana.

Su padre se unió a ella en el pasamanos.

—Guardia Meridional. —Se había cambiado el ropaje, sucio del camino, por una camisa blanca impoluta y una chaqueta negra, y la espada colgaba ahora de un cinturón decorado con discos plateados y turquesas—. Aren mantiene allí una guarnición permanente de soldados, sin contar con las catapultas y máquinas de guerra varias apostadas en el océano, listas para hundir a cualquiera que intente asaltar la isla. Han clavado estacas en el lecho marino para perforar los barcos que pretendan evitar el puerto, que, de hecho, está cargado de explosivos por si en algún momento consideran que corre peligro. El puente no puede tomarse desde aquí. —La mandíbula se le tensó—. Lo hemos intentado una y otra vez.

Y habían perdido incontables naves y miles de hombres con cada intento. Lara conocía la historia de la guerra que había terminado quince años atrás con el triunfo de Ithicana, pero los detalles iban apareciendo y desapareciendo de su mente como las olas sobre las que cabalgaba el barco. Le temblaban las rodillas, y el cuerpo entero le flaqueaba por el mareo.

—Eres la esperanza de nuestro pueblo, Lara. Necesitamos ese puente.

La aterraba abrir la boca y echar por la borda todo lo que le quedaba en el estómago, así que se limitó a asentir. Ya veían la isla por completo, formada por dos picos gemelos que sobresalían del mar y estaban cubiertos por una exuberante vegetación. En la base, se erigía un muelle solitario hasta los topes de armamento, alguno que otro edificio de piedra sin pretensiones y, más allá, una única carretera que conducía a la profunda boca del puente.

La manga de su padre le rozó la muñeca.

—Que ni se te ocurra pensar que confío en ti —masculló, y volvió a captar su atención—. He sido testigo de lo que les hiciste a tus hermanas, y por mucho que afirmes llevar

Maridrina en tu corazón, sé que tu única motivación fue el deseo de sobrevivir.

Si sobrevivir hubiera sido su objetivo principal, habría fingido su propia muerte. Pero Lara no respondió.

—Tu crueldad te convierte en alguien conveniente para esta misión, pero tu falta de honor hace que me cuestione si pondrás las vidas de nuestro pueblo por encima de la tuya. —La agarró de los brazos y la giró hacia él, sin aparentar nada que pudiera hacer pensar que aquello solo era una conversación entre un padre cariñoso y su hija—. Si me traicionas, no te daré descanso. Si te encuentro, desearás haber muerto con tus hermanas.

El repicar de tambores metálicos danzaba por el mar hasta alcanzar sus oídos, ahogados por truenos lejanos.

—¿Y si lo consigo?

Tenía un sabor amargo en la boca. Desvió la mirada y contempló a los cientos de siluetas de la isla que esperaban el barco. Que la esperaban a ella.

—Serás la salvadora de Maridrina, y se te recompensará mucho mejor de lo que jamás podrías llegar a imaginar.

—Quiero mi libertad. —Notaba la lengua extrañamente gruesa al hablar—. Quiero que me dejen sola, por mi cuenta. Libre de ir donde quiera, de hacer lo que me plazca.

Su padre levantó una ceja plateada.

—Marylyn y tú son muy distintas.

—Éramos.

Él inclinó la cabeza.

—Me entiendes.

—¿Estamos de acuerdo? El puente a cambio de mi libertad.

El estrépito de un rayo interrumpió el gesto afirmativo de su padre. Era mentira, y ella lo sabía, pero podía vivir con sus mentiras, porque sus objetivos eran los mismos.

—¡Arríen las velas! —bramó el capitán del barco.

Lara se aferró al pasamanos al ver que perdían impulso, y los marineros corrieron para preparar el atraque. Los tambores seguían redoblando cada vez más rápido, al ritmo de su corazón, cuando el barco se aproximó al puerto y los marineros saltaron al muelle para amarrarlo.

Bajaron la plancha y su padre la agarró del brazo para guiarla. El ruido de tambores se intensificó.

—Te doy un año —dijo al poner un pie sobre la sólida roca del muelle—. No flaquees. No me falles.

Lara vaciló, mareada, y por primera vez desde la noche en que había liberado a sus hermanas de su sombrío destino, sintió un miedo cerval. Poco después, dio el primer paso hacia un mundo que, a partir de ese momento, sería su hogar.

Los tambores dieron un redoble atronador y enmudecieron. Asida con fuerza al brazo de su padre, Lara se dispuso a recorrer el muelle, y reprimió un grito ahogado al ver por primera vez las máscaras de los ithicanos.

Llevaban yelmos de acero esculpidos como bestias rabiosas, con fauces llenas de dientes y las frentes coronadas por cuernos retorcidos. No podía verles más que los ojos, que parecían brillar con malicia cuando la observaban pasar, con las manos puestas en espadas y picas. No se oía ni un alma; los únicos sonidos eran el silbar del viento entre las dos torres de roca y el presagio de la tormenta lejana.

Apartó la vista de los soldados y centró la atención en el camino pavimentado que ascendía hacia la enorme boca del puente de Ithicana. Parecía más bien un túnel, de más de tres metros de ancho y otros tantos de alto, hecho de piedra gris que la exposición a la humedad del aire había salpicado de moho verdoso. Habían levantado la gigantesca verja de acero, y la boca del puente estaba completamente rodeada por un puesto de guardia.

Una figura emergió de la oscura abertura, con las púas de

acero de la verja cerniéndose sobre él como colmillos, y a Lara se le revolvió el estómago.

El rey de Ithicana.

Era un tipo alto y ancho de hombros, vestido con pantalones, botas pesadas y túnica gris verdoso. Por su entrenamiento, Lara sabía que era tan soldado como los que ocupaban la carretera, pero todos esos detalles quedaron en nada cuando el corazón se le aceleró y tomó conciencia del yelmo que ocultaba su rostro. Tenía un morro similar al de un león, semiabierto para dejar al descubierto unos colmillos relucientes, y cuernos como los de un toro sobresaliendo de ambas sienes.

No era un hombre. Era un demonio.

El mareo que aún arrastraba del viaje la arrollaba en oleadas, y traía consigo un miedo que la poseía como si de un espíritu furioso se tratara. Los tacones de su sandalias resbalaron sobre los adoquines y Lara chocó con su padre. Tenía la sensación de que el suelo se movía, igual que cuando el barco se mecía.

Había cometido un error. Un error terrible, funesto.

Cuando apenas los separaban un puñado de pasos, su padre se detuvo y volteó hacia ella. En la mano que tenía libre, llevaba un cinturón enjoyado con los cuchillos arrojadizos camuflados colgados de ambos lados. Le rodeó con él la cintura del vestido, empapado por el agua, y le apretó la hebilla. Luego la besó en las dos mejillas antes de voltearse de nuevo hacia el rey de Ithicana.

—Tal y como acordamos, acudo hoy a usted para ofrecele a mi hija más preciada, Lara, como símbolo del compromiso de Maridrina por conservar su alianza con Ithicana. Que la paz reine siempre entre nuestros reinos.

El rey de Ithicana asintió una sola vez, y su padre le dio a Lara un golpecito entre los hombros. Ella avanzó renqueando hacia el rey y, justo en ese momento, un rayo atravesó el aire e hizo que la faz del yelmo pareciera moverse como si no fuera metal, sino carne.

Los tambores retomaron sus redobles con un ritmo firme y agresivo: Ithicana personificada. El rey alargó una mano y, aunque todos sus instintos le decían que diera media vuelta y corriera, Lara la tomó.

Por razones que no habría sido capaz de verbalizar, la esperaba fría como el metal e igual de inflexible, pero la notó cálida. Unos dedos largos de uñas bien cuidadas se cerraron alrededor de los suyos. Tenía callos en las palmas y, como ella, la piel llena de diminutas cicatrices blancas. Los cortes y heridas que no podías evitar cuando el combate era tu estilo de vida. Mientras contemplaba la mano, sintió un extraño confort; lo que tenía frente a ella no era más que un hombre.

Y sabía cómo derrotarlos.

Una sacerdotisa se les acercó por la izquierda y les ató una cinta azul alrededor de las manos para unirlos, antes de empezar a pronunciar los votos nupciales maridrinos a viva voz y hacerse oír por encima de la tormenta que se avecinaba. Votos de obediencia por su parte. Votos de engendrar a cientos de hijos por parte del rey. Lara habría jurado oír un resoplido de sorna por debajo del yelmo.

Sin embargo, cuando la sacerdotisa levantó las manos para declararlos marido y mujer, el rey abrió la boca por primera vez.

—Aún no.

Despachó a la desconcertada sacerdotisa y soltó la cinta que se suponía que Lara debería haber llevado atada al cabello durante el primer año de matrimonio. La seda salió volando hacia el mar. Uno de los soldados con casco rompió filas y se plantó frente a ellos.

—Tú, Aren Kertell, rey de Ithicana, ¿juras luchar junto a esta mujer, defenderla hasta su último aliento, desear su cuerpo y el de nadie más y serle fiel hasta que la muerte los separe? —bramó.

—Sí, lo juro.

El entrechocar de cientos de espadas y lanzas contra los escudos enfatizó las palabras del rey, y Lara se estremeció. Pero el desconcierto de aquel fragor no fue nada comparado con lo que sintió cuando el soldado se volvió hacia ella y dijo:

—Y tú, Lara Veliant, princesa de Maridrina, ¿juras luchar junto a este hombre, defenderlo hasta su último aliento, desear su cuerpo y el de nadie más y serle fiel hasta que la muerte los separe?

Lara parpadeó y, consciente de que no tenía ninguna otra opción, masculló:

—Sí, lo juro.

El soldado asintió y sacó un cuchillo.

—No vayas a llorar con esto, majestad —masculló, y el rey respondió con una risita tensa antes de alargar la mano.

El soldado le atravesó la palma de la mano con el cuchillo y, antes de que Lara pudiera retirarla, la agarró del brazo y lo deslizó también por su mano. Vio la sangre antes de notar la punzada de dolor. El soldado les presionó las palmas de las manos, y la sangre cálida del rey se mezcló con la suya antes de empezar a fluirles entre los dedos.

El soldado les alzó las manos y a punto estuvo de levantar a Lara del suelo.

—Tienen ante ustedes al rey y a la reina de Ithicana.

Casi como si lo hubieran preparado, la tormenta finalmente cayó sobre ellos con el estallido de un trueno que hizo temblar el suelo. Los tambores retomaron su frenético ritmo, y el rey de Ithicana se soltó del soldado y bajó el brazo para que Lara no siguiera de puntitas.

—Le sugiero que embarque lo antes posible, su majestad —le dijo al padre de Lara—. Según parece, esta tormenta los acompañará hasta casa.

—Estaríamos dispuestos a aceptar su hospitalidad —respondió su padre, y Lara desvió la atención hacia Serin, quien aún formaba filas con el resto de los maridrinos—. A fin de cuentas, ahora somos familia.

El rey de Ithicana soltó una carcajada.

—Paso a paso, Silas. Paso a paso.

Se volvió y tiró con delicadeza de Lara hacia las profundidades del puente, antes de que la verja se cerrara con fuerza a sus espaldas. Apenas tuvo oportunidad de mirar atrás por última vez y ver el rostro impasible e inescrutable de su padre. No obstante, a lo lejos, su mirada se cruzó con la de Serin, quien le hizo un lento gesto de cabeza antes de que se la llevaran definitivamente.

Era un lugar oscuro, con un ligero hedor a excrementos de animal y sudor. Ningún ithicano se quitó el yelmo, pero incluso con los rostros cubiertos, Lara sabía que la estaban sometiendo a escrutinio.

—Bienvenida a Ithicana —le dijo el rey, su esposo—. Siento mucho tener que hacer esto.

Lara vio que levantaba una mano con la que sostenía un vial. Podría haberlo esquivado. Podría haber acabado con él de un solo golpe y abrirse paso entre sus soldados. Pero no podía permitirse que lo supieran. Así que se limitó a mirarlo con ojos de cordero degollado, confusa, mientras él le acercaba el vial, y el mundo comenzó a darle vueltas y la oscuridad a cernirse sobre ella. Las rodillas le fallaron y notó unos brazos fuertes que la sostuvieron antes de que cayera al suelo. Lo último que oyó antes de perder el conocimiento fue la voz resignada del rey:

—¿Por qué he tenido que complicarme la vida contigo?

5
Aren

Aren, el trigésimo séptimo gobernante de Ithicana, estaba tumbado de espaldas en los barracones, observando las manchas de hollín del techo. Tenía el yelmo descansando junto a su mano izquierda y, al voltear para contemplar el monstruoso artefacto de acero que había heredado junto con su título, decidió que el antepasado al que se le hubiera ocurrido la idea de los cascos era un genio y un sádico a partes iguales. Un genio porque servían para amedrentar a sus enemigos, y un sádico porque llevarlo puesto era como tener la cabeza metida en una olla que hedía a calcetines sudados.

De repente, el rostro de su hermana melliza entró en su campo de visión, con gesto burlón.

—Nana la examinó. Dice que no puede creer que esté en tan buena forma, y que no hay duda de que está sana. Sin tragedias de por medio, es probable que viva mucho tiempo.

Aren parpadeó una sola vez.

—¿Esperabas otra cosa? —le preguntó Ahnna.

Aren se apoyó con un codo y se incorporó en el banco.

—Al contrario de lo que opinan los reinos vecinos, no soy una persona tan depravada como para desearle la muerte a una chiquilla inocente.

—¿Estás seguro de que es inocente?

—¿Acaso tú crees que no?

Ahnna arrugó la cara y luego sacudió la cabeza.

—Los maridrinos, haciendo honor a su reputación, te han entregado a una florecilla hermosa, tímida y sobreprotegida. Puedes disfrutar mirándola, pero poco más.

Al recordar cómo la muchacha había empezado a temblar en el muelle, aferrada con fuerza al brazo de su padre con esos ojazos azules dominados por el miedo, Aren se inclinaba por darle la razón a su hermana. Y, aun así, tenía la intención de tener a Lara aislada hasta que su verdadero carácter saliera a la luz y supiera exactamente a quién le era leal.

—¿Tus espías han descubierto algo sobre ella?

Ahnna negó con la cabeza.

—Nada de nada. Por lo visto, su padre la tuvo recluida en el desierto, y hasta que atravesó las arenas rojas ni siquiera los maridrinos conocían su nombre.

—¿Por qué tanto secretismo?

—Protección, o eso dicen. Nuestra alianza con Maridrina no es del gusto de todos, y menos de Valcotta.

Aren frunció el ceño, insatisfecho con la respuesta, aunque no habría sabido decir por qué. Maridrina y Valcotta siempre estaban en guerra por la franja de tierra fértil que se extendía a lo largo de la costa oeste del continente meridional, cuya frontera se disputaban ambos reinos. Era posible que la emperatriz valcottesa hubiera intentado desestabilizar la alianza asesinando a la princesa, pero a Aren le parecía improbable. Para empezar, Silas Veliant tenía tantas hijas que ni siquiera sabía qué hacer con ellas, y en el tratado no se especificaba a cuál enviaría. Por otra parte, tanto los reinos del norte como los del sur sabían que el matrimonio de Aren con una princesa maridrina no era más que un acto simbólico, en el que todas las partes implicadas estaban mucho más interesadas por los términos comerciales que sostenían el acuerdo y la paz que se compraba con él. El tratado habría salido adelante con o sin princesa.

Y tercero, y lo que más inquietaba a Aren, ocultarse no era algo que caracterizara a los maridrinos. En todo caso, Silas se habría deleitado con el asesinato de una o dos de sus hijas, porque le habría servido para renovar los apoyos de su pueblo en la guerra contra Valcotta.

—¿Está despierta?

—No. Bajé en cuanto Nana la consideró una esposa sana y en forma para ti, porque quería ser yo quien te diera esa magnífica noticia.

La voz de su melliza estaba cargada de sarcasmo, y Aren le dirigió una mirada de alerta.

—Lara es ahora tu reina. Deberías mostrarle un poco más de respeto.

Ahnna respondió levantándole el dedo corazón.

—¿Qué piensas hacer con la reina Lara?

—Yo, con esos pechos, te sugiero que te acuestes con ella —los interrumpió una voz áspera.

Aren volteó y vio al capitán de su guardia de honor, Jor, sentado al otro lado del brasero.

—Gracias por la sugerencia.

—¿A quién se le habrá ocurrido vestirla de seda con el aguacero que caía? Para el caso, podían haberla paseado desnuda.

No, a Aren no le había pasado por alto. Incluso desaliñada por la lluvia, le había parecido una mujer espectacular, con curvas y un rostro exquisito enmarcado por cabellos color miel. Tampoco esperaba otra cosa. A pesar de no estar ni mucho menos en la flor de la vida, el rey de Maridrina seguía siendo un hombre vital, y era *vox populi* que había escogido a la mayoría de sus esposas por su belleza y nada más.

El simple hecho de pensar en el otro rey le revolvía el estómago. Recordó la expresión engreída de Silas cuando le había entregado a su preciada hija.

Era la expresión que correspondía al Rey de las Ratas.

Aunque ahora Ithicana se hubiera comprometido a unos términos comerciales nuevos y poco deseables, lo único a lo que el rey de Maridrina había renunciado era a una de sus incontables hijas y a la promesa de mantener la paz que había predominado entre los dos reinos durante los últimos quince años. Y no era la primera vez que Aren maldecía a sus padres por haber incluido aquel matrimonio en el acuerdo con Maridrina.

—Un pedazo de papel con tres firmas no unirá nuestros reinos —le contestaba siempre su madre cuando él se quejaba—. Tu matrimonio será la primera piedra hacia una verdadera alianza entre pueblos. Predicarás con el ejemplo y te asegurarás de que Ithicana pueda vivir, y no solo sobrevivir. Y si eso no te dice nada, recuerda que tu padre dio su palabra en mi nombre.

Y un ithicano siempre mantenía su palabra. Y era por eso por lo que, el día del décimo quinto aniversario del acuerdo, y a pesar de que sus padres llevaran un año muertos, Aren había enviado un mensaje a Maridrina para que trajeran una princesa y pudieran desposarse.

—No voy a negar que es muy atractiva. Ojalá yo tenga la misma suerte.

Ahnna hablaba con despreocupación, pero a Aren no le pasó por alto la sombra que atravesó los ojos avellana de su hermana cuando mencionó su parte del acuerdo. El rey de Harendell, sus vecinos del norte, aún debía reclamar a la esposa ithicana para su hijo. Sin embargo, con Aren casado ya con Lara, era cuestión de tiempo. Harendell ya se habría enterado de los términos que habían negociado con Maridrina, y no vería la hora de exigir lo que les correspondía. Los acuerdos provocarían represalias por parte de Amarid. La relación de Ithicana con el otro reino del norte ya estaba dominada por los conflictos, puesto que sus buques mercantes competían por los negocios con el puente.

Aren le dirigió a Jor una mirada elocuente y esperó a que el guardia de honor se retirara antes de susurrarle a su hermana:

—No pienso obligarte a que te cases con el príncipe si no quieres. Los compensaré de otra forma. Harendell es un reino más pragmático que Maridrina; podemos comprarlos.

Una cosa era que Aren tomara por esposa a una muchacha que no había elegido y que ni siquiera conocía en aras de la paz, y otra muy distinta era entregar a su hermana a un reino extranjero y que se viera sola en un lugar desconocido para que se aprovecharan de ella a placer.

—No seas necio, Aren. Sabes que siempre antepondré el interés de nuestro reino a todo lo demás —masculló Ahnna, pero se apoyó en su hombro izquierdo, desde donde le había hecho compañía y había luchado con él durante toda su vida—. Y no has respondido mi pregunta.

Porque no sabía qué haría con Lara.

—No podemos bajar la guardia —prosiguió Ahnna—. Tal vez Silas nos haya prometido la paz, pero que ni se te ocurra pensar que pretende respetarla en honor a su hija. El muy cabrón sería capaz de sacrificar a decenas de crías si viera que descuidamos nuestras defensas.

—Ya lo sé.

—Tal vez sea hermosa —continuó su hermana—, pero sé consciente de que no es casual. Es la hija de nuestro enemigo. Silas quiere que te distraiga. Es probable que tenga instrucciones de seducirte, de descubrir todo lo posible sobre los secretos de Ithicana con la esperanza de hacérselos llegar a su padre. Ya solo nos falta que cuente con una ventaja así.

—¿Y cómo, si se puede saber? Ni que fuéramos a enviarla a casa de visita. No tendrá contacto con nadie fuera de Ithicana. Y su padre lo sabe.

—Mejor prevenir que lamentar. Lo mejor es mantenerla al margen.

—¿Pretendes que la encierre en casa de nuestros padres, en esta isla desierta, hasta el fin de sus días?

Aren clavó la mirada en los rescoldos del fuego. Una ráfaga de viento empujó la lluvia hacia el agujero del techo y las gotas silbaron al entrar en contacto con la madera carbonizada.

—Y si... —empezó, y tragó saliva, consciente de que tenía ciertas obligaciones para con su reino—. Cuando tengamos un hijo, ¿pretendes que lo encierre también con ella?

—No te he dicho en ningún momento que fuera sencillo. —Su hermana le tomó la mano y se la levantó a la fuerza para poder ver la cortada que le atravesaba la palma y que sangraba en las zonas en las que se había arrancado la costra—. Pero nuestro deber es proteger a nuestro pueblo. Y que Eranahl siga siendo un secreto. Debemos mantenerla a salvo.

—Ya lo sé.

Pero eso no evitaba que se sintiera en deuda con la persona que había arrastrado a través de los sectores oscuros del puente, sabiendo que acabaría despertándose y que estaría en un lugar totalmente distinto a lo que pudiera conocer. Viviendo una vida que no había escogido, sino que le habían impuesto.

—Deberías subir a casa —le dijo Ahnna—. El efecto del sedante se le pasará pronto.

—Vete tú. —Aren volvió a tumbarse en el banco y prestó atención a los truenos que caían sobre la isla; la tormenta estaba amainando, pero no tardaría en arreciar otra—. Suficiente ha pasado ya como para tener que despertarse en una habitación en compañía de un desconocido.

Ahnna hizo ademán de discutir, pero acabó asintiendo.

—Te aviso cuando despierte.

Se puso en pie y se marchó de los barracones sin hacer ruido, y lo dejó solo.

«Eres un cobarde», se dijo a sí mismo. Porque aquello no era más que una excusa para no tener que ver a la muchacha. Su madre creía que la princesa era la clave para que Ithicana alcanzara la gloria, pero Aren no estaba tan seguro.

Ithicana necesitaba una reina guerrera. Una mujer que luchara hasta la muerte por su pueblo. Una mujer que fuera implacable y despiadada, pero no por voluntad propia, sino porque su país lo necesitara. Una mujer que se pusiera a prueba todos los días, hasta el final. Una mujer que Ithicana respetara.

Y había algo que tenía claro: Lara Veliant no era esa mujer.

6
Lara

Lara se despertó de un respingo con la cabeza a punto de estallarle y un sabor amargo en la boca.

Sin moverse, abrió los ojos e intentó distinguir lo que pudiera de la habitación. Percibió una ventana abierta por la que se colaba una brisa húmeda impregnada de aromas a flores y plantas exuberantes que no habría sabido nombrar; a fin de cuentas, había pasado toda su vida rodeada de arena. La ventana daba a un jardín muy verde iluminado por una luz mate y plateada, como si se estuviera filtrando a través de densas nubes. Lo único que rompía el silencio era el suave repiqueteo de la lluvia.

Y el canturreo de una mujer.

Relajó la mano que había apretado por instinto en un puño, lista para atacar, y volteó lentamente la cabeza.

Una mujer despampanante, quizá cinco años mayor que Lara, de cabello negro y rizado, estaba parada en el centro de la alcoba con uno de sus vestidos. «Uno de los vestidos de Marylyn», se corrigió con remordimientos.

Por cómo había inclinado la cabeza, Lara sabía que la otra mujer la había oído moverse, pero seguía comportándose como si nada, meciendo las faldas de seda demasiado cortas de un lado a otro, sin dejar de canturrear.

Lara no dijo nada, sino que se limitó a observar el mobiliario, de madera de árbol frutal tallada que habían pulido hasta que reluciera, y los jarrones llenos de flores de colores vivos que ocupaban prácticamente todas las superficies planas. Los suelos estaban hechos de parqué en intrincados diseños, y los muros estaban encalados en blanco y decorados con magníficas obras de arte. Una puerta conducía a lo que parecía ser un baño, y otra, en este caso cerrada, supuso que daría al pasillo. Una vez que le satisfizo el conocimiento que tenía ya de su entorno, Lara preguntó:

—¿Dónde estoy?

—¡Por fin despiertas! —exclamó la mujer con fingida sorpresa—. Estás en la casa del rey, en la isla de Guardia Central.

—Vaya. —Si Guardia Central estaba, tal como su nombre sugería, en el centro de Ithicana, había estado inconsciente mucho más de lo que creía. La habían drogado, y eso significaba que no confiaban en ella. Y tampoco le sorprendía—. ¿Cómo llegué hasta aquí?

—Llegaste a Guardia Central por mar.

—¿Cuánto llevo durmiendo?

—A ver, dormida no estabas. Estabas... ausente. —La mujer se encogió de hombros en un gesto de disculpa—. Perdónanos. Los ithicanos somos reservados por naturaleza, y todavía no hemos acabado de aceptar el hecho de que haya una forastera entre nosotros.

—Eso parece —murmuró Lara, consciente de que la mujer no había respondido a su pregunta.

Sabía perfectamente qué le habían dado y por qué. Tener a una persona inconsciente durante días tenía sus consecuencias, y solían ser fatales. Drogarla para borrarle la memoria era mucho más seguro.

Pero podía fallar. Sobre todo, si el individuo al que pretendías drogar ya había estado expuesto a la sustancia con anterioridad. Lara comenzaba a notar retazos de recuerdos reptando por los límites de sus pensamientos. Recuerdos de ir caminando con un calzado que no le quedaba bien por una superficie dura. Había estado en el puente, y en algún punto del recorrido la habían sacado.

Volvió a concentrar su atención en la mujer y le preguntó:

—¿Qué haces con mi vestido puesto?

—Tienes un baúl repleto de ropa. Los estaba colgando y se me antojó probarme este para ver si me gustaba.

Lara enarcó una ceja.

—¿Y bien?

—Uy, me gusta mucho. —La extraña arqueó la espalda y le sonrió a su imagen en el espejo—. De práctico no tiene nada, pero es precioso. No me vendría mal tener un par en el armario.

Dicho esto, levantó una mano y se sacó las tiras del vestido de los hombros, dejando que se deslizara por su cuerpo y formara una montaña a sus pies.

No llevaba absolutamente nada debajo; tenía un cuerpo de curvas musculosas y unos pechos pequeños y firmes.

—Ah, por cierto, el vestido que llevaste a la boda era precioso. —Se pasó una túnica de manga corta por la cabeza y se puso unos pantalones cómodos. Había un par de avambrazos en el suelo, que se ató con la soltura de quien lo ha hecho miles de veces—. Te lo pediría para cumplir mi parte del Tratado de los Quince Años, pero me temo que se desgastó un poco durante el trayecto.

Lara quedó boquiabierta al tomar conciencia de quién tenía delante.

—¿Eres la princesa ithicana?

—Entre otras cosas. —La mujer sonrió—. Pero no quiero revelarte todos nuestros secretos. Mi hermano no me lo perdonaría en la vida.

—¿Tu hermano?

—Tu esposo. —Tras recoger un arco y un carcaj, la mujer, la princesa, atravesó la estancia a grandes zancadas—. Me llamo Ahnna. —Se inclinó y le dio un beso en la mejilla a Lara—. Y yo, por mi parte, tengo muchísimas ganas de conocerte, hermana.

Llamaron a la puerta y un sirviente entró con una bandeja de frutas cortadas que dejó sobre la mesa antes de anunciar que la cena se serviría a la séptima hora.

—Te dejo sola —le dijo Ahnna—. Aprovecha para acomodarte. Seguro que despertar aquí te tomó desprevenida.

Tras años aguantando el violento tutelaje de Serin, Lara necesitaba mucho más que despertar en una cama de plumas para asustarse, pero se permitió el lujo de hablar con un tono ligeramente tembloroso:

—El rey... ¿Está...?, ¿va a...?

Ahnna se encogió de hombros.

—Me temo que Aren no es la persona más predecible del mundo en lo que a sus idas y venidas se refiere. Te recomiendo que te pongas cómoda y que no esperes a que llegue a casa. Date un baño. Come fruta. Sírvete una copa. O diez.

Lara esbozó un gesto de desilusión, pero le dirigió a Ahnna una sonrisa antes de que esta cerrara la puerta y corriera el cerrojo. Estuvo contemplando la pieza de metal durante un buen rato, sin acabar de creer que los ithicanos le ofrecieran cierta intimidad, pero luego descartó ese pensamiento. Todo lo que sabía sobre ellos se basaba más en especulaciones que en hechos. Lo mejor era encarar las circunstancias como si no supiera absolutamente nada.

Después de ponerse el vestido que Ahnna había dejado en el suelo y abrocharse los cuchillos, algo que no esperaba encontrar descansando sobre el baúl, Lara examinó la estancia en busca de alguna señal que indicara que la estaban espiando; pero no había agujeros ni en los muros ni en el techo, ni hendiduras en la tarima. Recogió la bandeja con la fruta y se adentró en lo que había supuesto que sería el baño, pero lo que encontró no se parecía ni remotamente a un lavabo, salvo por las repisas de madera con toallas suaves, esponjas, pastillas de jabón y toda una colección de cepillos y peines. Sin embargo, había otra puerta.

Lara empujó el pesado bloque de madera maciza y descubrió un patio en pendiente que refulgía con una vegetación que no había visto jamás. Los muros del edificio estaban cubiertos por plantas trepadoras repletas de radiantes flores rosas, lilas y naranjas, y dos árboles de hojas partidas que se alzaban hacia el cielo con varios pájaros multicolores posados en sus ramas. Un sendero hecho de piedras cuadradas delimitado por cantos redondos también blancos serpenteaba por el patio, pero lo que la dejó sin aliento fue el arroyo que fluía por el centro del lugar.

Al adentrarse en el patio, se dio cuenta de que habían construido el edificio para que formara una especie de puente que atravesaba una humilde cascada. El agua caía con fuerza sobre las rocas hasta alcanzar un estanque, que discurría por un canal hasta otro, y otro más, antes de ocultarse en la parte inferior del extremo de la casa y dar a lo que hubiera al otro lado, fuera lo que fuera.

En la base de la cascada, junto al estanque, oteó unos bancos de piedra curvados bajo el agua. Allí era donde se suponía que debía bañarse. Un delicado vapor flotaba por la superficie, y en cuanto metió el pie, su piel se sonrosó por la temperatura. Solo había otra entrada que daba al patio, y estaba en el extremo opuesto a la puerta que conducía a sus aposentos.

Lara cruzó el arroyo por un puentecito, subió hasta la puerta y probó jalar la manija en silencio. Estaba cerrada. La estancia que hubiera al otro lado también tenía una ventana simétrica a la suya, pero estaba asegurada y la cortina cerrada.

Cuando alzó la cabeza al cielo, no vio más que nubarrones, pero tras echarles un vistazo a las enredaderas de las paredes, concluyó que eran lo suficientemente resistentes como para aguantar su peso, en caso de que decidiera escalarlas. Tenía incontables vías de escape a su disposición, lo que significaba que aquella casa no estaba pensada para ser una prisión.

Una voz llamó su atención.

—¿Ya despertó?

Aren.

—Sí, hará una media hora.

—¿Y?

Lara se apresuró a seguir el camino que rodeaba el manantial y se arrodilló en cuanto llegó al lugar en el que el agua desaparecía por debajo del edificio.

—Estaba más tranquila de lo que esperaba. Lo que más le interesaba era saber por qué llevaba puesto uno de sus vestidos. Supongo que aquí cada uno tiene sus prioridades.

Silencio.

—¿Y por qué te habías puesto uno de sus vestidos?

—Porque era bonito y porque me aburría.

El rey se contuvo la risa y Lara reptó algunos metros por debajo del edificio hasta que pudo verle las piernas. Llevaba un arco en la mano y lo iba balanceando a un lado y a otro. Habría querido avanzar un poco más, intentar verle el rostro, pero no podía arriesgarse a que la oyeran.

—¿Ha dicho algo destacable?

—He tenido conversaciones más emocionantes con tu gato. Tus cenas van a ser una fiesta, te advierto.

—Qué sorpresa. —El rey le dio un golpe a una roca, que cayó en el arroyo y salpicó a Lara en la cara—. Y todavía me dice que es su hija más preciada. Vaya descaro. Apuesto mi cuello a que tiene botas que valora mucho más que a esa chiquilla.

«Acepto la apuesta, cabrón arrogante», pensó Lara. Él añadió:

—Estas no eran las concesiones que quería alcanzar con el acuerdo, Ahnna. No me gustan, y no pienso firmar la orden.

—No te queda de otra. Maridrina ha cumplido su parte del trato. Si faltamos a nuestra palabra, habrá consecuencias, y la primera será tener que despedirnos de la paz.

Los dos empezaron a caminar y Lara oyó el roce de las botas, las pisadas acortadas de dos personas subiendo una escalera, y la voz lejana de Ahnna:

—Dale al rey de Maridrina lo que quiere y conseguirás que dependa todavía más de nosotros. Tal vez nos acabe compensando.

Y, a duras penas, Lara oyó la respuesta:

—Maridrina se morirá de hambre antes de que lleguen a ver los beneficios de este tratado.

Las ascuas de la furia de Lara ardían con fuerza bajo el peso de esas palabras, con el recuerdo de las criaturas cadavéricas que había visto en las calles de su reino llenándole los ojos de lágrimas. Se enderezó y regresó por el camino hacia su habitación, decidida a encontrar a ese rey desgraciado y a clavarle una de las dagas en esas retorcidas entrañas ithicanas.

Pero sabía que eso no le serviría de nada.

Se detuvo en el sendero y levantó la vista al cielo, respiró hondo varias veces y encontró calma en el mar de fuego en el que se había convertido su alma. Sabía lo mucho que disfrutaría destripando a su esposo, pero eso no resolvería los problemas de Maridrina. De lo contrario, hacía muchísimo tiempo que su padre habría enviado a un asesino para acometer dicha empresa. No era cuestión de derribar a un hombre, sino un reino, y algo así requería tiempo. Debía retrasar el golpe hasta el momento en que fuera más efectivo. Recordar lo que le habían enseñado y por qué. Ser la mujer que su padre había creado para salvar su patria.

Una puerta se cerró a sus espaldas y Lara giró sobre sus talones, esperando encontrarse con la sirvienta que hubieran enviado para ofrecerle sus servicios.

Nada más lejos de la realidad.

El hombre estaba desnudo, salvo por la toalla que llevaba atada en la cintura y que impedía que dejara al descubierto todo su ser. Pero la parte visible era más que suficiente. Era un tipo alto, de hombros anchos, con un cuerpo musculoso y definido, como si estuviera esculpido en piedra, y brazos cubiertos de antiguas cicatrices blancas que resaltaban sobre la piel bronceada. Y el rostro... Una mata de cabello negro enmarcaba los pómulos pronunciados y una mandíbula fuerte que contrastaban con los labios carnosos. Sus ojos la repasaron de arriba abajo, y ella se ruborizó.

—Tendría que haberme imaginado que de todas las habitaciones en las que podría haberte metido, ella elegiría esta —dijo, y aquella voz le resultaba tan familiar que sintió como si le lanzaran una cubeta de agua helada encima.

Sabía a quién tenía delante, aunque lo único que pudiera ver en ese momento fuera una máscara malvada y lo único que pudiera oír fuera que Maridrina se moriría de hambre.

Lara apresuró las manos hacia los cuchillos que le pendían de la cintura, pero disimuló el gesto ajustándose el vestido.

Sin embargo, no consiguió engañarlo.

—¿Acaso sabes usarlas?

La idea de que podía matar a aquel tipo arrogante y condescendiente allí mismo le rondaba la cabeza, pero Lara solo esbozó una sonrisa dulce.

—He cortado bastante carne, no te creas.

Los ojos se le iluminaron de interés.

—Vaya. Veo que, después de todo, la princesita tiene agallas. —Señaló las dagas y añadió—: Lo que quiero decir es si sabes combatir con ellas.

Responder que no implicaba que jamás podrían verla utilizándolas de ningún modo, a riesgo de quedar como una mentirosa; así que Lara optó por arquear una ceja, burlona.

—Me criaron para ser tu reina, no una soldado del montón.

El interés de sus ojos se desvaneció, y eso era algo que no se podía permitir. Se suponía que debía seducirlo y lograr que confiara en ella. El problema era que la única forma de conseguirlo era que él la deseara. La llovizna le había empapado la seda del vestido y notaba cómo se le pegaba a los pechos. Para eso la habían entrenado. No sabría decir cuántas lecciones había tenido que aguantar precisamente sobre lo que debía hacer para captar el interés de un hombre. Y para conservarlo. Arqueó la espalda y dijo:

—¿Vienes a reclamar lo que es tuyo?

El rey no se inmutó. En todo caso, parecía aburrido.

—Lo único que vengo a reclamar es un baño antes de la cena. Arrastrarte desde Guardia Meridional fue un fastidio. Pesas más de lo que parece.

A Lara se le encendieron las mejillas.

—Dicho esto, si compartes mis inquietudes, te invito a que te bañes tú primero. Teniendo en cuenta que llevas tres días sin tocar el agua, probablemente lo necesites más que yo.

Siguió mirándolo, sin saber qué responder.

—Pero si has venido solo a admirar el... follaje, quizá puedas concederme una pizca de intimidad. —Él le dirigió una sonrisa perezosa—. O no. No soy tímido.

Lo que él esperaba era que Lara fuera la mujercita maridrina que atendiera todas sus necesidades, quisiera o no.

Pensó que eso era lo que esperaba, que lo observara mientras él la observaba a ella; pero no era lo que quería. Los pensamientos se agolpaban en su mente, uno tras otro. Sobre la ropa que él llevaba, cuyos colores tenían la intención de fundirse con los de la selva que los rodeaba. Sobre las cicatrices, claramente de batallas pasadas. Sobre el arco que llevaba en la mano, listo para usarlo sin previo aviso. El hombre era un cazador, concluyó. Y lo que quería era una cacería.

Lara estaba más que dispuesta a ofrecérsela. Sobre todo, si eso implicaba retrasar aquello inevitable que pretendía eludir por todos los medios posibles.

—Puedes esperar, entonces.

Sonrió para sus adentros al ver la sorpresa que atravesó los ojos de su esposo. Se desabrochó el cinturón, dejó las armas al borde del estanque y le dio la espalda al rey mientras se quitaba los tirantes del vestido. Después de arrancarse la seda húmeda del cuerpo, Lara apartó el vestido y sintió sus ojos clavados en ella cuando se sumergió en la piscina; el cabello le llegaba hasta la zona lumbar, y era lo único que le tapaba la piel desnuda.

El agua estaba hirviendo. Era una temperatura a la que tenías que acostumbrarte poco a poco, pero Lara apretó los dientes y descendió los escalones, y no se volvió hasta que los remolinos de agua le cubrieron los pechos.

El rey seguía contemplándola. Ella le ofreció una sonrisa serena.

—Cuando acabe, te aviso.

Él abrió la boca como si quisiera discutír, pero acabó por sacudir la cabeza y dar media vuelta. Lara dejó que diera tres pasos antes de llamarlo:

—Majestad. —El rey de Ithicana se volvió hacia ella, sin ocultar la expectación en su expresión. Lara dejó caer la cabeza para que la cascada le empapara el cabello—. Por favor, pásame el jabón. Olvidé tomarlo. —Vaciló y, poco después, añadió—: Ah, y la toalla.

La pastilla aterrizó en el agua cerca de ella y la salpicó. Lara abrió los ojos a tiempo para ver cómo se desataba la toalla de la cintura y la lanzaba sobre una roca, antes de retirarse desnudo con grandes y pesados pasos hacia su habitación.

Lara, mordiéndose el interior de las mejillas, se esforzó por contener una sonrisa. Tal vez fuera un cazador, pero estaba muy equivocado si creía que ella sería su presa.

7
Lara

Lara disfrutó de la fuente termal hasta que la piel se le sonrosó y arrugó, en parte por molestar al rey de Ithicana y en parte porque la sensación de estar completamente sumergida en agua caliente era un deleite desconocido para ella. En el oasis, el baño se limitaba a una tina, un trapo y frotamientos vigorosos hasta decir basta.

De vuelta en sus aposentos, decidió cuidar su apariencia, así que escogió un vestido azul cielo que dejaba los brazos y casi todo el escote a la vista, y se recogió el cabello húmedo en una trenza estilo corona que dejaba al descubierto el cuello y los hombros. En el baúl llevaba un cofre de cosméticos, y bajo el fondo falso ocultaba botecitos de venenos y drogas, y aprovechó para guardarse un vial en el brazalete, diseñado para tal propósito. Se oscureció las pestañas, se esparció polvo de oro en la piel y se pintó los labios de un rosa pálido justo cuando el reloj del escritorio daba la séptima hora. En ese instante, tomó aire, salió al pasillo y siguió el olor de la comida.

El suelo pulido del corredor reflejaba la luz de los hermosos candelabros hechos de cristal valcottés. Los muros estaban cubiertos por celosías de madera color ámbar, de las que colgaban varios cuadros brillantes con marcos de bronce. Al final del pasillo se encontraba la cocina, así que tomó la puerta de la izquierda y se encontró en un vestíbulo revestido con mármol con una pesada puerta exterior rodeada de ventanas que no revelaban más que una oscuridad creciente.

—Lara.

Volteó al oír su nombre y echó un vistazo a través de las puertas abiertas de un gran salón, dominado por una magnífica mesa de madera con incrustaciones de esmalte y una docena de sillas alrededor. Ahnna estaba sentada en una silla recargada hacia atrás con una copa de vino en la rodilla.

—¿Qué tal el baño?

La sorna que vio en sus ojos le hizo pensar que estaba al tanto de la conversación que Lara había mantenido con su hermano.

—Fenomenal, grac...

Se interrumpió con un grito ahogado de sorpresa. En el lado opuesto a la princesa, vio sentado en una silla al gato más grande que había visto en su vida, del tamaño de un perro, más o menos. La criatura, que la observaba con unos ojos dorados, levantó una pata y se la lamió; procedió a acicalarse en la mesa del salón.

—Dios mío —mascculló—. ¿Qué es eso?

—Eso es *Vitex*, la mascota de Aren.

—¿Mascota?

La otra mujer se encogió de hombros.

—Aren lo encontró abandonado cuando no era más que un gatito. Lo trajo a casa y luego ya no pudo quitarse a la bestia de encima. Mantiene a raya a las serpientes, algo es algo.

Lara contempló al animal con precaución. Era lo suficientemente grande como para tumbar a un humano, si se viera amenazado.

—¿Es agresivo?

—A veces. Eso sí, lo mejor es dejar que se acerque a ti. Vamos, *Vitex*, fuera. ¡Largo!

La enorme criatura le dirigió una mirada de desdén antes de saltar de la silla y salir de la estancia.

Lara se sentó frente a la princesa y apreció por completo el muro de ventanas por las que esperaba poder disfrutar de unas impresionantes vistas bajo la luz del día.

—¿Dónde están los demás?

Ahnna dio un largo sorbo de vino, antes de tomar la botella del centro de la mesa, rellenar su copa y servirle otra a Lara, algo que no esperaba. En Maridrina, solo la servidumbre tocaba las botellas. Uno no se servía sus copas. De hecho, estaba bastante convencida de que sus compatriotas serían capaces de morir de sed antes de romper esa costumbre.

—Esta es la casa de mis pa... —Ahnna se interrumpió y esbozó una mueca, y se corrigió—: La residencia privada de mi hermano, así que ahora mismo solo estamos nosotros tres, la cocinera y dos sirvientes. Y yo me iré mañana, en cuanto se me pase la resaca. —Levantó la copa—. Salud.

Lara alzó obedientemente la suya y dio un sorbo, fijándose en que el vidrio también era de Valcotta, el vino de Amarid y, a menos que estuviera equivocada, la plata era de su hogar. Catalogó esos detalles para valorarlos más adelante. Ithicana dominaba el mercado de la mayoría de los bienes; los compraba en Guardia Septentrional, los transportaba a lo largo del puente y los vendía a precio de lujo en Guardia Meridional, para luego revertir el proceso con las exportaciones de los reinos del sur. Los mercaderes que viajaban por el puente pagaban impuestos asfixiantes por tener ese privilegio, y siempre bajo la atenta mirada de soldados ithicanos.

Ithicana en sí no exportaba nada, pero parecía que no tenía escrúpulos a la hora de importar productos de otros lugares.

—Entonces, ¿toda la isla es el dominio privado del rey? —inquirió Lara, preguntándose si el hombre en cuestión llegaría a hacer acto de presencia.

—No. Mi padre construyó esta casa para que mi madre estuviera cómoda durante las épocas del año que pasaban aquí.

—¿Dónde vivían el resto del año?

Ahnna sonrió.

—En otro sitio.

Secretos.

—¿Hay alguna otra persona en esta isla con la que pueda encontrarme?

—Sí, con la guardia de honor de Aren. Supongo que te encontrarás con ellos en algún momento.

Lara sintió una punzada de frustración, así que dio otro sorbo al vino para calmar esa sensación. Apenas llevaba allí unas pocas horas. Nadie, ni siquiera Serin o su padre, podría esperar que encontrara una manera de atravesar las defensas de Ithicana en un día.

—Espero conocerlos pronto, la verdad.

Ahnna resopló.

—Lo dudo. Me parece que son un poco toscos en comparación a lo que tú estás acostumbrada. Aunque eres todo un misterio.

La princesa también estaba investigando. Lara sonrió.

—Me has dicho que te vas mañana, ¿verdad? ¿No vives en esta isla?

—Soy la comandante de Guardia Meridional.

Lara se atragantó con el vino.

—Pero si eres una...

—¿Una mujer? —remató Ahnna—. Pronto verás que en Ithicana tenemos otro estilo de vida. Lo que tienes entre las piernas no determina el camino que seguirás en la vida. La mitad de los efectivos de Guardia Meridional son mujeres.

—Qué liberador.

Lara consiguió articular las palabras entre accesos de tos, al tiempo que se imaginaba el gesto horrorizado de su padre si llegara a descubrir que la isla que tantas veces lo había derrotado en batalla estaba defendida por mujeres.

—Y podría serlo también para ti, si quisieras.

—No le prometas nada que no podamos cumplir, Ahnna —dijo una voz masculina.

El rey de Ithicana entró en el salón a grandes zancadas, con el cabello negro aún húmedo del baño, aunque con la misma barba incipiente de antes. Le pareció que le otorgaba un aspecto pícaro, aunque descartó inmediatamente aquel pensamiento.

—¿Qué tiene de malo que aprenda a usar un arma? Ithicana es un lugar peligroso. Sería por su propia seguridad.

Él ojeó la mesa y se sentó en la cabecera.

—Lo que me preocupa no es su seguridad.

Lara le lanzó una mirada de desprecio.

—Encajaría a la perfección en Maridrina, su majestad, si la idea de que una mujer sepa usar un cuchillo le aterra tanto.

—Vaya, vaya. —Ahnna se rellenó la copa hasta el borde y se recostó en la silla—. Había juzgado mal tu humor, Lara.

—No malgastes saliva, Ahnna —respondió Aren, ignorando el comentario—. Lara cree que las armas son algo propio de soldados del montón, que no merecen su tiempo.

—Yo no dije eso. Dije que me habían entrenado para ser esposa y reina, no una soldado del montón.

—¿Y en qué consistió ese entrenamiento?

—Tal vez el destino le sonría alguna vez y lo descubra, Majestad. Aunque, por lo pronto, deberá contentarse con mis impecables costuras.

Ahnna rompió a reír a mandíbula batiente y se sirvió otra copa de vino, antes de llenarle una a su hermano.

—A ver si esto te ayuda.

Aren las ignoró por la servidumbre, que se presentó con bandejas de comida, las dejaron en la mesa y desaparecieron, antes de volver con más. Había fruta y verdura fresca, toda de colores brillantes, así como pescados grandes que aún conservaban la cabeza. Un pescado descansaba sobre un lecho de arroz humeante, que Lara observó y descartó en cuanto vio la ternera asada sazonada con hierbas, si bien las dudas sobre su origen chocaron con la ira que sentía ante tal exceso de comida. Una comida que podría haber ido a Maridrina.

Esperó a que uno de los criados le sirviera, pero todos se marcharon. Poco después, los hermanos reales comenzaron a servirse por su cuenta, llenando sus platos de ensalada, pescado y ternera sin preocuparse lo más mínimo por el orden de los alimentos.

—No estoy acostumbrada a tanta variedad —dijo—. Nunca he probado el pescado, aunque supongo que aquí es algo básico.

Aren levantó la cabeza y echó un vistazo a las viandas, y Lara detectó que le temblaba la comisura del ojo.

—Hay algunas islas que tienen jabalí. Cabra. Pollo. Suele haber serpiente en el menú. Todo lo demás es de importación, normalmente de Harendell, a través del mercado de Guardia Septentrional.

Los espías de Serin les habían informado de que no todos los bienes que entraban al puente por Guardia Septentrional salían por Guardia Meridional, lo que indicaba que los ithicanos aprovechaban la estructura para transportar productos dentro de su propio reino. «Hay entradas y salidas del puente más allá de los accesos de Guardia Septentrional y Guardia Meridional —les gritaba continuamente Serin a Lara y sus hermanas—. Esos son los puntos débiles. Encuéntrenlos.»

Lara se sirvió raciones generosas de todo, cortó una porción de ternera y contempló cómo se formaba una base de jugos debajo. Y luego la probó. Le sonrió a uno de los sirvientes, que había reaparecido para llevar más vino, y le dijo:

—Esto está delicioso.

Los tres estuvieron callados durante un buen rato; en el caso de Lara, el silencio se debía a que siempre tenía la boca llena de comida. El sabor era incomparable a lo que había comido hasta entonces, fresco y aderezado con especias que ni siquiera conocía. «Este es el resultado de controlar el puente», pensó Lara, y se imaginó lo que supondría que toda esa comida llegara a Maridrina.

—¿Por qué te tenía tu padre escondida en medio del desierto Rojo? —preguntó al fin Aren.

—Por nuestra seguridad.

—¿No estabas sola?

«Di la verdad siempre que puedas», le indicó la voz de Serin a través de sus recuerdos. Se tragó un trozo de pescado bañado en mantequilla de cítricos.

—No, estaba con mis hermanas. Bueno, hermanastras.

Los dos hermanos dejaron de masticar.

—¿Cuántas hijas tenía... ocultas allí? —preguntó Aren.

—Doce, incluyéndome a mí. —Lara dio un sorbo de vino y volvió a llenarse el plato—. Mi padre seleccionó a la que consideraba la pretendienta más adecuada para ser su reina.

Aren la observaba con una expresión impasible, mientras

que su melliza asintió como si entendiera la situación antes de preguntar.

—La más hermosa, dirás.

—Me temo que no.

—¿La más inteligente?

Lara sacudió la cabeza, pensando en la facilidad que tenían Sarhina y Marylyn para descifrar códigos. Y crearlos.

—¿Por qué te escogió a ti, entonces? —intervino Aren.

—No me correspondía a mí cuestionar las razones que había detrás de sus decisiones.

—Pero seguro que tienes alguna opinión al respecto.

—Por supuesto: que mi opinión no importa.

—¿Y si yo te la pidiera? —Él frunció el ceño—. De hecho, te la estoy pidiendo.

—Mi padre es el monarca que más tiempo ha reinado en la historia de Maridrina. Su sabiduría y conocimientos sobre la relación de nuestros reinos es lo que lo ha guiado a la hora de elegirme para que fuera su esposa.

Ahnna se volvió de repente hacia su hermano y, con voz urgente, exclamó:

—Aren, se han infiltrado en nuestro reino. Tenemos un espía entre nuestras filas.

A Lara le dio un vuelco el corazón cuando los ojos de Aren se volvieron hacia ella. Cerró los dedos alrededor de los cuchillos que llevaba en la cintura, lista para abrirse paso luchando si la situación lo requería.

—No hay otra explicación —siguió Ahnna—. ¿Cómo si no habría sabido ese cabrón mentiroso que tienen por rey qué hija sería por mucho la peor esposa para ti?

Aren resopló y sacudió la cabeza. Lara ocultó su alivio detrás de otro bocado de pescado, aunque ahora le supiera como si estuviera masticando aserrín.

—No me extraña que se presentara con esos aires a la boda —continuó la princesa—. Seguramente estaba convencido de que se la enviarías de regreso al cabo de una semana.

—Ahnna...

La voz del rey de Ithicana era una advertencia en sí misma.

—Me fascina, de verdad. Es como si la hubieran creado para que te llevara a la tumba antes de tiempo.

«En eso no estás tan equivocada», pensó Lara.

—Ahnna, si no cierras la boca, te ahogo en el vino.

Ahnna levantó la copa, como si quisiera brindar.

—Te invito a que lo intentes, hermanito.

Lara escogió ese momento para interrumpirlos, al tiempo que rellenaba las copas de los hermanos. Al servir el vino ella misma, pudo depositar en cada copa unas gotitas del diminuto vial que llevaba oculto en la mano, asegurándose, así, de que los dos dormirían como troncos aquella noche.

—Hablando de mi padre, ¿me permitirán que me comunique con él?

Los dos se quedaron mirándola sin ocultar en absoluto lo poco que les había gustado la pregunta, antes de vaciar las copas sin ser conscientes, aparentemente, de lo mucho que se parecían. Lara sonrió para sus adentros; el narcótico que había mezclado con el alcohol cumpliría bien con su cometido.

Aren fue quien al fin respondió:

—¿Para qué quieres comunicarte con él? Y, por favor, no me digas que es para mantener una relación padre-hija que claramente no es ni mucho menos cercana.

A Lara le pasaron por la mente decenas de réplicas desagradables, y tuvo que tragárselas todas. Necesitaba que aquel zoquete se enamorara de ella.

—Me han dejado muy claro que, para proteger los intereses de Ithicana, no se me permitirá volver a ver a mi familia, mi hogar o mi pueblo. Que esta hermosa casa será mi prisión hasta que decidan lo contrario. La pluma y el papel es lo único que me queda para mantener la conexión con todo lo que he dejado atrás. Si me lo permiten, claro está.

Él desvió la vista, pero los músculos de su mandíbula se movían como si estuviera teniendo un gran debate interno. Poco después, volteó hacia su hermana y la mujer le hizo un sutilísimo gesto de cabeza, algo que, en sí mismo, ya era interesante. Ahnna se mostraba al mundo como la hermana alegre y empática, pero quizá esa no fuera una valoración adecuada de su carácter.

Y, con todo, Aren decidió ignorar la advertencia que pudieran haberse transmitido los hermanos.

—Puedes comunicarte con tu padre. Pero leeremos todas tus cartas, y si incluyen información que pueda poner en riesgo a Ithicana, se te pedirá que la elimines. Si se descubre que estás usando algún tipo de código, se anularán todos tus privilegios.

Lo que le pidieran que eliminara podía revelarle mucho más de lo que parecía, y era algo que no había pasado por alto la comandante de Guardia Meridional. Ahnna esbozó un gesto de irritación, y abrió la boca antes de volver a cerrarla, consciente de que no podía comprometer su actuación. No le cabía duda de que discutiría con su hermano lo de la correspondencia en cuanto Lara no pudiera oírlos.

—No me gusta que se lean mis cartas privadas —afirmó Lara, pero solo porque sabía que era lo que él esperaba.

—Pues no te creas que yo tengo ganas de leerlas —le espetó Aren—. Pero aquí todos tenemos que hacer cosas que no nos gustan, así que te sugiero que te vayas acostumbrando.

Y, sin mediar más palabra, se levantó atropelladamente de la silla y salió de la estancia con un ligero balanceo en sus pasos.

Ahnna dejó escapar un suspiro de hastío. Descorchó otra botella de vino y le llenó la copa a Lara hasta el borde.

—A esto lo llamamos un copazo Ahnna en Guardia Meridional.

A pesar de saber que el comportamiento de la mujer no era más que una estrategia para ganarse su confianza, Lara sonrió y dio un largo sorbo a la bebida.

—¿Siempre se comporta así? —preguntó, aunque lo que en realidad pensó fue: «¿Suele ser siempre tan imbécil?».

La sonrisa de la otra mujer desapareció por completo de su rostro.

—No. —Hablaba con una cierta dificultad, y miró su copa con el ceño fruncido—. Madre mía, ¿cuánto he bebido?

—En Amarid se hacen los mejores vinos del mundo; es difícil contenerse.

Unos instantes más tarde, Ahnna cayó de bruces sobre la mesa con un golpe seco. Uno de los sirvientes entró en ese preciso momento y se quedó boquiabierto al ver a la princesa roncando sobre la mesa del salón.

—Se le pasó la mano —le dijo Lara con una mueca—. ¿Me ayudas a llevarla a su habitación?

Ahnna era un peso muerto que entre los dos no pudieron más que medio arrastrar y medio cargar a lo largo del pasillo hasta llegar a su habitación, una estancia igual de fastuosa que la de Lara.

—Sosténgala un momento, Majestad. Voy a comprobar que no haya serpientes entre las sábanas.

¿Serpientes? Aquella idea distrajo lo suficiente a Lara como para estar a punto de caer hacia un lado por el peso de Ahnna cuando el muchacho la soltó. Este se acercó a la cama y le dio un buen golpe antes de revolver las sábanas, pero, por suerte, no había ni rastro de serpientes.

Después de dejar a Ahnna en la cama, Lara tuvo que esquivar una patada que a punto estuvo de darle en la cara la mujer, más alta que ella, al ponerse boca abajo con un gruñido amortiguado. Lara le quitó una bota, en la que había escondido una daga afilada como un demonio, y luego la otra, y después se sacudió el polvo de las manos.

—Gracias por la ayuda —le dijo al muchacho, antes de salir de la habitación y esperar a que la siguiera—. ¿Cómo te llamas?

—Eli, mi señora. Debo decirle que esto no suele ocurrirle a eh... a Su Alteza. —Se mordió el labio inferior—. Quizá debería informar a Su Majestad...

—No lo molestes. —Lara cerró la puerta—. No hay ninguna necesidad de seguir abochornándola.

El sirviente parecía estar listo para discutir el tema justo cuando Ahnna dejó escapar un sonoro ronquido, perceptible incluso a través de la gruesa puerta, y se hizo para atrás.

—¿Necesita algo más esta noche, su majestad?

Lara sacudió la cabeza, impaciente por perderlo de vista.

—Buenas noches, Eli.

El sirviente le hizo una reverencia y añadió:

—Muy bien. Por favor, compruebe su lecho por si...

—¿Hubiera serpientes?

Lara le lanzó una sonrisa que lo hizo ruborizarse, un color que contrastaba con los delicados rizos castaños de su caótico cabello. El muchacho volvió a inclinarse antes de echar a correr por el pasillo. Lara oyó el trajín de platos que se estaban llevando del salón, y volvió a entrar en silencio en la habitación de Ahnna, sin olvidar correr el cerrojo una vez adentro.

La princesa apenas se estremeció mientras Lara registraba metódicamente la estancia en busca de cualquier información que pudiera servirle, suspirando de envidia ante el arsenal de armas de la mujer, todas de primerísima calidad. No obstante, por lo demás, no había mucho más aparte de algunos recuerdos, un joyero con algunas baratijas y una cajita de música con un fondo falso lleno de poemas. En definitiva, la habitación de una niña que ahora apenas la utilizaba.

Después de apagar la lámpara, Lara entreabrió la puerta para asegurarse de que el pasillo estaba desierto antes de correr hacia su habitación. Había oído movimiento a ambos extremos del corredor; era imposible atravesar la casa sin que alguno de los sirvientes se diera cuenta. Lara se mordió la uña del pulgar y miró el reloj. El narcótico no estaba pensado para que durara demasiado, y el rey no había bebido tanto vino como su hermana. En resumen: se le acababa el tiempo.

Lara se quitó el vestido y tomó una toalla, jabón y esponjas, y, candil en mano, salió al patio. El aire de la noche era fresco, y la llovizna ligerísima que caía le empapó la camisola mientras caminaba descalza por el sendero de piedras que conducía a la fuente termal. Después de dejar los útiles de aseo junto al estanque, se quitó la camisola y se sumergió en las aguas humeantes, llevando consigo una de las dagas. Acto seguido, atenuó la llama del candil hasta que apenas emitía un leve resplandor y esperó hasta que sus ojos se acostumbraron a la oscuridad.

Los ruidos de la selva podían llegar a ser tan atronadores como relajantes, una cacofonía incesante que sosegó el ritmo acelerado de su corazón cuando apoyó los codos en los bordes de la fuente, examinando con detenimiento lo que la rodeaba. El trino de los pájaros se fundía con el crujido de las hojas y los aullidos de los monos que se oían entre los árboles. Una criatura, tal vez algún tipo de rana, emitía una especie de castañeo repetitivo, los insectos zumbaban y todo se mezclaba con el borboteo de la cascada que tenía a sus espaldas.

«Observa. Escucha. Siente.»

Lo último era lo que siempre le había funcionado mejor. El maestro Erik se refería a ello como el sexto sentido, esa parte inconsciente de la mente que recoge todo lo que le proporcionan el resto de los sentidos y añade algo más. Una intuición que podía perfeccionarse y pulirse hasta convertirse en el sentido más valioso de todos.

Así, Lara no habría sabido decir si oyó algo o detectó movimiento, pero desvió la atención de los tejados a la abertura bajo la casa por la que fluía el arroyo.

Un guardia.

Efectivamente, sin dejar de contemplar la oscuridad, sus ojos al fin divisaron la silueta de un pie descansando sobre una roca. El acceso de ira que le provocó saber que se atrevieran a vigilarla mientras se bañaba desapareció al comprender que era una necesidad evidente. Aren era el rey de Ithicana, y ella era la hija de un reino enemigo. Por supuesto que vigilarían todos sus movimientos.

Después de asegurarse de que no hubiera más guardias, identificó las líneas de visión. Buscó todos los lugares donde pudiera ocultarse. Echó un vistazo a la camisola blanca que había dejado a la vista y se deslizó despacio hacia el arroyo que desaguaba el estanque, reptando sobre los codos para mantener el cuerpo por debajo de la orilla. El agua cálida le acariciaba el cuerpo desnudo mientras se arrastraba por debajo del puente decorativo, que aprovechó como cobertura para salir del agua y ocultarse en silencio detrás de un arbusto de hoja ancha.

Desde allí, se apresuró a cruzar el patio hasta llegar a la ventana del rey, que estaba ligeramente abierta.

Utilizando una hoja de palmera para cubrirse, alargó el brazo y abrió la ventana.

«Respira.»

Luego, alargó ambos brazos y se impulsó a través del agujero; el marco de la ventana le arañó la piel desnuda del trasero en el momento en que hizo un salto mortal para caer de pie y en silencio dentro de la habitación pobremente iluminada, con el cuchillo entre los dientes.

La recibió la monstruosidad de gato que Aren tenía por mascota, observándola con sus ojos dorados. Lara contuvo el aliento, pero el animal se limitó a saltar al alféizar y salir al patio.

La vista se le fue de inmediato al hombre tumbado sobre una cama matrimonial con dosel. Aren estaba de espaldas, vestido solo con unos calzoncillos y las sábanas cubriéndole la parte inferior de las piernas.

Con el cuchillo en la mano, Lara se acercó poco a poco a la cama, aprovechando una de las alfombras para limpiarse los pies. No había ninguna necesidad de ir dejando por allí sus diminutas huellas.

No le cabía ninguna duda, tras haberlo visto desnudo poco antes, de que era un espécimen de hombre magnífico, pero esta vez no tenía miedo de que la descubrieran mirándolo. Tenía los hombros el doble de anchos que ella, y músculos que solo podía haber desarrollado alguien que llevara a su cuerpo más allá de sus límites con regularidad. Un cuerpo de combate, a juzgar por las cicatrices; pero su esbeltez indicaba una vida activa, impropia de un hombre que se pasara el día gobernando desde un trono.

Lara rodeó la cama y le examinó el rostro: pómulos altos, mandíbula fuerte, labios carnosos y pestañas negras por las que habría matado cualquier esposa de un harén. La barba incipiente delimitaba la silueta de su mandíbula cincelada, y tuvo que reprimir el impulso de alargar un brazo y pasarle el dedo.

«Maridrina se morirá de hambre antes de que lleguen a ver los beneficios de este tratado.»

Esas eran las palabras que resonaban en su cabeza, y, por voluntad propia, la mano de Lara salió disparada como por un resorte hasta apoyar la hoja de la daga contra el pulso regular de la garganta del rey. Sería pan comido. Un tajo y se desangraría en cuestión de segundos. Quizá ni siquiera llegara a vivir lo suficiente como para dar la alarma, y ella se habría esfumado antes de que descubrieran su cadáver.

Pero lo único que habría conseguido sería destruir la única oportunidad que tenía Maridrina de aspirar a un futuro mejor.

Lara bajó el cuchillo y se dirigió al escritorio. Su corazón dio un vuelco cuando recogió de la mesa una cajita de madera pulida, llena de pesados pergaminos sellados con el membrete del puente de Ithicana y los bordes cubiertos de oro. El mismo papel que Serin le había mostrado, el que utilizaba Aren para la correspondencia oficial. Sin perder un instante, se dispuso a buscar alguno que estuviera dirigido a Maridrina, pero no encontró más que notas escritas en papel barato, informes de espías de todos los reinos de norte a sur. Más informes de las islas de Guardia Septentrional y Guardia Meridional, ingresos, requisitos de armas, soldados y suministros.

Provisiones para Eranahl...

Frunció el ceño y extrajo la hoja de papel del montón justo cuando la cama crujió a sus espaldas.

Dio media vuelta y el alma se le cayó a los pies cuando sus miradas se cruzaron. Aren se había incorporado sobre un brazo, y los músculos del hombro le tensaban la piel tostada, con destellos áureos.

—¿Lara?

Tenía la voz ronca y los ojos nublados por los narcóticos, el sueño y... la lujuria. Su mirada se posó en el cuerpo desnudo de Lara y se frotó los ojos, como si no acabara de discernir si lo que tenía delante era real o una simple aparición.

«¡Haz algo!»

El entrenamiento que le habían inculcado a golpes los maestros por fin tomó el control. O bien seguía adelante con lo que prometía el hecho de estar allí desnuda, o encontraba la manera de volver a dormirlo. La primera era la estrategia más segura, pero... Era una carta que todavía no estaba dispuesta a jugar.

—¿Cómo has entrado?

Se le empezaba a aclarar la vista. Si no actuaba pronto, se acordaría de que la había visto cuando se despertara, y eso no formaba parte de su plan.

«Si crees ser el objeto de deseo de alguien, esa persona también lo creerá», le recordó la voz de Mezat, la maestra de Alcoba de las hermanas, invadendo sus pensamientos. «El deseo es un arma igual de poderosa que cualquier espada.»

En el complejo, todo parecía muy fácil. En ese momento, no tanto. Pero no le quedaba otra.

Extrajo el vial del brazalete y se cubrió el dedo con la droga antes de acercárselo a la boca y cubrirse los labios.

—Shhh, silencio, alteza. Ahora no es momento de conversar.

—Qué lástima. Conversas muy bien.

—También tengo otros talentos.

Los labios se le curvaron en una sutil sonrisa.

—Demuéstramelo.

Una gota del narcótico se le acumuló en el labio inferior cuando echó a andar hacia la cama con una confianza ilusoria, sintiendo cómo Aren se embelesaba con su presencia. Viendo cómo la excitación iba cobrando fuerza. Tal vez las enseñanzas de Mezat no fueran tan desencaminadas.

Se subió a la cama y se sentó encima de él a horcajadas; el pulso le martilleó en los oídos cuando él levantó una mano para agarrarla del trasero. Separó los labios como si quisiera decir algo, pero ella lo silenció con un beso.

El primer beso de su vida, y se lo había dado al enemigo.

Ese fue el pensamiento que danzaba en su mente mientras él gemía, pasándole la lengua por los labios bañados con la droga antes de adentrarse todavía más en su boca, una sensación que le generó una inesperada corriente de calor entre las piernas.

Deseó en silencio que las drogas funcionaran cuando volvió a besarlo, esta vez con más ímpetu, y notó cómo la otra mano le rozaba un pecho, hasta que ella la agarró y la retuvo sobre el colchón. Él dejó escapar una risita, pero Lara percibió cómo le temblaban los párpados, apenas consciente, a pesar de que en ese momento le bajara la mano por el trasero hasta la parte trasera de la pierna y luego volviera a subirla por el muslo. Arriba y abajo. Lara sintió cómo la droga comenzaba a hacerle efecto a ella, a pesar de que también notaba algo más creciéndole en sus adentros.

Aren le dio la vuelta y le presionó ambas manos contra el colchón, antes de mordisquearle de tal forma el lóbulo de la oreja que le arrancó un gemido de los labios. La habitación le daba vueltas y la piel le ardía mientras él le daba besos en el cuello. Entre los pechos. Y un único beso, justo debajo del ombligo, que la hizo resoplar.

Poco después, Aren suspiró una sola vez, se desplomó y se quedó inmóvil.

Lara se quedó mirando el techo sin parpadear, con el corazón en la garganta. Y, aun así, notaba los latidos cada vez más lentos, al tiempo que el sueño se apoderaba de ella y la rodeaba con su cálido abrazo.

«Muévete», se ordenó a sí misma, zafándose del peso de él.

Sabía que era cuestión de minutos para que la droga la dejara inconsciente, así que se dirigió renqueando a la ventana, no sin antes echarle un último vistazo a la habitación para asegurarse de que todo seguía tal y como lo había encontrado. Los brazos le temblaron cuando se precipitó hacia fuera, y notó el suelo frío bajo los pies entumecidos y el fango que se le colaba entre los dedos mientras deshacía el camino a través del patio. De nuevo en el arroyo, el agua le danzaba por la piel, aunque a pesar del narcótico, la tenía tan sensible que le dolía al tacto.

El agua estaba cálida. Era una sensación extraña, calmante, que la atraía hacia sí y la hundía en las profundidades.

No tardó en empezar a ahogarse. En intentar tomar aire. En luchar por mantenerse despierta hasta alcanzar el borde y arrastrarse fuera del estanque.

No dejaba de balancearse mientras se pasaba la camisola por la cabeza. Siguió avanzando por el camino a duras penas, rezando porque el guardia pensara que estaba borracha y nada más. Sus manos chocaron contra la sólida madera de la puerta, y la abrió. La cerró. Pasó el cerrojo.

«Llega a la cama. No les des motivos para que sospechen de ti.»

«Llega a la cama.»

«Llega a la...»

8
Aren

Aren dejó a un lado la piedra de afilar que había estado pasando por la hoja de un cuchillo y desvió la mirada hacia las profundidades de la selva que rodeaba su hogar. A pesar de los cientos de sonidos que emergían de los árboles —el goteo del agua, los reclamos de los animales, el zumbar de los insectos—, la isla transmitía tranquilidad. Serenidad. Paz.

Una bestia peluda y cálida se frotó contra su brazo, y Aren levantó la mano para acariciarle las orejas a *Vitex*. El enorme gato estuvo ronroneando de felicidad hasta que algo entre los arbustos le llamó la atención. Había visto una hembra rondando por allí y, de hecho, en ese mismo instante, Aren vio un par de ojos amarillos observándolos desde detrás de una hoja.

—¿No vas por ella? —le preguntó a su gato.

Vitex se limitó a sentarse sobre los cuartos traseros y bostezó.

—No es mal plan. Que venga ella por ti. —Aren soltó una risita—. Me dices si funciona.

A sus espaldas, oyó las pisadas de unas botas sobre el mármol, y una puerta se abrió. Su hermana parpadeó varias veces al salir al patio.

—Estás bastante mejor de lo que pensaba —dijo él con indiferencia.

Ahnna frunció el ceño y, con un pie, empujó al gato dentro para poder cerrar la puerta.

—¿Y eso por qué?

—Pues porque si bebiste suficiente vino como para perder el conocimiento en la mesa, no quiero ni saber cómo dejaste la bodega.

—Madre de Dios, ¿tanto bebí?

—Si haces caso de lo que se comenta en la cocina... —Aren recogió su arco, se levantó del escalón y se dio un golpecito en la bota con el extremo del arma—. Eli y Lara te arrastraron hasta tu habitación.

Ahnna se pasó una mano por los ojos y sacudió la cabeza, como para despejarse.

—Recuerdo haber estado hablando con ella y luego... —Sacudió de nuevo la cabeza—. Lo siento. Y siento llegar tarde. He dormido como un bebé.

Igual que él, algo extraño en una noche tan clara. Sin tormentas que defendieran las costas ithicanas, Aren solía pasar la mitad de la noche moviéndose y dando vueltas. Se habría levantado tarde si el impertinente gato no lo hubiera despertado.

—Buenos días, jóvenes.

Aren se volteó y vio a Jor aparecer entre la bruma con un panecito en la mano que claramente había robado de la cocina. El veterano repasó a Aren con la mirada.

—Muy descansado te veo para estar recién casado.

Ahnna se rio.

—Creo que anoche no tuvo demasiada compañía. Si es que tuvo.

—¿Ya ahuyentaste a la parienta o qué?

Aren ignoró la pregunta, con la imagen de Lara desnuda

a los pies de su cama ocupando sus pensamientos, con un cuerpo tan terriblemente perfecto que debía haber sido un sueño. El sabor de sus labios, el tacto de su sedosa piel entre las manos, la respiración entrecortada por el deseo. Era todo tan vívido... Pero ahí terminaban sus recuerdos.

En definitiva, un sueño.

Aren sacó una hoja de papel doblada del bolsillo y se la entregó a Ahnna.

—Aquí tienes las órdenes de marcha para Guardia Meridional.

Ahnna desplegó el papel y repasó los nuevos términos comerciales con Maridrina, frunciendo aún más el ceño con un fastidio renovado.

—Te acompaño a los barracones —dijo él—. Necesito algún mensajero que lleve una copia a Guardia Septentrional. Maridrina ya empezó a enviar comerciantes con oro a través del puente. Quieren ponerlo todo en marcha. Jor, ¿quién está de guardia?

—Lia.

—Perfecto. Déjala aquí. No creo que Lara dé problemas, pero...

Jor tosió.

—Hablando de Lara. Ha venido Aster. Quiere hablar contigo.

—¿Está en los barracones?

—En el agua.

—No sé ni para qué pregunto.

El comandante de la guarnición de Kestark, al sur de Guardia Central, era miembro de la vieja guardia. Lo habían nombrado comandante poco antes de que muriera el abuelo de Aren, y su madre había pasado casi todo su reinado buscando razones legítimas para sustituirlo, aunque sin éxito. El vejestorio se había aferrado a las tradiciones ithicanas como una lapa a un barco, y Aren no había pasado por alto que, de todos los guardianes, Aster había sido el único que no había asistido a la boda.

—Supongo que lo mejor es no hacerlo esperar.

La bruma flotaba en el aire como una gran sábana gris que reducía el sol a un mero orbe plateado y hacía imposible ver más allá de unos pocos pasos en todas direcciones. En la bahía, el guardaespaldas de Ahnna la estaba esperando, así como el de Aren, y hombres y mujeres empujaban ya en silencio su navío hasta el agua. Ahnna se unió a él en uno de los barcos de Guardia Central. El aire estaba estancado, no corría ni una brisa que pudiera llenar las velas, pero el traqueteo de la cadena que se estaba alzando, justo donde bloqueaba la entrada a la bahía, le parecía una vulgar violación de aquella quietud. Los remos entraban y salían del agua a medida que el grupo esquivaba los peligros que acechaban a pocos metros bajo la superficie, en dirección a mar abierto y hacia la imponente sombra del puente.

—Aren.

Al volverse y encontrarse con su melliza, Aren le siguió la mirada hasta el agua, donde captó la presencia de una gigantesca silueta desplazándose bajo las embarcaciones. El tiburón era más grande que la embarcación en la que estaba sentado, y mucho más capaz de destruirlo, llegado el caso; pero ese no era el motivo por el que Ahnna le había señalado al depredador. Su llegada anunciaba un período de calma en los mares de la Tormenta, y las aguas ithicanas no tardarían en teñirse de rojo.

Aren sintió un escalofrío recorriéndole la columna y tomó un catalejo para otear el entorno, pero no consiguió ver más que gris. Es cierto que eso les permitía ocultar las idas y venidas de su pueblo, pero el enemigo podía aprovecharse de la misma forma.

—Se ha adelantado varias semanas. Nana ni siquiera ha

anunciado el final de la estación. —Sin embargo, y a pesar de sus palabras, Aren se percató de que su hermana se llevaba la mano al arma que colgaba de su cinturón y esbozaba un gesto de alerta—. Debo volver a Guardia Meridional.

Dos navíos aparecieron entre la niebla. Aster, firme defensor del simbolismo más explícito, había decidido esperarlos directamente bajo el puente.

—Alteza. —El anciano alargó un brazo para juntar las dos embarcaciones—. Me alegra verlo sano y salvo.

—¿Esperabas lo contrario?

Los barcos se mecieron cuando los guardias se cambiaron de lugar con el comandante para ofrecerles a los tres algo de privacidad.

—Teniendo en cuenta a quién metió en su hogar, sí.

—No es más que una niña y está sola, a nuestra merced. Creo que sé lo que hago.

—Hasta una niña puede envenenar una copa. Y los maridrinos son conocidos por ello.

—Tranquilo, Aster, mi vida no corre peligro a manos de Lara. Silas Veliant no es ningún necio; sabe que si su hija me asesinara lo único que conseguirían sería el fin del nuevo acuerdo comercial con Ithicana.

—Lara. —Aster escupió al agua—. Ya noto en su voz que está empezando a engancharlo. Debe saber que no es casual que hayan enviado a una mujer tan hermosa como ella.

—¿Y cómo sabe usted qué aspecto tiene, comandante? —lo interrumpió Ahnna—. No lo vi en la boda, aunque es posible que estuviera escondido en la parte trasera.

Aren se mordió la lengua. El comandante de Kestark era demasiado bajo para ser ithicano, y no le hacía ninguna gracia que se lo recordaran.

—He oído hablar de ella. —Aster los miraba con una mirada igual de vacía que la del tiburón que nadaba bajo ellos—. Y si no asistí fue porque no apoyo su decisión de aceptarla como esposa.

Y no era el único. Había muchos, sobre todo los de generaciones pasadas, que habían protestado con vehemencia contra la unión.

—¿Y qué haces aquí, si se puede saber?

—Vengo a darle un consejo, alteza. Lleve a la muchacha maridrina al agua y ahóguela. Sujétela hasta que esté seguro de que está muerta y luego alimente los mares con su cadáver.

Se hizo un silencio breve.

—No tengo por costumbre asesinar a mujeres inocentes —acabó respondiendo Aren.

—Inocente. Vaya palabra. —Aster torció el gesto y desvió la vista al puente antes de voltear de nuevo hacia Aren—. A veces me olvido de lo joven que es, alteza. La última vez que entramos en guerra con Maridrina no era más que un niño, a salvo en Eranahl. No combatió en las batallas en las que nos echaron encima a toda su armada, bloquearon Guardia Meridional y obstaculizaron el comercio mientras nuestro pueblo se moría de hambre. No estaba ahí cuando Silas Veliant se dio cuenta de que no podía ganar por la fuerza y optó por vengarse de las islas exteriores; sus soldados masacraron familias enteras y colgaron los cadáveres para festín de las aves.

Aren no tenía edad suficiente para luchar, pero eso no significaba que no recordara la desesperación que había llevado a sus padres a proponer el tratado con Maridrina y Harendell.

—Hemos vivido quince años en paz con ellos, Aster. Quince años en los que Silas no ha levantado ni un dedo contra Ithicana.

—¡Sigue siendo la misma persona! —bramó Aster—. ¡Y usted va y mete a su progenie en su lecho! Creí que podía ser muchas cosas, Aren Kertell, pero hasta ahora no pensé que fuera un necio.

Ahnna tenía una daga en la mano, pero Aren le hizo un gesto disuasorio con la cabeza. Llevaba un año soportando injerencias y críticas de sus guardianes, y hacía falta más que insultos para sacarlo de quicio.

—Conozco el tipo de hombre que es Silas Veliant como cualquier hijo de vecino, comandante. Pero este tratado nos ha traído la paz y la estabilidad con Maridrina, y no pienso hacer nada que lo ponga en riesgo. —Aren esperó a que el otro hombre se calmara, y continuó—: Mientras el resto del mundo avanza, Ithicana languidece. No tenemos más industria que el puente y la lucha por conservarlo. No cultivamos nada. No creamos nada. No conocemos más que la guerra y la supervivencia. Nuestros hijos crecen sabiendo cientos de formas de matar a un hombre, pero apenas son capaces escribir su nombre. Y eso no basta.

Aster agachó la cabeza; no era la primera vez que oía ese discurso. Con todo, Aren estaba dispuesto a repetirlo mil veces si así podía convencer a hombres como Aster de que aceptaran los cambios que Ithicana necesitaba.

—Necesitamos verdaderas alianzas. Alianzas que vayan mucho más allá de papeles firmados por reyes. Alianzas que ofrezcan oportunidades a nuestro pueblo más allá de la espada.

—Es un soñador, igual que su madre. —Aster levantó una mano, indicando a los otros navíos que regresaran—. Y debo admitir, alteza, que el futuro que pinta es hermoso, pero ese no es el futuro de Ithicana.

Las embarcaciones volvieron a chocar, y el comandante superó la distancia de un salto, antes de acomodarse entre sus guardias.

—Y a menos que quiera que ese sueño se convierta en una pesadilla, háganos a todos un favor, alteza, y encierre a esa mujer.

9
Lara

Hacía tiempo que Lara no dormía tan bien, en parte gracias a los narcóticos, pero también gracias al silencio. Durante el viaje a lo largo de Maridrina, su sueño se había visto constantemente interrumpido por los ruidos del entorno. Soldados, sirvientes, caballos, camellos... Sin embargo, allí lo único que se oía era el trinar lejano de los pájaros del patio.

Era un remanso de paz.

Una paz que no era más que un manto que ocultaba la terrible verdad de aquel lugar. Y de sí misma.

Lara se vistió en silencio y se aventuró en dirección al salón. Se preparó ante la eventualidad de que Aren recordara lo que había ocurrido en sus aposentos la noche anterior. Que cayera en la cuenta de que lo había drogado y que su misión terminara incluso antes de empezar.

La mesa estaba hasta los topes de bandejas llenas de frutas cortadas y carnes, yogures cremosos y pastelitos espolvoreados con canela y nuez moscada; y, a pesar de todo, los ojos se le fueron a los enormes ventanales. Era casi mediodía, pero las nubes filtraban y atenuaban los rayos del sol, y no había mucha más luz que durante el crepúsculo. Sin embargo, sí revelaba lo que la oscuridad de la noche anterior le había ocultado: la jungla salvaje, los imponentes árboles, un follaje tan denso que resultaba impenetrable, todo bañado por la bruma.

—¿Dónde está su majestad? —le preguntó a Eli, con la esperanza de que no percibiera el color que le había subido a las mejillas. La noche anterior, las circunstancias se le habían ido de las manos. En varios sentidos.

La sirvienta mayor fulminó a Eli con una mirada severa.

—Su majestad se levantó temprano. Se fue con la comandante a asegurarse de que en los mercados de Guardia Septentrional y Guardia Meridional se respetan los nuevos términos comerciales con Maridrina.

Gracias a Dios. No estaba tan segura de poder enfrentarlo cara a cara, no después de lo que le había hecho, lo recordara o no. Lara le hizo un gesto solemne a la anciana, tratando de ocultar su inquietud.

—Los nuevos términos comerciales serán un regalo llovido del cielo para mi patria. No veo más que ventajas.

Una sombra pareció atravesar la mirada de la anciana, pero respondió con una ligera inclinación de cabeza.

—Lo que usted diga, mi señora.

—¿Cómo te llamas? Ayer conocí a Eli, y me gustaría conocer un poco mejor al resto.

—Clara, mi señora. Eli es mi sobrino, y mi hermana, Moryn, es la cocinera.

—¿Solo son tres? —preguntó Lara, recordando la legión de sirvientes que había acompañado a su comitiva desde las lindes del desierto Rojo hasta Ithicana.

Una lenta sonrisa acabó asomándose en el rostro de Clara.

—Su majestad siempre ha preferido la compañía de los soldados en esta casa. Aunque supongo que su presencia cambiará las cosas, mi señora.

Lara percibió un leve brillo en los ojos de la sirvienta, y se ruborizó.

—¿Sabes cuándo volverá?

—No nos lo dijo, mi señora.

—Ya veo.

Lara se permitió hablar con un tono de ligera decepción.

—Suele estar ocupado la mayor parte de los días, pero el estómago siempre lo acaba trayendo a casa para la cena, por lo menos.

—¿Tengo prohibido ir a algún lugar?

—Esta residencia es suya, mi señora. Su majestad nos ha pedido que se sienta como en casa.

—Gracias.

Lara los dejó recogiendo la mesa mientras ella comenzaba su recorrido por la casa. Sin contar con sus aposentos y los de Aren, había otras cuatro habitaciones, el salón, la cocina y los cuartos del servicio. La parte trasera del edificio estaba llena de sillas tapizadas, juegos de todo tipo colocados sobre las mesas y paredes hasta arriba de libros. Anhelaba tomarlos, pero en ese momento decidió pasar solo un dedo por los lomos antes de continuar. Todas las habitaciones estaban llenas de ventanas, pero las vistas eran las mismas desde todas ellas: selva y más selva. Hermosa, sí, pero totalmente falta de civilización. «Quizá esta sea la realidad de Ithicana», pensó Lara. El puente, la selva y nada más.

O tal vez eso era lo que querían que pensara.

Se retiró a sus aposentos y repasó la selección de prendas ithicanas del armario, antes de elegir unos pantalones y una túnica que dejaba sus brazos descubiertos, además de un par de botas de cuero rígido, y caminó por el pasillo en dirección a la entrada principal de la casa.

«Pon a prueba tus límites sin que sospechen de tus capacidades —le instruyó Serin mentalmente—. Esperan a una persona ignorante, indefensa y caprichosa. Aprovéchate de sus errores.»

Lara comenzó a caminar anticipando que era posible que la siguieran. Había un sendero que ascendía a algún lugar, pero optó por seguir el manantial; a fin de cuentas, en algún momento debía conducirla hasta el mar.

Apenas habían pasado unos minutos cuando oyó las ligeras pisadas de alguien andando tras ella. El crujido de una rama. Un suave chapoteo en el agua. Quienquiera que fuera, sabía moverse con el sigilo de un cazador, pero ella había aprendido a discernir la arena movida por el viento de la desplazada bajo el peso de un hombre, así que detectar los sonidos erráticos de su perseguidor en aquella jungla no suponía ningún problema para ella.

Detectó las señales de varias trampas ocultas en la selva, pero siguió el curso del arroyo hasta verse completamente empapada de lluvia y sudor; el ambiente era tan húmedo que tuvo la sensación de estar respirando agua y, aun así, no era capaz de ver ni el puente ni la playa. Y la persona que la estuviera siguiendo tampoco había hecho ademán de intervenir.

Apoyó una mano en un tocón y fingió estar exhausta, al tiempo que aprovechaba para echar la vista al cielo, intentando, sin éxito, ver más allá de las copas de los árboles y la niebla.

Serin les había explicado a detalle todo lo que sabían sobre el puente. La mayoría de los pilares eran torres de roca natural que afloraban del mar, a menudo soportando arcadas que se alzaban treinta o sesenta metros por encima del nivel del mar. Apenas había un puñado de islas que conectaban con el puente, y estaban defendidas por todo tipo de amenazas diseñadas para hundir embarcaciones. Su objetivo principal era descubrir por dónde accedían los ithicanos al puente a lo largo de toda su extensión, pero antes debía encontrar la estructura que lo permitía.

El arroyo discurría ya por una pendiente cada vez más empinada. El agua helada caía por los bordes y formaba cascadas diminutas que llenaban el aire de un agradable murmullo. Agarrándose a lianas y rocas, Lara empezó a descender, temiendo ya las dificultades que tendría para volver a subir.

En ese momento, una bota le resbaló.

El mundo quedó de cabeza y no vio más que un borrón verdoso al tropezar y darse un doloroso golpe en el codo contra una roca. Poco después, empezó a caer.

Lara gritó una sola vez, agitando los brazos para intentar agarrarse a una liana. Se desplomó sobre un estanque de agua y la fuerza de la caída la dejó sin aliento. El agua le cubrió la cabeza por completo y expulsaba burbujas por la boca mientras pataleaba y sacudía los brazos. Tocó el fondo con las botas y flexionó las rodillas para darse impulso...

Para darse cuenta de que el agua le llegaba por la cintura.

—Demonios —gruñó Lara, andando hacia el borde del agua.

Sin embargo, antes de que alcanzara la orilla, un siseo captó su atención. Se quedó inmóvil y examinó su entorno, hasta que posó la mirada sobre una serpiente negra y café que reptaba por los arbustos. Si llegara a levantarse, la criatura podía ser incluso más alta que ella, y estaba atrapada entre Lara y la pared del acantilado. Dio un paso dudoso hacia el agua, pero el movimiento no hizo sino alterar a la criatura. Esas eran las consecuencias de no atender a las advertencias de Eli.

Tuvo que reunir todo el autocontrol del que disponía para no echar la mano a uno de los cuchillos que llevaba en la cintura, pero captó el roce de unas botas y una maldición tenue, mascullada. Su especialidad eran los cuchillos arrojadizos, pero su perseguidor estaba en la parte alta del acantilado, y lo último que quería era que la viera usando una de sus armas.

La serpiente se levantó y se puso a su altura. Siseando, enojada y lista para atacar. Lara intentó controlar su respiración. «Inhala. Exhala.» «Haz algo, seas quien seas —gruñó en silencio—. Acaba ya con esta criatura.»

La serpiente se balanceaba a un lado y a otro, y Lara comenzó a perder los estribos. Acercó una mano al cuchillo y con un dedo abrió la funda que rodeaba la empuñadura.

La serpiente se abalanzó sobre ella.

Se oyó la vibración de la cuerda de un arco, y una flecha de plumas negras empaló la cabeza de la criatura contra el suelo. El cuerpo se sacudió con violencia y, poco después, quedó inmóvil. Lara se volvió.

Aren estaba arrodillado en el borde de la cascada por el que ella, sin la más mínima gracia, se había despeñado, arco en mano y un carcaj lleno de flechas asomando por encima de sus anchos hombros. Se incorporó.

—Tenemos un problemita con las serpientes en Ithicana. En esta isla la cosa está mejor, pero... —Saltó del borde y aterrizó a su lado sin hacer apenas ruido—. Si la bicha te hubiera llegado a morder, podías irte despidiendo de este mundo.

Lara volteó hacia la serpiente muerta y no pudo evitar estremecerse, aunque trató de ocultarlo con una pregunta.

—¿Cómo sabes que es una hembra?

—Por el tamaño. Los machos no crecen tanto. —Se agachó y arrancó la flecha del cráneo del animal. Después de limpiar la sangre y restos de escamas de la punta, que era de tres filos (a diferencia de las puntas de flecha anchas con lengüeta que preferían los maridrinos), clavó en Lara una mirada sombría—. Se suponía que no podías salir de casa.

Lara abrió la boca y estaba a punto de decirle que nadie le había advertido de algo así, cuando él añadió:

—No te hagas la tonta. Entendiste perfectamente a Clara.

Ella se mordió la parte interna de las mejillas.

—No me gusta estar encerrada.

Él resopló y volvió a guardar la flecha en el carcaj.

—Y yo que pensaba que estarías acostumbrada.

—Y lo estoy, pero eso no implica que me tenga que gustar.

—Estuviste encerrada en aquel complejo del desierto por tu seguridad. Piensa que mis motivaciones para tenerte confinada aquí son las mismas. Ithicana es un lugar peligroso. Para empezar, la isla entera está llena de trampas ocultas. Dos: no serías capaz de dar más de dos pasos sin toparte con algún tipo de criatura capaz de enviarte de cabeza a la tumba. Y tres: una princesita malcriada como tú no tiene ni la más remota idea para cuidar de sí misma.

Lara apretó con fuerza los dientes. Tuvo que recurrir hasta al último ápice de contención que tenía en el cuerpo para no decirle lo mucho que se estaba equivocando.

—Dicho esto, no esperaba que fueras capaz de llegar tan lejos —dijo Aren pensativo, y la revisó de arriba abajo con la mirada; Lara sabía que tenía la ropa húmeda pegada a la piel—. ¿Qué las tuvieron haciendo a ti y a tus hermanas en aquel complejo? ¿Echando carreras y paleando arena?

Era una pregunta inevitable. Era de constitución pequeña, pero las incontables horas de entrenamiento le habían proporcionado un cuerpo esbelto y musculoso.

—La vida en el desierto no es nada fácil. Mi padre quería prepararnos para... el ritmo de la vida en Ithicana.

—Ah. —Aren sonrió—. Lástima que no te preparara también para enfrentarte a la vida salvaje.

Levantó la mano del arco y se lo cruzó por los hombros,

y Lara, con el rabillo del ojo, vio una silueta oscura flotar en el aire. Una araña del tamaño de su puño aterrizó en el lodo antes de escabullirse hacia las sombras. La observó con un cierto interés, preguntándose si sería venenosa.

—Comparada con los escorpiones del desierto Rojo, no es para tanto.

—Puede ser, pero dudo que el desierto Rojo esté lleno de esto.

Recogió una roca y la lanzó a unos doce pasos a su izquierda. Se oyó un fuerte crujido y un tablón repleto de estacas de madera saltó del suelo. Cualquiera que activara el mecanismo acabaría luciendo media docena de agujeros en el cuerpo, de la cintura para abajo. Había visto el agua condensada en la cuerda de la trampa desde una buena distancia, pero debía admitir que a oscuras la habría tomado desprevenida.

—Ganaste —dijo, con un tono que insinuaba lo contrario—. ¿Podemos irnos?

En lugar de reaccionar con una réplica ingeniosa, Aren se acercó a ella y le agarró la muñeca. Lara debería haber reculado, pero se quedó paralizada al recordar el tacto de aquella mano sobre su cuerpo desnudo, las caricias a lo largo del muslo.

Ella empezó a estirar el brazo, pero él se lo giró y frunció el ceño al ver el corte superficial que tenía en el codo. Metió la mano en la bolsita del cinturón y extrajo una lata de salvia y un rollo de vendas antes de proceder a curarle la herida con manos hábiles. Los músculos de los antebrazos se le flexionaban bajo el acero y el cuero de los avambrazos. A esa distancia, Lara se dio cuenta de que le sacaba una cabeza, tenía los hombros mucho más anchos y fácilmente la duplicaba en peso. Y era todo músculo.

Sin embargo, Erik, el maestro de Armas, era igual de

grande que él, y había enseñado a Lara y a sus hermanas a luchar contra adversarios más corpulentos y fuertes. Cuando Aren terminó de vendarle el brazo, se imaginó dónde lo golpearía. En el empeine del pie o en la rodilla. Un cuchillo para destriparlo. Otro en la garganta para que no tuviera oportunidad de atraparla.

Le ató el vendaje.

—He renunciado a mucho en este intercambio con tu padre, y lo único que recibí a cambio es la promesa de una paz duradera y a ti. Así que permíteme que no quiera verte muerta cuando no llevas más que un puñado de días aquí.

—Y, aun así, no pareció importarte que deambulara por tus peligrosas selvas.

—Quería ver adónde ibas. —Le hizo un gesto para que lo siguiera y se dispuso a esquivar las trampas mortales que cubrían el suelo de la selva, utilizando el reluciente machete que llevaba en la mano lo menos posible—. ¿Intentabas huir?

—¿Adónde? —Ella se obligó a aceptar su brazo para guiarla por encima de un árbol caído—. Mi padre me habría matado por deshonrarlo si hubiera vuelto a Maridrina, y no tengo ninguna capacidad que me hubiera permitido sobrevivir en otros lugares por mi cuenta. Me guste o no, Ithicana es mi hogar.

Aren rio con suavidad.

—Al menos eres honesta.

Lara contuvo una carcajada. Tenía muchas virtudes, pero la honestidad no era una de ellas.

—Dime entonces qué hacías aquí.

«Guárdate la carta de la mentira para cuando la necesites.»

—Quería ver el puente.

Aren frenó en seco, volteó y la atravesó con la mirada.

—¿Por qué?

Ella le sostuvo la mirada sin ceder ni un milímetro.

—Quería ver al menos parte del monumento que merecía los derechos de mi cuerpo, mi lealtad y mi vida.

Él dio un paso atrás, como si le hubiera dado una bofetada.

—El derecho a entregar eso es tuyo, no de tu padre.

No era la respuesta que esperaba, pero en lugar de aliviar la inquietud que le producía ese aspecto en concreto de su misión, lo único que sintió fue cómo le ardía la piel con una rabia que no habría sabido explicar, por lo que se limitó a asentir brevemente con la cabeza.

—Lo que tú digas.

Aren, después de machacar una liana con el machete, empezó a ascender por una pendiente sin esperar y comprobar si lo estaba siguiendo.

—Ah, por cierto, ibas en la dirección que no era. Intenta seguirme el ritmo. Solo dispondremos de un instante en el que podrás ver el puente a través de la niebla.

Continuaron ascendiendo sin mediar palabra por un sendero, estrecho en su mayor parte. No había nada que ver más que selva interminable, y Lara empezó a creer que Aren estaba jugando con ella cuando se adentró en un claro en el que se levantaba una torre de piedra.

Alzó la cabeza al cielo y dejó que la lluvia perpetua le limpiara el sudor del rostro, contemplando las nubes que se mecían y revolvían bajo el embate de vientos que no eran capaces de abrir las copas de los árboles.

Aren señaló la torre.

—La abertura de las nubes durará muy poco en esta época del año.

La torre olía a tierra y moho. La escalera de piedra ascendía en vertical y estaba desgastada por incontables pisadas en la parte central. Llegaron a la parte superior, un pequeño espacio abierto en todas direcciones desde el que solo se veía una selva brumosa. La atalaya estaba en la cima de una montañita, según vio, y le costaba distinguir el mar gris que había abajo. No había playas ni pilares. Y, lo que era más importante, no había ni puente ni nada que se le pareciera.

—¿Dónde está?

—Paciencia.

Aren apoyó los codos en el murete de piedra que rodeaba el mirador. Lara, más interesada que molesta, se puso a su lado y observó los árboles, las nubes y el mar, pero la atención se le iba hacia él. Olía a cuero húmedo y acero, a tierra y vegetación, pero, más allá de esos olores, captó un aroma a jabón e inequívocamente a hombre, aunque no le molestaba. Poco después, una ráfaga de viento rugió a través de la torre y se llevó consigo todos los olores salvo el del cielo y la lluvia.

Las nubes se dividieron a una velocidad pasmosa y los rayos del sol los alcanzaron con una intensidad que no había sentido desde que dejó atrás el desierto. Unos rayos transformaron los tonos apagados de verde en un esmeralda tan radiante que casi le dolía al mirarlo. La niebla desapareció con el viento y dejó tras de sí unos cielos color zafiro. Lejos quedó la isla misteriosa para dar paso a un lugar de luz y colores brillantes. Pero, por mucho que buscara, no veía nada que se pareciera lo más mínimo a un puente.

Una risa burlona le llenó los oídos justo cuando notó un dedo en la barbilla que le levantó con delicadeza la cabeza.

—Más lejos —le dijo Aren, y Lara echó la vista a los mares, ahora de un color turquesa.

Y lo que vio la dejó sin aliento.

10
Lara

Todas las descripciones que le habían ofrecido durante su entrenamiento palidecían en comparación con la realidad. Aquello no era un puente cualquiera. Era El Puente en mayúsculas, pues no había nada en el mundo que le hiciera sombra.

Igual que una gran serpiente gris, el puente serpenteaba hasta donde alcanzaba la vista, uniendo los continentes. Descansaba sobre torres kársticas naturales que la mano de Dios parecía haber colocado a propósito para que desafiaran los mares de la Tormenta que rompían a sus pies. En ocasiones, algunos tramos pasaban encima de las islas más grandes, soportados por gruesas columnas de piedra construidas por manos antiguas. El puente era un hito de la arquitectura que desafiaba toda razón, toda lógica. Algo que, en cualquier caso, no debería ni siquiera existir.

Por eso todo el mundo lo ansiaba.

Lara desvió la mirada del puente y se volvió hacia Aren, cuyos ojos estaban clavados en la estructura de piedra. A pesar de que lo más seguro era lo que hubiera visto todos los días de su vida, seguía transmitiendo una sensación de maravilla e incredulidad, como si él tampoco acabara de creer su existencia.

Antes de que Lara pudiera apartar la vista, él volteó, y sus miradas se cruzaron. Bajo la luz del sol, vio que no tenía los ojos negros, sino avellana, un tono café salpicado de verde esmeralda que reflejaba el reino.

—¿No te sube la autoestima con solo verlo?

Lara sintió cómo le ardía la piel y dio media vuelta; necesitaba moverse.

—No necesito algo así para reunir valor.

Él suspiró.

—No me entendiste. El puente es... Lo es todo para Ithicana. E Ithicana lo es todo para mí.

Y ella sentía lo mismo por Maridrina.

—Es... impresionante.

Una palabra pobre para describir aquella estructura ancestral.

—Lara. —Por el rabillo del ojo, vio cómo él alargaba un brazo y luego lo retiraba, como si en el último momento hubiera decidido no tocarla—. Sé que no estás aquí por voluntad propia.

Aren se pasó una mano por el cabello y apretó la mandíbula, como si le costara encontrar las palabras, y a Lara se le aceleró el corazón, inquieta por lo que pudiera decirle.

—Quiero que sepas que no voy a obligarte a hacer algo que no quieras. Que esto es... bueno, lo que tú quieras que sea. O que no sea.

—¿Qué es esto para ti?

—El tratado significa la paz entre Ithicana y Maridrina. Vidas salvadas. Tal vez un día signifique también el final de la violencia en nuestras costas.

—No sabía que estábamos hablando del tratado.

Estaba dispuesta a comprender las motivaciones de aquel hombre, y eso incluía sus deseos. Aren vaciló.

—Espero que nuestro matrimonio sea el primer paso hacia un futuro en el que las vidas de mi pueblo no dependan de esta antigualla de piedra.

Aquel comentario se contradecía con lo que había dicho poco antes, con que el puente lo era todo para el reino, así que Lara abrió la boca para pedirle que se explicara, pero la interrumpió el toque de un cuerno sonando en la distancia. Entonó una canción que luego repitió dos veces más. Aren maldijo después del primer toque, y agarró el gran catalejo montado en el centro de la atalaya. Barrió el agua con el instrumento y soltó una sarta de maldiciones cuando captó lo que fuera que estuviera buscando.

—¿Qué pasa?

—Saqueadores. —Se lanzó hacia la escalera, pero se detuvo súbitamente en el umbral de la puerta—. Lara, quédate aquí. No... no te muevas. Luego enviaré a alguien a buscarte.

Ella hizo ademán de discutir, pero no le dio tiempo. Se apoyó en el murete de la torre y lo vio salir por la base y correr por el claro hasta desaparecer de la vista.

Lara echó un vistazo de puntitas por el catalejo. No lo vio de inmediato, pero finalmente percibió el barco que pasaba debajo del puente en dirección a Guardia Central, y cuya cubierta rebosaba de hombres armados y uniformados, con un mástil en el que ondeaba la bandera de Amarid. Era un buque de la armada. Y, si Aren estaba en lo cierto, no venían en son de paz.

Un sonoro crujido partió el aire. Lara observó un proyectil atravesando las jarcias y un mástil partiéndose e inclinándose a un lado, hasta que acabó cayendo. Las velas y cuerdas se engancharon con los clavos de metal dispuestos en la base de uno de los pilares del puente. El barco zozobró y lanzó al agua incontables hombres. Otro crujido retumbó hasta su posición, y un enorme agujero apareció en el casco. Un orificio que fue desapareciendo lentamente a medida que la embarcación se sumergía en el agua.

Lara, con las manos petrificadas alrededor del catalejo, contuvo el aliento cuando una violenta descarga de munición destruyó poco a poco el navío mientras los que aún seguían a bordo intentaban trepar donde pudieran o nadar hacia la costa, rodeados de aletas ominosas, sin ningún lugar seguro al alcance. Justo en ese momento, vio cómo uno de los marineros se sumergía de repente, y la sangre se le heló cuando una sombra carmesí apareció en el espacio que antes había ocupado. Después de eso, se desató el caos: los tiburones comenzaron a atacar a los invasores sin descanso, hasta el punto en que el mar parecía más rojo que azul.

Movió el catalejo hasta el lugar en que la isla se encontraba con el mar y buscó algún signo de la presencia ithicana, impaciente por ver sus defensas en acción. Pero tenía mal ángulo y la selva ocultaba lo que estuviera ocurriendo en el borde del agua.

Aquella podía ser su única oportunidad de ver cómo los ithicanos repelían a los invasores desde dentro, y se lo estaba perdiendo por estar en una mala posición.

Casi por inercia, Lara echó a correr. Bajó la escalera y llegó al claro, con la vista puesta en el camino que había tomado Aren y con la esperanza de que la condujera adonde necesitaba ir. Iba a tal velocidad que la selva no era más que un borrón verde, y el aire húmedo le pesaba en los pulmones a medida que saltaba por encima de las rocas, resbalaba en el lodo, recuperaba el equilibrio y seguía su camino. Estaba muy por encima del nivel del agua, pero no estaba lejos.

El sendero culminaba en un espacio abierto y seguía por el borde de un acantilado. Abajo, a lo lejos, el océano golpeaba contra las rocas afiladas. Giró por una curva de la senda y se encontró en lo alto de una pendiente pronunciada. Lara se detuvo y se ocultó tras una roca.

Vislumbró una bahía de arena blanca y aguas turquesas que no habría sido capaz de ver desde la atalaya. Estaba protegida del mar por acantilados rocosos, y el único acceso era una abertura por la que apenas cabía una embarcación pequeña. El espacio estaba en ese momento bloqueado por una pesada cadena conectada a construcciones de piedra a ambos lados.

La playa estaba llena de soldados. Lara desvió la mirada hacia los extraños barcos que descansaban en la arena, sin intención aparente de ir a ninguna parte, antes de que le llamaran la atención los ithicanos que observaban el mar desde los acantilados, con la alta silueta de Aren entre ellos.

Lara frunció el ceño y sacó la cabeza por encima de la roca, intentando localizar la catapulta que los ithicanos habían utilizado contra el barco, pero en ese momento oyó grava deslizándose por el sendero que tenía a sus espaldas, y luego una voz:

—... no merecían ni las rocas que les lanzamos. Una racha de viento ya habría hundido esa basura decrépita en el fondo del mar.

El corazón le dio un vuelco y busco una vía de escape, pero la playa estaba hasta los topes de soldados, a su izquierda se extendía una maraña selvática de lianas y a su derecha solo había una caída abrupta hacia las rocas afiladas que sobresalían del océano. La única forma de que no la descubrieran espiando era ir adelante.

Lara salió de su escondite y empezó a bajar por la cuesta hacia la playa, ignorando las expresiones de desconcierto de los soldados.

Un hombre se llevó los dedos a los labios y dio un agudo silbido que provocó que los compañeros de los acantilados, incluido Aren, voltearan. Estaba lo bastante cerca como para que ella pudiera distinguir la sorpresa, y posterior irritación, que atravesó su rostro.

Antes de que los soldados pudieran detenerla, Lara rodeó la bahía y ascendió por los escalones de piedra tallada que le permitieron acceder al acantilado que dominaba el mar. Aren se encontró con ella en la cima, claramente decidido a no dejar que fuera testigo de lo que sucedía.

—Te dije que te quedaras en la torre, Lara.

—Ya lo sé, pero... —Fingió que perdía el equilibrio en el estrecho escalón, y ocultó una sonrisa cuando él la agarró del brazo y la subió hasta la parte superior, desde donde pudo contemplar sin obstáculos el puente y el barco que se hundía a su lado—. ¿Qué está pasando?

—No es de tu incumbencia. Baja a la playa y alguien te llevará de vuelta a casa.

Aren le hizo un gesto a uno de los soldados, y Lara se devanó los sesos por encontrar alguna razón para no irse de allí.

—¡Aquellos hombres se están ahogando! —Apartó el brazo del soldado que intentaba agarrárselo—. ¿Por qué no los ayudan?

—Son saqueadores. —Aren le alargó el catalejo que tenía en la mano—. ¿Ves la bandera? Es un navío de Amarid. Estaban intentando colarse en el puente bajo el manto de niebla.

—Quizá sean mercaderes.

—No lo son, no. Mira el puente. ¿Ves las sogas que cuelgan de allí?

A través del catalejo, Lara fingió que estaba observando a los hombres que colgaban de las cuerdas, cuando en realidad estaba examinando la estructura en sí misma, buscando accesos. Era una posición privilegiada a la que solo podían acceder los ithicanos, así que era posible que desde allí pudiera aprender algo valioso. No obstante, Aren le arrancó el catalejo de las manos antes de que pudiera echar un buen vistazo.

—Esto es un acto de guerra contra nosotros, Lara. Se lo merecen.

—Nadie se merece algo así —respondió ella.

Su reacción no era más que una pantomima, pero no pudo evitar que el estómago se le revolviera con cada ola que golpeaba contra el barco y se tragaba los restos. Ya no había ningún amaridano fuera del agua; algunos trataban de alcanzar las sogas, y otros nadaban en dirección a la isla en la que se encontraban ellos.

—Ayúdenlos.

—No.

—No pienso quedarme de brazos cruzados.

Giró sobre sus talones, dispuesta a una muestra de empatía exacerbada con la única intención de examinar de cerca las pequeñas barcas de la playa, y se dio de bruces con tres soldados de Aren.

—Déjenme pasar.

Ninguno hizo ademán de moverse, pero tampoco sacaron las armas. Lara echó un vistazo por encima del hombro y contempló las estructuras de piedra gemelas, con gruesas puertas y ninguna ventana, que protegían el mecanismo para levantar la cadena. Sospechó que siempre había alguien vigilándolas. Aun así, no pudo evitar fijarse en el puñado de marineros que, contra todo pronóstico, estaban a pocas brazadas de alcanzar el hueco por el que se accedía a la bahía. Pero muchos se revolvían en el agua, superados por las violentas olas.

—Por favor. —A Lara no le debería haber importado que los amaridanos vivieran o murieran, pero se equivocaba, y el temblor en su voz era sincero cuando añadió—: Esto es pura crueldad.

A Aren se le ensombreció el rostro, dominado por la ira.

—Crueldad es lo que esos hombres le habrían hecho a mi pueblo si hubieran conseguido atravesar nuestras defensas. Ithicana no tiene la culpa. Nunca hemos invadido sus tierras. Nunca hemos masacrado a sus hijos por diversión. —Señaló con un dedo a los marineros, y Lara notó un sabor a bilis en la boca cuando vio a otro más hundirse en las olas y el agua tornándose roja cuando el tiburón lo desmembró—. Ellos son los que han traído la guerra a nuestras puertas.

—Si los dejas morir, ¿acaso eres mejor que ellos? —Solo quedaban tres marineros, y se estaban acercando, aunque las aletas cortaban las estelas que dejaban en el agua—. Sé compasivo.

—¿Quieres que sea compasivo?

Aren giró sobre sus talones echando mano al carcaj. Tres flechas negras borrosas y los marineros restantes se hundieron bajo las olas. Él volteó hacia ella con los nudillos blancos por la fuerza con que sostenía el arco.

Lara se arrodilló y cerró los ojos con una aflicción fingida, aunque en su interior trataba de recuperar el control. Ithicana estaba mostrando su verdadero rostro. Nada de patios serenos y relajantes aguas termales, sino violencia y crueldad. Y Aren lo dominaba todo.

Pero ella sería su verduga.

—Esperen a que los vientos amainen y expulsen a los que cuelgan de la roca —ordenó Aren a sus soldados—. Ya solo nos falta que alguno encuentre un acceso cuando baje la marea.

Cuando acabó de hablar, pasó delante de ella con pisadas firmes, en dirección a la playa oculta. Lara permaneció donde estaba, sonriendo para sus adentros mientras los ithicanos la ignoraban a ella y a su ataque de moralidad y reflexionando sobre las palabras de Aren: «... Un acceso cuando baje la marea». Un acceso adónde, esa era la cuestión. ¿A la bahía? ¿O se refería a un premio mucho mayor?

Los vientos amainaron, el sol se ocultó bajo otro banco de nubes y las lluvias regresaron y le calaron hasta los huesos. Y no se movió. En un silencio estoico, observó a los soldados empujar los botes al agua, navegar por debajo del puente y disparar metódicamente a los marineros que se las habían arreglado para agarrarse a las sogas en medio de aquella matanza, y cuyos cuerpos inertes fueron cayendo al océano.

No dijo nada cuando regresaron. Memorizó la ruta serpenteante que tomaron, demasiado específica como para ser improvisada, y comprendió el porqué cuando las mareas se invirtieron y dejaron al descubierto las trampas mortales que se ocultaban bajo la superficie. Puntas de acero y rocas afiladas, todas pensadas para destruir cualquier buque que no conociera el camino correcto.

La marea alcanzó su altura más baja y Lara empezó a incorporarse, convencida de que había visto todo lo que tenía que ver. Sin embargo, en ese momento, una sombra en la base del pilar del puente más cercano captó su atención. No, no era una sombra, sino una abertura.

El corazón se le aceleró y tuvo serias dificultades para no sonreír cuando la alegría la invadió. Había encontrado un acceso al puente.

11
Aren

—Muy desesperada debe de estar la reina de Amarid como para llenar sus embarcaciones con una tripulación así.

Gorrick giró el cuerpo que habían sacado del océano, y la arena blanca se tiñó de rojo. Le faltaba una pierna, cortesía de uno de los tiburones ithicanos. También le faltaba el pulgar izquierdo, pero en eso los tiburones no tenían ninguna culpa: el dedo que le faltaba, junto con la marca en el dorso de la mano, indicaban que aquel hombre había pasado un tiempo en una de las prisiones amaridanas por robo.

Aren se arrodilló y examinó el uniforme deshilachado del soldado muerto, que dejaba ambos codos al descubierto.

—¿Y dices que son todos convictos?

—Sí, al menos los que hemos podido revisar.

De nuevo en pie, Aren frunció el ceño ante las aguas brumosas de la bahía. La armada amaridana estaba familiarizada con las catapultas de Guardia Central, pero aquella embarcación se había dirigido de frente hacia ellos y los había convertido en un blanco fácil. Tal vez una antigualla de barco tripulada por convictos era lo único que la reina de Amarid estaba dispuesta a arriesgar al final de la temporada de tormentas, pero, aun así... ¿qué sentido tenía?

Aren se volvió hacia Gorrick.

—Redacta un informe y envíalo a los guardianes para ponerlos al tanto de que los saqueos se han adelantado.

Dicho esto, enfiló a paso ligero por el camino que conducía a los barracones, sin ningún interés por volver a casa.

—¿Ya te echó de casa la parienta, alteza? —Jor estaba recostado junto al fuego, con un libro en la mano—. Me parece que no le convenció demasiado la compasión ithicana.

No, estaba claro que no.

Lara se había hecho un ovillo en el borde del acantilado y se había quedado inmóvil, hasta el punto en que él había llegado a plantearse enviar a alguien a que la llevara a rastras a casa. Aun así, y sin previo aviso, se levantó, bajó a tropezones por los escalones que descendían hasta la playa y pasó delante de él sin mediar palabra, hecha una furia; los guardias que en teoría debían vigilarla parecían estar más dispuestos a nadar entre tiburones que a controlar a su nueva reina. Una hora más tarde, Eli se presentó con una carta de Lara para su padre, y ahora, con los comentarios de Aster aún frescos en sus oídos, Aren dudaba de si enviarla o no.

—Creo que nunca había sido testigo de una violencia así. —Aren echó a andar hacia su catre, pero cambió de idea y se sentó junto al soldado—. Lee esto.

Jor tomó la carta de Lara, la leyó y se encogió de hombros.

—Parece una fe de vida.

Aren no podía discutir. La carta decía poco más que el hecho de que se encontraba bien y la estaban tratando con amabilidad, además de una extensa descripción de la casa, con un énfasis especial en las aguas termales. Aun así, la había leído de arriba abajo varias veces en busca de algún código, y no tenía claro si le alegraba o decepcionaba no haber encontrado ninguno.

—Lo curioso es que no te mencione. Veo una cama fría en tu futuro.

Aren resopló, recordando los retazos borrosos del sueño que tuvo con Lara en su habitación, en su cama, en sus brazos.

—No está tolerando bien ser el premio de un tratado.

—O tal vez esperaba encontrarse con un marido más apuesto. Hay personas que toleran muy mal los fiascos.

Aren arqueó una ceja.

—Eso es probablemente lo único que no la ha decepcionado.

Jor sacudió la cabeza.

—¿Quién sabe si lo que no le gustan son los payasos engreídos?

—Me han contado que hay reinos en los que la gente respeta a sus monarcas.

—Yo puedo respetarte y aun así opinar que tu mierda hiede tanto como la de cualquier otra persona.

Aren puso los ojos en blanco y aceptó la jarra que Lia, una de sus guardias de honor, le alargó con una sonrisa, antes de decir:

—Lo que te enoja es que el Rey de las Ratas de Maridrina te haya enviado a una muchacha con criterio, y no a una mentecata sin dos dedos de frente que te la... —hizo un gesto vulgar—... sin protestar.

—¿Igual que tú, dices? —replicó Jor guiñándole el ojo, y soltó una carcajada cuando ella le vació el contenido de su jarra encima. Aren le arrancó la carta de las manos antes de que sufriera más daños—. Dime que no pretendes enviarla, por favor.

—Le prometí que la enviaría. Además, si Silas espera una

prueba de que sigue viva, lo mejor es satisfacerlo. Ya solo nos falta darle una excusa para que venga a buscarla.

—Miéntele. Podemos buscar a alguien que falsifique la correspondencia.

—No. —Aren posó la mirada sobre el delicado trazo de las palabras—. O la envío o le digo que lo pensé mejor. ¿Hay algo a simple vista que no nos interese que lea la Urraca?

Jor recuperó la carta y la volvió a leer, y Aren se maldijo por haber nacido pocos minutos antes que Ahnna; y no era la primera vez. Aquel puñado de minutos que los habían convertido en rey y comandante, cuando él habría dado lo que fuera por intercambiar sus títulos. Él había nacido para luchar, cazar y sentarse a la lumbre con otros soldados a contar chistes malos, no para la política y la diplomacia, no para que el reino entero dependiera de sus malditas decisiones.

—Por cómo describe tu residencia, es posible que descubran que la tiene en Guardia Central contigo. Por los detalles de la selva, sabrán que le estamos dando cierta libertad de movimiento. Y ahora que sale el tema... —Jor alzó la cabeza—. ¿Qué hacía correteando por la isla? Vinieron de la misma dirección, y no era desde la casa...

La casualidad había dictado que Aren llegara a casa justo antes de que Lara saliera a explorar la isla sin autorización, y en vez de pedirle a Lia que la detuviera, había decidido investigar adónde tenía pensado ir su esposa.

—Estaba dando un paseo.

Jor alzó las cejas.

—¿Para qué?

—Para ver el puente.

Todos los ojos de la sala común se volvieron hacia ellos, y Aren frunció el ceño.

—Era pura curiosidad...

No sabía exactamente por qué estaba defendiendo a Lara,

más allá de que lo que le había dicho le había calado hondo. Le había costado tan poco concentrarse en los sacrificios que él había tenido que hacer como parte de su matrimonio, que no se había detenido a pensar ni un segundo en lo que habría supuesto para ella. Ni en lo que seguiría suponiendo. Eran las mismas consecuencias de las que pretendía proteger a Ahnna, y la razón por la que había pagado a Harendell una fortuna con tal de no entregar a su hermana en un matrimonio que ella no buscaba.

—Estuvo a punto de morderla una serpiente, así que tampoco creo que quiera husmear de nuevo a corto plazo.

—Yo no confiaría ni tantito —dijo Lia—. Cuando le impedimos el paso a los barcos, me miró como si estuviera a punto de darme un puñetazo en la cara. A lo mejor no es una guerrera, pero tampoco es ninguna cobarde.

—Opino lo mismo —contestó Jor—. Pondré un par de guardias más a vigilarla cuando tú no estés cerca.

Aren asintió despacio.

—Envíen la carta a Guardia Meridional para que Ahnna y los criptógrafos le echen un vistazo, y que busquen a un falsificador para que la transcriba en limpio. Luego envíenla a Maridrina.

Su gente conocía a la perfección todos los códigos de la Urraca. Si había usado alguno, lo descifrarían.

—¿Cree que es una espía?

Aren exhaló un largo suspiro y pensó en su esposa, que no se parecía en nada a lo que se había imaginado. Los reyes maridrinos utilizaban a sus hijas como moneda de cambio, como método de afianzar alianzas y favores dentro y fuera del reino. Lara y todas sus hermanas habrían crecido sabiendo que el matrimonio concertado con él —o con otra persona— formaba parte de su futuro. Las habían entrenado para cumplir como esposas, fueran cuales fueran las circunstancias.

Y, sin embargo, Lara le había dejado claro que el tratado aseguraba su presencia en Ithicana, no su sumisión como esposa, y él lo respetaba. Todas las mujeres que habían compartido su lecho lo habían hecho por voluntad propia, y la idea de pasarse la vida con una mujer que solo lo era por obligación no le resultaba nada atractiva. Prefería tener la cama fría.

—Voy a darle espacio, hasta cierto punto. Creo que, si es una espía, vendrá a mí en busca de información. Los maridrinos no son precisamente conocidos por su paciencia.

—¿Y si lo es?

—Me encargaré de eso cuando llegue el momento.

—¿Y si no lo es?

En cierto modo, si Lara era, al fin y al cabo, una muchacha inocente que habían enviado para afianzar un tratado de paz, Aren la tendría mucho más difícil que si acababa descubriéndose como una espía. Porque él tenía sus propios planes para con su esposa Maridrina, pero no llegaría muy lejos si seguía odiándolo a muerte.

—Me la ganaré, supongo.

Lia escupió la bebida que tenía en la boca.

—Pues buena suerte, alteza.

Él le dirigió una sonrisa tímida.

—A ti te gané.

Lia lo miró como si lo considerara la criatura más estúpida sobre la faz de la Tierra.

—Somos muy distintas.

Y, con todo, no fue hasta que Lara continuó tratándolo con la misma frialdad una noche, luego una semana y más tarde dos, cuando empezó a pensar que tal vez Lia tuviera razón.

12
Lara

Las semanas que siguieron al naufragio y a la matanza de la playa se sucedieron sin incidentes. Aren se levantaba al despuntar el alba y no volvía hasta la noche, pero tampoco la dejaba desatendida. Conscientes de lo que había supuesto que Lara saliera a explorar la isla sin vigilancia, los sirvientes no le quitaban el ojo de encima, y Clara siempre parecía estar limpiando el polvo o los suelos por donde ella pasaba, lo que provocaba que tuviera el olor a madera pulida permanentemente impregnado en la nariz. Aunque, la verdad sea dicha, las tormentas que los asolaban lograban bastante mejor tenerla confinada que la servidumbre o los guardias. Vientos violentos, rayos y aguaceros interminables eran el pan de cada día. Moryn, la cocinera, afirmaba que aquello eran los últimos estertores de la estación, y que no tenían nada que ver con lo que presenciaría cuando comenzara la siguiente.

Por muy desesperada que estuviera por volver a echar un vistazo a la abertura del pilar, Lara, como cabía esperar, no hacía nada que pudiera levantar sospechas, por lo que mataba el tiempo buscando con discreción por la casa cualquier pista que pudiera ayudarla a planear la invasión maridrina de Ithicana. Los mapas eran su objetivo principal y lo único que no era capaz de encontrar. Serin disponía de una cantidad incontable de mapas en los que se detallaban las islas del reino, unidas siempre por una línea que representaba el puente, pero sin ningún detalle. Lara ya había visto con sus propios ojos que era casi imposible infiltrarse en el reino por la falta de playas, además de las defensas del agua, que los ithicanos parecían poder mover y modificar a placer.

El otro misterio era dónde residían los isleños. Nunca se habían visto civilizaciones de un tamaño considerable desde el mar, y los informes de asaltos a tierra y saqueos exitosos solo hablaban de aldeas, lo que había llevado a Serin y a su padre a creer que la población, pequeña, violenta y primitiva, se dedicaba a sus necesidades básicas, a la defensa férrea del puente y a nada más. Pero Lara, aunque llevara poco tiempo en Ithicana, no tenía tan claro que ese fuera el caso.

Lo que la hacía dudar era lo que Aren le había dicho en la torre. «El puente es... Lo es todo para Ithicana. E Ithicana lo es todo para mí.»

Hablaba con una emoción real, sentida. Había civiles en aquellas islas. Civiles que Aren necesitaba proteger, o eso creía, y por su entrenamiento sabía que aquella sería la principal flaqueza de Ithicana. Solo debía determinar cuándo y cómo aprovechar esa información, antes de hacérsela llegar a Maridrina.

Ya le había enviado la primera carta a su padre, una misiva sin ningún tipo de código, cuidadosamente redactada a fin de no darles ningún motivo a los ithicanos para que la retuvieran. Una prueba para comprobar si Aren le permitiría estar en contacto con su padre antes de arriesgarse a intentar pasar información confidencial por los criptógrafos de Guardia Meridional.

La prueba de que Aren había cumplido con su palabra llegó en forma de respuesta por parte de su padre. Y la carta se la entregó el mismísimo rey Aren en persona.

Lo había visto llegar a casa por la ventana, empapado del último chaparrón; no era la primera vez que se preguntaba qué haría durante el día. Era habitual que regresara mojado, lleno de lodo y oliendo a sudor, con la cara dominada por el agotamiento. Una parte de ella quería acercarse a él; temía haber errado en su estrategia para ganarse su confianza y haberlo distanciado definitivamente. Pero otra parte le decía que había tomado la decisión correcta al obligarlo a él a dar el primer paso.

—Esto es para ti. Ha llegado a Guardia Meridional.

Le dejó las hojas de papel dobladas en el regazo. Se había duchado y llevaba ropa limpia, pero el agotamiento seguía allí.

—Deduzco que la leíste.

Desplegó la carta y detectó al instante la enmarañada imitación de Serin de la letra de su padre, y sintió una ligera punzada de decepción. Por supuesto la había escrito él. Era él quien conocía los códigos, no su padre. La dejó a un lado; la leería más tarde.

—La duda ofende. Y, para ahorrarte esfuerzos, mis criptógrafos te han hecho un favor y han traducido la fantochada de código que contenía. Tienes la transcripción en la parte trasera. Voy a dejar pasar el engaño esta vez porque la culpable no eres tú, pero no habrá segundas oportunidades.

Se acabó el código indescifrable de Marylyn. Giró la hoja y leyó en voz alta:

—Me alegro de que estés bien, mi querida niña. Avísanos si te maltratan y habrá represalias.

Aren rio por lo bajo.

—¿Qué esperabas? ¿Que me entregara a ti y no se preocupara por mi bienestar?

—Más o menos. Nadie lo obligó a nada.

—Bueno, pues ya ves que no. —Y, a esas alturas, ya sabía que sacar información de Ithicana sería tan complejo como esperaban—. Tal vez puedas enviarle tú una carta para comunicarle tus buenas intenciones.

—No tengo tiempo de cartearme con tu padre o... —Recogió la carta—. A juzgar por la caligrafía, con la Urraca.

Demonios, los ithicanos eran buenos. Lara desvió la mirada.

—No cabe duda de que tu tiempo es oro. Por favor, continúa con tus obligaciones.

Aren iba a retirarse, pero vaciló, y ella vio con el rabillo del ojo cómo observaba la baraja de cartas que ella había dejado sobre la mesa.

—¿Sabes jugar?

Aquella pregunta la llenó de una mezcla de nervios y entusiasmo, la misma sensación que se apoderaba de ella antes de entrar en el campo de entrenamiento a luchar. Aquella era una batalla distinta, pero eso no significaba que no pudiera ganarla.

—Por supuesto que sé.

Él dudó unos instantes antes de preguntar:

—¿Y te gustaría jugar?

Ella se encogió de hombros, tomó el mazo y comenzó a barajarlo con maestría; las cartas emitían ruidos secos entre sus manos.

—¿De verdad quieres jugar contra mí, alteza? Debo advertirte que soy bastante buena.

—¿Es uno de tus muchos talentos?

A Lara le dio un vuelco el corazón, y se preguntó si el rey recordaría su encuentro íntimo más de lo que ella creía. No obstante, apenas la miró unos segundos, antes de sentarse frente a ella y apoyar un tobillo en la otra rodilla.

—¿Tienes algo que apostar o voy a perder dinero por partida doble con cada apuesta?

Ella esbozó una sonrisa fría.

—Escoge otra apuesta.

—¿Y si apostamos verdades?

Lara arqueó una ceja.

—Eso es un juego de niños. ¿Qué será lo siguiente?, ¿retar al otro a que dé una vuelta por la casa sin ropa?

Porque la desnudez se acercaba más a lo que consideraba que él podría sugerir. Las cartas eran un truco de seducción que Mezat, la maestra de Alcoba, les había enseñado a las hermanas. Todos los hombres, les decía, estaban dispuestos a arriesgar sus prendas ante la posibilidad de ver un pecho. Salvo, por lo visto, el rey de Ithicana.

—Ya habrá tiempo de corretear en cueros durante la temporada de tormentas. Es mucho más interesante si sabes que puede caerte un rayo en cualquier momento.

Lara sacudió la cabeza y volvió a barajar las cartas.

—¿Póquer?

Lo mejor era elegir un juego en el que no pudiera perder.

—¿Y si jugamos a la mejor carta?

—Ese juego se basa más en la suerte que en la habilidad.

—Ya lo sé.

Lo dijo como si la estuviera retando, y, para bien o para mal, ella jamás rechazaría un reto, así que se encogió de hombros.

—Como quieras. ¿A nueve?

—Aburridísimo. ¿Y una verdad por cada as?

Recorrió mentalmente todas las preguntas que podía formularle, las que podía plantearle él y las respuestas que le daría. Aren se acercó a la mesa de la esquina y tomó una botella con un licor ámbar, le dio un largo sorbo y la colocó entre los dos.

—Así es más divertido.

Ella levantó una ceja.

—Sabes que en el armario hay vasos, ¿verdad?

—Así le damos menos trabajo a Eli.

Lara puso los ojos en blanco y le dio un sorbo. El brandi, porque eso era el líquido ámbar, le quemó como fuego al bajar por su garganta. Acto seguido, repartió las cartas, maldiciendo para sus adentros al ver que le había tocado el as.

—¿Y bien?

Aren recuperó la botella y la contempló pensativo, y a ella el corazón empezó a martillearle. Las posibilidades eran casi infinitas, y ella no sabría qué responder. Tendría que mentirle y alargar la mentira mientras estuviera allí. Y, cuantas más mentiras tuviera que equilibrar, más probabilidades había de que la descubrieran.

—¿Cuál es —empezó, y dio un sorbo— tu color favorito?

Lara parpadeó, incrédula. El corazón le palpitaba con fuerza, pero se le acompasó cuando apartó la mirada de sus ojos avellana, notando cómo le ardían las mejillas.

—El verde.

—Excelente. Aquí te vas a hartar de verde, así que no tendré que ganarme tu favor con esmeraldas.

Lara dejó escapar un ligero resoplido burlón y le entregó a él las cartas, que barajó y repartió.

La segunda ronda la ganó ella.

—No voy a preguntarte sandeces —le advirtió, y le quitó la botella.

Sus preguntas debían ser estratégicas; su meta no podía ser desentrañar los secretos del puente, sino comprender al hombre que con tanto celo protegía los misterios.

—¿Disfrutaste matando a los saqueadores? ¿Viéndolos morir?

Aren torció el gesto.

—Sigues molesta con eso, ¿eh?

—Quince días no son suficientes para que me olvide de la matanza a sangre fría de un barco repleto de personas.

—No, supongo que no. —Aren se recostó en la silla y dejó la mirada perdida—. Placer. —Pronunció la palabra como si la estuviera saboreando, probándola, y negó con la cabeza—. No puede llamarse placer, no. Pero sí sientes una cierta satisfacción al verlos morir.

Lara permaneció en silencio, y la recompensa llegó al instante.

—Serví en Guardia Central desde los quince años. Fui comandante desde los diecinueve. Durante los últimos diez años, he perdido la cuenta de las batallas que he librado con los saqueadores. Pero sí me acuerdo de las trece veces que no llegamos a tiempo. Cuando acudimos a salvar a nuestra gente después de que los saqueadores se ensañaran con ella. Familias masacradas. ¿Y para qué? ¿Pescado? No tenían nada que valiera la pena robar, así que, a cambio, les arrebataron la vida.

Lara apoyó las palmas de las manos contra la falda y notó el sudor traspasando la seda.

—¿Cuál era su objetivo, entonces?

—Creen que pueden sacarles información sobre los accesos del puente. El problema es que los civiles no usan el puente. No conocen sus secretos. Lo lógico sería pensar que, después de tantos años, nuestros enemigos se habrían dado cuenta de eso. Y quizá lo sepan. —Se le desencajó el rostro—. Quizá los maten por placer.

Los dedos de él rozaron los suyos cuando le devolvió la

baraja, dedos calientes contra la piel helada de ella. Aren ganó la mano siguiente.

—Ya que estamos con preguntas difíciles... —Él se dio un golpecito en la barbilla con el dedo—. ¿Cuál es tu peor recuerdo?

Tenía cientos de malos recuerdos. Miles. Cuando entregó a sus hermanas al fuego y la arena. Cuando Erik, el hombre que había sido como un padre para ella, se quitó la vida delante de ella por creer que la habían obligado a asesinar a sus hermanas. Cuando la dejaron sola en una zanja durante semanas. Recuerdos de morirse de hambre. De las palizas. De tener que luchar por su vida, mientras los maestros la convencían de que todo era por fortalecerla. Para enseñarle a sobrevivir. «Lo hacemos por protegerte», les decían a ella y a sus hermanas. «Si quieres odiar a alguien, culpar a alguien, piensa en Ithicana. En su rey. Si no fuera por ellos, si no fuera por él, esto no sería necesario. Acábalo y ninguna muchacha maridrina volverá a pasar por esto jamás.»

Los recuerdos reactivaron algo en su interior, una sacudida irracional de ira, odio y miedo. Odio por aquel lugar, y un odio aún más ciego por el hombre que tenía enfrente.

Poco a poco, fue ocultando en sus adentros aquellas emociones, pero en cuanto levantó la cabeza, supo que a Aren no le había pasado desapercibido aquello que le había atravesado el rostro.

«Dile la verdad.»

—Nací en un harén de Vencia. Viví allí con mi madre y las otras esposas e hijas. Después de que se firmara el tratado, mi padre hizo que llevaran a todas las hijas que tuvieran la edad adecuada al complejo para protegerlas, para protegernos: de Valcotta, Amarid y de cualquiera que quisiera perturbar la alianza. Yo tenía cinco años. —Tragó saliva. Tenía un recuerdo borroso, pero los sonidos y los olores eran tan claros como si hubiera sido ayer—. No nos avisaron. Yo estaba jugando cuando los soldados me agarraron, y recuerdo darles patadas y gritar mientras me sacaban de allí. Olían fatal, como a sudor y vino. Recuerdo a otros hombres reteniendo a mi madre en el suelo. Se resistía, quería recuperarme. Quería impedir que se me llevaran. —A Lara le escocían los ojos, y optó por ahogar las lágrimas con un sorbo de brandi. Y luego otro—. No volví a verla.

—Si tu padre no me caía bien antes —musitó Aren—. Imagínate ahora...

—Lo peor es que... —Se interrumpió, intentando encontrar en la parte interna de los párpados lo que estaba buscando—. Es que ni siquiera me acuerdo de su cara. Si la viera por la calle, no sé si sabría distinguirla.

—Claro que sí.

Lara se mordió el interior de las mejillas, rabiosa porque fuera precisamente él quien le dijera algo que la consolara. «Se llevaron a mi madre por su culpa. Él es el responsable. Es el enemigo. El enemigo. El enemigo.»

Alguien llamó con fuerza a la puerta y Lara dio un respingo, arrancada de sus pensamientos.

—¡Adelante! —gritó Aren.

Cuando la puerta se abrió, apareció una hermosa joven armada hasta los dientes. Era una mujer de cabello negro y largo, rapado en los costados y el resto recogido en una cola de caballo a en la coronilla —un estilo que parecían preferir las mujeres guerreras—, y los ojos de un gris pálido. Le sacaba media cabeza a Lara, sus brazos eran puro músculo y tenía la piel marcada con cicatrices antiguas.

—Te presento a Lia. Forma parte de mi guardia personal. Lia, te presento a Lara, la...

—Reina. —La joven agachó la cabeza—. Es todo un honor conocerla, majestad.

Lara inclinó la cabeza, interesada por las guerreras ithicanas. Su padre les había contado a Lara y a sus hermanas que las subestimaban solo por ser mujeres, pero ella tenía la sensación de que las respetaban como a cualquier hombre.

Lia volvió a centrar la atención en su rey y le entregó un papel doblado.

—Se ha declarado el final de la estación.

—Oí los cuernos. Dos semanas antes que el año pasado.

Lara volvió a tomar su carta con la esperanza de que siguieran hablando si la creían distraída. Serin le había escrito sobre su hermano mayor, Rask, el heredero. Al parecer, había ganado algún torneo, y la Urraca describía los acontecimientos hasta el más mínimo detalle. Realmente su hermano le importaba poco; apenas lo conocía. El criptógrafo ithicano había marcado con un círculo las letras que formaban el mensaje oculto, pero no el código de Marylyn. Mientras releía el documento con el ojo puesto en el código que su hermana mayor había creado, Lara contuvo una sonrisa y extrajo el patrón de la hoja. Por lo visto, los ithicanos no eran infalibles, después de todo.

Con todo, su sonrisa interna se congeló cuando descifró el código. Maridrina solo recibía alimentos podridos. Grano mohoso. Ganado enfermo. Los navíos valcotteses partían con cargas de bienes muy superiores.

Serin le explicaba que los nuevos términos comerciales se habían negociado como parte del tratado. Se había eximido a Maridrina de pagar los impuestos de bienes comprados en Guardia Septentrional, que luego se enviaban hasta Guardia Meridional sin pasar por ningún peaje. Sobre el papel, eran unas buenas condiciones para Maridrina y una gran concesión por parte de Ithicana. Pero había que considerar que dejaba en manos de Maridrina el riesgo de que los bienes se deterioran durante el transporte. Si el grano comprado en

Guardia Septentrional se pudría antes de llegar a Guardia Meridional, quien asumía la pérdida era Maridrina, no Ithicana. Qué sorpresa que fuera Maridrina quien recibía los peores productos cuando era Ithicana quien coordinaba el transporte. Las hojas se arrugaron ligeramente bajo sus dedos, y apartó la mirada de la carta en cuanto oyó a Aren decir:

— Me parece que no vamos a poder bajar la guardia.

Lia coincidió e hizo una reverencia con la cabeza.

—Ya no los molesto más.

Lara vio a la otra mujer retirarse mientras se esforzaba por mantener el gesto sereno. El mensaje de Serin no la sorprendía, pero eso no significa que no la sacara de quicio saber que el hombre que tenía delante y con el que estaba jugando tranquilamente a las cartas estaba tomando decisiones conscientes que perjudicaban a su pueblo.

Las cartas golpearon contra la mesa. Otra mano. Otra verdad.

Lara las recogió y observó la mano, consciente de que eran altas y que debería pensar en alguna pregunta que le aportara algo. Aun así, cuando ganó, la pregunta que se le ocurrió fue algo distinta.

—¿Cómo murieron tus padres?

Aren se puso rígido y luego se pasó la mano por el cabello. Alargó un brazo, le arrancó la botella de la mano y la vació.

Lara esperó. Durante sus búsquedas fallidas de mapas del reino, había encontrado otras cosas. Enseres personales. Dibujos del antiguo rey y la reina, la hermosa madre de Aren y Ahnna, cuyo parecido con sus hijos le había parecido sorprendente. También había encontrado una caja llena de tesoros que solo una madre guarda. Dientes de leche en un botecito. Retratos. Notas escritas con letra infantil. Y también algunas esculturas diminutas y burdas, con el nombre de Aren escrito en la base. Una familia muy diferente a la suya.

—Se ahogaron durante una tormenta —respondió con sequedad—. Él al menos. Ella probablemente ya estaba muerta.

La historia no terminaba ahí, pero era evidente que él no tenía ninguna intención de compartirla, y que se le estaba acabando la paciencia con aquel horroroso juego de azar. Más cartas sobre la mesa. Lara volvió a ganar.

«Lo has puesto nervioso», se dijo a sí misma. Ha estado bebiendo. Es el momento idóneo para presionarlo.

—¿Cómo es la vida dentro del puente?

Lara desvío la mirada de las cartas a la botella vacía y las manos de él, que descansaban sobre los brazos de la silla. Fuertes. Capaces. La sensación de aquellas manos recorriéndole el cuerpo danzó por su piel, el sabor de su boca en la de ella, pero apartó aquellos pensamientos cuando sus mejillas, y otras partes del cuerpo, se encendieron.

Aren aguzó la mirada y la bruma del brandi desapareció de sus ojos.

—Lo que sea o deje de ser el puente no es cosa tuya. No se te perdió nada allí —contestó, y se puso en pie—. Mi abuela quiere conocerte, y no se le puede decir que no. Nos iremos mañana temprano. En barco.

Se inclinó y apoyó las manos a ambos lados de la silla de Lara. Los músculos de sus brazos formaban un relieve casi perfecto. Invadiendo su espacio personal. Tratando de intimidarla igual que su maldito reino intimidaba al resto del mundo.

—Te lo voy a dejar muy claro, Lara. Ithicana no ha conservado el puente vomitando sus secretos con una botella de brandi, así que, si esa es tu intención, puedes ser un poco más creativa. O, mira, aún mejor: ahórrate los esfuerzos y olvídate por completo de que existe.

Lara se recostó en la silla sin eludir el contacto visual. Con ambas manos, se levantó la falda del vestido, cada vez más arriba, hasta que dejó al descubierto los muslos, y vio cómo la intensidad de la mirada de Aren cambiaba de objetivo. Levantó una pierna y presionó un pie desnudo contra el pecho de él, observando cómo el rey pasaba la mirada de la rodilla al muslo y, finalmente, a la ropa interior de seda que llevaba debajo.

—¿Qué te parece si agarras el puente —comenzó a decir con dulzura— y te lo metes por el culo? —Aren se quedó atónito mientras ella estiraba la pierna y lo alejaba de su espacio personal. Recogió la carta y se estiró la falda—. Te veo mañana temprano. Buenas noches, alteza.

Una leve risa le llenó los oídos, pero no cedió a voltear ni siquiera cuando él musitó un «buenas noches, princesa», y, poco después, abandonó la estancia.

13
Aren

Vitex serpenteaba alrededor de los tobillos de Aren sin dejar de ronronear, dispuesto a no desistir en su búsqueda de atención, a pesar de que el rey llevaba ignorándolo al menos diez minutos.

La hoja de papel que tenía delante, prácticamente en blanco y con los bordes dorados reluciendo bajo la luz de los candiles, se burlaba de él. Había llegado a escribir el saludo formal al rey Silas Veliant de Maridrina, y nada más. Su intención era acceder a la petición de Lara y escribirse con su padre para despejar las dudas sobre el bienestar de su hija. Sin embargo, con la pluma en la mano y a punto de manchar el carísimo material, Aren no sabía qué decir.

Sobre todo, porque Lara seguía siendo un enigma. Había intentado conocer mejor su verdadera naturaleza durante aquel horrible juego de cartas, y tras oír cómo la habían arrebatado de los brazos de su madre, tenía muy claro que, si era una espía, no sería por amor a su padre. Pero eso tampoco significaba que fuera inocente. Hasta cierto punto, la lealtad podía comprarse, y Silas disponía de los medios necesarios.

Aren soltó la pluma, saturado por el círculo vicioso en el que se habían sumergido sus pensamientos. Tomó la cajita del papel, abrió el lado falso para dejar al descubierto el estrecho cajón en el que ocultaba documentos de miradas curiosas y guardó la carta al padre de Lara. La terminaría cuando estuviera más seguro de poder o no asegurar el bienestar de su hija.

Le dio un golpecito al gato en la cabeza, espantó al animal para que saliera por la puerta y caminó con grandes zancadas por el pasillo. Eli estaba frotando la plata, pero alzó la cabeza al ver que Aren se aproximaba.

—¿Se dirige a los barracones, alteza?

Era demasiado tentador saber que podía escabullirse hacia los barracones, sentarse a la lumbre con sus soldados, beber y jugar tranquilamente, pero eso levantaría sospechas sobre por qué no pasaba las noches con su flamante esposa.

—Voy a dar un paseo por los acantilados.

—Dejaré un candil encendido para usted, alteza —respondió el muchacho, y retomó sus quehaceres.

Aren decidió no llevar un farol y descendió por el sendero que conducía a un lugar en el que la roca desnuda dominaba el mar. Las olas rompían contra la roca negra de los acantilados, el agua se retiraba a gran velocidad solo para volver a arremeter con fuerza, abalanzándose contra Guardia Central como un martillo implacable e incansable. Un sonido feroz pero, en cierto modo, tranquilizador que arrullaba a Aren mientras contemplaba la oscuridad impenetrable que se extendía sobre el mar.

Se tumbó con un gruñido, y el agua acumulada en las rocas le empapó la vestimenta. Alzó la vista hacia el cielo nocturno, un manto de nubes y estrellas, sin otras luces que lo distrajeran de su brillo. Sus súbditos conocían bien esa sensación, sobre todo en las estaciones de transición: el momento del año en que las tormentas dejaban de proteger Ithicana y el reino se veía obligado a depender del acero, el ingenio y la intriga.

¿Podrían descansar alguna vez? ¿Sería posible?

Se oyó el crujir de unos papeles, las hojas que llevaba guardadas dentro de la túnica y las culpables de que hubiera decidido ir a ver a Lara aquella noche. Eran órdenes de ejecución.

Dos muchachas de quince años habían robado un bote para, supuestamente, huir de Ithicana. Planeaban viajar hacia el norte, a Harendell, según la información que habían aportado sus amistades.

Se había ordenado su ejecución. Los cargos: traición.

Estaba prohibido que los civiles abandonaran Ithicana. Solo los espías entrenados tenían ese derecho, y siempre con la condición de que, si los descubrían, morirían por su propia espada antes de que pudieran revelar los secretos de Ithicana. Solo los soldados permanentes de su ejército se sabían todas las entradas y salidas del puente, pero era imposible que los civiles que vivían allí no estuvieran al tanto de las defensas de las islas, y todo el mundo conocía Eranahl. Era por eso que se azotaba a cualquier civil que tratara de huir. Y si alguien lo conseguía, era perseguido.

Y los cazadores de Ithicana siempre capturaban a su presa.

Quince años. Aren apretó los dientes al notar cómo se le revolvía el estómago. El informe no exponía los motivos de la huida, y no hacía falta. Tenían quince años, y eso significaba que las habrían asignado a su primera guarnición. Se enfrentarían a su primera Marea de Guerra, y no tendrían otra opción que luchar. Y, en lugar de eso, habían arriesgado sus vidas por escapar y encontrar otro camino. Otra vida.

Ante tal ofensa, se esperaba que él ordenara su ejecución.

Los padres de Aren raramente discutían, pero aquella ley

había traído consigo los gritos y los portazos, y era la causante de que su madre deambulara por las habitaciones con un fervor tal que tanto él como Ahnna habían temido que en cualquier momento muriera por uno de sus ataques, que su corazón se detuviera y no volviera a latir. Aren cerró los ojos y oyó el eco de la voz de su madre gritándole a su padre.

—Vivimos en una jaula, en una prisión que hemos construido con nuestras propias manos. ¿No te das cuenta?

—¡Es la única forma de mantener a salvo a nuestro pueblo! —le respondía su padre a gritos—. Si bajamos la guardia, Ithicana está acabada. Nos despedazarán en su pugna por apoderarse del puente.

—No lo sabes. Las cosas podrían ser distintas si lo intentáramos.

—Creo que los saqueadores que nos visitan todos los años no están de acuerdo contigo, Delia. Estoy manteniendo a Ithicana con vida.

Y siempre, sin excepción, ella susurraba:

—Estar con vida no es vivir. Merecen algo más.

Aren sacudió la cabeza para alejar los recuerdos, aunque lo único que consiguió fue que insistieran, dispuestos a seguir rondándolo.

Permitir que los civiles entraran y salieran de Ithicana a voluntad aseguraba que todos y cada uno de los secretos del reino se filtrarían. Aren lo sabía. Pero si Ithicana mantenía alianzas sólidas con Harendell y Maridrina, las consecuencias de esas filtraciones serían mucho más digeribles. Con las armadas de los dos reinos apoyando las defensas del puente, podría proporcionarle a su pueblo la oportunidad de encontrar otros caminos que no fueran el de la espada. Viajar y educarse. Traer conocimientos a su hogar y compartirlos. Implicaría que ya no tendría que volver a firmar la ejecución de un par de niñas.

El problema era que la vieja guardia se oponía diametralmente al cambio. Una vida entera de guerras los había vuelto contra los forasteros y los había llenado de odio. Y de miedo. Necesitaba que Lara lo ayudara a persuadirlos, a hacerles ver a los maridrinos como amigos, no como enemigos. Convencerlos de que lucharan por un futuro mejor, sin importar los riesgos.

Porque tal y como estaban las cosas... la situación era insostenible.

Aren se sacó los papeles del bolsillo, los rompió en pedazos y dejó que la brisa los arrastrara hasta el mar.

Poco después, oyó un alboroto entre los arbustos y se puso en pie, espada en mano, a tiempo de ver como Eli salía atropelladamente al claro. El sirviente frenó en seco, sin aliento, y balbució:

—La reina, alteza. Necesita su ayuda.

14
Lara

Unas manos la retenían por las muñecas y se las sujetaban contra la mesa. Una tela le cubría los ojos. La nariz. La boca.

Le vertían agua encima, un torrente incesante.

Hasta que cesaba.

—¿Con qué fin te enviaron a Ithicana? —le susurró una voz en el oído—. ¿Cuáles son tus objetivos? ¿Qué pretendes?

—Ser esposa. Y reina —balbució, luchando contra lo que la constreñía—. Quiero la paz.

—Embustera. —La voz le daba escalofríos—. Eres una espía.

—No.

—¡Admítelo!

—No voy a admitir una falsedad.

—¡Embustera!

El agua volvió a caer y ella siguió ahogándose. Incapaz de verbalizar la verdad que podía salvarla. Incapaz de respirar.

Tenía arena entre los dedos, fría y seca. No podía moverse; tenía las muñecas y los tobillos atados a la cintura. La habían amarrado como a un cerdo.

Oscuridad.

Giró sobre sí misma y chocó con una pared. La arena le caía sobre la cabeza y se deslizaba por su cabello. Hacia el lado opuesto, lo mismo.

No había escapatoria.

Salvo hacia arriba.

Con el miedo clavándola al suelo, levantó la cabeza y vio siluetas sin rostro contemplándola desde las alturas.

Lejos, muy lejos. Tenía las muñecas atadas con tantísima fuerza que la piel se le caía en tiras, de modo que no tenía forma de escalar.

—¿A qué has venido a Ithicana? ¿Cuál es tu propósito? ¿Eres una espía de tu padre?

—He venido a ser reina. —La garganta le ardía. La tenía muy seca. Se moría de sed—. A ser una esposa que represente la paz. No soy ninguna espía.

—Embustera.

—No miento.

La arena le golpeó el rostro. Ya no eran solo granos, sino fragmentos de roca que la magullaban y cortaban. Que la obligaban a encogerse, a humillarse. Once palas lanzándole arena por todas partes. Cayendo sobre ella. Hiriéndola. Llenando el agujero.

Enterrándola viva.

—¡Dinos la verdad!

—¡Le estoy diciendo la verdad!

La arena le llegaba a la barbilla.

—¡Embustera!

No podía respirar.

Estaba sentada a una silla con las muñecas atadas. Con las uñas, hurgaba y arañaba las cuerdas, y le escurría sangre por las palmas de las manos. Tenía los ojos tapados, pero notaba el calor de las llamas.

—En Ithicana te tratarán peor, Lara —le canturreaba Serin al oído—. Mucho peor.

Él le iba susurrando todos los horrores y ella gritaba. Necesitaba marcharse de allí. Necesitaba escapar.

—Y a tus hermanas les harán cosas peores —coreó, quitándole la capucha.

Tenía fuego en los ojos. Le ardían. Ardían. Ardían.

—No te atrevas a tocar a mis hermanas —le gritó—. No podrás. No les harás daño.

Salvo que era Marylyn la que le acercaba los rescoldos a los pies, no Serin. Y era Sarhina, con los ojos arrasados en lágrimas, la que apretaba la soga.

Y era Lara la que ardía. El cabello. La ropa. La carne.

No podía respirar.

Una mano la tenía agarrada y la sacudía.

—¿Lara? ¡Lara!

Lara se incorporó, echando la mano a la empuñadura de la daga, recobrando la conciencia justo a tiempo de contenerse y no apuñalar a Aren en la cara.

—Has tenido una pesadilla. Eli ha ido a buscarme cuando te oyeron gritar.

Una pesadilla. Lara tomó aire y trató de aferrarse a algo en sus adentros que le aportara un mínimo de calma. Fue entonces cuando se percató de que la puerta estaba salida del marco y que el cerrojo estaba hecho pedazos, repartidos por el suelo. Aren llevaba la misma ropa de antes, y tenía el cabello húmedo y pegado a la frente.

Lara apartó la vista y alargó el brazo para tomar un vaso de agua; tenía la boca agria de tanto brandi.

—No me acuerdo de nada.

Una mentira, teniendo en cuenta que el hedor a cabello quemado aún le inundaba la nariz. Pesadillas que no eran sueños, sino recuerdos de su entrenamiento. ¿Habría dicho algo que la incriminara? ¿Se habría dado cuenta él de que había intentado agarrar el cuchillo que tenía bajo la almohada?

Aren asintió, pero frunció el ceño, lo que sugería que no acababa de creerle. Las sábanas empapadas de sudor se le despegaron de la piel cuando salió de la cama para llenar el vaso con la jarra de agua, consciente de que el camisón que llevaba apenas le cubría los pechos, y con la esperanza de que la imagen de su piel lo distrajera.

—¿Quién te hizo eso?

Lara se quedó paralizada. Ya no le cabía duda de que había dicho algo durante su estado disociativo que la incriminaba. Sus ojos buscaron la puerta abierta y calculó las posibilidades que tenía de escapar, pero luego él rozó su espalda con los dedos, que siguieron un patrón que le era familiar. Cicatrices a las que su hermana Sarhina había aplicado aceites todas las noches durante años hasta difuminarlas y que no quedaran más que delgadas líneas blancas.

—¿Quién te hizo esto?

La cólera en su voz hizo que se le erizara la piel. Serin lo había ordenado un día que se escabulló del complejo para ir al desierto y observar una de las caravanas, una procesión de incontables camellos y hombres cargados con bienes para su venta en Vencia. Por los problemas que había generado, recibió doce latigazos; Serin no dejó de gritarle en ningún momento que los había puesto a todos en peligro. Lara nunca había llegado a comprender bien por qué se había enojado tanto. Era imposible que la caravana la descubriera, y lo único que quería era ver las mercancías que transportaban.

—Tuve unos maestros estrictos —masculló—. Pero fue hace muchísimo tiempo. Ya casi ni me acuerdo de que las tengo.

En lugar de calmarse, Aren pareció enfurecerse aún más.

—¿Quién es capaz de tratar así a una niña?

Lara abrió la boca y luego la cerró, incapaz de encontrar una respuesta satisfactoria. Todas sus hermanas habían sufrido palizas por sus infracciones, aunque ninguna con tanta frecuencia como ella.

—Era una revoltosa.

—¿Y no se les ocurrió nada más que enderezarte a palos?

Hablaba con una voz glacial. Lara se cubrió el cuerpo con las sábanas, pero no respondía. No confiaba en lo que pudiera decir.

—Mira, si sirve de algo, en Ithicana nadie te pondrá la mano encima. Te lo prometo. —Se levantó y tomó un candil—. Faltan pocas horas para el amanecer. Intenta dormir un poco.

Salió de la habitación y cerró la puerta rota detrás de él. Lara se tumbó en la cama y prestó atención al suave tamborileo de la lluvia contra la ventana, sintiendo todavía el tacto de los dedos de Aren sobre su piel desnuda y oyendo aún la inflexibilidad en su voz cuando le había prometido que en Ithicana jamás le harían daño, un juramento que no correspondía en absoluto con lo que sabía sobre él y el reino. «Su palabra no vale nada», se recordó a sí misma. «Dio su palabra de que permitiría el libre comercio con Maridrina, y lo único que su hogar ha podido dar como muestra del trato ha sido carne podrida.»

Su objetivo era el puente. Encontrar la forma de abrirse paso entre las defensas de Ithicana y adentrarse en la estructura que el mundo entero ansiaba. Y, ese día, Aren iba a llevarla a dar una vuelta por su reino. Con un poco de suerte, vería cómo se desplazaban, dónde y cómo zarpaban sus barcos, donde vivían los civiles. Era el primer paso hacia una invasión satisfactoria. El primer paso para que Maridrina recuperara la prosperidad.

«Concéntrate en eso —se dijo—. Concéntrate en lo que eso significa para tu pueblo.»

Pero no había respiración profunda posible que calmara

las palpitaciones que notaba en la garganta. Se levantó de la cama y se acercó al umbral de la antecámara. Dio un salto, se agarró al marco y sus uñas se clavaron en la madera mientras se impulsaba arriba y abajo, con los músculos de la espalda y los brazos flexionándose, ardiéndole. Repitió el movimiento treinta veces. Cuarenta. Cincuenta. Imaginando a sus hermanas haciendo dominadas junto a ella, espoleándose unas a otras, aunque solo pudiera vencer una.

Se dejó caer, se tumbó en el suelo y se dispuso a hacer abdominales. Sus músculos se quejaban como fieras bestias cuando pasó las cien. Doscientas. Trescientas. En el desierto Rojo hacía más calor que en Ithicana, pero la humedad de las islas la mataba. El sudor caía por su piel a medida que cambiaba de ejercicios, pero el dolor era mucho más efectivo que la meditación para alejar pensamientos indeseados.

Cuando Clara llamó a la puerta con una bandeja llena de comida y una taza humeante de café, Lara estaba muerta de hambre, y poco le importaba que la sirvienta se percatara de que tenía la cara roja y la ropa sudada.

Sin dejar de tomar café, fue engullendo comida casi por inercia, se bañó y se puso la misma ropa que había usado durante su última excursión por la selva, incluidas las pesadas botas de cuero. Se colgó los cuchillos del cinturón y se arregló el cabello en una apretada trenza que le llegaba al centro de la espalda. La luz empezaba a dibujar la silueta de las pesadas cortinas de las ventanas cuando salió de la habitación.

Se encontró a Eli barriendo el pasillo.

—La está esperando afuera, señora.

Aren estaba, en efecto, esperándola, pero Lara aprovechó para observarlo a través del cristal de la ventana durante unos instantes antes de hacer acto de presencia. Estaba sentado en la escalera, con los codos apoyados en la piedra que tenía detrás, los músculos de los brazos al descubierto bajo las mangas cortas de la túnica y los avambrazos bien colocados en los antebrazos. El sol naciente, esta vez, por fin, sin nubarrones que lo taparan, brillaba en el arsenal que llevaba colgado del cuerpo, y Lara resopló ante el par de simples dagas que llevaba ella, deseando poder ir igual de armada.

Después de abrir la puerta, Lara dio una larga bocanada de aire húmedo, saboreando la sal del océano en la suave brisa que soplaba y el olor a tierra mojada. Una bruma de plata flotaba por encima de las copas de los árboles, y el ambiente estaba cargado con el zumbar de los insectos, los trinos en los árboles y los chirridos de criaturas que no habría podido nombrar.

Aren se puso de pie sin saludarla ni hacer ninguna referencia a la pesadilla, y ella lo siguió a cierta distancia para poder observarlo sin que percibiera su escrutinio mientras descendían por una vereda enlodada. Tenía cierta gracia de depredador: como buen cazador, examinaba cada palmo del suelo, las copas de los árboles y el cielo, sosteniendo el arco con la mano izquierda en lugar de llevarlo al hombro como los soldados del padre de Lara. No era posible tomarlo desprevenido, y ella se preguntó, sin darle demasiadas vueltas, hasta qué punto sería un buen guerrero. Si, llegado el momento, ella podría vencerlo.

—Siempre tienes cara de estar a punto de matar a alguien —apuntó él—. Tal vez a mí.

Lara le dio una patada a una piedra y contempló con el ceño fruncido el lodo del camino.

—No sabía que la reina madre aún vivía.

Y no mentía. Tenía la impresión de que los últimos supervivientes del linaje real eran el rey y su hermana.

—Porque no vive. Nana es la madre de mi padre. —Aren volvió la cabeza al oír algo moviéndose entre los arbustos—.

Mi madre, Delia Kertell, era la que tenía sangre real. La familia de mi padre era muy humilde, pero él fue ascendiendo por los rangos militares y lo eligieron para formar parte de la guardia de honor de mi madre. Ella acabó enamorándose de él y se casaron. Mi abuela... es una curandera, tiene cierto renombre. Aunque hay personas que utilizarían otras palabras para describirla, incluida mi hermana.

—¿Y puedo saber por qué quiere verme?

—De hecho, ya te ha visto —respondió.

Lara entrecerró los ojos.

—Cuando llegaste. Seguías dormida. Te echó un vistazo para ver si estabas bien de salud. Ahora lo que quiere es conocerte. Y la razón... Es muy curiosa, y no hay nadie que se atreva a llevarle la contraria, ni siquiera yo.

La idea de que una extraña hubiera examinado su cuerpo estando inconsciente le resultaba tremendamente invasiva. Un escalofrío le recorrió la espalda, pero ocultó la reacción encogiéndose de hombros.

—¿Qué quería, comprobar si mi padre te había enviado a una sifilítica para mandarte derechito a la tumba?

Aren tropezó, se le cayó el arco y maldijo cuando se agachó a recogerlo del lodo.

—No es el método más rápido para matar a alguien, pero es efectivo, la verdad —añadió ella—. Y hay quien diría que la repugnancia de los últimos años, horas y días de la víctima valen la espera.

El rey de Ithicana quedó atónito, pero no tardó en recuperarse.

—Si así es como pretendes liquidarme, puedes darte prisa. Me temo que las pústulas y las erupciones no le harán ningún bien a tu atractivo.

—Mmm —musitó Lara, y tronó la lengua contra los dientes como muestra de falsa decepción—. Creía poder esperar a que la locura me ganara para poder evitarme el recuerdo. Pero te ahorcan antes.

Él soltó una carcajada profunda y sonora, y Lara se descubrió sonriendo. Doblaron una esquina del camino y llegaron a un claro dominado por una gran estructura, con un grupo de soldados ithicanos holgazaneando al sol.

—Los barracones de Guardia Central —le aclaró Aren—. Esos doce son mi... nuestra guardia de honor.

La estructura de piedra era lo bastante grande como para alojar a cientos de hombres.

—¿Cuántos soldados tienes aquí?

—Suficientes.

Aren se adentró en el claro y se dirigió a los soldados que los esperaban.

—Sus majestades —dijo uno de ellos e hizo una afectada reverencia, aunque había cierto tono jocoso en su voz, como si aquel tipo de apelativos honoríficos fueran algo inusual.

Se trataba de un tipo alto y musculoso de cabello castaño, rapado y salpicado de gris, lo bastante maduro como para poder ser el padre de Aren. Lara se quedó absorta en sus ojos café oscuro; había algo en su voz que le resultaba familiar, y no tardó en reconocerlo como el hombre que había pronunciado los votos ithicanos en la boda.

—Te presento a Jor —dijo Aren—. Es el capitán de la guardia.

—Me alegro de volver a verte —respondió ella—. ¿Todos los soldados ithicanos son tan versátiles o eres la excepción?

El soldado parpadeó, antes de esbozar una sonrisa y hacer un gesto de aprobación con la cabeza.

—Tienes buen oído, princesa.

—Y tú mala memoria, soldado. Ya no soy la princesa, y es algo que te debo a ti.

Pasó por delante de ellos en dirección al sendero estrecho que conducía al mar. El hombre mayor se rio.

—Espero que duermas con un ojo abierto, Aren.

—Y un cuchillo bajo la almohada —añadió Lia, y el grupo entero estalló en carcajadas.

Aren se unió a las risas, y Lara se preguntó si ya sabrían que aún no habían consumado su matrimonio, y que, según las leyes de ambos reinos, podían irse cada uno por su lado. Al mirar atrás por encima del hombro, su mirada se cruzó con la de Aren, imperturbable, y él la desvió deprisa, dándole una violenta patada a una raíz que atravesaba el camino.

No tardaron en llegar a la diminuta bahía donde ocultaban los botes, casi todos de tamaños distintos. Parecían canoas, salvo porque tenían una estructura en la borda conectada a uno o dos cascos adicionales, que se suponía que les aportaba equilibrio entre las olas. Algunos estaban aparejados con mástiles y velas, incluido el par en el que el grupo estaba cargando las armas y el equipo. Lara notó una punzada de miedo. Los botes eran diminutos comparados con el navío en el que había cruzado hasta Guardia Meridional, y los mares que rugían más allá de los acantilados y que protegían la bahía se le antojaron de repente mucho más violentos que pocos minutos atrás; las cabrillas cobraban altura con fiereza, capaces de hundir sin problema las endebles embarcaciones.

Le vinieron a la cabeza una docena de excusas por las que no debía y no podía alejarse de la costa. Pero ese era su objetivo en Ithicana, descubrir cómo superar sus defensas, y Aren estaba a punto de revelarle la información sin concesiones por su parte. Habría sido una estupidez dejar pasar una oportunidad así.

Aren entró en el bote y le extendió una mano guardando con facilidad el equilibrio mientras la embarcación se mecía bajo sus pies. Lara se mantuvo firme, mordiéndose el interior de las mejillas al sentir su mirada clavada en ella. Él abrió la boca, pero ella se le adelantó:

—No sé nadar, por si es eso lo que te estás preguntando.

Lo último que quería era admitir una debilidad así, y, por la sonrisa que esbozó Aren, él lo sabía.

—Creo que es la primera vez que conozco a alguien que no sabe nadar.

Ella se cruzó de brazos.

—Si vives en mitad del desierto Rojo, es una habilidad que raramente necesitas.

Los soldados se buscaban quehaceres a conciencia, aunque todos estuvieran claramente escuchándolos.

—Bueno. —Aren volteó y entrecerró los ojos al dirigir la vista al mar—. Ya viste lo que acecha en estas aguas. Ahogarse puede ser la mejor forma de morir.

—Eso me reconforta mucho.

Ignoró la mano del rey y se decidió a entrar en el bote antes de acabar de perder los estribos. Este se meció bajo sus pies con el peso añadido, y Lara cayó de rodillas y se agarró al borde.

Aren dejó escapar una risa suave antes de arrodillarse a su lado y alargarle un trozo de tela negra.

—Lo siento, pero debemos proteger nuestros secretos.

Sin esperar su respuesta, le vendó los ojos. «Maldición, debería haber previsto que no sería tan fácil.» Y, sin embargo, la vista no era el único sentido con el que se podía obtener información, así que mantuvo la boca cerrada.

—Vámonos —ordenó él, y el bote partió de la playa.

Durante un instante, Lara pensó que tan malo no podía ser, aunque poco después supuso que debían de haber salido de la bahía, puesto que la embarcación empezó a hacer cabriolas como un potro salvaje. El corazón se le salía del pecho y se agarró al suelo, sin importarle lo que pudieran pensar de ella Aren o el resto de los ithicanos mientras el agua le salpicaba la ropa y le calaba hasta los huesos. Si volcaban, o si alguno de ellos la tiraba, su entrenamiento no le serviría de nada. Acabaría muerta.

Y luego se la comerían.

El pavor vino acompañado de un acceso de náuseas, y la boca se le iba llenando de una saliva amarga por mucho que tragara. «Tú puedes. Contrólate.» Apretó los dientes, luchando por no devolver lo que tenía en el estómago. «No vomites —se ordenó—. No vas a vomitar.»

—Está a punto de vomitar —apuntó Jor.

Como si hubiera esperado a que alguien lo verbalizara, Lara notó el desayuno subiéndole con fuerza y violencia hacia la garganta y se apoyó a ciegas en el borde justo cuando el bote se inclinó sin miramientos hacia la misma dirección. Sin dejar de vomitar, las manos le resbalaron, y lo primero que sumergió en el mar fue la cara. La fría agua le cubrió la cabeza y ella se sacudió, imaginando cómo el agua le llenaba los pulmones y unas aletas hacían círculos a su alrededor. Unos dientes que se alzaban para arrastrarla a las profundidades.

No era la primera vez que vivía algo así. Estaba ahogándose. Apagándose. Asfixiándose.

Un viejo miedo con un nuevo rostro.

No podía respirar.

Unas manos la agarraron por la túnica y la levantaron de golpe hacia el bote. Se golpeó con algo sólido y cálido, alguien le levantó la tela que le cubría los ojos y se encontró de frente con los profundos ojos avellana de Aren.

—Te tengo.

La sostenía con tanta fuerza que le tendría que haber dolido, pero lo único que sintió fue la tranquilidad de volver a estar en tierra firme. Aren tenía a sus espaldas el pilar del puente con la abertura en la base, tan cerca, tan tentador, que el miedo remitió. Pero el rey volvió a vendarle los ojos y la sumió de nuevo en la oscuridad.

Al perder la visión, se mareó. El sudor se mezclaba con el agua que le goteaba por el rostro, y cada respiración era un pequeño jadeo.

Resolló y trató de encontrar ese vacío de paz al que le habían enseñado a recurrir si la torturaban, cuando uno de los guardias exclamó:

—Podríamos ir por el puente. Esto me parece una verdadera crueldad.

—No —le espetó Jor—. Ni hablar.

Pero Lara notó que Aren se había quedado inmóvil. Estaba valorando la idea, algo que solo era posible si él también creía que aterrorizarla sin ninguna necesidad era una crueldad. Así que dejó que el miedo se apoderara de ella.

Ya no había vuelta atrás. Su terror era una bestia hambrienta decidida a consumirla. Notó una presión en el pecho, los pulmones se le paralizaron y empezó a ver lucecitas.

Las olas sacudían el bote de un lado a otro, y las estacas del mar arañaban el metal del casco. Lara se aferró a Aren; lo único que podía mantenerla cuerda era la fuerza de sus brazos sosteniéndola contra su pecho mientras ella le clavaba las uñas en los hombros.

Oyó vagamente al grupo discutiendo, pero sus palabras no eran más que un zumbido apagado, tan incomprensible como un idioma extranjero. Con todo, la orden de Aren atravesó la niebla de la confusión:

—¡Háganlo!

Los soldados que la rodeaban gruñían y maldecían. Las placas de acero del casco encallaron entre las rocas y, un segundo más tarde, el violento vaivén del mar cesó. Estaban dentro del pilar del puente, pero el pánico que sentía no remitió, porque, a fin de cuentas, seguían rodeados de agua. Aún podía ahogarse.

El chasquido de una antorcha. El olor a humo. El bote moviéndose mientras los soldados desembarcaban. Lara se esforzó por tomar nota de todos esos detalles, pero tenía la atención puesta en el agua, en lo que acechaba en las profundidades.

—Tienes una escalera delante. —La barbilla de Aren, áspera por la barba de varios días, le rozó la frente cuando él se movió—. ¿Crees que podrías acercarte? ¿Podrías subirla?

Lara no podía moverse. Era como si unas tiras de metal le oprimieran el pecho, y cada respiración era una tortura. Oía un ligero repiqueteo contra el suelo del bote, y tardó demasiado en comprender que era ella quien lo producía, temblando y golpeando el casco con la bota. Pero no era capaz de parar. No era capaz de hacer nada que no fuera seguir agarrada al cuello de Aren, con las rodillas abrazadas a los muslos de él como si de unas tenazas se tratara.

—Te prometo que no voy a dejar que te caigas.

Notaba el calor de su aliento en la oreja y, poco a poco, consiguió dominar lo suficiente el pánico como para soltar la mano de su cuello y acercarla al frío metal de la escalera. Y, sin embargo, tuvo que reunir todo el coraje del que disponía para soltarse de él, incorporarse y buscar a tientas los siguientes peldaños.

Aren permaneció a su lado, agarrándole la cintura con un brazo y con el otro asido al acero. La ayudó a subir, aguantándola firmemente hasta que sus pies encontraban de nuevo la escalera.

—¿Cuánto falta? —susurró ella.

—Sesenta peldaños más desde donde tienes las manos. Estoy justo detrás de ti. No te vas a caer.

A Lara le llegaba su respiración a los oídos como un ruido ensordecedor a medida que ascendía, peldaño a peldaño, sin dejar de tiritar. Era la primera vez que se sentía así. Nunca había tenido tanto miedo, ni siquiera cuando miró a la muerte cara a cara el día que su padre acudió al complejo a llevarse a Marylyn. Continuó subiendo más y más, hasta que alguien la tomó por las axilas, la levantó y la bajó a un lado, a una superficie de sólida piedra.

—La mantendremos con los ojos tapados un poco más, majestad —le dijo Jor, pero a Lara poco le importaba; tenía una superficie firme bajo las manos y el suelo no se movía. Podía respirar.

La roca rozaba contra la roca, oyó las suaves pisadas de las botas y luego alguien la agarró por los hombros. Le quitaron la venda de los ojos y se encontró con el rostro apesadumbrado del rey de Ithicana, rodeado por sus soldados, tres de ellos con antorchas que emitían llamas amarillas, naranjas y rojas. No obstante, a sus espaldas se alargaba una oscuridad más profunda que la de una noche sin luna. Una oscuridad tan impenetrable que era como si el sol hubiera dejado de existir.

Estaban dentro del puente.

15
Lara

—¿Todo bien, Lara?

Lara tardó varios segundos en procesar la pregunta de Aren. Tenía la atención puesta en la piedra gris bajo sus pies, salpicada de mugre y líquenes. El puente no estaba hecho con bloques, como creía, sino de un material suave e inmaculado. Como el cemento... pero más resistente. Jamás había visto nada igual. El aire estaba cargado y olía a moho, humedad y estiércol. La voz de Aren resonó por los muros, preguntándole por su bienestar una y otra vez hasta que el sonido desapareció en la interminable oscuridad del pasillo.

—¿Lara?

—Estoy bien.

Sí, estaba bien, porque el pánico había desaparecido gracias a la firmeza del puente bajo sus pies, y había sido reemplazado poco a poco por el entusiasmo. Lo había conseguido. Había encontrado la forma de acceder al puente.

Todo el mundo la estaba mirando, desplazando las armas y los suministros con una clara inquietud. Aren había cedido al miedo de Lara y, así, había revelado uno de los secretos de Ithicana. Jor, especialmente, no parecía estar satisfecho. El rostro de Aren era impenetrable.

—Hay que moverse. No quiero perder la marea cuando volvamos. —Frunció el ceño—. No mientras arreen el ganado.

Ganado. Comida. Según la carta de Serin, la de mejor calidad acababa en la bodega de barcos valcotteses, no en los estómagos maridrinos.

Jor alzó la venda.

—Lo mejor será volver a ponérsela.

Los pasos del grupo retumbaban a medida que avanzaban. Lara tenía una mano posada sobre el brazo de Aren para que la guiara, y el sonido del viento y el mar apenas eran audibles. El puente giraba y zigzagueaba, ganaba altura en las suaves pendientes y descendía mientras serpenteaba entre las islas de Ithicana. Se requerían diez días de viaje a pie desde la isla de Guardia Septentrional a la de Guardia Meridional, y no era capaz de imaginarse lo que podía significar estar recluida en el puente durante tanto tiempo. Sin saber si era de noche o de día. Sin manera de salir, salvo echando a correr hacia una de las bocas de aquella monstruosidad.

Aunque sí había salidas, no le cabía ya la menor duda. Pero ¿cuántas? ¿Cómo se accedía a ellas desde el interior del puente? ¿Eran aberturas que solo daban a los pilares o había otras? ¿Cómo sabían los ithicanos dónde estaban?

Extranjeros de todos los reinos, mercaderes y viajantes, atravesaban el puente con regularidad, siempre bajo escolta ithicana, pero ella sabía a ciencia cierta que no les vendaban los ojos. Serin les habían contado a ella y a sus hermanas que las únicas marcas del puente eran las que estampaban en el suelo y que indicaban la distancia entre el inicio y el final. No había, hasta donde ella sabía, ninguna otra señal ni ningún otro símbolo, y, por lo visto, los ithicanos se tomaban muy en serio el hecho de borrar cualquier marca que los forasteros intentaran dejar. A los que descubrían con las manos en la masa se les prohibía de por vida el acceso al puente, independientemente del dinero que estuvieran dispuestos a pagar.

No sería fácil hallar respuestas. Necesitaba ganarse la confianza de Aren y, para ello, era imprescindible que creyera que se la estaba ganando.

—Perdóname por mi... falta de compostura —murmuró, con la esperanza de que no la oyera nadie más, aunque la acústica del lugar lo convirtiera en una hazaña casi imposible—. El mar no... Yo no... —Trató de articular una explicación de sus miedos, pero acabó por decir—: Gracias. Por no dejar que me ahogara. Y por no reírte de mí sin compasión.

Con la venda en los ojos, Lara no tenía forma de juzgar su reacción, y los dos se sumieron en el silencio hasta que él, finalmente, respondió:

—El mar es traicionero. Solo la guerra nos arrebata más vidas ithicanas. Pero en nuestro mundo es algo inevitable, así que no nos queda otra que dominar nuestros miedos.

—No parece que le tema en absoluto.

—Te equivocas. —Estuvo callado durante casi una docena de pasos—. Ayer me preguntaste cómo habían muerto mis padres.

Lara se mordió el labio, recordándolo: se habían ahogado.

—Mi madre llevaba años con problemas del corazón. Una noche le dio un ataque, uno de los malos. No llegó a recuperarse. Aunque se avecinara una tormenta, mi padre insistió en llevársela a mi abuela con una pequeña esperanza de que pudiera salvarla. —A Aren le tembló la voz, y tosió una sola vez—. Es imposible saberlo con certeza, pero me dijeron que mi madre ya ni siquiera respiraba cuando la cargó en el bote e izaron velas. La tormenta llegó rápido. No volvimos a verlos.

—¿Por qué lo hizo? —Estaba fascinada y horrorizada al

mismo tiempo. No hablaban de una pareja cualquiera, sino del rey y la reina de uno de los reinos más poderosos del mundo conocido—. Si ya había muerto, ¿por qué arriesgarse? O, en todo caso, ¿por qué no le pidió a otra persona que la llevara?

—Un momento de insensatez, supongo.

—Aren. —La voz de Jor lo reprendía desde donde caminaba detrás de ellos—. O lo cuentas bien o no lo cuentes. Es lo mínimo que puedes hacer por ellos.

Lara pensó en el guardia veterano, interesada por su relación. Su padre habría pedido la cabeza de cualquiera que se atreviera a hablarle así y, aun así, Jor parecía hacerlo sin ningún ápice de miedo; y, de hecho, a Aren, que caminaba a su izquierda, no le notó más que una ligera molestia.

Aren suspiró y añadió:

—Mi padre no la envió con otra persona porque no era el tipo de hombre que pone su bienestar por delante del de los demás. Y sobre por qué lo arriesgó todo... Supongo que amaba lo suficiente a mi madre como para que la esperanza de salvarla valiera más que su propia vida.

Arriesgarlo todo por la vaga esperanza de salvar a tus seres queridos... Lara entendía esa compulsión porque era lo que ella sentía por sus hermanas. Algo que aún podía costarle la vida.

—Dejando de lado la funesta historia de amor, lo que quiero decir es que sé lo que significa perder a alguien en el mar. Odiarlo. Temerlo. —Le dio una patada a una roca y la envió repicando a cierta distancia—. No responde a ningún dueño, y mucho menos a mí.

No dijo nada más sobre la cuestión. De hecho, no volvió a abrir la boca.

Dentro del puente, desapareció por completo la noción

del tiempo, y parecía que llevaban caminando una eternidad cuando por fin Aren los detuvo.

A ciegas, Lara permaneció totalmente inmóvil, confiando en sus otros sentidos mientras los soldados se movían de un lado a otro. Botas pisando con fuerza sobre la piedra y resonando hasta tal punto que le costaba discernir en qué dirección estaban trabajando, pero luego una brisa le rozó la mano izquierda al mismo tiempo que le alcanzaba las mejillas, y un aire fresco le llenó la nariz. La abertura estaba en el muro, no en el suelo.

—La escalera es demasiado empinada como para moverse a ciegas.

Aren se la puso al hombro y Lara notó la calidez de su mano en el muslo mientras él intenta equilibrar el peso. El instinto hizo que lo agarrara por la cintura y sus dedos se hundieran en los firmes músculos de su estómago cuando se agachó. En el último instante, se planteó seriamente alargar la mano y pasarla por el sólido bloque que debía servir como puerta. Una puerta que, a menos que estuviera equivocada, debía estar perfectamente disimulada en el muro del puente.

Los sonidos de la selva cobraron fuerza a medida que bajaban por una escalera de caracol, y, poco después, se empezó a filtrar por la venda la tenue luz del sol.

Aren la dejó de nuevo en el suelo sin previo aviso. Lara se tambaleó cuando la sangre bajó de su cabeza. Él le puso una mano en la espalda y la guio hasta que fue capaz de orientarse.

—Suficiente —anunció Jor desde un punto indeterminado adelante, y le quitaron la venda de los ojos.

Lara parpadeó varias veces y dio un vistazo alrededor, pero no se veía más que jungla. Las copas de los árboles no dejaban ver ni siquiera el puente.

—No estamos lejos —dijo Aren, y Lara lo siguió en silencio, con cuidado de no salirse del estrecho sendero.

Estaban rodeados de guardias, armas en mano, vigilantes. Al contrario que a su padre, que siempre iba acompañado por su cuadro de soldados, aquella era la primera vez desde la boda que veía a Aren tratado como un rey. La primera vez que había visto a los soldados protegiéndolo con tanta agresividad. ¿Qué había cambiado? ¿Sería peligrosa aquella isla? ¿O habría algo más? Se oyó un crujido entre los árboles y tanto Jor como Lia cerraron filas en torno a ella, echando mano a sus armas, y fue entonces cuando Lara cayó en la cuenta de que no estaban protegiendo a su rey, sino a ella.

Bordearon el límite de un acantilado con vista al mar, que rompía violentamente contra las rocas. Lara buscó en ambas direcciones algún lugar donde se pudiera desembarcar, pero no había nada. Asumiendo que el resto de la isla tendría la misma orografía, era lógico que los constructores hubieran decidido usar aquel lugar como muelle. Era casi impenetrable. Y, aun así, Aren pretendía venir en barco, por lo que debía existir alguna manera de atracar.

La casa apareció de la nada. Los árboles, enredaderas y vegetación dieron paso, al instante, a una sólida estructura de piedra, cuyas ventanas estaban protegidas por contraventanas, presentes en probablemente todos los edificios de Ithicana. La piedra estaba salpicada de liquen verde y, cuando se aproximaron, Lara concluyó que estaba hecha del mismo material que el puente, así como los edificios anexos que se veían en la distancia. Todo construido para soportar las tormentas letales que arremetían contra Ithicana durante diez meses al año.

Al llegar a la casa, atisbó una silueta encorvada trabajando en un jardín con un cercado de piedra.

—Prepárate —mascullÓ Jor.

—¿Por fin te dignas a honrarme con tu presencia, alteza?

La anciana no se levantó ni apartó la vista de las plantas, pero tenía una voz clara y potente.

—Tu nota me llegó anoche, abuela. He venido lo antes posible.

—¡Ja! —La mujer volvió la cabeza y escupió una flema que salió volando por encima del muro del jardín y chocó con un tocón—. Habrás venido pisando huevos, supongo. A menos que el peso de la corona te esté afectando.

Aren se cruzó de brazos.

—No tengo corona, y lo sabes.

—Era una metáfora, zoquete.

Lara se llevó una mano a la boca, intentando no reírse. De algún modo, el gesto llamó la atención de la anciana, a pesar de seguir de espaldas a ellos.

—¿No será que la impuntualidad de mi nieto se debe a que te ha estado limpiando el vómito de la cara, princesita? —Lara quedó estupefacta—. Te he olido a la legua, muchacha. Has pasado tantos años entre dunas que tu estómago no soporta las olas, ¿eh?

Lara se ruborizó y miró su ropa, aún empapada después de haberse caído del bote. Cuando volvió a alzar la vista, la abuela de Aren estaba de pie y una sonrisa burlona cruzaba su rostro.

—Es el aliento —le explicó, y Lara tuvo que contenerse para no pisotearle el pie a Aren cuando este se cubrió la boca para ocultar una sonrisa tímida. A la anciana no le pasó desapercibido—. Mira que eres idiota. El mareo no la habría matado. No deberías haber cedido.

—Tomamos precauciones.

—La próxima vez, déjala que vomite. —Clavó de nuevo la mirada en Lara—. Puedes llamarme Nana, como todos.

—En ese momento, señaló a uno de los guardias con el dedo—. Tú, despluma y adereza ese pájaro. Y ustedes dos... —les levantó la barbilla a otro par de soldados—... acaben de recoger esto y lávenlo. Y tú. —Atravesó a Lia con una mirada pétrea—. Tengo un cesto de ropa sucia que hay que lavar. Hazlo antes de irte.

Lia abrió la boca para protestar, pero Nana se le adelantó:

—¿Qué? ¿Eres demasiado importante para lavar la suciedad en los calzones de una vieja? Y, antes de decir que sí, acuérdate de que yo te limpié la mierda del trasero quién sabe cuántas veces cuando eras bebé. Agradece que al menos todavía pueda limpiarme sola.

La guardia alta torció el gesto, pero no dijo nada, sino que se limitó a recoger el cesto antes de desaparecer cuesta abajo para ir a buscar agua.

—Deduzco que Jor se ha ido a molestar a mis estudiantes. —Hasta ese momento, Lara ni siquiera se había dado cuenta de que el guardia los había abandonado sin avisar—. A ver cuándo le entra en la cabeza que no están nada interesadas en un sátiro viejo como él.

—Tus chicas saben cuidarse solas —le respondió Aren.

—¿He dicho lo contrario?

Nana cerró la puerta del jardín y se dirigió al grupo. Tenía el cabello gris plateado y la piel arrugada, pero tenía una mirada inteligente y despierta, y entornó los ojos al voltear hacia su nieto.

—¡Dientes!

Lara dio un respingo al oír aquel bramido, pero Aren no dudó ni un instante antes de inclinarse y abrir la boca para que su abuela pudiera examinarle la dentadura blanca de dientes rectos. Ella emitió un gruñido de satisfacción y le dio unas palmaditas en la mejilla.

—Buen chico. ¿Dónde se ha metido tu hermana? ¿Me está evitando?

—Ahnna tiene bien los dientes, abuela.

—Lo que me preocupa no son los dientes. ¿Harendell ya la reclamó?

—No.

—Envíasela igualmente. Es un acto de buena fe.

—No —rezongó él.

A Lara le sorprendió la respuesta. No estaría pensando en incumplir el trato con el reino del norte, ¿verdad? A fin de cuentas, él había cumplido con su parte sin protestar.

—Ahnna no necesita que la sobreprotejas. Sabe cuidarse solita.

—Bueno, eso es cosa nuestra.

Nana gruñó y escupió antes de dirigir de nuevo su atención en Lara.

—Entonces, ¿esto es lo que nos envió Silas?

—Es un placer conocerte.

Lara agachó la cabeza con el mismo respeto que le habría mostrado a una matrona maridrina.

—Ya veremos cuánto te dura el placer. —A una velocidad mucho mayor de lo que Lara creía que podía moverse una anciana, Nana se le acercó, la agarró por las caderas y la movió de un lado a otro, antes de pasarle las manos por los costados, y soltó una risotada cuando Lara se las apartó de un golpe—. Estás hecha para la cama, aunque no tanto para procrear. —Le dirigió una mirada a su nieto—. Estoy segurísima de que te habrás dado cuenta de eso, aunque no lo hayas aprovechado.

—Abuela, por el amor de Dios...

Nana se puso de puntitas y lo jaló con fuerza de la oreja.

—Esa boca, jovencito. Como decía... —Se volvió de nuevo hacia Lara—. Tendrás problemas en el parto, pero darás a luz. No te falta voluntad. —Le deslizó un dedo por una vieja cicatriz que tenía en el brazo, ganada durante un combate a cuchillo contra un guerrero valcottés—. Y sabes lo que es el dolor.

Aquella mujer era demasiado perspicaz. Y la tenía demasiado cerca. Lara le espetó:

—No soy una yegua de cría.

—No, gracias a Dios. En Ithicana no tenemos tiempo para tratar con caballos. Lo que necesitamos es una reina que nos dé un heredero. Al contrario que tu padre, mi nieto no cuenta con un harén entero para asegurar la supervivencia del linaje real. Solo te tiene a ti.

Lara se cruzó de brazos molesta, aunque supiera que no tenía ningún derecho a enojarse. No había ninguna posibilidad de que les diera nada. Le habían estado suministrando un tónico anticonceptivo que aún le duraría un año. En ese sentido, no habría sorpresas.

—Ven conmigo, te voy a dar algo para el mareo. Muchacho, entretente con algo mientras tanto.

Lara la siguió adentro. Esperaba encontrarse con una choza húmeda y mohosa como el puente, pero nada más lejos de la realidad: era un lugar seco y cálido, con paneles de madera pulida en los muros que reflejaban las llamas del hogar. En una de las paredes, se levantaba una estantería llena hasta el techo de botes con plantas, polvos, tónicos de colores y lo que parecían ser insectos variados. También había unos largos terrarios, y Lara se estremeció al percibir unas siluetas enroscadas moviéndose dentro.

—¿No te gustan las serpientes?

—Les tengo un respeto sensato.

La anciana respondió con una carcajada de aprobación. Después de revolver por los estantes, Nana sacó una raíz retorcida y se la entregó a Lara.

—Muérdela antes y mientras estés en el agua. Te ayudará a mantener a raya los mareos.

Lara la olfateó con incertidumbre, pero la alivió descubrir que el olor, por lo menos, no era desagradable.

—Me temo que no tengo nada para superar el miedo. Eso ya es cosa tuya.

—Teniendo en cuenta que no sé nadar, creo que mi miedo al agua es igual de sensato que el respeto por las serpientes.

—Aprende.

La sequedad que impregnaba el tono de la anciana transmitía una falta de tolerancia hacia las quejas que a Lara le recordó, breve y dolorosamente, al maestro Erik. Con un gesto rápido, Nana descorrió las cortinas que cubrían una de las ventanas, para dejar entrar los rayos del sol, y le pidió a Lara que se acercara.

—Tienes los ojos de tu padre. Y de tu abuelo.

Lara se encogió de hombros.

—El color es una de las pequeñas pruebas que demuestran que soy una verdadera princesa de Maridrina.

—¿Hablé del color? —Veloz como las serpientes de los terrarios, Nana agarró a Lara por la barbilla y le apretó la mandíbula con los dedos hasta hacerle daño—. Eres una comadreja, como ellos. Siempre buscando algún beneficio.

Lara resistió la urgencia de apartarse y clavó la mirada en los ojos avellana de la anciana. Iguales a los de Aren. Pero lo que vio en ellos fue muy diferente a lo que solía ver en los de Aren.

—Hablas como si conocieras a mi familia.

—Fui espía de joven. Tu abuelo me reclutó para su harén. Nunca había conocido a nadie a quien le oliera tan mal la boca, pero aprendí a contener el aliento y a pensar en Ithicana.

Lara estaba perpleja. ¿Aquella mujer se había infiltrado en el harén como espía? El mero hecho de que aquello fuera posible ya era alarmante, pero en el harén del rey solo entraban las muchachas más hermosas, y Nana era...

—¡Ja, ja! —La risa de Nana le hizo dar un respingo—. No te creas que siempre tuve este aspecto de uva pasa, niña. En su día, fui una belleza. —Apretó los dedos—. Así que no creas que no sé de primera mano lo que se puede llegar a conseguir con una cara bonita, ya sea por una misma o por tu país.

—He venido a cuidar la paz entre Ithicana y Maridrina —contestó Lara con frialdad, reflexionando sobre si debería buscar la forma de neutralizar a aquella mujer. No dudaba de su propia capacidad para manipular a Aren y a sus allegados, pero Nana era harina de otro costal.

—Este reino no lo levantaron inútiles. Tu padre te envió con malas intenciones, y si crees que no te estamos vigilando, estás muy equivocada. —Lara empezó a notar cierta inquietud en el pecho—. Aren se preocupa muchísimo por el honor, y mantendrá la palabra que te ha dado cueste lo que cueste. —Nana entrecerró los ojos—. Pero a mí el honor me importa un bledo. Yo me preocupo por la familia, y si llego a pensar que eres una verdadera amenaza para mi nieto, no dudes lo más mínimo que me encargaré de que sufras algún accidente. —La sonrisa de la anciana dejó al descubierto filas rectas de dientes blancos—. Ithicana es un lugar peligroso.

«Y yo soy una mujer peligrosa», pensó Lara antes de responder:

—A mí me parece una persona más que capaz de cuidar de sí misma, pero agradezco la franqueza.

—Claro que sí. —Era como si Nana fuera capaz de atravesarle el alma con la mirada, y se sintió bastante aliviada cuando la anciana corrió las cortinas de nuevo y señaló la puerta—. No querrá perderse las mareas. Harendell está trasladando ganado ahora mismo, y Aren no soporta que haya vacas en el puente.

«Porque no le están reportando ninguna ganancia», pensó Lara amargamente. Pero no pudo evitar preguntar:

—¿Ah, no? ¿Y eso?

—Con quince años, se quedó atrapado en una de las caravanas anuales. Acabó con varias costillas fisuradas y un brazo roto, aunque él te dirá que lo peor fue tener que quedarse conmigo mientras se recuperaba.

¿Una caravana anual? ¿De qué diablos estaba hablando la anciana? La única razón por la que se utilizaba el puente para transportar ganado era porque su padre lo importaba desde Guardia Septentrional. No era la primera vez, ni sería la última, que le incomodaba tomar conciencia de la desconexión entre lo que creía cierto y lo que estaba viendo y oyendo en Ithicana. Debían estar vendiéndoselo a Valcotta o a otras naciones. Cargaban el ganado en barcos para no tener que pasar por Maridrina. Aunque, teniendo en cuenta los vastos ganados de Valcotta, no entendía qué sentido tenía que importaran más reses.

Lara intentó despejar su mente y siguió a Nana afuera, solo para verse cegada por la radiante luz del sol. Cuando recuperó la visión, encontró a Aren con el ceño fruncido tendiendo la ropa en una cuerda sin ningún cuidado, y a Lia con cara de pocos amigos arrodillada en una tina junto a sus pies.

—Veo que tuviste algunas lagunas en tu educación, chico.

Nana miró con desdén una sábana que no dejaba de gotear.

—Estoy dispuesto a aceptar ciertas carencias personales.

Aren apartó la mano, horrorizado, de unas voluminosas bragas que Lia estaba intentando darle. Nana puso los ojos en blanco.

—Vaya que eres inútil.

Pero Lara no pasó por alto la media sonrisa que apareció en el rostro de la anciana cuando Aren se secó las manos en los pantalones.

—¿Vas a explicarme en algún momento por qué me hiciste traer a Lara hasta aquí? Supongo que no ha sido para hablar con ella cinco minutos.

—Uy, Lara y yo hablaremos largo y tendido a lo largo de las próximas semanas, porque vas a dejarla aquí conmigo.

Lara quedó estupefacta, presa del miedo. No había entrenamiento en el mundo que pudiera haber evitado que mostrara abiertamente su consternación ante aquel giro de los acontecimientos. Aren se balanceaba sobre el talón y la punta de los pies, y entornó los ojos.

—¿Y para qué?

—Es la progenie del Rey de las Ratas, y no estoy dispuesta a que merodee por Guardia Central mientras tú estás distraído con asuntos más urgentes. Aquí puedo vigilarla a gusto.

Y probablemente provocarle un accidente en menos de una semana.

—No.

Nana le plantó a Lara las manos arrugadas en las caderas.

—No era una pregunta, muchacho. Además, ¿para qué la necesitas? No te ha faltado práctica estos últimos años y, por lo visto, todavía no la has puesto de espaldas. Y tampoco vas a tener tiempo durante los próximos dos meses, así que ¿qué mejor que dejarla aquí y que pueda echarme una mano?

Aren exhaló un largo y lento suspiro y alzó la vista al cielo, como si buscara allí una fuente de paciencia. Lara se mordió la lengua, esperando su respuesta, consciente de que, si accedía a la petición de su abuela, estaba perdida.

—No. No la he traído a Ithicana para tenerla encerrada como una prisionera, y mucho menos para que la tengas de sirvienta. Regresa conmigo.

Nana apretó la mandíbula y hundió las uñas mugrientas en la tela de la túnica. «Es la primera vez que le dice que no», pensó Lara, sorprendida.

—Te pareces demasiado a tu madre, Aren. Los dos son un par de necios, idealistas y ciegos.

Silencio.

—Ya está. Lara, nos vamos.

Aren giró sobre sus talones, y Lara salió corriendo tras él, casi convencida de que Nana la apuñalaría por la espalda en un último intento desesperado por mantenerla alejada de Aren. A sus espaldas, oyó a la anciana bramar:

—Jor, cuídame al niño, o te corto los huevos y se los doy a mis serpientes.

—Como siempre, Nana —respondió el soldado, arrastrando las palabras, y pasó trotando junto a Lara y Aren—. Yo que ustedes apretaría el paso. No está acostumbrada a que le lleven la contraria.

Aren resopló, pero no aceleró la marcha.

—Debí imaginarme que estas eran sus intenciones. Bruja controladora.

Controladora, sí, pero también demasiado astuta para su propio bien. Lara había conseguido marcharse con Aren, pero había oído las advertencias de Nana. Si no se andaba con cuidado, él también podía empezar a tomarlas en serio.

—No puedes culparla por querer proteger a su nieto. Te quiere mucho.

Lara se apartó de un árbol del que colgaba una araña enorme.

—Y no es la única. Por lo visto, soy bastante encantador.

Lara le lanzó una mirada compasiva.

—Un rey no debería tomarse los cumplidos al pie de la letra. Por eso de los aduladores, ya sabes.

—Qué suerte que ahora te tenga a ti para que me ofrezcas la verdad sin endulzar.

—¿Preferirías mentiras endulzadas?

—Puede ser. No sé si tengo el ego preparado para tanto maltrato. Vete a saber si mis soldados dejarían de seguirme si tuvieran que aguantarme llorando día y noche.

—Intenta llorar con la cabeza metida en la almohada; amortigua el ruido.

Aren se rio y volteó hacia la casa.

—¿Qué te dijo?

Agarrando la raíz que la anciana le había dado, Lara se detuvo al tomar conciencia de que Nana sospechaba que Aren se negaría. Y esa era la cuestión: ¿por qué se había negado? La razón, dedujo, era mucho más compleja que el deseo de tenerla entre las sábanas.

—Por lo visto le ofende la idea de que te vomite en las botas.

Él la recompenso con una risita que, sin saber bien por qué, le produjo una descarga de emoción. Acto seguido, extrajo la venda del lugar donde la llevaba guardada en el cinturón, y ella tensó los hombros instintivamente mientras él le vendaba los ojos. Sus dedos olían a jabón.

—¿Quieres caminar o que te lleve alguien?

—Prefiero caminar.

Aunque un poco más tarde se arrepintió de la decisión, después de tropezar más de doce veces; pero un profundo alivio la inundó cuando se adentraron en la fría oscuridad del muelle, y Aren la sostuvo por los codos para ayudarla a subir los peldaños. Ella los fue contando, calculando la distancia.

De nuevo dentro del puente, el grupo se movía a gran velocidad, en silencio. Así, fue imposible no oír el toque lejano, largo y lúgubre de un cuerno que atravesó los gruesos muros de piedra que los protegían. Aren y el resto se detuvieron en seco, y aguzaron el oído. El cuerno volvió a sonar, la misma nota larga, seguida de un patrón de toques más breves que se repitieron tres veces en rápida sucesión, antes de detenerse a la mitad del cuarto, como si a la persona que lo estuviera tocando le hubieran arrancado el instrumento de los labios.

—Es la petición de ayuda de Serrith —concluyó Jor.

—¿Han partido ya sus civiles a la Marea de Guerra? —exigió saber Aren.

¿Marea de Guerra?

—No.

Incluso con la venda en los ojos, Lara notaba la tensión que recorría al grupo, crepitando como una tormenta eléctrica.

—¿Quién está más cerca?

A Aren le temblaba la voz, y Lara percibió algo en él que todavía no le había visto: miedo.

Jor carraspeó.

—Nosotros.

Silencio.

—No podemos dejarla sola en el puente —dijo Aren.

—Tampoco podemos permitirnos dejar a nadie con ella, y no tenemos tiempo de llevársela a Nana.

Lara se mordió la lengua. Habría querido opinar, pero sabía que lo más le convenía era estar callada.

—No hay opción. Tenemos que llevarla con nosotros. —Las manos de Aren le rozaron la cara cuando se acercó a quitarle la venda—. No te rezagues. No hagas ruido. Y, cuando empiece el combate, aléjate.

Rezando porque Aren confundiera su entusiasmo por miedo, asintió una vez.

—Te lo prometo.

Y el grupo comenzó a correr.

16
Lara

Lara apenas podía seguirles el ritmo a los ithicanos. El aire cargado le ardía en el pecho mientras el grupo corría por el puente. En un golpe de suerte, vio cómo Lia plantaba un pie justo encima de una señal de distancia y movía la boca; había empezado a contar sus pasos.

Lara siguió con la cuenta de Lia tomó nota del número cuando la otra mujer levantó una mano y frenó en seco. Jor la levantó en hombros mientras el resto preparaba el equipo. Nadie hablaba, y Lara permaneció en las sombras al tiempo que Lia levantaba los brazos para presionar con las palmas lo que a simple vista parecía ser piedra lisa. Se oyó un pesado clic y, no sin esfuerzo, alzó una trampilla con bisagras en el techo del puente.

Otro acceso.

Lara se dejó llevar por una sensación triunfal a pesar del aire frío que entraba por el agujero; tuvo que agarrarse los mechones de cabello mientras Jor y Aren apresuraban a los demás soldados por la abertura. Luego subió Jor, y ella y Aren se quedaron a solas.

—Si le revelas esto a alguien, te mataré con mis propias manos.

Sin esperar respuesta, agarró a Lara por la cintura y la levantó hasta la trampilla. Jor la sujetó por los brazos y la sacó a la parte superior del puente antes de agacharse para ayudar también a Aren, antes de que los dos cerraran de nuevo la trampilla. A Lara le estaba costando prestar atención a lo que estuvieran haciendo los hombres; a fin de cuentas, estaba encima de un puente en medio de las nubes.

Una niebla húmeda había regresado a Ithicana mientras estaban dentro, una bruma que racheaba, se arremolinaba y le levantaba la ropa antes de alejarse y formar remolinos pequeños pero violentos. A sus pies, el mar rompía contra un pilar o una isla; o tal vez contra ambos, no podía distinguirlo. Apenas se veía a una distancia de doce pasos en cualquier dirección, y era como estar en un mundo totalmente distinto. Como haber entrado en un sueño que estuviera al borde de una pesadilla.

—Ve con cuidado —la advirtió Aren, y la tomó de la mano—. El suelo es resbaloso y estamos muy alto. No sobrevivirías a la caída.

Lo siguió a paso ligero, pero todos estaban teniendo problemas para mantener el equilibrio sobre la escurridiza superficie cuando el puente comenzó a descender hacia el pilar siguiente, aunque Lara apenas pudiera distinguirlo a través de la bruma. Sin embargo, antes de alcanzarlo, los guardias se tiraron al suelo como si se hubieran topado con una indicación invisible, y Aren la empujó al suelo con él.

Apoyada en la húmeda roca, sus ojos se posaron en un marcador de distancia, y los engranajes de su mente comenzaron a maquinar el inicio de una estrategia de invasión.

Jor sacó un catalejo y lo apuntó en varias direcciones antes de quedarse inmóvil:

—Un navío de la armada amaridana.

Le entregó el catalejo a Aren, quien miró una sola vez antes de maldecir.

—Deberíamos esperar a los refuerzos —continuó Jor, recuperando el catalejo y reptando hasta el lado opuesto del puente para observar en la misma dirección que el resto de los soldados. La niebla se arremolinó y dejó al descubierto una isla durante un brevísimo instante, antes de volver a ocultarla—. Cuando consigan desembarcar a toda la tripulación, nos superarán en número por mucho.

Se hizo un silencio, y fue justo en ese momento cuando los vientos cambiaron de dirección. Y arrastraron consigo los gritos.

—Nos movemos. Ahora —ordenó Aren.

Ninguno de los guardias lo contradijo. Uno de ellos sujetó un cable a una gruesa anilla de metal incrustada en el puente y el otro extremo a un virote pesado que encajaba en un arma con la forma de una ballesta. A continuación, se lo entregó a Aren.

—¿Hace los honores, alteza?

Aren aceptó el arma y se arrodilló.

—Vamos —masculló—. Déjame ver algo.

Los vientos se detuvieron y el grupo parecía contener el aliento. Lara clavó los dedos en la piedra, observando y esperando, con tal expectación que su corazón se aceleró. Poco después, el aire rugió en su dirección y se llevó las nubes, y Aren esbozó una breve sonrisa.

Liberó el virote con un fuerte estallido y gruñó ante la fuerza del retroceso. El virote silbó en dirección a la isla, arrastrando consigo el cable delgado, y atravesó un árbol con un sonoro crujido que pudo oírse incluso en la distancia.

El soldado que le había dado el arma tensó el cable y lo ató a la anilla. Luego, sin mostrar ni un ápice de miedo, sacó un pesado guante, colgó un gancho del cable y se lanzó al vacío. Lara contempló estupefacta cómo el hombre salía disparado por encima del mar abierto, ganando cada vez más velocidad hasta llegar a tierra firme, y luego levantando la mano del guante para bajar el ritmo y dejarse caer en un arbusto bajo un árbol, como un gato.

El resto de los soldados no tardaron en seguir el ejemplo, pero cuando Lara echó un vistazo a su espalda, llegó a la conclusión de que Aren no estaba prestando la más mínima atención; estaba mezclando polvos en una pequeña bolsa, a la que luego añadió agua y que, con mucho cuidado, ató a una flecha con un cordel. Alzó el arco y disparó al barco que había anclado a sus pies.

Segundos más tarde, una explosión sacudió el aire y el barco se hizo visible entre la bruma cuando las llamas comenzaron a ascender por las jarcias.

—Eso debería entretenerlos un rato.

Se colgó el arco en el hombro y sacó un gancho y un guante como los demás.

—Voy a tener que pedirte que te agarres de mí.

Sin mediar palabra, Lara le rodeó el cuello con los brazos, y la cintura con las piernas. Una sensación de calor le recorrió el cuerpo cuando él la apretó contra sí con la mano que le quedaba libre.

—No grites.

Aren pasó el gancho por el cable y saltó. Lara apenas pudo contener un grito; se aferró a él durante la caída, mientras se precipitaban hacia el mar a una velocidad pasmosa. Bajo ellos, el oleaje rompía contra los acantilados de la isla, y pudo distinguir las embarcaciones que se retiraban de una caleta en dirección al barco en llamas para socorrer a sus camaradas. El viento rugía en sus oídos, y no tardaron en sobrevolar una selva verdísima.

—Agárrate fuerte —le susurró él al oído, y la soltó para

poder asir el cable con el guante y controlar la velocidad hasta llegar a la altura de los demás.

Lara se dejó caer y aterrizó entre ellos, antes de tambalearse y caer de sentón a propósito al tiempo que Aren caía con la gracia de un depredador a su lado. En un gesto practicado, se sacó una máscara de cuero idéntica a las que los guardias llevaban ahora y se cubrió el rostro.

—Quédate aquí —le susurró—. Que no te vean. Y cuidado con las serpientes.

Y, dicho esto, se marcharon.

Lara contó hasta cincuenta y salió tras ellos, dagas en mano. Se movía con cautela, con la esperanza de que las pisadas del grupo hubieran espantado a las serpientes. No era difícil saber por dónde habían ido; solo debía seguir los gritos.

Se estaba librando una batalla en una aldea. Los interiores de las casas de piedra ardían, e incontables muertos y moribundos yacían en los caminos que las conectaban. Algunos portaban armas, pero la mayoría estaban desarmados. Familias. Niños. Todos pasados a cuchillo por los soldados amaridanos que luchaban contra Aren y sus guardias. Resguardada tras un árbol, Lara vio al rey de Ithicana abalanzarse hacia los otros hombres con un machete en una mano y una daga en la otra, dejando tras él un rastro de cadáveres. Combatía como si fuera algo innato, con una actitud intrépida pero meditada, hasta el punto en que a Lara le resultó imposible apartar la vista.

Al menos hasta que unos chillidos provenientes de la playa captaron su atención. Abandonó su posición y se retiró en esa dirección, y se le hizo un nudo en el estómago cuando vio una hilera de soldados amaridanos dirigiéndose a la aldea. Las llamas ya habían engullido por completo el navío, lo que significaba que aquel grupo estaba formado por hombres desesperados sin ninguna vía de escape. Y Aren y sus guardaespaldas los superaban tres a uno. A menos que quisiera que Amarid fuera el reino que acabara haciéndose con el control del puente, debía ayudarlos a equilibrar la balanza.

Lara escogió un lugar donde ocultarse: una hendidura entre dos rocas imponentes por las que los soldados no tendrían otra opción que pasar.

Dos soldados doblaron la curva y dieron un respingo al verla plantada en el camino.

—Es ella, la chica maridrina.

Esperó a que se lanzaran contra ella aquellos hombres que eran tanto enemigos de Maridrina como de Ithicana, pero se quedaron inmóviles, contemplándola boquiabiertos como si no supieran qué hacer a continuación.

—No deberías estar aquí.

Lara se encogió de hombros.

—Mala suerte.

Acto seguido, les arrojó los cuchillos en rápida sucesión. Los soldados se desplomaron cuando las dagas les atravesaron las gargantas, pero llegaron otros tres. Lara recogió una de las espadas de los soldados muertos y se abalanzó sobre los demás; le rajó la barriga al primero al tiempo que esquivaba el tajo del otro y lo cercenaba sin dejar de rodar por el suelo. Su camarada le dio una estocada que ella bloqueó, antes de golpearlo en la rodilla y hundirle la espada en el pecho mientras caía.

Lara recogió el arma de este último al levantarse y atacó al tercero, y lo hizo retroceder antes de rajarle la mano a la altura de la muñeca. El soldado gritó y su sangre le salpicó en la cara, chocando al mismo tiempo con los soldados que llegaban por detrás.

Todo se sumió en el caos y el griterío. Los hombres tropezaban con los cuerpos de sus compañeros mientras trataban de atravesar la angostura, y ella seguía matándolos cuando le convenía y lisiándolos cuando lo consideraba pertinente, sin olvidar que su objetivo era evitar que se unieran a la batalla y superaran a Aren y sus soldados.

Con todo, cuando dos flechas pasaron silbando por encima de su cabeza, se lanzó hacia la selva y se ocultó en los arbustos a esperar que pasaran de largo el resto de los soldados amaridanos. Cuando se marcharon, recuperó los cuchillos arrojadizos y los envainó para usar una de las armas pesadas de los amaridanos. Lara echó a correr hacia la aldea, cortando gargantas a su paso.

Había sangre por todas partes. Cadáveres por doquier. Habían caído varios guardias de honor, y a Lara se le cayó el alma a los pies mientras buscaba a Aren entre los que habían sobrevivido.

Lo encontró luchando contra un hombretón armado con una cadena. Aren tenía los ropajes ensangrentados, y sus movimientos, tan precisos anteriormente, eran ahora lentos y torpes. El soldado amaridano balanceó la cadena con todas sus fuerzas y Lara gruñó cuando el metal alcanzó a Aren en las costillas y el rey se dobló de dolor. Ella, por instinto, dio varios pasos en su dirección con el cuchillo en la mano, lista para intervenir, pero Aren se recuperó y le acertó un puñetazo al coloso en la cara, antes de clavarle un cuchillo en el estómago. Los dos se desplomaron al mismo tiempo.

Antes de que Aren pudiera ponerse otra vez de pie, otro soldado amaridano lo cargó contra su espalda expuesta. Sin pensarlo dos veces, Lara se interpuso entre los dos y le hundió la daga en el esternón, inclinándola para perforarle el corazón.

La embestida la hizo caer, y se quedó sin aire cuando golpeó el suelo con los hombros y el soldado moribundo le cayó encima, sacudiéndose y golpeándola, mientras a ella se le clavaba la empuñadura de la daga en el estómago. No podía quitárselo de encima, y tampoco era capaz de respirar con el pecho corpulento del amaridano presionándole el rostro.

De repente, el peso desapareció.

Lara tomó aire desesperadamente, antes de apoyar las manos y las rodillas en el suelo y ver a Aren degollando al soldado ya muerto. Con las manos empapadas en la sangre del otro hombre, Aren la tomó por los brazos y la atrajo hacia sí.

—¿Estás bien? ¿Estás herida?

Le estaba revisando la ropa, aunque, por suerte, la sangre del marino muerto ocultaba la de las víctimas que había cobrado en el camino.

—Estoy bien —exhaló, por fin capaz de respirar—. Pero tú no.

Tenía un tajo en el antebrazo que le sangraba profusamente, pero Lara sospechó que no debía ser la peor herida.

—No es nada. Retírate. Que no te vean.

Él intentó empujarla hacia la parte trasera de una de las casas de la aldea, pero ella le agarró los hombros, desesperada por mantenerlo alejado de la lucha. Si moría, todo se iría al traste.

Aren vaciló, y ella hundió la cabeza en su hombro, convencida de que la apartaría y se reincorporaría a la batalla. Pero era demasiado arriesgado; estaba herido y exhausto. Se le hizo un nudo en la garganta y le susurró lo único que se le ocurrió para conseguir que se quedara:

—Por favor. No me dejes sola.

Notaba el calor de sus manos en la espalda, empapadas con la sangre de sus enemigos.

—Lara...

La desazón en su voz era evidente, y Lara sabía que el

rey tenía delante los cadáveres de su pueblo. Que veía a sus guardaespaldas combatiendo y cayendo ante el enemigo.

«Podrías luchar.»

«Podrías luchar por él y salvar a esta gente.»

La idea danzó por su mente, pero la llegada de refuerzos le ahorró la decisión.

La aldea comenzó a llenarse de soldados ithicanos, los guardaespaldas de Aren retrocedieron y los rodearon a él y a Lara mientras los demás acababan con los soldados amaridanos, eliminando sin piedad a los heridos hasta que lo único que se oía eran los quejidos y llantos de los aldeanos.

Aren no la soltó hasta que todo terminó.

Lara echó un vistazo alrededor y notó cómo el humo le quemaba los ojos. Vio, por primera vez, la verdadera cara de la guerra. No solo habían muerto soldados, sino también civiles desarmados que yacían en el suelo. Y las siluetas inertes de niños.

«¿Crees que será distinto cuando tu padre llegue con su ejército? ¿Crees que mostrarán alguna piedad?»

Los aldeanos que habían huido comenzaron a regresar a la aldea, sobre todo niños mayores sosteniendo bebés con un brazo y agarrando de la mano a otras criaturas. Algunos rompieron a llorar cuando vieron las figuras inmóviles de sus padres. Pero la mayoría, demasiados, se quedaron paralizados, con un gesto de desconcierto y desesperación.

—¿Sigues creyendo que aquellos marineros amaridanos merecían piedad? —preguntó Aren a sus espaldas con voz queda.

—No —susurró ella mientras se acercaba al ithicano herido más cercano, arrancando trozos de tela de su túnica antes de arrodillarse junto a él—. Ya no.

17
Aren

Aren tenía la mirada clavada en la tina de agua, que iba tornándose roja a medida que se limpiaba la sangre seca de las uñas. Su sangre. La sangre de sus enemigos.

La sangre de su pueblo.

El agua tembló y él sacó de repente las manos del agua, antes de secárselas con la toalla que le habían dejado. No había parte del cuerpo que no le doliera, aunque lo peor eran las costillas, donde aquel cabrón le había atizado con la cadena. Nana le había informado de que no tenía nada roto, pero en el costado ya le había salido un moretón tremendo, y la experiencia le decía que al día siguiente lo tendría aún peor. Y, con todo, habría aguantado mil veces aquel dolor por haber llegado antes a Serrith. Veinte minutos antes. Diez. Cinco. Aunque tan solo hubiera sido un instante antes ya habría podido salvar al menos a uno de los aldeanos que habían asesinado ese día.

—La convocatoria para el concilio en Eranahl se envió, y ya recibimos respuesta. Todo el mundo estará allí al caer la noche.

Al volverse, se encontró con Jor plantado tras él, con una venda que le cubría la cabeza y protegía el profundo corte que había recibido en la contienda. Un corte que Lara —sí, Lara— le había cosido. Como si tuvieran vida propia, los ojos de Aren vagaron hasta el lugar en el que su esposa estaba arrodillada junto a los heridos, siguiendo en silencio las órdenes de Nana y sus estudiantes. Tenía el cabello color miel salpicado de sangre seca, igual que sus ropas, pero en lugar de restarle belleza, no hacía sino que pareciera más fiera. Una guerrera. Medio día atrás, la sola idea se le habría antojado risible.

Hasta ahora.

Jor siguió su mirada y soltó un largo suspiro cuando se percató de a quién estaba observando.

—Sabe demasiado. Podría ser problemático.

—No nos quedaba otra.

—Eso no significa que no pueda darnos problemas.

—Me salvó la vida.

Jor inhaló largamente antes de soltar el aire poco a poco.

—¿Ah, sí?

—Estaba en el suelo y uno me llegó por la espalda. Ella se interpuso en su camino y lo apuñaló. —Cada vez que cerraba los ojos, Aren veía a Lara bajo aquella escoria amaridana, sangre por todas partes. Sentía el miedo y la certeza de que toda la sangre era de ella—. Se desmonta un poco la teoría de que haya venido a asesinarme, ¿no te parece?

—Tal vez quiera matarte con sus propias manos —respondió Jor, pero no parecía convencido.

Lara levantó la cabeza, como si se hubiera percatado de que la estaban observando. Aren apartó la vista a tiempo, y la fijó en el montón de amaridanos muertos. Le había quitado al desgraciado de encima y lo había degollado, aunque el tipo ya estaba muerto; Lara había recogido el cuchillo de algún sitio y se lo había clavado con precisión en el corazón.

«Un golpe de suerte», se dijo a sí mismo, pero sus instintos le decían algo distinto.

—Sea como sea, deberíamos vigilarla aún más de cerca —continuó Jor—. Si los maridrinos descubren dónde está y vienen por ella, la princesita tiene en la cabeza suficientes secretos sobre el puente como para causarnos problemas graves.

—¿Qué sugieres?

—Sugiero que quizá no merezca tantas complicaciones. Los accidentes son algo habitual. Hay serpientes que se cuelan en las camas. Los maridrinos no podrían culparnos por...

—No.

—Pues sigues aparentando que está viva. —Jor había malinterpretado la razón tras la negativa de Aren—. Falsificas las cartas que le envía a su padre. No tiene por qué saberlo.

Aren se volvió hacia el hombre que lo había protegido desde que no era más que un niño.

—Voy a decirte una cosa, y no pienso repetirla. Si alguien le hace daño, le arranco la cabeza. Y eso va por ti, por Aster y por mi abuela, que parece que cree que no estoy al tanto de sus tejemanejes. ¿Me explico?

Sin esperar respuesta, Aren se desplazó hasta las piras que habían construido en las afueras de la aldea. El aire estaba cargado con el aroma al aceite que impregnaba la madera. Decenas de cadáveres, grandes y pequeños, estaban dispuestos en filas simétricas, rodeados por los supervivientes, algunos llorando y otros con la mirada clavada en la nada.

Alguien le acercó una antorcha y Aren contempló cómo danzaban las llamas, consciente de que debía decir algo. Pero cualquier palabra que pudiera dirigir a las personas que esperaban que las protegiera, y que no había podido proteger, le parecía vacía e insignificante. No podía prometerles que no volvería a ocurrir algo semejante, porque sería mentira. No podía prometerles venganza, porque, aunque saquear Amarid seguía siendo una posibilidad para un ejército que ya estaba exhausto, no estaba dispuesto a rebajarse a perjudicar a los civiles amaridanos solo porque su reina fuera una arpía vengativa. Sí podía decirles que tenía toda la intención de enviar una caja llena de cabezas junto con los restos chamuscados de la bandera del barco a su dueña, pero ¿acaso serviría de algo? No había nada que pudiera devolverles a sus muertos.

Así que optó por no decir nada, y se limitó a inclinarse hacia delante hasta tocar la madera empapada en aceite con la antorcha. Las llamas se extendieron por las ramas, el aire fue ganando temperatura y no tuvo que esperar demasiado para que su nariz se llenara con el terrible hedor a cabello quemado. Sangre carbonizada. Carne chamuscada. Se le revolvió el estómago, apretó los dientes y tuvo que obligarse a mantenerse firme y no echar a correr.

—Ya llegaron los barcos de Eranahl —anunció Jor—. Debemos empezar a embarcar a los supervivientes antes de que nos gane el tiempo.

Como si hubiera esperado a enfatizar el argumento, Aren sintió una gota de lluvia en la frente. Seguida de otra, y otra más.

—Dales un momento.

No era capaz de despegar la vista de una madre doliente que seguía demasiado cerca de las llamas silbantes. Aquella mañana, se habría levantado convencida de que por la noche ella y su familiar estarían en camino al amparo que les ofrecía Eranahl, y ahora emprendería el viaje sola.

—Aren...

—He dicho que les des un momento, maldición.

Varias cabezas voltearon ante la tosquedad del tono, y Aren se alejó de las llamas a grandes zancadas. Dejó atrás a los heridos que Nana y sus estudiantes estaban preparando para el trayecto y tomó el sendero que conducía a la bahía donde aguardaban los barcos.

Al tomar una curva, frunció el ceño ante la casi docena de soldados enemigos muertos que habían arrastrado a un lado del camino cuando algo le llamó la atención: un hombre con una hoja amaridana hundida en el pecho. Aren retrocedió y examinó los cadáveres con detenimiento.

La mayoría de sus soldados luchaban cuerpo a cuerpo con cuchillos y los machetes que necesitaban para abrirse paso entre los densos arbustos de la selva, y las hojas anchas de estas armas dejaban heridas inconfundibles. Y, aun así, casi todos los muertos mostraban heridas infligidas por las espadas estrechas que preferían los amaridanos, y había varios con los cuchillos de veinte centímetros, que ellos mismos llevaban, clavados en el cuerpo.

Los habían matado con sus propias armas.

Aren retrocedió para analizar la escena, y sus ojos se fijaron en los charcos de sangre que no dejaban de crecer, alimentados por el agua de la lluvia. Aquellos hombres habían sido eliminados por alguien que se los había encontrado de frente, no por los refuerzos ithicanos que los habían atacado por detrás.

Pero ¿quién? Toda su guardia estaba con él en la aldea, así como los civiles que podían combatir.

A Aren se le erizaron los vellos de la nuca. Llevó una mano a la hoja que llevaba en la cintura y, al volverse, se encontró con Lara plantada en medio del camino.

Ella clavó la mirada en su mano, que seguía agarrada al arma, y arqueó una ceja; pero, por razones que no habría podido articular, Aren no era capaz de apartar la mano de la empuñadura. Ella había matado a aquel soldado con una espada amaridana...

Y, con todo, la única herida visible que tenía era un rasguño en una mejilla. Poco importaba que las mujeres maridrinas tuvieran prohibido luchar; la mera idea de que ella solita hubiera sido capaz de algo así era una majadería, ni siquiera sus mejores luchadores habrían podido hacerlo solos.

—¿Adónde van?

Su voz atravesó sus pensamientos.

—Hay lugares más seguros.

No sabía a qué venía tanta cautela cuando Lara ya sabía tanto sobre Ithicana. Pero una cosa era conocer el puente, y otra muy distinta saber lo que era Eranahl.

«Sin el puente, Eranahl no existe —le susurró la voz de su padre al oído—. Ithicana no existe. Defiende el puente.»

—Si hay lugares más seguros, ¿por qué no viven allí los civiles?

Había motivos prácticos. Tener a todos y cada uno de los civiles ithicanos en Eranahl durante todo el año era imposible, pero esa no fue la razón que le ofreció.

—Porque sería como tenerlos enjaulados. Y mi pueblo es... libre.

La palabra se le atragantó al tomar conciencia de súbito de lo que su madre se había esforzado tanto por hacerle entender. Porque ¿qué era Ithicana sino una enorme prisión, si los que nacían allí tenían prohibido marcharse?

Lara se quedó muy quieta e inclinó la cabeza, sin parpadear, como si aquella respuesta la hubiera sumido en sus propios pensamientos y no hubiera dejado espacio para nada más.

—Creo que esa libertad tiene un precio significativo.

—La libertad siempre tiene un precio.

¿Sería mucho mayor el precio que debería pagar si permitiera que su pueblo viajara libremente por el mundo?

—Sí.

Daba la impresión de que la palabra se le había atascado en la garganta. Sacudió la cabeza una vez y sus ojos se desviaron hacia los muertos que acotaban el sendero. Aren la observó con detenimiento, buscando en su expresión alguna pista de su implicación en las muertes de aquellos hombres, pero solo parecía ensimismada.

—Deberías bajar a la bahía. Los barcos esperan.

Lara despegó la vista de los cadáveres y caminó hacia él, igual de silenciosa que cualquier otro ithicano mientras descendía por la cuesta resbaladiza. Su corazón dio un vuelco y luego se aceleró, en un latido rítmico y constante que solo sentía cuando se dirigía a una batalla o intentaba superar una tormenta. El entusiasmo que Aren, a pesar de que era consciente que no le convenía, había buscado toda su vida.

Lara se detuvo frente a él. Tenía el cabello mojado por la lluvia y se le había pegado un mechón suelto a la mejilla. Aren tuvo que reunir todo el autocontrol del que disponía para no apartárselo con la mano.

—Cuando los barcos estén cargados, me marcharé a una... reunión. Te quedarás con mi abuela hasta que vuelva por ti.

Lara torció el gesto, pero en lugar de discutir, alzó el brazo y le tocó la mano; le ardía la piel. Acto seguido, y con una fuerza sorprendente, tiró de ella y lo hizo volver a envainar la espada.

—Esperaré junto al agua.

Sin decir nada más, esquivó un charco de un salto y enfiló por el sendero que bajaba hasta la playa.

18
Lara

La Marea de Guerra.

Así se referían los habitantes de la isla de Serrith a los dos meses más fríos del año, cuando en los mares de la Tormenta reina una calma chicha suficiente como para que los enemigos de Ithicana ataquen el reino.

Y este año la Marea de Guerra se había adelantado.

Se había adelantado tanto que no habían llegado a tiempo de evacuar a los aldeanos a esa misteriosa ubicación donde pasaban la temporada, y esa era probablemente la razón por la que la armada amaridana se había arriesgado dos veces a que les cayera de improviso una de las últimas tormentas. Proteger un único lugar que estuviera bien resguardado era factible, pero auxiliar incontables asentamientos civiles era harina de otro costal.

«Es el momento idóneo para atacar», pensó la parte fría y calculadora de Lara. El momento en que el ejército ithicano se vería obligado a dividir sus esfuerzos entre proteger decenas de pueblecitos o el puente. Y, llegado el momento, sabía que Aren pondría por delante las vidas de su pueblo. Se lo había visto escrito en el rostro cuando sonaron los cuernos. Pánico y desesperación. La voluntad de arriesgarlo todo por salvar a su gente. Y la mirada perdida peinó la aldea masacrada y entendió que había fracasado.

«No son responsabilidad tuya», se recordó a sí misma con saña. «Le debes lealtad a Maridrina. A los civiles de tu patria que sufren bajo el monopolio comercial de Ithicana. A los niños maridrinos que no tienen nada que llevarse a la boca más que verdura podrida y carne pasada, si es que llegan a comer algo. Para efectos prácticos, es como si Ithicana los estuviera degollando con sus propias manos.»

Esos pensamientos la llevaron a concentrarse en cómo podía sacar información de Ithicana. Era posible ocultar mensajes codificados breves en las cartas que enviaba a su padre, pero no se atrevía a incluir ningún detalle sobre el puente. Si los criptógrafos los descubrían, sería muy afortunada si conseguía huir de Ithicana con vida, y todo lo que había hecho no habría servido de nada. Aren sabía dónde había estado y qué había aprendido. Les sería fácil reforzar las defensas y que fuera imposible tomarlos por sorpresa.

No, debía recoger toda la información que necesitaba y luego sacarla toda de una vez. La cuestión era cómo.

Sabía por instinto que, de cualquier forma, la información debía pasar por el mismísimo rey de Ithicana. Recordó su cajita de cosméticos donde ocultaba la tinta que Serin le había proporcionado. No solo debía convencer a Aren de que le escribiera un mensaje a su padre, sino que debía retenerlo durante el tiempo suficiente para poder escribir el suyo, y eso por no hablar del problema de volver a sellarlo sin que nadie se diera cuenta de que lo habían manipulado.

—Deja ya de conspirar y ayuda a Taryn con los platos, holgazana.

La voz de Nana arrancó a Lara de sus pensamientos, y se volvió hacia la anciana con el ceño fruncido.

—¿Perdón?

—¿No me oíste o no entendiste?

Nana tenía los brazos en jarras y una gran serpiente enroscada alrededor del cuello y los hombros. La criatura alzó la cabeza y la miró fijamente, y ella se estremeció.

—En esta isla mando yo —ladró la abuela de Aren—. Y en mi isla, si quieres comer, tienes que trabajar por ello. En pie.

Nana palmeó con fuerza y Lara se levantó al instante, molesta consigo misma por haber obedecido, pero volver a sentarse habría sido una niñería.

—Fuera.

Lara salió echando chispas hacia el aire de la mañana, y vio a Taryn sentada junto a una tina llena de agua jabonosa que le llegaba a los codos. La joven era la única guardia de Aren que se había quedado con ella, la que había tenido que pagar el pato y la que de inmediato se había quejado por tener que llevar de regreso a Lara con los ojos vendados por el puente en dirección a la isla de Nana, que se llamaba Gamire. Un grupo de soldados que no conocía las habían seguido en silencio. Lara creía que había sido la reticencia a pasar tiempo con ella, o la decepción de no acompañar a Aren adondequiera que hubiera ido, lo que la atraía tan poco de su función, pero tras pasar una noche en casa de Nana, no le cupo duda de cuál era el verdadero motivo.

La vieja era una bruja detestable y acosadora. Lara no tenía idea de cómo se las iba a arreglar para no matar a la repugnante anciana mientras dormía.

—Con el tiempo te acostumbrarás. —Taryn hundió un plato en el agua humeante de la tina—. A su favor tiene que a casi toda la guardia nos ha curado alguna vez. —Soltó el plato y se levantó la camisola para dejar al descubierto una serie de cicatrices ovaladas que le cubrían la mayor parte de las costillas—. Me caí al agua durante una escaramuza y un tiburón se ensañó conmigo a su gusto. De no ser por Nana, estaría muerta.

Lara podía soportar las heridas de una daga, una espada o una flecha, pero eso...

—Bichos del demonio.

—No te creas. —Taryn se soltó la camisola y recogió el plato—. Los han enseñado a atacar a los humanos, pero no son su preferencia.

Sacó el plato goteante del agua y lo secó con un trapo. Lara recordó a los marineros amaridanos que había visto arrastrar a las profundidades del mar. Las manchas de sangre.

—Si tú lo dices...

Taryn se apartó la larga y negra cola de caballo y esbozó una sonrisa, dejando al descubierto unos dientes blancos y rectos que debían satisfacer enormemente a Nana.

—Son unas criaturas fascinantes. Hay algunos que siempre rondan nuestras costas, pero la mayoría solo acuden durante la Marea de Guerra. Eso, más que el tiempo, es lo que le indica a Nana el calendario de la temporada de tormentas. Los pescadores perciben cambios en las poblaciones de tiburones.

¿Sabrían eso su padre y Serin? Lara se mordió el interior de las mejillas, valorando la información. Uno de los riesgos de atacar al principio de la temporada de calma era que no había forma de predecir con exactitud cuándo comenzaba.

—Siempre se reúnen en los lugares que reciben más ataques por parte de los saqueadores, como Guardia Central. —Taryn repasó el interior de una jarra desconchada con un trapo antes de entregársela—. Dice el mito de que son los guardianes del pueblo de Ithicana, y por eso está prohibido hacerles daño salvo que sea totalmente necesario. —Soltó una carcajada—. Pero, bueno, no es más que un mito. Vienen a alimentarse, y no distinguen entre nosotros o nuestros enemigos. Dentro del agua, todo es igual.

Lara se estremeció y dejó la jarra seca en una tina limpia con el resto de los trastes.

—Déjense de plática. —Bramó Nana desde la distancia—. Todavía les quedan tareas por hacer.

Taryn puso los ojos en blanco.

—¿Quieres que nos escapemos?

—¿Es posible huir de Nana?

Le guiñó un ojo.

—Tengo mucha práctica.

Fiel a su palabra, después de recoger los platos limpios, Taryn se las arregló para que les asignara como tarea ir a un pueblo que Lara ni siquiera sabía que existía. Contempló a los ithicanos que se movían afanosamente entre las casas de piedra o que reprendían a los niños que estaban huyendo de sus quehaceres.

—¿Por qué no los han evacuado?

—Porque no hace falta. La isla de Gamire es segura.

«Encuentra a los civiles.» Lara se acordó de las palabras de Serin y se le erizaron los vellos de la nuca cuando dos niños pasaron corriendo delante de ella con sacos de avena en los brazos. Volvió a observar la aldea. Había grupos de hombres destripando pescado, pero captó el olor a pan recién hecho, a carne roja sobre una parrilla y a limón, aunque no hubiera visto un árbol frutal en aquel lugar. Lo que significaba que todo se importaba a través del puente.

—Los que viven en las otras islas... ¿adónde van cuando comienza la Marea de Guerra? —preguntó, porque lo contrario habría sido aún más sospechoso. Y porque la curiosidad sobre esa misteriosa ubicación la estaba matando.

—Le corresponde al rey contártelo. —Taryn echó un vistazo a ambos lados—. O no, si así lo decide.

—No es la persona más comunicativa del mundo.

Taryn se encogió de hombros por toda respuesta y condujo a Lara por un estrecho sendero que atravesaba la jungla. Caminaron hasta que se levantó brisa, el aroma a sal llenó el aire y se oían las olas romper con fiereza contra los acantilados. Lara no vio la catapulta hasta que el soldado maduro que lo dirigía se movió. Le brillaron los ojos cuando vio a Taryn, pero torció el gesto al percatarse de la presencia de Lara.

—Venimos a sustituirte durante la próxima hora —le dijo Taryn—. Aprovéchala bien y pide un poco de carne, que huele exquisita.

Cuando el soldado se hubo marchado, Taryn añadió:

—No lo tomes como algo personal. Casi todas las personas de cierta edad perdieron más de un ser querido en la guerra con Maridrina. Incluso después de quince años de paz, sigue costándoles no verte como enemiga.

«Es que soy su enemiga», pensó Lara.

—¿Y a ti no?

—Al principio sí. —Taryn dejó sus ojos grises perdidos en la distancia—. Hasta que le salvaste la vida a mi primo.

—¿Tu primo? —Lara parpadeó varias veces, observando a la mujer morena con otros ojos—. ¿Eres prima de Aren?

—Veo que te sorprende. —Taryn contuvo una carcajada burlona y continuó—: Mi padre era el hermano del padre de Aren, y, obviamente, Nana también es mi abuela.

No, no era obvio, y tal vez debería haber estado más atenta. La guardia no era exactamente del linaje real, pero casi. Y no había nada en su aspecto que lo indicara. Taryn llevaba el mismo equipo oliváceo que el resto de los guardias, vivía en las habitaciones de los barracones y cocinaba y limpiaba con el resto de sus camaradas. Más allá de sus armas, que delataban cierta calidad, no había nada en ella que sugiriera riqueza o privilegio. ¿Dónde iba a parar el dinero?

Lara recordaba las cifras astronómicas que había visto en las hojas sobre el escritorio de Aren. De niña, creía que Ithicana debía tener palacios de oro a rebosar de todo lo que le habían arrebatado a Maridrina y otros reinos, pero hasta el momento solo había visto un lujo más bien modesto.

—Podrías haberte hecho a un lado y dejar que lo asesinaran, pero arriesgaste tu vida por salvarlo. Eso no es propio de enemigos.

«Si tú supieras.» A Lara se le revolvió el estómago, y notó que quizá el desayuno no le había sentado tan bien como creía.

Taryn tomó un catalejo y repasó el océano, lo que le proporcionó a Lara la oportunidad de examinar la catapulta. Se trataba de un artefacto grande, hecho de madera maciza y acero, y montado sobre una base que estaba sujeta a la roca del suelo. Estaba lleno de palancas y engranajes, y a ambos lados descansaban dos dispositivos idénticos pero mucho más pequeños. Al echar un vistazo por encima del hombro, vio un montículo irregular cubierto por una tela gris verdoso, que sin ninguna duda serían los proyectiles.

Al levantar la esquina de la lona, Lara vio una piedra que debía de pesar más de veinte kilos. No parecía lo bastante grande como para haber provocado los daños de los que había sido testigo en Guardia Central, pero combinada con la fuerza suficiente... Volteó hacia la catapulta y se encontró con Taryn mirándola fijamente.

La otra mujer sonrió.

—Una vez lanzamos a Aren.

—¿Perdón?

—Lia y yo. Aunque fue idea de él, no creas que nosotras éramos tan tontas. —Taryn le dio unos golpecitos al artefacto—. Tendríamos doce o trece años, y él estaba convencido de que sería divertidísimo comprobar lo alto que podíamos volar. Pero él fue el único que lo probó.

—Y... ¿funcionó?

—Uy, sí, voló de maravilla. Pero lo que no tuvo en cuenta fue lo dolorosísima que sería la caída. —Dejó escapar una risita alegre—. Por suerte, había un barco pesquero cerca que lo recogió. Nana nos tuvo una semana arrastrando rocas como castigo, y eso que ya habíamos tenido que aguantar a Jor gritándonos por toda la isla.

—Debería estar agradecido de no matarse.

¿Y qué tan diferente sería la vida de Lara si hubiera muerto? De hecho, ¿habría llegado a existir? No le costaba imaginarse a su padre recibiendo la noticia de la muerte prematura del príncipe de Ithicana y, acto seguido, dar media vuelta y exterminar a todas las personas involucradas en el plan del que dependía el Tratado de los Quince Años.

Taryn esbozó una sonrisa.

—Eso se aplica a la mitad de todo lo que hace. —Volvió a tocar el arma—. ¿Quieres probarla?

Lara exhaló una carcajada y respondió:

—Ahora entiendo el objetivo final de haberme traído aquí.

—A ti no. Una roca.

—Ah. —Lara contempló la máquina con otros ojos—. Sí. Sí, por favor.

Era un artefacto fascinante, fácil de ser operado por una sola persona, pero, teniendo en cuenta el peso de las piedras, Lara agradeció no estar sola. Rotaba sobre la base sin hacer el más mínimo ruido, y las diversas manivelas permitían ajustarla y modificar la distancia a la que podía lanzarse la piedra. Las catapultas más pequeñas, según le explicó, estaban pensadas para determinar la distancia; no había nada que no estuviera minuciosamente calibrado.

—Intentaremos acertarle a ese trozo de madera.

Bajo la atenta mirada de Taryn, Lara fue arrojando rocas pequeñas a los restos flotantes hasta que consiguió acertarles.

—Buen tiro, majestad. Ahora hay que ajustar la grande a la misma distancia, así. —La mujer giró las manivelas y Lara la observó sin perder detalle hasta que Taryn dio un paso atrás—. Haz los honores.

Con manos sudorosas por la emoción, Lara agarró la palanca más grande y tiró de ella. La catapulta se liberó con un crujido tremendo, y las dos se apartaron simultáneamente para ver cómo la roca salía disparada por el aire y caía sobre las maderas.

Taryn levantó un puño al aire.

—¡Has hundido tu primer barco!

Oyeron pisadas nerviosas a sus espaldas y vieron al soldado que habían relevado corriendo hacia ellas.

—¿Saqueadores? —exclamó.

—No, pruebas. —Taryn hablaba como quien no quiere la cosa—. Su majestad ha ordenado que volvamos a comprobar todas las catapultas. Esta parece estar en perfecto estado. —Taryn le hizo un gesto de cabeza a Lara—. ¿Continuamos, alteza?

Lara contuvo una sonrisa.

—Por supuesto.

Pasaron el día recorriendo la isla y poniendo a prueba las catapultas, y regresaron a la aldea para la hora de la cena, que disfrutaron sentadas alrededor de una fogata con casi todos los habitantes del lugar. Según le contó Taryn, era su forma de honrar a los que habían perdido la vida en la isla vecina de Serrith. Lara comió carne y verduras a la brasa directamente de las brochetas donde las habían ensartado, bebió cerveza espumosa de una jarra que no parecía vaciarse y se calentó las manos en la lumbre cuando la brisa nocturna se enfrió.

Los aldeanos recelaron de ella en un primer momento, así que Lara permaneció algo apartada, prestando atención a las historias que contaban sobre los mitos de Ithicana, de las sierpes y tormentas que defendían las islas esmeralda. Del vetusto puente, que, según las leyendas, no era obra de manos humanas, sino que había brotado de la mismísima tierra como un ser vivo más. Las voces subían y bajaban hasta que los niños se dormían en brazos de sus padres y los arropaban bajo mantas de lana. Luego sacaron instrumentos, tambores, guitarras y flautas, una música que acompañaba a hombres y mujeres que cantaban y bailaban, a los que Taryn se unió con una voz de soprano sorprendentemente bonita. Insistieron a Lara para que se animara a cantar, pero ella lo rechazó, arguyendo que cantaba muy mal; pero el verdadero motivo era que quería observar. Y escuchar. Y aprender.

Cuando la verbena comenzó a apagarse, hubo parejas que se escabulleron en la oscuridad tomadas de la mano, los ancianos formaron grupos para chismorrear y quejarse, pasando una pipa de persona en persona, y Taryn acabó poniéndole a Lara una mano en el hombro.

—Deberíamos volver antes de que Nana salga a buscarnos.

Guiadas por la tenue luz de un candil, desandaron el camino por el estrecho sendero, arropadas por los ruidos salvajes y desordenados de la selva.

—¿Sabes una cosa? Yo no quería ser soldado.

Lara la miró de reojo.

—No me sorprende. Te veo más como pescadora.

Taryn soltó una carcajada, pero su tono era grave.

—Quería ir a una de las universidades de Harendell a estudiar música.

Las universidades de Harendell eran conocidas en todos los reinos, de norte a sur, pero la idea de que un ithicano deseara estudiar allí le resultó casi una excentricidad, porque era... imposible.

—Pero los ithicanos no pueden irse.

—No, está prohibido. —Taryn hizo un gesto con la mano—. A ver, hay espías que van y vienen, claro, pero no es lo mismo. Es una vida falsa en la que no puedes ser tú mismo, y eso no es lo que yo querría. Seguir mi sueño como alguien que no soy... —Se interrumpió—. No se lo llegué a contar a mis padres, porque sabía que su mayor deseo era que me entrenara como guerrera y me acabaran nombrando miembro del concilio de Aren. Pero sí se lo dije a mi tía Delia.

«La madre de Aren», pensó Lara. La reina.

—Mi tía creía que la mejor forma de ganarse la confianza de alguien era ofreciéndole lo mismo. —Taryn tiró a Lara del brazo para que se detuviera y poder dejar que algo pasara reptando delante de ellas, antes de continuar—: Todo el reino estaba a favor del tratado para poner fin a la guerra con Maridrina, pero nadie apoyaba la inclusión de una cláusula de matrimonio. Nadie quería que Aren desposara a una forastera, y mucho menos a una maridrina. Pero la tía Delia creía que era la única forma de vivir en paz con nuestros vecinos. La única forma de que la gente dejara de considerar un rival a la persona que tenían sentada delante durante un acuerdo comercial.

«Te está mintiendo —aulló la voz de Serin en su cabeza—. Se aprovechan de la bondad para sacarte información que no debes revelar.» Pero Lara silenció aquella vocecita.

—Si creía que con este matrimonio se conseguiría que los maridrinos dejaran de percibir a Ithicana como el enemigo, se equivocaba.

Taryn sacudió la cabeza.

—No pretendía cambiar las convicciones de tu reino, sino las del nuestro.

Ya no pudieron seguir con la conversación, pues al llegar a casa de Nana se encontraron con la anciana plantada en el umbral, esperándolas.

—Las mocosas desobedientes vuelven a casa.

—Hemos estado ocupadas, Nana.

—Sí, bebiendo. Las huelo desde aquí.

Un comentario más bien hipócrita, puesto que a la anciana le apestaba el aliento a alcohol y tenía una botella y un vaso medio lleno en la mesa que había a sus espaldas.

—Me voy a la cama —dijo Lara.

No estaba dispuesta a que nadie le llevara la contraria, pero Nana la agarró del brazo con una fuerza inhumana. Con la otra, le entregó una bolsa que se retorcía y chillaba.

—Alimenta a las serpientes antes de acostarte.

Lara miró el saco con aversión. No sentía un especial desagrado por los ratones, pero estaba harta de que aquella arpía le diera órdenes como si fuera una sirvienta. Lo que quería era escapar por la noche y examinar el pilar del puente, pero Nana probablemente tenía pensado pasarse la noche en vela sin quitarle el ojo de encima.

—No.

Nana arqueó las cejas.

—¿Cómo? ¿La princesita no quiere rebajarse a dar de comer a las mascotas de una ancianita?

Lara tensó los dedos por instinto, antes de posar la vista en las estanterías que había sobre las jaulas de las serpientes, y una idea empezó a tomar forma.

—Me dan miedo los ratones —mintió, apartándose del saco que Nana sacudía en dirección a ella.

—Te aguantas.

Lara tuvo que escoger entre aceptar el saco o que Nana esparciera los ratones por toda la casa. Maldiciendo a la anciana para sus adentros, tomó a uno de los ratones por la cola, descorrió con cuidado el cerrojo de una de las jaulas y lanzó la criatura dentro antes de pasar a la siguiente.

Todas las serpientes eran venenosas. Taryn le había explicado que Nana recogía el veneno y lo utilizaba para crear antídotos, así como medicinas para aflicciones naturales de toda índole. Había decenas de viales llenos de líquido turbio almacenados encima de las jaulas, y en los estantes superiores una cantidad ingente de plantas y remedios, todo claramente etiquetado. Entre jaula y jaula, Lara fue echando un vistazo a los contenidos y esbozó una sonrisa cuando encontró lo que estaba buscando.

Dejó caer al suelo el saco de ratones, que aún se retorcían, y gritó:

—¡Me mordió!

—¿Una serpiente? ¿Cuál? —le espetó Nana con una nota de pánico en la voz.

—No fue una serpiente —sollozó, llevándose un dedo a la boca y mordiéndolo para que la herida fuera creíble—. ¡Fue un ratón!

—¡Yo te mato, niña! —Nana recogió apresuradamente el saco, pero ya era demasiado tarde. Los ratones que quedaban habían echado a correr en todas direcciones—. Taryn, captúralos antes de que se cuelen en la despensa.

Lara lloraba a moco tendido sobre una silla mientras los roedores se aprovechaban de su libertad. Pero en cuanto Nana le dio la espalda, tomó un botecito de la estantería.

—¡Atrápalos, Atrápalos!

Taryn corría obedientemente detrás de los ratones, pero había bebido demasiado esa noche y se movía con lentitud, así que los roedores la esquivaron con facilidad hasta que empezó a pisarlos con sus pesadas botas. Lara aprovechó la situación para descorchar el bote.

—¡No los mates! —Nana tenía dos ratones agarrados por la cola y los estaba metiendo en el saco—. ¡Las serpientes no comen nada que esté muerto!

Se abalanzó sobre otro ratón, y Lara se inclinó de lado para poder echar un chorro generoso del contenido del bote en el vaso de Nana, agradeciendo de nuevo la preferencia de los ithicanos por las bebidas fuertes.

—¡Tengo uno!

Taryn echó el ratón al saco de Nana. Lara volvió a tapar el vial y lo devolvió a su lugar en la estantería, antes de quedarse de pie en la silla sin mover un dedo mientras las dos mujeres recuperaban a los ratones que faltaban.

Mascullando para sus adentros, Nana acabó de alimentar a las serpientes y, acto seguido, le tomó la mano a Lara y examinó la heridita, que aún sangraba.

—Torpe. Si se te infecta, lo tienes bien merecido.

Tiró de la mano para soltarse de la anciana y la atravesó con la mirada.

—Me voy a la cama.

Se alejó con pasos pesados hacia el catre que le habían preparado, y las comisuras de sus labios dibujaron una sonrisa cuando, con el rabillo del ojo, vio a Nana beberse el contenido del vaso.

Ya solo faltaba esperar.

19
Lara

No había pasado ni una hora cuando, con la casa completamente a oscuras, un gruñido de Nana rompió el silencio. Unos instantes más tarde, la anciana salió de la cama y abrió la puerta exterior renqueando. Lara se puso de pie en un abrir y cerrar de ojos y se acercó a la estantería de los viales para tomar uno al que le había echado el ojo poco antes. Midiendo con cuidado una gota, se la aproximó a Taryn a las narinas y le pidió perdón en silencio por el dolor de cabeza que tendría en la mañana mientras la mujer roncaba con suavidad y aspiraba el preparado.

Lara salió de la casa y la recibió el haz de luz del candil. Una brisa suave mecía sus cabellos, el aire olía a selva y a lluvia, y las estrellas apenas eran visibles entre las nubes que se estaban formando. Lara tomó el candil, aumentó la llama todo lo que pudo y echó a andar hacia el pequeño anexo donde estaba el baño.

Se detuvo afuera y sonrió ante los sonidos que provenían del interior, antes de girar sobre sus talones y contemplar la oscuridad. Tal como había previsto, un ithicano alto emergió de la negrura.

—¿Puedo ayudarla en algo, alteza?

Se había sujetado el cinturón con los pulgares mientras la observaba.

—¡Uy! —Lara dio un respingo y se llevó una mano a la boca, como si se hubiera asustado—. Bueno, es que necesito...

Hizo un gesto hacia el anexo justo cuando una tremenda flatulencia retumbó desde el interior, seguido por un gruñido de consternación. Quizá Lara estuviera fuera de su elemento en Ithicana, pero en lo relativo a narcóticos, se sentía como en casa. Tenía a Nana exactamente donde quería.

El guardia abrió mucho los ojos bajo la luz del candil.

—Claro. —Era evidente que se estaba conteniendo una carcajada—. Ya veo. Bueno, quizá debería...

—Me basta con un arbusto. —Lara dejó escapar una risita y le acercó el candil—. ¿Te importa sostenerlo mientras?

Se alivió detrás de un árbol, volvió con el guardia y recuperó el candil. Al levantarlo, advirtió cómo entrecerraba los ojos y parpadeaba por el brillo.

—¿Tú crees que estará bien? —Lara señaló la letrina—. No sé si deberíamos ir y...

—¡No! —La idea de interrumpir a Nana mientras estaba en el baño era claramente algo por lo que no estaba dispuesto a arriesgarse—. No creo que necesite ayuda.

—Eso espero.

Lara le lanzó una sonrisa melindrosa y regresó a la casa. Nana pasaría horas defecando, pero por la mañana ya se habría recuperado. Sopló la llama del candil, lo colgó en el gancho de la pared y entró.

Pero dejó la puerta entreabierta.

Contó hasta cinco, volvió a abrirla con delicadeza y agradeció verse recibida solo por la impenetrable oscuridad. Su vista aún no se había acostumbrado después de soportar la brillante luz del candil, pero eso significaba que al guardia le ocurriera lo mismo. Avanzando a ciegas, Lara rodeó la casa y esperó hasta que pudo distinguir las sombras de los árboles, y luego se tiró al suelo y reptó en silencio junto al jardín de Nana hasta adentrarse en la selva.

Los árboles de aquella isla no eran tan densos como los de Guardia Central, la tenue luz de la luna y las estrellas se filtraba a través de las hojas y permitía que Lara se moviera a buen ritmo por el sendero que conducía al pilar del puente. Los sonidos que pudiera emitir los sofocaba la brisa del océano, pero fue deteniéndose de vez en cuando para comprobar si alguien la seguía. No había ni rastro.

Percibió un ligero aroma a roca húmeda, extraño y, sin embargo, familiar, y apenas tardó un instante en reconocer el olor único de las piedras del puente. Moviéndose con cautela, por si hubiera guardias, reptó por el camino hasta que pudo distinguir a través de los árboles la imponente sombra del pilar alzándose en medio de la noche. Una sombra que se extendía de norte a sur: el puente.

Abriéndose paso entre los árboles, Lara buscó indicios de la presencia de algún guardia, pero no encontró nada, así que se dirigió a la base del pilar. Para construirlo, habían combinado una afloración rocosa natural y piedra del puente, y sostenía la estructura a unos seis metros por encima del suelo. El terreno circundante estaba formado principalmente por rocas, por lo que tampoco había ningún sendero definido hacia la entrada que sabía que había allí. Lara pasó una uña por toda la piedra de puente que conformaba la base del pilar, buscando la silueta de una puerta, pero no tardó en darse por vencida. Había demasiadas marcas y rasguños, y no tenía tanto tiempo. Así las cosas, optó por ejercer presión con el cuerpo sobre la superficie, con la esperanza de que la piedra se abriera.

Nada.

Lara maldijo y se dirigió a la parte del pilar que estaba hecha de piedra natural. Se quitó las pesadas botas como pudo, las ocultó en las sombras y empezó a escalar. A medida que ganaba altura, la espalda y los hombros le ardían por el esfuerzo. Alcanzó la parte inferior del puente, la palpó y sonrió al encontrar unas estrías rectas que le ofrecían los apoyos necesarios para seguir escalando. Sus dedos clamaban descanso, pero Lara ascendió por uno de los lados del puente y llegó hasta la parte superior.

La oscuridad se extendía bajo sus pies como un mar de infinita noche, salpicado por alfileres de luz del interior de la isla. Despacio, Lara repasó con los dedos la parte central del puente, consciente de que antes o después encontraría un marcador de distancia igual al que había en el interior.

El sudor le recorría la espalda, y su reloj interno le indicaba que debía regresar a casa de Nana, pero siguió insistiendo hasta que lo encontró. Sin perder un instante, desanduvo el camino hasta el pilar, contando con precisión cada paso que daba.

Y, en ese momento, oyó voces aproximándose desde la dirección opuesta.

—Hay que ser imbécil, de verdad. ¿A quién se le ocurre detener a todo un grupo mercante justo encima de Gamire para pasar la noche?

Era Jor. Él y quién sabe cuántos más estaban en la parte superior del puente, igual que ella.

Con el corazón a punto de salírsele del pecho, Lara se tumbó en el suelo, reptó hasta el borde y echó un vistazo. Abajo, un grupo emergió de los árboles, uno de cuyos miembros portaba un bote con una sustancia que brillaba tenuemente.

—No saben que están justo encima de Gamire, Jor. —La voz de Lia—. Esa es precisamente la idea, carajo.

—Sea como sea, nos están fastidiando bastante.

Lara rodó hasta el extremo opuesto al del grupo, y descendió con cuidado por el lado, controlando el temblor de los dedos, que le sudaban por el esfuerzo.

—¿Acabaron ya?

La voz de Aren. A Lara le resbaló una mano, profirió un grito ahogado y se quedó colgada unos instantes hasta que pudo agarrarse de nuevo.

—Hemos echado un vistazo. Hay una caravana mercante pasando la noche justo debajo de donde estamos, y la trampilla superior está demasiado cerca como para entrar sin que nos vean. Hay casi cinco kilómetros en ambas direcciones hasta la siguiente trampilla, y con el viento que está soplando, no lo recomiendo. Lo último que querría sería pasarme la noche atado al puente soportando el aguacero.

Aren dejó escapar un suspiro extenuado.

—Pues en barco, no hay otra.

—Y el mar está picado. Espero que lo que Nana le dio a tu flamante esposa le arregle el estómago al menos hasta que acabe el viaje. Aunque tal vez necesite algo más fuerte para controlar los ataques de pánico, porque vaya drama.

—Deja a Lara en paz. —No había ni un ápice de humor en la voz de Aren—. Creció en el desierto y no sabe nadar. Caerse al agua es un miedo muy válido.

—Claro —mascculló Jor, y Lara aprovechó el ruido para descender otro tramo.

Cuando la separaban poco más de tres metros del suelo, saltó, y sus pies descalzos apenas emitieron un suave golpe seco al tocar el suelo. Acto seguido, rodó y dio cinco largos pasos hasta perderse de vista entre los árboles. El lodo se le metía entre los dedos de los pies mientras iba dando vueltas alrededor, viendo cómo Aren apoyaba ambas manos en el pilar, una encima de la otra, y presionaba dos veces. Un ligero clic y una losa de piedra se abrió de repente, y entró.

Arriba, Jor y Lia habían insertado una soga a través de una de las muchas anillas engastadas en el puente y bajaban en rapel por uno de los lados del pilar el uno al lado del otro. Lia estaba sacando la cuerda de la presilla cuando Aren volvió a pasar por la puerta, y dijo:

—Hay alguien durmiendo justo contra la puerta, maldición.

—Lo dicho —replicó Jor—. Son imbéciles.

—Ni modo. Vámonos.

Aren empezó a descender por el camino que conducía a casa de Nana. A recoger a Lara.

Demonios. Lara esperó hasta que los otros empezaran a seguirlo antes de arrastrarse hasta la base del pilar y recuperar sus botas del escondite. Tendría que hacer una carrera de locos para llegar a casa de Nana antes que ellos sin que la detectaran, pero no podía marcharse sin echar un vistazo dentro. Presionó con ambas manos dos veces en el mismo lugar que Aren, y sonrió cuando la puerta se abrió de par en par.

Había supuesto que la oscuridad en el interior sería absoluta, pero la escalera de caracol que ascendía al puente estaba iluminada con más frascos luminiscentes. Subiendo los escalones de tres en tres, alcanzó un suave muro de piedra. Sabía que corría el riesgo de que la descubrieran, pero consideró que la recompensa valía la pena, así que volvió a presionar dos veces con las dos manos.

Clic.

Torció el gesto ante aquel ruido, y luego entreabrió la puerta, hecha de un pesado bloque de piedra que se deslizaba sobre bisagras mudas. Había, efectivamente, un hombre durmiendo delante, cuyos ronquidos habían impedido con toda probabilidad que los soldados ithicanos enmascarados que montaban guardia dentro oyeran el ruido.

Debía marcar el acceso para que los soldados de su padre pudieran encontrarlo desde dentro, pero el problema era que los ithicanos barrían el puente en busca de cualquier señal de que lo hubieran manipulado, así que debía ser algo que no pudieran percibir.

Repasó mentalmente años de lecciones de Serin, consciente de que necesitaba una solución inmediata si no quería que Aren llegara a casa de Nana antes que ella y descubriera que no estaba.

Una idea se abrió paso entre sus pensamientos. Sacó un cuchillo, se infligió un corte poco profundo en el antebrazo y volvió a guardarlo. Se mojó los dedos de sangre y repasó con cuidado el borde exterior de la puerta. Una vez seca, no sería perceptible contra la piedra, pero si se rociaba con el líquido adecuado, reaccionaría.

No tenía tiempo de nada más.

Cerró la puerta con delicadeza antes de bajar a toda prisa la escalera y cerrar también la de la base. Corrió lo más rápido que pudo, arañándose los pies descalzos contra raíces y rocas. Sabía que no habría podido moverse a tal velocidad con sus pesadas botas ithicanas, no si quería pasar lo más desapercibida posible.

Poco más adelante, distinguió el brillo tenue del frasco que llevaba Aren, así que bajó el ritmo y se acercó al grupo todo lo que consideró sensato. Valoró la posibilidad de esquivarlos a través de los árboles, pero era imposible que no la oyeran. No a oscuras ni a ese ritmo.

La casa de Nana se divisaba por fin en la distancia.

Lara intentó dar con un plan, azuzándose en silencio aun cuando se dio cuenta de que Aren ya estaba rodeando la casa. Y abrió la puerta. Volvió a salir en un abrir y cerrar de ojos, antes de grite:

—¿Dónde está?

Al tiempo que se calzaba las botas, Lara atajó por los árboles y emergió al claro, caminando en dirección a Aren.

—Estoy aquí, no hace falta que grites.

Él la fulminó con la mirada, igual que sus guardaespaldas y el guardia que debía vigilar la casa. Nana escogió ese momento para abrir de par en par la puerta de la letrina, ataviada solo con un camisón y unas botas.

—¿Se puede saber qué hacías rondando por el bosque en mitad de la noche? —le espetó Aren.

La voz de Serin le resonó en la cabeza: «La mayoría de la gente miente para no quedar en evidencia. Hay muy pocas personas que mientan precisamente para quedar en ridículo, y por eso los demás suelen creerles».

Lara agachó la cabeza, consciente de que el sudor que le corría por la cara y el rubor la ayudarían a dar verosimilitud a la mentira.

—No me encontraba bien, y el servicio estaba... —Señaló a Nana—. Ocupado.

Aren se volvió hacia su abuela.

—¿Estás enferma?

—Tengo diarrea. Sobreviviré.

—Será algo que comimos. —Lara se apretó la barriga con una mano, como si le doliera—. O la porquería de los ratones que me obligaste a tocar.

—¿Cómo que ratones? ¿La has obligado a alimentar a las serpientes? —Aren se volvió hacia el guardia—. ¿Y tú dónde estabas?

—Aquí. No la vi salir. Estaba vigilando.

—De qué manera.

—He intentado ser discreta —le soltó Lara, hundiendo la

punta de la bota en el lodo—. Y si ya acabaron todos de mirarme como si hubieran visto un fantasma, me gustaría seguir durmiendo.

Aren suspiró largamente.

—¿Qué?

Lara cruzó los brazos por debajo de los pechos y clavó en él la mirada.

—Tenemos una flota de treinta barcos amaridanos acechando la costa de Ithicana. Está arreciando un vendaval que puede hacernos ganar algo de tiempo, pero Guardia Central está bajo mi mando y debo regresar a preparar las defensas.

—¿Tienen intención de atacar?

—Es lo más probable. —Dejó escapar una exhalación—. Puedes volver con nosotros o quedarte con Nana durante la Marea de Guerra. Tú decides.

—Me gustaría volver a Guardia Central.

Si creían que estaba dispuesta a aguantar otro día más con aquella bruja, podían esperar sentados. A pesar de que, a juzgar por la expresión suspicaz de Nana, la anciana no creía totalmente la mentira. A Lara no le cabía duda de que sería capaz de atarla todas las noches y triplicar los guardias. Y como necesitaba seguir adelante con el plan de seducir a Aren, añadió:

—Quiero ir contigo.

Él frunció el ceño y apartó la mirada.

—No podemos ir por el puente. Hay una caravana mercante de camino a Guarda Meridional que ha acampado justo encima de este pilar a pasar la noche, y no podemos acceder sin que nos vean. Tendremos que ir en barco.

Lara se tragó el desasosiego que le ardía en el estómago al oír cómo el viento iba arreciando. «Controla tus miedos —se ordenó—. Tienes mucho que ganar si consigues mantener la calma.»

—Ya me las arreglaré —mascullò.

Aren se volvió hacia Taryn, quien se estaba frotando las sienes.

—No ha sido tu mejor día, soldado. Jor se encargará de aplicarte el castigo conveniente cuando volvamos a casa.

—Lo siento, alteza —se disculpó Taryn, y Lara sintió una breve punzada de culpa, pero no tardó en despacharla.

Aren guio a Lara de la mano a través de la oscuridad, con Jor a la cabeza y Taryn, mareada, en la retaguardia, cargando con algo que le golpeaba en los hombros al correr.

Los vientos cobraban fuerza por momentos, pero era el batir del oleaje contra los acantilados lo que ocupaba los oídos de Lara, y el corazón le dio un vuelco al tomar conciencia de que pretendían navegar aquellas aguas. El sudor le caía sin descanso por la espalda cuando alcanzaron los acantilados que daban al mar, con una negrura infinita ante ellos, después de que los nubarrones hubieran ocultado la luna y las estrellas.

Empezó a llover.

Era una llovizna helada que le empapaba el cabello y le caía por la parte trasera de la túnica, mientras observaba cómo los soldados apostados en la isla se deslomaban por levantar lo que parecía ser una enorme escalera de madera al aire. Ataron uno de los extremos con cuerdas, y necesitaron ocho más para bajarla por el borde del acantilado hacia lo que la oscuridad ocultaba abajo.

—Estamos justo encima de un gran afloramiento rocoso —le gritó Aren al oído—. Bajamos por la cuerda y vadeamos el estrecho hasta el islote donde atracamos los botes. Hay marea baja, pero te aviso: el agua te llegará por las rodillas igualmente.

—¡Vámonos!

Jor había empezado a descender por la escalera hacia el mar agitado, con Lia pisándole los talones.

—Voy yo primero. Luego tú y después Taryn.

Lara asintió sin mediar palabra, incapaz de hablar por el castañeo de sus dientes. Aren agarró la escalera y comenzó a bajar peldaños, pero cuando Lara puso un pie en la madera, los dedos se le entumecieron. Con los brazos y las piernas temblándole, tuvo que reunir toda la voluntad de la que disponía para descender, abajo y más abajo, hacia el agua.

«Si ellos pueden, tú también.» Se repitió aquel mantra sin articular palabra, con las manos empapadas de sudor y la brisa marina calándole la ropa a medida que las olas batían contra el afloramiento al que se dirigían. Finalmente, Aren la agarró por la cintura para que no perdiera el paso al pisar unas rocas resbaladizas. Taryn los alcanzó un instante más tarde, y después de que diera un grito, se oyó un crujido: los soldados estaban subiendo la escalera de nuevo hacia la isla.

Lara no veía nada. En absoluto. Pero a su alrededor el mar rugía. Un paso en la dirección equivocada y adiós. La sola idea hizo que le flaquearan las piernas, se arrodillara y se agarrara a las rocas.

—¡No tenemos tiempo de que vayas gateando! —gritó Aren para que la oyera por encima del estruendo—. Te aseguro que la situación será infinitamente peor si seguimos aquí cuando suba la marea.

Las rodillas le temblaban cuando se puso en pie, resoplando a cada paso que daba, uno, dos, dejando que Aren la guiara.

—Jor nos ha señalizado el camino.

Aren le tomó la mano y la usó para señalarle las marcas, porque ella apenas era capaz de distinguir la silueta del rey en aquella oscuridad.

«Allí.»

Podían verse borrones de algas luminiscentes cada ciertos metros, aunque a duras penas. Su corazón se acompasó y siguió adelante, ganando seguridad a cada paso que daba.

—Ahora viene un tramo de unos tres metros que está sumergido. El agua te llegará a las rodillas, pero la corriente es fuerte. No me sueltes.

—No te perdonaré nunca hacerme pasar por esto.

Aren soltó una carcajada que la enfureció lo suficiente como para que se animara a dar el primer paso. Tenía las botas llenas de agua, y la corriente le empujaba las piernas y luego la arrastraba en la dirección contraria cuando volvía a crecer. Se había agarrado al cinturón de Aren y notaba la mano firme de Taryn en el hombro.

«Un paso.»

«Otro paso.»

Se dio un golpe en el pie con una piedra y se tambaleó, y dejó escapar un gemido al recuperar el equilibrio.

«Un paso.»

«Otro paso.»

Una gran ola se abalanzó sobre ella y la hizo resbalar a un lado y perder el equilibrio. El agua le llegaba ahora por la cintura, y lo único que la mantenía a flote era la mano que colgaba del cinturón de Aren. El alarido que emitió cortó la noche, un grito agitado, desesperado y primario. En ese instante, las manos de Aren se cerraron en torno a sus brazos y la sacaron del agua.

—Ya estás fuera. Estás a salvo. Ya pasó lo peor.

—En cuanto ponga un pie en tierra firme, ¡voy a destriparte como a un cerdo! —No soportaba saberse asustada, y la única emoción lo bastante poderosa como para olvidar el miedo era la ira—. ¡Voy a asfixirate mientras duermes!

Una decena de voces se rieron al unísono, con Jor a la cabeza.

—Por fin nos revela sus verdaderas intenciones.

Aren resopló.

—Te diría que guardaras el veneno para cuando no pueda levantarte y lanzarte al océano.

Cuando terminó de hablar, Aren se dirigió al otro extremo del islote, pisando con fuerza. Taryn la sostuvo del codo y la ayudó a incorporarse.

—Solo tardaremos una hora en llegar a Guardia Central. —Le puso a Lara una correa en la mano—. Le pedí a uno de los aldeanos que te hiciera esto. Si pasa algo, te mantendrá a flote hasta que podamos regresarte al bote.

Lara pasó las manos a lo largo del objeto, una correa circular atada a una barrica. Un acto sencillo, pero de una bondad tremenda. Y Lara no se lo merecía.

—Gracias.

Los ithicanos la depositaron en uno de los botes, y allí se encogió de miedo, aferrada con una mano a la barrica y con la otra al borde de la embarcación cuando la echaron al agua. Hablaban con despreocupación, a pesar de estar viviendo una majadería que nadie en su sano juicio habría estado dispuesto a soportar.

El bote se alzaba y caía sobre las olas, un reflejo exacto de su estómago, pero Lara no llegó a desesperar tanto como para sacarse del bolsillo la raíz que le había ofrecido Nana. Estaba ocupada vomitando por la borda cuando el grupo se quedó en silencio, con las manos aún en sogas, aparejos y timones.

—Ahí están —dijo Lia.

Jor maldijo para sus adentros.

—Espero que la tormenta se complique y los arrastre al fondo del mar.

Lara sacó la cabeza del barco como pudo y contempló el agua. En la distancia, titilaban decenas, no, cientos de luces.

Y el viento arrastraba el sonido de la música y de voces que cantaban.

Navíos.

La flota amaridana.

—Deberíamos acercarnos a quemarles unos cuantos —escupió Lia—. A ver si así les aguamos la fiesta.

Simultáneamente, todas las cabezas se volvieron hacia Aren. Con las uñas clavadas en el borde del bote, Lara aguardó su respuesta.

—Sigan rumbo a Guardia Central —contestó con voz queda.

—Podríamos hundir unos cuantos —replicó Lia—. Tenemos los suministros necesarios.

—Guardia Central —repitió Aren—. No nos han atacado, y nosotros no los provocaremos.

—¡Nos atacarán tarde o temprano! ¡Sabes que, en cuanto el tiempo cambie, nos asaltarán!

—Y nosotros nos defenderemos. Como siempre.

No había emoción alguna en la voz de Aren, pero Lara percibió notas de frustración e ira emanando de él.

—O podríamos impedírselo ahora mismo.

Lia no estaba dispuesta a tirar la toalla.

—Están fuera de nuestras aguas y no han mostrado signos de agresión. —Aren se movía sin descanso, rozándole a Lara la espalda con la rodilla—. Si atacamos sin que nos provoquen, Amarid tendrá una justificación para declararnos la guerra. Estamos hablando de un puñado de barcos, un saqueo. Podemos con ellos. La armada amaridana completa es algo muy distinto. Ithicana no incita al conflicto, no nos lo podemos permitir. Repito, volvemos a Guardia Central.

Nadie habló cuando todos empezaron a moverse y los barcos recuperaron la velocidad, cortando las olas. Y, sin embargo, Lara no era capaz de despegar la vista de las luces cada vez más tenues de la flota, con el discurso de su padre en aquella fatídica cena danzándole por la mente: «Desde el albor de los tiempos, Ithicana ha mantenido un férreo control sobre el comercio, erigiendo y destruyendo reinos a su antojo, como si de un oscuro dios se tratara».

Y ella se lo había tragado. Lo había creído sin cuestionárselo. Y, con todo, las palabras de Aren... no eran las de un gobernante con un poder casi divino. Nada más lejos de la realidad. Eran las palabras del líder de un reino que luchaba por sobrevivir.

20
Aren

Aren se frotó los ojos; era como si se los hubieran llenado de arena y los hubieran dejado cocer bajo el sol del verano una semana entera. Le dolían las costillas y la espalda, y tenía las palmas de las manos llenas de ampollas después de haber abusado de ellas durante demasiados días. Y lo peor era el diente que, con casi toda probabilidad, Lara le había aflojado al darle un golpe por accidente después de que casi se cayera al mar. Esperaba con todas sus fuerzas que se curara solo, porque, de lo contrario, el sermón al que lo sometería Nana no tendría fin.

—Estamos listos, dentro de lo que cabe. —Jor le dio un largo sorbo a una petaca de plata que sacó del bolsillo antes de extendérsela por encima de la fogata al rey—. Me parece que necesitas un trago.

Sí, probablemente lo necesitaba, pero Aren rechazó la bebida. Su equipo, en compañía de Lara, que seguía pálida como la cera, había regresado a Guardia Central poco antes del alba, y habían pasado todo el día preparándose para el inevitable ataque de Amarid. Ahora, nada más podían hacer que vigilar el tiempo. Los vientos aún soplaban con fuerza y era improbable que los atacantes intentaran atracar, pero aquella suave borrasca no duraría mucho más. Y, por supuesto, no era suficiente para devolver los barcos a la seguridad de los puertos amaridanos.

—Me encargo de la próxima patrulla.

Jor arqueó una ceja.

—Ya hiciste turno.

—Necesito moverme. Ya sabes que estar sentado me saca de quicio.

—La lluvia que está cayendo es fría. Te arrepentirás de tu decisión a la mitad de la ronda por la isla.

—En este momento, arrepentimiento es mi segundo nombre —dijo Aren, tomando su capa.

—Hoy estás especialmente quejumbroso.

Aren se rascó la mejilla con el dedo corazón y levantó una mano para saludar al soldado que acababa de volver de revisar el perímetro, y se dirigió hacia la puerta.

—Creo que voy contigo. Por si cambias de opinión a medio camino y corres a buscar la comodidad de tu palacete.

—Pues puedes esperar sentado.

Caía, en efecto, una lluvia torrencial y helada, y el viento le iba arrancando a Aren la capucha de la capa hasta que al final renunció a cubrirse la cabeza. Caminaron en silencio durante un largo trecho, más centrados en no resbalar por las rocas y el lodo de los acantilados que dominaban el mar. No habrían sido los primeros soldados en despeñarse y perder la vida, pero, a pesar de los días de perros que había tenido últimamente, Aren no tenía prisa por unirse a sus filas.

Cuando alcanzaron el primer puesto de guardia y los dos observaron las aguas azotadas por la tormenta, Jor rompió el silencio:

—Hiciste bien ayer manteniéndote firme.

—Puede ser.

Los pensamientos de Aren vagaron hacia el cónclave de Eranahl, a los rostros pétreos de sus guardianes cuando llegaron, esquivando a los evacuados que desembarcaban, con suministros y criaturas sollozantes por todas partes. «La evacuación más desorganizada de nuestra historia reciente», había oído susurrar más veces de las que había podido contar. Y no estaba totalmente en desacuerdo con aquella opinión.

—El deber del consejo es cuestionar tus decisiones. A tu madre no dejaba de presionarla, era algo constante, y sobre todo con estos temas. Aprendió a saber cuándo le estaba ofreciendo buenos consejos y cuándo era el miedo quien hablaba; es decir, cuándo debía mantenerse firme y cuándo debía ceder.

Aren extrajo el catalejo y examinó la negrura que los rodeaba, en busca de alguna luz en el horizonte que delatara la presencia de una embarcación.

—¿Crees también que hice lo correcto al mantenerme firme con esto?

Lo único que se oía era el aullar del viento y el estruendo de las olas que rompían contra los acantilados.

—No lo sé. No sé ni siquiera si hay alguna decisión correcta en esto, Aren. Todos los caminos conducen a la guerra. —Jor se apoyó sobre las manos—. Pero lo hecho, hecho está, al menos en lo que respecta a la batalla que nos espera. Ahora, si me perdonas, voy a orinar.

El veterano desapareció sin hacer ruido alguno entre la selva, y luego se alivió sin tanta delicadeza. Aren permaneció acuclillado en las rocas, con las manos metidas en los bolsillos para entrar en calor. Con la evacuación ya casi terminada, su pueblo había respondido a la llamada anual a las armas, y todas las personas de entre quince y cincuenta años habían acudido a la guarnición que les habían asignado o bien estaban en camino, a excepción de las familias con hijos pequeños, que solo enviaban a un progenitor. Los cuerpos capaces combatían. Los que no podían luchar, cumplían otras obligaciones, ya fuera vigilando, enviando señales, organizando entregas de suministros o gestionando la compleja tarea de asegurar que todos y cada uno de los cientos de puestos de guardia estaban correctamente atendidos. Ithicana no tenía civiles durante la Marea de Guerra, sino un ejército.

Un ejército irritado después de que Amarid los sorprendiera con los pantalones abajo en Serrith. Una isla que, por si fuera poco, estaba bajo el mando de Aren.

En su cabeza, no dejaba de repasar una y otra vez la reunión del concilio sobre la Marea de Guerra, y no dejaba de pensar en las cien cosas que podría haber hecho de otra forma. O haber dicho de otra forma.

—Soy consciente de las graves pérdidas que sufrió en Serrith, alteza. —La voz de la guardiana Mara le retumbaba en la cabeza—. Amarid ya los ha atacado dos veces por sorpresa, y la Marea de Guerra apenas ha comenzado. Supongo que la muchacha maridrina distraería a cualquiera.

Todos los presentes en la sala se habían movido inquietos en sus asientos. Lara había sido el centro de las críticas, no de las pérdidas. Sabían que era una pesadilla defender Serrith, que la proximidad del puente y la playa permitía que las embarcaciones se ocultaran bajo la estructura mientras lanzaban los botes de desembarco, fuera del alcance de las catapultas. Se requerían manos y preparación para detener un ataque, e incluso en ese caso, y por culpa de la densa niebla, los soldados estacionados allí apenas disponían de unos pocos minutos, el tiempo que tardaban las embarcaciones en llegar a la playa para montar las defensas. Y habría bastado si el hombre que estaba de guardia no se hubiera quedado dormido en su puesto. Un error que el soldado había pagado con su vida.

—Me consta que estaba con usted durante el ataque. En el puente.

Era imposible que aquello no se hubiera sabido, no con tantos evacuados de Serrith alojados ahora en Eranahl. En Ithicana, los chismes corrían más rápido que las tormentas. Por suerte, Aster había llegado tarde a la reunión. Si el guardián hubiera sabido lo que Lara había visto, al vejestorio le habría explotado una vena.

—Mi intención nunca fue tener a Lara encerrada. Y lo saben.

Aunque su intención tampoco había sido llevarla al puente o que fuera testigo de las estrategias y equipo militares que usaban para combatir a sus enemigos. Pero verla muerta de miedo en el barco, resoplando y temblando sin control... No había sido capaz de obligarla, aunque no estaba dispuesto a admitirlo delante de aquellos hombres y mujeres endurecidos por incontables batallas y cuyo respeto debía ganarse.

—Conocer sus intenciones no es lo mismo que compartirlas. Los maridrinos son ratas. Si deja una suelta, no tardarán en infestar Ithicana.

—Los maridrinos son nuestros aliados —exclamó Ahnna desde el otro extremo de la enorme maqueta de Ithicana, con las manos apoyadas sobre la isla de Guardia Meridional con actitud protectora.

Mara torció el gesto.

—Los maridrinos son, cuando mucho, nuestros socios, Ahnna. Les estamos pagando por mantener la paz. Eso no es una alianza.

«Pero podría serlo», pensó Aren antes de interceder.

—Nos dieron quince años de paz a cambio de nada, Mara.

Demostraron su compromiso con el tratado, y ahora nos toca a nosotros hacer lo propio.

—Pero ¿a qué precio?

Mara señaló el centro del mapa, donde habían colocado unas figuras de navíos amaridanos que representaban a la flota enemiga que los acechaba. Los amaridanos siempre habían sido los peores saqueadores, sobre todo porque competían por el mismo objetivo: el comercio entre los continentes. Los barcos mercantes amaridanos eran los que asumían los mayores riesgos, cruzando de norte a sur incluso durante la temporada de tormentas, traficando principalmente con bienes que Ithicana no estaba dispuesta a aceptar en sus mercados. Maridrina se había aprovechado de aquellos servicios. Hasta ahora. Y era evidente que la reina de Amarid había decidido dejar claro su descontento con aquella situación.

—Cuando negociemos los términos con Harendell, mantendrán a raya a la armada amaridana —contestó Aren. Porque sí, Amarid estaba dispuesta a arriesgarse a una guerra con Ithicana, pero pelear con su gigantesco vecino era harina de otro costal.

—¿Harendell ha preguntado ya por Ahnna?

Aren notó cómo su melliza se removía nerviosa detrás de él.

—No.

—¿Han empezado las negociaciones comerciales?

—Aún no. —Una gota de sudor le cayó por la espalda, y tuvo que contenerse para no rechinar los dientes—. Y no debería sorprendernos. Estarán esperando a ver cómo se desarrolla la paz con el sur antes de presentar sus exigencias.

—A mí no me huele a paz. —Todas las cabezas se volvieron hacia el guardián Aster cuando entró en la sala—. Huele a guerra.

Le entregó a Aren una carta doblada y sellada con el lacre

amatista y el emblema de Valcotta, formado por dos bastones cruzados.

—Me encontré con el cartero en el puente y pensé en darle esto en persona.

«Dirás que querías que lo leyera en voz alta delante de todos», pensó Aren, rompiendo la cera con más fuerza de la necesaria, antes de leer las primeras líneas y esforzarse por mantener el rostro sereno al dejar la hoja sobre la réplica de Guardia Central. La emperatriz de Valcotta era una mujer razonable. Los valcotteses eran un pueblo razonable. Pero odiaban a Maridrina de una forma que rayaba en el dogma. Un sentimiento que era mutuo.

—¿Y bien? —preguntó Mara, al mismo tiempo que Aster bramaba:

—¿Valcotta nos declaró la guerra?

Con la vista clavada en la hoja, Aren leyó:

—A su majestad real, el rey Aren Kertell, rey de Ithicana, gobernante de los mares de la Tormenta y dueño del puente.

Toda la sala parecía haber contenido el aliento, y él sabía por qué. Hasta ese día, la emperatriz siempre se había dirigido a él como «queridísimo Aren, estimado hijo de mi amiga, Dios la tenga en su gloria». El uso de los títulos no era una buena señal.

Continuó:

—Largo tiempo ha durado la amistad entre Valcotta e Ithicana...

—Sí, amigos que saquean juntos cuando conviene —masculló Jor a su izquierda.

—Todos los amigos se pelean de vez en cuando —añadió Aster—. ¿Puede proseguir, alteza?

Aren carraspeó.

—Largo tiempo ha durado la amistad entre Valcotta e Ithicana, y nos entristece profundamente saber que ha decidido traicionar esa amistad aliándose con Maridrina contra nosotros. —Alguien en la sala dejó escapar un sutil silbido, pero Aren no levantó la cabeza de la carta—. Nos parte el corazón saber que nuestra querida Ithicana ahora suministra a nuestro enemigo mortal para sus injustos ataques contra nuestras tierras. Ahora, nuestros muertos yacen a sus pies.

Nadie habló.

»Tenemos el firme deseo de conservar la amistad con Ithicana, pero esta afrenta no puede quedar impune. Por tanto, cuando llegue la calma, desplegaremos nuestras flotas para impedir que nuestro enemigo, Maridrina, alcance los mercados de la isla de Guardia Meridional hasta que se rompa esta humillante alianza.

No le dejaron acabar de leer el resto, puesto que tanto Aster como Mara estallaron en carcajadas, así como gran parte de la sala.

—La fortuna nos sonríe, después de todo —consiguió articular finalmente Aster—. Silas se cree más listo que el hambre. Pensaba que podría arrebatarnos lo que no queríamos darle, pero ni él ni Maridrina se saldrán con la suya.

Aren no se había reído entonces y, por supuesto, tampoco reía ahora. Una rama se partió y lo arrancó de sus pensamientos, y al volverse vio a Jor saliendo de los árboles mientras se abrochaba el cinturón.

—Los vientos arrecian —anunció Jor—. La tormenta aún dará bastante guerra antes de soltar su último aliento. Amarid tendrá que resignarse a esperar unos días antes de venir por sangre. —El veterano sonrió a Aren—. Es el momento idóneo para que pases más tiempo con la hermosura que tienes por esposa. Está empezando a encariñarse contigo, sé lo que te digo.

—¿Te diste cuenta de todo eso mientras defecabas?

—Es cuando pienso mejor. Ya, vete. Yo acabo la patrulla.

Aren se puso de pie, miró en dirección de la casa y negó con la cabeza. Se suponía que Lara sería el primer paso hacia un futuro mejor para Ithicana, pero con Amarid a punto de declararles la guerra y Valcotta haciendo todo lo posible por acabar con el trato, ese futuro ya no parecía un sueño.

Parecía un engaño.

21
Lara

Lara apoyó la barbilla en los antebrazos, con un ojo puesto en el tenue brillo del este y el otro en los ithicanos que se estaban agrupando en el claro frente a los barracones. El agua de lluvia le recorría la nuca, pero después de pasar tres noches espiando desde el techo de la gran estructura de piedra, apenas notaba ya aquella humedad interminable.

La población de Guardia Central se había multiplicado por cuatro, si no es que por cinco, a lo largo de los últimos días, con hombres y mujeres que llegaban en barco para engrosar las filas. Eran civiles, o al menos lo eran hasta que comenzó la Marea de Guerra, así que llamarlos así tal vez fuera un error, puesto que habían asumido la eficiente rutina de Guardia Central con una facilidad pasmosa. Incluso los más jóvenes, que no debían tener más de quince años, parecían haber llegado totalmente entrenados.

Sin embargo, los oficiales de mayor rango, todos soldados comunes de Guardia Central, los revisaban a todos simulacro tras simulacro, día y noche, sin dejar nada a la suerte.

Y Lara era testigo de todo lo que ocurría durante la medianoche.

Escabullirse de la casa de Guardia Central no era demasiado complicado, a pesar de la cantidad de guardias que Aren había apostado alrededor de su hogar. Porque, uno: se había ganado parte de su confianza al salvarle la vida a Aren durante la batalla de la isla de Serrith, y ya no esperaban de ella que hiciera nada perverso. Dos: porque los nubarrones de las tormentas daban noches de una oscuridad impenetrable y, por tanto, las condiciones ideales para escaparse. Y tres: porque los ithicanos estaban distraídos por lo que consideraban una amenaza mucho mayor que una muchacha que se quisiera dar un remojo en una fuente termal: los amaridanos.

La flota seguía a poca distancia de la costa de Ithicana, aunque no había habido ningún otro ataque desde lo de Serrith. Eli, la fuente de gran parte de la información que recibía Lara, le había contado que era poco probable que se atrevieran a ponerse en marcha hasta que clareara. Las aguas eran poco profundas y estaban llenas de rocas y bancos de arena, por no hablar de las defensas artificiales por las que era conocida Ithicana, y atacar durante un temporal no era lo más recomendable teniendo en cuenta lo impredecible de los vientos y la mala visibilidad.

Pero la tormenta no duraría eternamente, y Guardia Central bullía de expectación por las batallas que estaban por venir. Y eso era algo que beneficiaba a Lara y sus propósitos.

Ya tenía la cabeza llena con lo que había visto y oído durante sus aventuras lejos de Guardia Central con Aren, y las últimas tres noches habían sido muy fructíferas. Desde su atalaya, había aprendido mucho sobre el funcionamiento de las patrullas del puente, tanto dentro como fuera; dónde estaban situados los centinelas de las islas circundantes y las señales que usaban para comunicarse con Guardia Central, que parecía funcionar como centro de control para aquella zona de Ithicana. Se había enterado de los explosivos que usaban para destruir los barcos enemigos, que podían dispararse con flechas, lanzarse con las catapultas o, si las historias que había oído eran ciertas, de vez en cuando se colocaban a mano al amparo de la noche.

Los había visto entrenar y trabajar de noche, apenas alumbrados por la tenue luz de un candil para evitar que pudieran verlos desde el agua. Cuerpo a cuerpo, con espadas o con el arco, hasta el peor de ellos era, al menos, competente. El mejor... bueno, digamos que no querría luchar contra el mejor de ellos, salvo que no le quedara otra opción. Sus armas eran de una calidad excelente, y no había nadie que no estuviera armado hasta los dientes, además de que la guarnición tenía reservas suficientes para suministrar repuestos.

Guardia Central no era más que una pieza del rompecabezas, pero si era un estándar que pudiera extrapolarse al resto de Ithicana, Serin y el resto de sus maestros no habían errado en absoluto cuando les habían hablado a Lara y sus hermanas sobre la impenetrabilidad del reino enemigo.

Aunque el resto de las historias que les habían contado sobre Ithicana... Lara no las tenía tan claras. Se preguntaba qué era cierto y qué no, porque era imposible que las dos partes hubieran sido sinceras con ella. A fin de cuentas, nadie se atribuía el papel de agresor, pero sí el de víctima.

Alguien la estaba engañando.

O quizá nadie le estuviera diciendo la verdad. Se apartó un mechón de cabello mojado de la cara y deseó, no por primera vez, que le hubieran dejado pasar más tiempo fuera del complejo. Todo lo que sabía provenía de los libros y las enseñanzas de los maestros. Dejando de lado el combate, era como una erudita que estudiaba el mundo sin salir de la biblioteca. Era una limitación, y se lo había remarcado a Serin muchas veces, aunque lo único que recibía eran malas palabras.

—El riesgo no vale la pena —le espetaba este—. No hace falta más que un desliz por tu parte para que todo en lo que hemos estado trabajando, todo por lo que hemos luchado, se vaya al traste. ¿Merecen tus ganas de solazarte que perdamos la única oportunidad que tenemos de que Maridrina rompa con el yugo de Ithicana? —Jamás esperaba respuesta, sino que se limitaba a palmearle la mejilla y añadir—: No te olvides nunca de tu propósito.

El maestro Erik le dio una respuesta distinta cuando ella insistió:

—Tu padre es un hombre que necesita tener el control, cucarachita —le dijo, pasando una hoja de afilar a lo largo de una espada—. Aquí, puede controlar todas las variables, pero afuera... —Aprovechó el arma para señalar el desierto—. El verdadero control escapa incluso al poder de los reyes. Tu vida es como es por pura necesidad, mi niña. Pero no será así siempre.

En aquel momento, esas palabras la enfurecieron. No era más que una niña, y le pareció una forma vaga de esquivar la pregunta, pero en este momento... En este momento se preguntaba si aquella respuesta había sido mucho más profunda de lo que entonces creyó.

Ahora se preguntaba si la variable que su padre quería controlar por encima de todo lo demás era ella.

La puerta principal de los barracones se abrió y cerró bajo sus pies, y Lara centró su atención en la figura alta que salió del edificio. Tenía la capucha puesta por la lluvia y llevaba la misma ropa que los demás soldados, pero supo por instinto que se trataba de Aren. Tenía algo en su forma de caminar. En el movimiento de los hombros. En el destello de orgullo que irradiaba de él mientras repasaba a las tropas. Y algo más que no era capaz de identificar...

Sabía que lo que su padre y Serin le habían contado sobre el rey de Ithicana era una falacia, aunque entendía por qué. Era fácil apuñalar por la espalda a un demonio, pero traicionar a un hombre cuyas acciones y decisiones estaban motivadas por el deseo de proteger a su pueblo era algo mucho más difícil. Y, con todo, también sabía que su patria e Ithicana estaban enfrentadas, y que lo que favoreciera a uno, condenaría al otro. El bienestar de su pueblo era su prioridad, y su misión era proporcionarle aquello que pudiera asegurarle un futuro. Y, por esa razón, Aren solo podía ser su enemigo, y nada más.

Aren se aproximó a los soldados que entrenaban, para hablar con la mujer que dirigía los ejercicios, y Lara se incorporó para intentar captar lo que decían. Al moverse, unos escombros cayeron desde el techo hacia los barracones y al suelo con un golpe seco pero sutil.

Aren giró sobre sus talones, echó una mano al arma del cinturón y con la otra volvió a ponerse la capucha.

Lara se quedó paralizada. Iba vestida de negro y la oscuridad del tejado la ocultaba, a menos que alguien decidiera investigar el ruido con un candil en alto.

Con la punta de la bota, Aren removió las ramas y las hojas que había en el suelo. Lara deseó para sus adentros que apartara la mirada. «No le des importancia. Son hojas que ha arrastrado el viento. Pasa cientos de veces al día.» Aunque, por mucho que la inquietara, entendía a la perfección ese sexto sentido que le estaba diciendo a Aren que no se confiara.

—Que alguien me traiga un candil. Y una escalera. Creo que volvemos a tener serpientes en el tejado.

Con la sangre martilleándole en los oídos, Lara retrocedió, agarrada aún a las piedras resbaladizas del borde del tejado. Aren oiría hasta el más mínimo ruido, pero si no se movía rápido...

Un cuerno sonó en la distancia, y los ithicanos, Aren incluido, se pararon en seco y voltearon hacia el agua. Otro cuerno tocó, esta vez más cerca, y Aren hizo un breve gesto de cabeza.

—Los amaridanos se mueven.

Empezó a bramar órdenes, pero Lara no podía permitirse escucharlas. El alba estaba cerca y necesitaba contar con el amparo de la noche para volver a casa sin que la detectaran. Y debía estar ya dentro cuando saliera el sol, o de lo contrario notarían su ausencia.

Reptó hacia la parte trasera de los barracones, saltó y se agarró a una rama que necesitaba una buena poda. Fue avanzando de árbol en árbol hasta que se dejó caer en el refugio que le ofrecía la selva. Aprovechó la ruta que había probado la primera noche y atajó por un sendero que conducía a la casa, corriendo lo más rápido que podía por el suelo enlodado.

Gorrick y Lia montaban guardia en el exterior, así que los rodeó sin hacer ruido hasta que encontró un lugar fuera de la vista de los soldados, escaló el muro, se arrastró por el tejado y se dejó caer en el patio. Entró con cuidado por la ventana rota, se limpió deprisa el lodo de las botas y la ropa, y volvió a guardarlo todo en el armario, donde podría secarse sin que nadie lo descubriera.

Alguien llamó a la puerta y la cerradura tembló.

—¿Alteza? Ya ha amanecido.

Taryn. Era como un maldito reloj. Desde su teórico error mientras vigilaba a Lara en casa de Nana, Taryn había decidido redimirse controlando a Lara como si fuera un halcón. Dormía en el pasillo justo enfrente de la puerta de Lara, y habría dormido junto a su lecho si ella no le hubiera dicho con mucho tacto que sus ronquidos podían llegar a hacerles sombra a los truenos de las tormentas.

Si no respondía, Taryn probablemente echaría la puerta abajo.

—¡Ya voy!

Se puso un salto de cama y se enrolló una toalla en la cabeza antes de atravesar apresuradamente la habitación y abrir la puerta.

—¿Pasa algo? Me ha parecido oír cuernos.

—Sí, Amarid —respondió Taryn con sequedad, y entrecerró los ojos—. ¿Por qué tienes lodo en la cara?

—Me lo estaba limpiando. Hay algunos lodos que son buenos para la piel. Te limpian los poros.

—¿El lodo? —Taryn frunció el ceño, incrédula, y luego sacudió la cabeza y se pasó una mano cansada por los ojos antes de entrar en la habitación y echarle un vistazo—. Te he dicho que no dejes la ventana abierta. Estás pidiendo a gritos despertar una mañana con una serpiente bajo las sábanas.

—La acabo de abrir —mintió Lara—. El aire estaba un poco cargado.

Taryn miró debajo de la cama.

—La tormenta amainó, así que puedes salir si quieres y respirar un poco de aire fresco. —En ese momento, levantó las sábanas y maldijo, retrocediendo varios pasos—. ¿Qué te dije?

Una culebra negra con franjas amarillas se había enroscado en el centro del lecho y les siseaba con furia. Taryn, gruñendo entre dientes, salió al pasillo y avisó a Eli a gritos, quien apareció unos instantes más tarde con un palo largo y un nudo corredizo en el extremo. Con destreza, atrapó a la criatura, cerrando el nudo alrededor de su cuello, y se marchó tan rápido como había venido, con la serpiente a cuestas.

Por lo visto, Lara debía añadir a su rutina la revisión de la habitación en busca de serpientes cuando regresara de una misión de reconocimiento.

Aunque tampoco es que pudiera sacar mucho más de sus escapadas al tejado de los barracones. Ni de Guardia Central, de hecho. Era un hueso casi imposible de roer, a menos que su padre consiguiera infiltrar a alguien dentro. En un mundo ideal, esa persona sería ella, pero estaba decidida a estar muy lejos antes de que Maridrina invadiera Ithicana; a fin de cuentas, su vida corría el mismo peligro a manos de los soldados de su padre que de los ithicanos, en cuanto descubrieran que los había traicionado. En definitiva, debía encontrar otro punto de acceso distinto a Guardia Central que su padre pudiera explotar.

—Voy a cerrarte la ventana con clavos. —Taryn dio un paso a un lado para que la tía de Eli pudiera entrar con la bandeja del desayuno, que depositó en la pequeña mesa—. O empezaré a encerrar a *Vitex* contigo por las noches.

La idea de dormir con aquel enorme gato observándola le ponía los cabellos de punta.

—La tendré cerrada, te lo prometo.

Lara se sentó a la mesa, llenó dos platos con comida y le hizo un gesto a la otra mujer para que se le uniera, y las dos empezaron a dar sorbos a sendas tazas de café humeante. Habían estrechado lazos durante el tiempo que pasaban juntas; a Lara le resultaba muy fácil tener a Taryn cerca, casi como si fuera una de sus hermanas.

—¿Ha atacado ya Amarid?

—Aún no. Saben que ya no cuentan con el factor sorpresa, así que tratarán de buscar algún punto débil.

—¿Aren está...?

—Estará en el agua para asegurarse precisamente de que

no haya ningún punto débil. ¿Por qué? —Taryn sonrió—. ¿Lo extrañas?

Lara dejó escapar un resoplido burlón que podía interpretarse de varias formas, pero su mente había empezado a funcionar a toda máquina. Si Aren no estaba, no había nadie en Guardia Central que pudiera decirle que no.

—Quería pedirle una cosa...

—¿Ah, sí?

—Quiero acostumbrarme a estar en el agua.

Taryn dejó de masticar un buen trozo de jamón, y luego se lo tragó.

—La Marea de Guerra no es el mejor momento para navegar sin rumbo fijo, Lara.

Lara le dio una patada suave por debajo de la mesa.

—Ya lo sé. Estaba pensando en sentarme en un bote en la bahía. Así, cuando acabe la Marea de Guerra, tal vez me habré acostumbrado lo suficiente al agua como para navegar sin que nadie tenga que aguantar mis vómitos.

Taryn le dio otro mordisco a la carne, ceñuda.

—Ahora mismo hay muchísimo movimiento...

—¿Hay algún otro sitio que sea más adecuado? No quiero estorbar.

Y si había otro punto de desembarco en la isla, quizá con menos defensas, no tendría tanta necesidad de encontrar otra entrada al puente.

—Que tenga una playa en buenas condiciones, no.

Lara suspiró, decepcionada.

—Es que me siento enclaustrada. Quiero conocer mejor Ithicana, pero me parece imposible entre los mareos y el... miedo.

Enclaustrada igual que Taryn, limitada por las circunstancias y la necesidad sobre los lugares a los que podía ir y lo que podía hacer. Lara supo que sus palabras habían llegado a buen puerto cuando la otra mujer soltó el tenedor y dejó la mirada perdida, pensativa.

—Supongo que podríamos probarlo un rato y ver si molestamos a alguien.

Lara sonrió.

—Déjame limpiarme el lodo de la cara y nos vamos.

Tres horas más tarde, las dos estaban sentadas en una canoa inestable, mientras Lara trataba de estar atenta a lo que ocurría en la bahía al tiempo que iba sacando la cabeza por la borda para vaciar el estómago.

Taryn la había llevado a otro edificio cercano a los barracones, lleno de embarcaciones de todo tipo que en aquel momento no estaba utilizando nadie. Había escogido una canoa pequeña en la que no habrían cabido más de dos personas, por lo que tampoco parecía demasiado adecuada para lanzarse al mar. Nadie echaría de menos aquel bote en concreto. Durante el trayecto hasta la playa, Lara iba cavilando cómo podría ocultarlo para su futura huida.

Descansó los antebrazos en el borde de la canoa y contempló cómo levantaban la cadena que protegía la entrada de la bahía, para que las embarcaciones pudieran transportar bienes desde el pilar hasta la costa. Cajas de comida, suministros y armas, todas provenientes de Harendell. Había jaulas con gallinas que cacareaban, tres cerdos vivos y una docena de lonjas de ternera. Una densa bruma ocultaba los movimientos de los ithicanos.

Los cuernos de alerta no parecían dejar de tocar en ningún momento, ondas de sonido que transmitían incontables mensajes distintos, a juzgar por las reacciones varias que suscitaban, y no era algo que pudiera imitar un soldado maridrino inexperto. Lara sospechaba que a su padre no le quedaría otra que alistar músicos en su ejército, si lo que quería era sacar provecho de aquel método de comunicación. Dio un sorbo a la cantimplora de agua y se frotó las sienes sin dejar de prestar atención a las notas, tratando de memorizar los patrones y las respuestas, aunque le llevaría días, si no semanas, de escuchar y observar para poder encontrarles sentido.

La canoa se había ido girando hasta ponerlas de espaldas a los acantilados que resguardaban la bahía del mar, pero el tintineo de la cadena captó su atención y, al voltear, vio una serie de embarcaciones, y sus ojos identificaron al instante a Aren en una de ellas.

Y los de él a ella.

Lo observó intercambiar algunas palabras con Jor, antes de que el bote desviara el rumbo de la playa a la diminuta canoa de Lara. Cuando las dos embarcaciones atracaron, Aren se puso en pie y se agarró al mástil.

—Seguro que hay una explicación interesantísima de lo que estás haciendo, ¿verdad?

Taryn se levantó, la canoa se balanceó y el estómago de Lara hizo lo propio.

—Su alteza cree que exponerse al mar le curará los mareos.

—¿Sí? ¿Y cómo va?

La soldado señaló el banco de peces que rodeaba el bote, y Lara sintió cómo se le ruborizaban las mejillas cuando los otros dos rompieron a reírse de ella. Luego, Aren dijo:

—Ve a descansar, Taryn. Yo me quedo con ella un rato.

A Lara le dio un vuelco el corazón cuando Aren se sentó delante de ella y esperó a que la otra embarcación estuviera a punto de llegar a la playa para preguntarle:

—¿Exactamente por qué te sometes de forma voluntaria a esta tortura?

Lara clavó la mirada en el suelo de la canoa y en una grieta por la que estaba entrando un poco de agua y que tendría que tapar.

—Porque sí. Si no aprendo a dominar los mares, nunca seré capaz de ir a ninguna parte contigo.

—¿Quieres dominarlos?

Aren se encorvó hacia ella y los ojos de Lara se desviaron, por voluntad propia, hacia sus labios, y notó el calor subiéndole a las mejillas al recordar lo que había sentido al besarlos.

—Tal vez *tolerar* sea una palabra más adecuada —murmuró, y se fijó en un rasguño feo que tenía Aren en el antebrazo—. Estás herido.

—No es nada. Me peleé con una roca, y debo admitir que me ganó.

Una parte de ella temía acercarse a él, consciente ya de que por culpa de su presencia había dejado de ver y oír lo que ocurría a su alrededor. La consolaba saber que él también era la clave para conocer un poco más Ithicana, y eso era una parte imprescindible de su plan.

—Déjame darle un vistazo.

Se acercó a ella y se desabrochó el avambrazo.

—¿Ves? Una herida superficial.

—Pero habría que vendártela igualmente.

No hacía ninguna falta vendarla. Y los dos lo sabían. Pero eso no impidió que ella le agarrara la muñeca, ni que él le proporcionara un ungüento y un rollo de tela. El bote se meció ante el embate de una serie de olas de un tamaño considerable que provocaron que él le golpeara en el muslo con la rodilla. Lara notó una sensación de calor recorriéndole la pierna que, sin lugar a dudas, la distrajo.

Forzándose a fijar la atención en la herida, Lara limpió los restos de gravilla, repartió el ungüento por las zonas que estaban en carne viva y luego le cubrió la herida con las vendas; pero no era capaz de ignorar cómo el aliento de él le movía los cabellos sueltos de la frente. Cómo se le tensaban los músculos del antebrazo cuando se movía. El momento en que con la otra manó le rozó la cadera al agarrarse al borde de la canoa.

—Tienes buena mano con las prácticas curativas.

—Hasta un tonto sabría envolver un brazo con una venda.

—Lo digo más bien por lo que hiciste en Serrith.

Lara se encogió de hombros, atando la venda.

—De las mujeres maridrinas se espera que sepan sanar a sus maridos. Así que recibí una formación acorde.

—Coser una tela no es lo mismo que pasar aguja e hilo por la herida abierta de una persona. Yo casi me desmayo la primera vez que lo tuve que hacer.

A Lara le asomó una sonrisa por las comisuras de los labios y desató el nudo de la venda, insatisfecha.

—Las mujeres no tenemos el lujo de ser tan aprensivas, alteza.

—Estás esquivando la pregunta, alteza.

Hablaba con ligereza, con sorna, pero también percibió cierta seriedad, como si estuviera atento a posibles mentiras.

—Mis hermanas y yo practicábamos con la servidumbre y los guardias cuando se lesionaban. Y también con los caballos y los camellos.

Esa era la verdad. Lo que no le dijo fue que la verdadera práctica se la proporcionaron los intentos por salvarles la vida a los guerreros valcotteses contra los que ella y sus hermanas combatían en el campo de entrenamiento. Era una manera cruel de aprender. Podías estar intentando arrebatarle la vida a un hombre en un momento y, al siguiente, intentando salvarlo. Solo para volver a arrebatársela.

—Es una habilidad que nos viene bien por aquí. Si quieres, claro.

Mientras le abrochaba el avambrazo por encima de la venda, Lara le rozó la palma de la mano con el reverso de la suya, y él cerró los dedos alrededor de los de ella. Lara perdió por completo el hilo.

—Ayudaré en todo lo que pueda. Ahora esta es mi gente.

Él suavizó el gesto.

—Lo es, sí.

Los dos dieron un respingo cuando algo chocó con fuerza contra el casco de la canoa, y al alzar la vista, Lara vio a Jor de pie en la otra embarcación, remo en mano.

—¿Estás listo?

—¿Para qué?

El veterano le dirigió una mirada incrédula.

—Los cuernos, Aren. Amarid se mueve hacia el sur.

Lara no había oído el toque de ningún cuerno. No había visto acercarse la otra canoa. No se había fijado en absolutamente nada mientras le vendaba el brazo. Y, por lo visto, Aren tampoco.

Al saltar de la canoa al otro bote, ambas embarcaciones se sacudieron, y poco después, se pusieron en movimiento hacia la entrada de la cala. Lara se quedó estupefacta, y al fin gritó:

—¿Cómo se supone que debo volver a la costa?

—Ahí tienes un remo —gritó él, con una sonrisa malévola atravesándole el rostro y el viento meciéndole el cabello—. ¡Aprovéchalo!

A partir de ese momento, Lara y Taryn adoptaron la rutina de bajar a flotar en el agua después de desayunar, lloviera o brillara el sol. Al principio, fue un calvario. Los balanceos incesantes de la canoa hacían que a Lara le diera vueltas la cabeza y el estómago se le revolviera, pero poco a poco los mareos comenzaron a remitir, así como la punzada de miedo que notaba al levantar los pies de tierra firme y subir al bote.

Los saqueos eran interminables; el toque de los cuernos, constante, como una inagotable melodía de guerra. Aren y sus soldados estaban continuamente en movimiento, persiguiendo saqueadores, reforzando las defensas y asegurándose de que a los incontables puestos de guardia y atalayas no les faltaran suministros. Era habitual que sus excursiones se convirtieran en escaramuzas y los barcos regresaran hasta los topes de hombres y mujeres heridos, de rostros macilentos y exhaustos.

Los heridos más graves iban con la docena de sanadores apostados en Guardia Central, pero los que solo necesitaban unos cuantos puntos o vendas se quedaban en el bote de Lara para que ella los atendiera. Uno de sus pacientes más asiduos era Aren, y esos eran los únicos momentos en los que Taryn la dejaba sola.

—Empiezo a preguntarme —empezó a decir mientras le acercaba una sanguijuela a la inflamación de la mejilla, y sonrió al ver cómo se apartaba de la criatura— si intentas acabar herido adrede o si simplemente eres así de inepto.

Aren se encogió cuando ella sacó otra sanguijuela del bote.

—¿Hay una tercera opción?

—No te muevas.

Le aplicaba las sanguijuelas tal como le habían enseñado los sanadores, y se maravilló al ver cómo la inflamación del pómulo se reducía casi al instante. Luego, las criaturas hinchadas le caían a las manos cuando habían terminado. Junto con los suministros, los sanadores habían insistido también en que le dieran una embarcación en condiciones adecuadas, así que habían devuelto la canoa al dique seco. Se había estado escabullendo por las noches para mover poco a poco la embarcación al escondite que había escogido, cerca de uno de los acantilados, así como para llevar algunos suministros robados, lista para emprender la huida cuando llegara el momento adecuado.

—Te veo más segura en el agua.

—Ya no me mareo. Aunque supongo que en mar abierto sería distinto; las olas son más grandes.

—Quizá algún día pongamos a prueba esa teoría.

«Algún día.» Es decir, no a corto plazo. Tuvo que esforzarse por no fruncir el ceño, porque se estaba quedando sin ideas para ganarse al rey. Se había ganado su lujuria, de eso no le cabía la menor duda, a juzgar por cómo se le iban los ojos al escote desamarrado de su túnica. Ganarse su confianza, sin embargo, le estaba resultando todo un reto.

Había llegado a pensar que el problema era que aún no habían consumado su matrimonio. Que tal vez él necesitara dar ese paso antes de entregarle las llaves metafóricas del reino; pero ya había descartado esa teoría. Aren no era, si se tenían en cuenta los comentarios distraídos de sus soldados, una persona inexperta con las mujeres, así que necesitaría algo más que sus habilidades en la alcoba para conseguir que se enamorara de ella.

Y aún más complicado que hacer que se enamorara sería que llegara a confiar en ella.

Porque, por mucho que se preocupara por Lara, su pueblo lo era todo para él. Solo se ganaría su confianza si le demostraba la misma lealtad para con los habitantes del reino.

—No sabía que las sanguijuelas merecían tanta atención.

La voz de Aren la arrancó de sus pensamientos, y Lara parpadeó varias veces, consciente de que había estado observando a la criaturilla que se retorcía en su mano durante demasiado tiempo.

—Te acaban de devolver tu apuesto rostro, tal vez deberías darles el mérito que merecen.

Aren sonrió, y Lara tomó conciencia de lo que acababa de decir. Con los demás, era una persona estratégica, pero Aren la apabullaba. Con él cerca, era fácil que las cosas se salieran de control.

—Esta noche se esperan lluvias. Había pensado en aprovechar la oportunidad para cenar decentemente en casa. Contigo.

El rostro le ardía, y el corazón le latía con fuerza en el pecho.

—¿Esta noche?

Él apartó la mirada.

—Mi capacidad para predecir el tiempo tiene sus limitaciones. Pero sí, esta noche promete.

«Dile que sí —le gritó su voz interior—. Cumple con tu cometido.» Aunque la idea de estar a solas con él... Lara no tenía claro qué ocurriría. De hecho, no le cabía ninguna duda de lo que ocurriría, y quería evitarlo a toda costa.

No porque no quisiera que la besara, porque sí quería.

Y no porque no quisiera que le arrancara la ropa del cuerpo, porque sabe Dios que se lo había imaginado muchas veces.

Era precisamente por eso por lo que debía evitar esa situación, porque traicionarlo ya iba a ser bastante complicado.

Los cuernos resonaron, y esta vez el ritmo no era musical, sino un toque urgente que le retumbó en los oídos. Aren se enderezó y puso la cara larga.

—¿Qué pasa? —le preguntó ella.

—Aela.

—¿Quién?

—Es una de las islas que protege Kestark. La están atacando.

—¿Kestark?

—La guarnición al sur de donde nos encontramos. —Tenía la mirada distante, atenta—. Pero el puesto de Aela le está pidiendo ayuda a Guardia Central.

Ya había soldados ocupando la playa y empujando botes al agua. Los cuernos volvieron a sonar y Aren palideció.

—¿Qué está pasando?

—Se les atascó la catapulta. —Se puso en pie y les hizo un gesto a los guardias que remaban con esfuerzo hacia ellos—. Van a masacrar el puesto. Amarid tomaría el control de la isla y será una auténtica pesadilla sacarlos de allí.

Lara se estrujó los sesos, decidiendo un plan en el mismo momento en que cobraba forma en su cabeza. Lo tomó de la mano.

—Llévame contigo. Si hay heridos, puedo ayudarlos.

—Para eso están los sanadores.

—Hay cinco que no sabemos dónde están, y dos de ellos están heridos, lo que te deja solo con cinco más. No es suficiente para enfrentarse a una matanza.

—Vendrán más.

El bote estaba apenas a unos metros. Tenía unos pocos segundos para convencerlo.

—¿Y cuántos ithicanos morirán hasta que lleguen los refuerzos? —Le apretó la mano con fuerza—. Puedo ayudarlos.

Un gesto de indecisión le atravesó el rostro, y luego asintió.

—Obedece las órdenes. Sin rechistar. —El otro bote se paró a su lado y Aren cargó a Lara y su maletín de suministros con él—. ¡Vámonos! —gritó.

Ya habían levantado la cadena, y los remos los transportaron hacia la abertura y al océano que se extendía más allá, lleno de cabrillas. Salvaje e impredecible. Lara sintió un escalofrío recorriéndole la columna y se sentó en el fondo del bote.

—Vamos a poner a prueba tu experimento —le dijo Aren cuando pasaron entre los colosales acantilados. La embarcación empezó a balancearse y agitarse en cuanto se adentraron en mar abierto.

—¡Hacia Aela! —bramó Jor—. ¡Vamos a darles a los amaridanos una buena ración de acero de Guardia Central!

—¡Hacia Aela!

Los soldados de los demás botes repitieron la consigna y, a sus espaldas, los cuernos comenzaron a sonar. No era el toque musical de una señal, sino un violento rugido de rabia.

Un grito de guerra.

22
Lara

Los botes apenas parecían rozar el agua mientras se deslizaban por el océano con un fuerte viento del norte llenando las velas. Lara tenía el corazón en un puño, pero, con las náuseas bajo control, fue capaz de examinar el puente a lo largo de toda su extensión hacia el sur y divisar centinelas apostados en la parte superior, además del destello de los catalejos en las islas a ambos lados.

—¿Cuánto tardaremos en llegar a Aela? —gritó para que la oyeran por encima del viento.

—Poco —respondió Aren—. Los equipos de Guardia Central que estaban más cerca ya deben de haber llegado.

Era como si el tiempo volara y avanzara a paso de tortuga al mismo tiempo. Miles de detalles le inundaban la mente, a pesar de que su corazón latía al ritmo veloz pero firme de siempre antes de una batalla. «No estás aquí para combatir —se recordó a sí misma—. Estás aquí para observar bajo la coartada de que estás ayudando a los sanadores, nada más.» Unas palabras que no sirvieron lo más mínimo para reducir sus expectativas.

Cuando rodearon una gigantesca torre kárstica, todos los ithicanos se quitaron las máscaras de los cinturones y se cubrieron el rostro. Desenvainaron las armas. Las miradas se ensombrecieron.

Y luego lo divisó.

Era el navío más grande que había visto en su vida, una monstruosidad de tres mástiles, tan alta como el puente. Distinguió la bandera amaridana y cientos de soldados afanándose por la cubierta. En la distancia, media docena de embarcaciones más pequeñas se dirigían a una playa estrecha en la que ya se estaba librando una batalla y la arena estaba empapada de sangre.

No tardó en comprender por qué los amaridanos habían escogido la isla de Aela, más allá de las facilidades que les ofrecía la playa para desembarcar. En el extremo oeste de la isla se alzaba un pilar, donde el puente se curvaba hacia el interior de la isla antes de volver a adentrarse en el mar. Si los ithicanos se estaban esforzando tanto por defenderla, Lara habría apostado lo que fuera a que ese pilar tenía un acceso en la base.

—¿Cuántos hombres hay en ese barco?

—Cuatrocientos —contestó Jor—. Tal vez más.

—¿Y cuántos somos nosotros?

Nadie respondió. Aren la tomó de la mano y la acercó a él.

—¿Ves esa barrera de rocas y árboles? —Señaló el lugar—. Lo llevaremos a ti y a los demás sanadores al otro lado. Tú no te muevas de allí, te llevaremos nosotros a los heridos, ¿entendido?

—Sí.

Le apretó la mano con fuerza.

—No te quites la capucha; no queremos que los amaridanos te reconozcan. Si la cosa sale mal, márchate con los otros sanadores. Ya saben cómo retirarse.

Y también habría apostado lo que fuera a que la retirada

sería hacia el puente. Pero obtener esa información no merecía que Aren la pagara con su vida.

Su pulso ya no seguía un ritmo constante. Se había convertido en una bestia salvaje y caótica.

—Que no salgan mal las cosas —le susurró—. Necesito que ganes esta batalla.

Pero Aren ya había empezado a bramar órdenes.

—Hundan los botes. Y el resto, ¡a la playa!

Las embarcaciones flanqueaban el navío y el aire se iba llenando con las flechas de ambos bandos. Aren se arrodilló en el bote junto a ella y se dispuso a vaciar un carcaj en las espaldas de los amaridanos a medida que intentaba subir a las embarcaciones, cuyos cadáveres iban cayendo al agua. A Lara le temblaban los dedos, impacientes por agarrar un arma, pero se obligó a hacerse un ovillo en el bote y se estremeció cada vez que una flecha se clavaba en la madera maciza.

Poco después, dejaron atrás el navío.

Cuatro botes ithicanos se desviaron del grupo y se deslizaron por encima del oleaje hasta empotrarse contra las embarcaciones cargadas de soldados que se dirigían a la costa. La madera se astilló y crujió, y muchos hombres cayeron al agua. Los ithicanos abordaron las embarcaciones con una gracia letal, entre destellos de espadas y el sol reflejándose en los chorros de sangre.

El resto de los botes seguía su rumbo hacia la matanza de la playa. Había cadáveres por todas partes, y en la arena apenas se veía blanco. Unas dos docenas de ithicanos contenían a los enemigos en la línea del agua, aprovechando el estrecho acceso y el terreno elevado a su favor, pero iban perdiendo posiciones. Muriendo bajo el embate amaridano.

Debían apresurarse si no querían perder la isla.

Los botes de Guardia Central arriaron velas y cabalgaron las olas hasta tocar tierra. En el último instante, Aren agarró a Lara de la mano.

—¡Salta! —le gritó.

Lara obedeció y sus botas se hundieron en la arena con un impulso tal que a punto estuvo de caer de bruces al suelo. Acto seguido, echaron a correr hacia los amaridanos, que ahora se veían atrapados por los dos ejércitos.

Los gritos cortaban el aire, cuerpos y extremidades caían en la arena, y el hedor a sangre y entrañas resultaba asfixiante. Lara se agarró con fuerza a su caja de suministros y siguió a Aren colina arriba, esquivando los cadáveres de sus víctimas por el camino. La arena estaba sembrada con las armas de los caídos, y todos sus instintos la espoleaban para que recogiera una. Para que luchara.

«Que ni se te ocurra —se ordenó—. A menos que no tengas otra opción.»

Pero la guerrera que llevaba dentro clamaba contra aquellas limitaciones, así que cuando uno de los soldados amaridanos superó la línea ithicana, ella le atizó en el rostro con la caja de suministros y observó con satisfacción cómo caía hacia atrás y la punta de la espada de Aren le atravesaba el pecho.

El rey de Ithicana extrajo la hoja del cadáver con una patada, y el cuero de su máscara se salpicó de sangre. Volvió a tomarla de la mano y los dos echaron a correr, esquivando a los pocos amaridanos que quedaban, arrodillados y suplicando por sus vidas.

—¡Sin piedad! —aulló, y llevó a Lara detrás de unas rocas.

Una anciana ithicana con gesto grave y la ropa manchada de sangre le estaba cerrando los párpados a un joven, cuyo cuerpo atravesaban varias heridas mortales. Otros tres soldados yacían en el suelo con heridas ya vendadas y los rostros descompuestos por el dolor.

La sanadora abrió mucho los ojos al ver al rey.

—Explícale a Lara lo que debe hacer —le dijo Aren, antes de rodear de nuevo la roca y gritar—: ¡Taryn, arregla la catapulta y hundea a ese cabrón!

Los sanadores de Guardia Central llegaron después de que sus escoltas ya se hubieran ido.

—¿Qué quieres que haga? —preguntó Lara.

—Espera a que nos traigan a los heridos. ¿Qué suministros traes? Aquí nos faltan cosas.

Lara le entregó la caja y sacó la cabeza por una de las rocas para contemplar el desarrollo de la batalla. La sangre se le heló al instante.

Aren se había plantado en la playa con cerca de cien ithicanos, pero, frente a ellos, el mar estaba atestado de embarcaciones. Se contaban por decenas, todas rebosando de soldados armados hasta los dientes, y eso sin contar las que aún aguardaban en la cubierta del navío a que las descargaran. Cientos de ellas. Y no había forma de detenerlas.

Los ithicanos lanzaban flechas a los que iban a la cabeza, pero no tardaron en quedarse sin provisiones y sin más opción que esperar de brazos cruzados.

La anciana sanadora había subido hasta donde estaba Lara y contemplaba la escena con gesto sombrío.

Lara hundió las uñas en la roca.

—Es imposible ganar. Nos sacan demasiada ventaja.

—Hemos vencido en situaciones peores. Aunque esta victoria tendrá un gran costo.

«¿Sigue pudiendo considerarse una victoria si todo el mundo acaba muerto?», pensó Lara. Debió notársele en la cara, ya que la anciana suspiró.

—¿Es la primera vez que asiste a una batalla, alteza?

Lara tragó saliva sonoramente.

—Como esta sí.

—Le diría que se preparara, pero no puede. —La anciana posó sus manos sobre las de Lara—. Este día la cambiará.

Cuando terminó de hablar, bajó de los peñascos y volvió a unirse a los sanadores de Guardia Central.

La playa se había sumido en un silencio inquietante, roto únicamente por el oleaje y alguno que otro grito de dolor de los heridos que habían dejado en la arena hasta que ganaran la batalla. Estaba todo tranquilo. Demasiado tranquilo.

Poco después, las primeras embarcaciones alcanzaron la costa y se desató el caos.

Los dos ejércitos chocaron y el aire se llenó de gritos y bramidos, del tintineo del metal contra el metal, del ruido de las armas contra la carne.

Oleada tras oleada, las pesadas embarcaciones tocaban tierra, aplastando y matando amaridanos e ithicanos por igual. La orilla era una masa deforme de humanidad. Los marineros trataban de retirarse, regresar al barco por más soldados, pero los hombres de Aren se lanzaban por ellos para derribarlos y empujaban las barcas hacia la arena.

Y, aun así, seguían llegando más.

Los ithicanos combatían con una eficiencia endemoniada; estaban mejor entrenados y mejor armados, pero enormemente superados en número. Luchaban hasta que ya no podían mantenerse en pie, soportando herida tras herida hasta que se desplomaban en la playa o se veían arrastrados por olas que eran más sangre y cadáveres que agua.

Y, sin embargo, el enemigo seguía llegando.

Era la oportunidad perfecta para escabullirse. Podía ir a inspeccionar el pilar del puente y decidir si podía incluirlo en su estrategia, pero sus extremidades no le obedecían.

«Tienes que hacer algo.» La voz surgió de las profundidades de su mente, incesante y tenaz. «Haz algo. Haz algo.»

Pero ¿qué podía hacer? No había ningún herido tras las

rocas que pudiera atender, y no llegarían hasta que terminara la batalla. Podía tomar un arma y luchar, pero las circunstancias eran muy distintas a las de Serrith. En medio de aquella locura, no dependía de ella cambiar las circunstancias.

«Haz algo.»

Sus ojos se posaron en los heridos que se desangraban en la orilla. Que se ahogaban bajo las olas. Un instante más tarde, había saltado las rocas y se dirigía a toda prisa hacia la playa.

Lara era la más rápida de sus hermanas. «Estás hecha para correr», le decía el maestro Erik. Ese día corrió como nunca había corrido.

Los muslos le ardían y los brazos le palpitaban. Se precipitaba hacia la playa con la mirada clavada en su objetivo. Paró en seco junto a una joven con una flecha clavada en la espalda y otra en el muslo, se agachó, se la cargó al hombro y regresó a los peñascos sin perder un instante.

Después de rodearlos, Lara depositó con cuidado a la soldado en el suelo, delante de las desconcertadas sanadoras.

—Ayúdenla.

Y de nuevo a la playa, y otra vez a correr.

La necesidad la movía a escoger solo aquellas personas heridas que pudieran sobrevivir. Tal como vio, ya no podrían hacer nada por la mayoría de los soldados que yacían en la parte alta de la playa, con la mirada perdida clavada en el cielo gris.

Decidió acercarse más a la batalla.

Los soldados que aún podían luchar no tenían más opción que pisotear los cadáveres de los caídos. Amaridanos e ithicanos se enredaban con la masa de miembros y manos muertas, que parecían sujetarlos y hacerlos tropezar a medida que las olas carmesíes empujaban y arrastraban los restos de la masacre.

Casi todas las personas que había en el suelo estaban muertas, ya fuera a causa de las heridas originales, aplastadas o ahogadas, pero Lara no desistió de rondar por detrás de la línea ithicana, con el agua llenándole las botas a cada paso que daba.

—¡Vuelve! —le gritó alguien, pero ella lo ignoró al distinguir a un hombre, más joven que ella, ahogándose mientras trataba de arrastrarse fuera de la batalla a medida que las olas le cubrían la cabeza y las botas le pisoteaban la espalda.

Lara se lanzó hacia él y lo agarró de la mano con fuerza para que el agua no pudiera llevárselo aún más.

Alguien le dio un golpe en el costado.

Poco después, recibió una patada en la corva, y profirió un grito.

No dejaban de presionarla, de sofocarla, pero el muchacho la miraba fijamente y ella a él, y Lara se negaba a soltarlo.

Centímetro a centímetro, fue arrastrándolo lejos del agua, hasta que una mano la agarró del cinturón y se la llevó a ella y al soldado herido fuera de la contienda.

—¿Qué estás haciendo?

La voz de Aren. Tenía el rostro cubierto por la máscara.

Lara vio por encima del hombro de Aren a un amaridano alzando un garrote. Sin perder un instante, tomó una piedra, se la arrojó y le partió la cara al soldado.

—¡Luchar! —le gritó a Aren, y se puso en pie atropelladamente.

Sujetando al muchacho herido por las axilas, lo siguió arrastrando playa arriba hasta que ya no pudiera recibir más daños, antes de adentrarse de nuevo en la carnicería.

Los ithicanos, al ver lo que estaba haciendo, se dispusieron a combatir para abrirle camino. Gritaban su nombre cuando alguien caía. Le cubrían la espalda cuando cargaba con sus camaradas para alejarlos del agua, porque ellos no podían permitirse dejar de luchar.

Y el enemigo seguía viniendo.

Empujándolos más y más orilla arriba.

Paso a paso, los ithicanos retrocedían, y Lara aulló de ira, porque aquellos que había puesto a salvo en la playa volvían a correr peligro de que los aplastaran. El cuerpo le clamaba por el dolor y el agotamiento, y notaba calambres en los costados porque los pulmones apenas podían aspirar el aire suficiente para abastecer los martilleos de su corazón.

En ese momento, un crujido familiar recorrió la isla, junto con el silbido de algo de un tamaño considerable atravesando el aire.

Les llegaron ruidos de madera astillada y gritos desde alta mar, y, al levantar la cabeza, Lara vio un gran boquete en uno de los lados del navío. Alguien había reparado la catapulta.

Otro golpe seco cortó el aire, y esta vez el proyectil acertó a uno de los mástiles, que se partió, cayó de lado y las jarcias y velas se precipitaron sobre la cubierta.

Otro crujido, y ahora el agujero apareció en el casco, por donde comenzó a entrar agua con cada ola que batía.

El arma no se detenía. Las rocas caían sin descanso sobre el navío, y luego Taryn centró la atención en las embarcaciones, a las que acertaba con una precisión letal.

Los amaridanos comenzaron a entrar en pánico, a romper filas, a luchar por salvarse el pellejo. Pero no podían retirarse, y los ithicanos no mostrarían piedad alguna.

—¡Por Ithicana! —rugió alguien, y la consigna recorrió la playa hasta ahogar todo ruido, al tiempo que los soldados se concentraban alrededor de su rey y avanzaban.

Con nadie cerca que pudiera oírla, Lara susurró:

—Por Maridrina.

Y volvió a lanzarse al caos.

23
Aren

Aren encontró a Lara agachada junto a una poza de marea, limpiándose la sangre de manos y brazos. Tenía la ropa empapada de rojo, y cuando levantó la cabeza para mirarlo, se fijó en las líneas carmesí que tenía en las mejillas, al haber ido apartándose los mechones de cabello que se le habían soltado de la gruesa trenza.

Sus soldados no hacían más que hablar de ella, sin mencionar, por primera vez, que, a fin de cuentas, no era más que una maridrina inútil que solo servía para encamarse con ella. Aquel día había cambiado esa percepción. Se había dedicado a recorrer la playa sin descanso para llevarse a los heridos ithicanos tras sus líneas, sin mostrar apego alguno por su vida, a pesar de que los amaridanos habían conseguido avanzar y la batalla estaba tomando tintes desesperados.

Y, después de vencer en la contienda, había tratado a los heridos con agilidad y eficiencia, vendando heridas y apretando torniquetes, ganándoles tiempo hasta que los sanadores pudieran atenderlos. Salvándoles la vida a los soldados, de uno en uno, con un gesto de determinación.

Ese día se había ganado el respeto de Ithicana.

Y el de Aren.

—¿Estás bien?

Se agachó para sumergir también las manos en el agua. Ya se había limpiado, pero seguía notando la piel pegajosa y manchada.

—Agotada. —Se sentó en cuclillas y desvió la vista hacia los cadáveres que flotaban entre los restos del barco naufragado, rodeado todavía por agua carmesí—. ¿Cuántos han muerto?

—Cuarenta y tres. Y es probable que otros diez no sobrevivan a esta noche.

Lara cerró con fuerza los ojos, antes de abrirlos de golpe.

—Demasiados.

—Y serían muchos más si no me hubieras convencido de que te trajera. O si no hubieras ignorado mis órdenes.

Y no se atrevió a añadir que se había pasado una buena parte de la batalla martirizándose porque su decisión hubiera acabado matándola, tirada en la arena con una espada amaridana en la espalda.

—Para efectos prácticos, no creo que haya conseguido nada —masculló.

—Sospecho que los hombres y las mujeres a los que les salvaste la vida no estarían de acuerdo.

—Las vidas que salvé... —Sacudió la cabeza—. Tengo que volver a ayudar.

Aren la agarró de la muñeca cuando se levantó, y notó con los dedos unos huesitos endebles, demasiado delicados para haber hecho lo que había hecho.

—Tenemos que irnos.

—¿Cómo? —Sus mejillas enrojecieron por la rabia—. No podemos dejarlos así.

Aren tampoco quería abandonar aquella playa y a sus heridos, pero la defensa de su reino era como una máquina cuidadosamente engrasada con miles de piezas distintas. Si movías una, aunque solo fueran unas pocas horas, el funcionamiento entero corría peligro, y, en este momento, la pieza que él representaba estaba donde no debía.

—He desviado a muchos efectivos de las defensas de Guardia Central y las islas colindantes. Debemos volver.

—No. —Se soltó—. Hay menos de una docena de soldados ilesos. No podemos dejarlos indefensos. ¿Y si los amaridanos vuelven a atacar?

Con el rabillo del ojo, Aren vio a su guardia junto a los botes, y Jor le lanzó una mirada mordaz. Varios equipos de Guardia Central estaban listos ya en la playa, esperando órdenes de partir.

—No hay barcos amaridanos en el horizonte, y los refuerzos están en camino. Estarán aquí en menos de una hora.

—No pienso irme hasta que lleguen.

Se cruzó de brazos, y Aren cayó en la cuenta de que, si quería ponerse en marcha, tal vez no le quedaría otra que arrastrar hasta el bote a la mujer a la que todos los soldados elogiaban como a una heroína. Y esa no era precisamente la imagen que quería darles.

Aren dejó escapar un suspiró, desenvainó un cuchillo y se arrodilló en la arena para dibujar una línea serpenteante que representaba el puente.

—La defensa del puente se divide en secciones lideradas por los guardianes, cada una con un subconjunto del ejército ithicano bajo su control. La guarnición de Guardia Central —continuó, haciendo un agujero en la arena— y la de Kestark están aquí. Había cuatro navíos amaridanos en marcha, con la intención de atacar aquí.

Hizo cuatro agujeros más al sur de la isla de Kestark.

—Podría estar ayudando a los sanadores —lo interrumpió Lara—. Ve al grano.

—Estoy yendo al grano —gruñó. Tenía la esperanza de convencerla con una explicación enrevesada, no de generarle más preguntas—. Kestark movilizó sus reservas para reforzar los lugares en los que preveíamos ataques, y al mismo tiempo, los amaridanos atacaron esta isla, Aela. Kestark no podía arriesgarse a retirar de nuevo sus reservas, ni tampoco a reubicar a los equipos que conformaban la red de defensa por aquí. —Dibujó un óvalo—. Así que pidieron ayuda a Guardia Central. ¿Cuál es el problema? Que ahora Guardia Central apenas cuenta con reservas, y si nos atacan aquí —dibujó otro óvalo—, no seremos capaces de acudir en su ayuda a tiempo.

Lara clavó la mirada en el bosquejo y parpadeó una sola vez, confundida. Acto seguido, se apretó las sienes con los dedos.

—Aren, por el amor de Dios, nada de esto justifica que abandonemos a estos soldados.

Hizo ademán de marcharse, pero Aren tiró de ella.

—Escúchame. Los cuatro navíos amaridanos que esperábamos que atacaran acabaron retirándose, probablemente porque se dieron cuenta de que no sería nada fácil, y pusieron rumbo al este, fuera del alcance de nuestros centinelas. Por tanto, pronto habrá una oleada de señales, y los equipos se moverán al norte y al oeste para permitir que los de Kestark que estén más cerca vengan a reforzar esta guarnición. Como te dije, en una hora estarán aquí.

—Perfecto.

Lara se apartó de él y se dirigió playa arriba hacia donde habían dispuesto a los heridos en filas.

—Qué mujer más insufrible —masculló él.

En ese momento, un silbido captó su atención. Al volverse, vio a Jor señalando un par de botes de Kestark deslizándose por el agua, impelidos por una ráfaga de viento que olía a lluvia. Volteó para avisarle a Lara, pero ya estaba demasiado lejos como para oírlo.

Después de farfullar una serie de imprecaciones, se dirigió a la orilla a grandes pasos.

—Váyanse, todos. Los quiero de vuelta en Guardia Central antes de que arrecie esta borrasca.

Sus soldados zarparon de inmediato y se alejaron de la playa, pero en lugar de observarlos, se sorprendió cuando sus ojos captaron a Lara, que caminaba entre los heridos, agachándose de vez en cuando a hablar con alguno de ellos. El viento que arreciaba le levantaba los mechones sueltos de cabello, que brillaban bajo los ya tenues rayos de sol como hilos de miel. Sus soldados se hacían a un lado para dejarla pasar y agachaban las cabezas. La respetaban.

La imagen se yuxtaponía al día en que Lara enfiló la carretera de Guardia Meridional del brazo de su padre, vestida de seda y con ojos como platos: el retrato de una reina que él temía que Ithicana jamás llegara a aceptar. Por lo visto, estaba equivocado.

—¿Y cuándo partiremos, alteza? —le preguntó Jor al llegar a su lado—. ¿Cuando su mujercita dé el visto bueno?

—Nos iremos cuando la reina de Ithicana lo decida.

El veterano rio entre dientes y le dio una palmada en el hombro.

Los primeros botes de Kestark alcanzaron la orilla, y Aren reconoció al comandante Aster en cuanto sus ojos se encontraron, una mirada cargada de temor.

—Alteza. No esperaba que viniera en persona.

—Es lo bueno de haber estado en la guarnición de Guardia Central, que era donde se suponía que debía estar.

Aster palideció aún más, y con razón. Que hubiera llegado tan pronto significaba que no había estado en la guarnición de Kestark, o ni siquiera con el grueso de sus fuerzas, para repeler el ataque que se preveía. Y Aren sabía con casi toda certeza dónde había pasado el tiempo el comandante.

—Como ves, comandante, apenas podemos considerar lo de hoy una victoria ithicana. Aela es un punto débil, al puesto de guardia le faltaban efectivos y la catapulta se había recalibrado después de la estación de tormentas. En definitiva, la isla ha sido un blanco fácil para un navío lleno de amaridanos.

—Vamos retrasados con las inspecciones, alteza —balbució Aster—. La estación llegó antes de tiempo...

—Lo cual no explica por qué desplegaste más efectivos de la cuenta en el sureste y dejaste el extremo norte expuesto. Ilumíname, si te parece.

—Había cuatro navíos. Debíamos estar listos para defender...

—¡Para defender una serie de islas que Amarid no habría podido atacar ni siquiera con veinte buques! —le espetó Aren—. Algo de lo que habrías estado al tanto de haber prestado atención. Y eso me indica que estabas distraído cuando diste la orden.

—No estaba distraído, alteza. Llevo comandando Kestark desde que usted era solo un niño.

—Y aun así... —Aren señaló las hileras de rostros marchitos que miraban sin ver al cielo. Luego, se inclinó hacia adelante—. Las evacuaciones han terminado, tu preciosa esposa e hijos están ya instalados y a salvo en Eranahl, y tú tienes todo el tiempo del mundo para joder con tu amante en la casa que sé le construiste al oeste de aquí.

Aster apretó la mandíbula, pero no lo negó. No podía, no con su guardia personal atenta a cada palabra desde los botes. Acto seguido, el comandante miró por encima del hombro de Aren.

—¿Qué hace ella aquí?

Al voltear, Aren vio a Lara plantada detrás de él con una de las oficiales que habían sobrevivido, una muchacha de apenas dieciocho años, del brazo. Él empezó a defender la presencia de Lara, pero la otra chica se le adelantó:

—Con el debido respeto, comandante, la cifra de muertos sería muchísimo más alta si la reina no hubiera venido.

Lara no dijo nada, pero repasó a Aster de arriba abajo con sus ojos azules y una mirada fría y asesina. Luego se volvió hacia Aren y asintió una única vez.

—No quiero más errores, comandante. —Aren la tomó del brazo y se dirigió hacia el bote donde aguardaba su guardia—. Y haznos un favor a todos y ten el miembro bien guardado en los pantalones y los ojos puestos en el enemigo durante lo que dure la Marea de Guerra.

—Yo ya tengo los ojos puestos en el enemigo. Está ahí mismo, mírenla.

Aren acabó de perder los estribos, se volvió y le dio al comandante un puñetazo en la cara que lo dejó sin sentido. A continuación, se volvió hacia la soldado.

—Se te acaba de ascender a comandante interina de Kestark hasta que podamos escoger a otra persona. No dudes en avisarme si alguien te da problemas.

Lara lo ayudó a él y a la guardia a empujar el bote al agua, saltó dentro y se sentó en su lugar habitual, lo más alejada del agua que podía estar en una embarcación tan pequeña. Aren se sentó a su lado, pero no tuvieron oportunidad de hablar; todos se vieron obligados a remar con todas sus fuerzas para poder superar el oleaje con el viento de cara.

La borrasca venía del norte e iba cobrando fuerza. Los relámpagos danzaban ya a lo largo del cielo encapotado, y la embarcación se mecía sobre olas que no hacían más que empeorar a cada minuto que pasaba. La tenía de espaldas, pero podía notar el pavor que irradiaba, y veía los nudillos blancos de la fuerza con que se aferraba al borde del bote. Mantuvo la compostura hasta que una ráfaga de viento anómala infló las velas. Si Lia y Gorrick no hubieran echado todo su peso sobre un costado, habrían volcado. El movimiento le arrancó a Lara un grito. Se había lanzado desarmada al campo de batalla, pero aquello... aquello era lo que de verdad la aterrorizaba. Y Aren no estaba dispuesto a torturarla de aquella manera.

—¡Debemos salir del agua! —le gritó a Jor, escupiendo el agua salada que había tragado cuando una ola les pasó por encima.

Jor hizo un gesto hacia la embarcación en la que iba el resto de la guardia, escudriñó los alrededores y señaló hacia un lugar indeterminado. Arriaron las velas y remaron con todas sus fuerzas hasta uno de los incontables puntos de desembarco ocultos a lo largo y ancho de Ithicana.

La lluvia se había convertido en un verdadero diluvio, hasta tal punto que casi tuvieron que avanzar a ciegas cuando atravesaron dos torres de piedra caliza y se adentraron en una diminuta bahía rodeada de acantilados. Desde la parte superior de uno de los riscos, asomaban dos pesadas vigas de madera, de las que colgaban dos cuerdas acabadas en un gancho. Lia se estiró, agarró uno de los garfios y lo enganchó a la anilla que había en la popa del bote.

Aren le pasó el remo a Lara, que seguía pálida como la cera.

—Si nos acerca demasiado a las paredes, empuja el bote.

Ella asintió, sujetando el remo de madera como si de un arma se tratara. A sus espaldas, Taryn esperó hasta que el bote se hubo girado hasta el ángulo esperado, saltó y se agarró a la soga que pendía del acantilado, antes de subir por ella rápidamente hasta la cima.

—Aren, ven aquí y échanos una mano.

Jor y Gorrick habían extraído el perno que mantenía el mástil en su sitio y estaban teniendo problemas para sacarlo de la base. Aren tropezó con uno de los asientos al pasar por encima, y sumó su vigor a los esfuerzos. Consiguieron sacarlo justo cuando una ola levantó la embarcación y envió tanto el mástil como a Gorrick al agua, y Aren cayó de espaldas. El único que quedó en pie fue Jor, que sacudió la cabeza, asqueado.

—¿Por qué siempre nos cuesta tanto?

Se inclinó y enganchó la otra cuerda a la embarcación, mientras ayudaba a Gorrick a amarrar el mástil a uno de los lados.

Por fin, al cabo de una eternidad extenuante, se las arreglaron para levantar el segundo bote hasta la costa con el cabrestante, lo aseguraron y fueron bamboleándose hasta rodear unas rocas y llegar al refugio que los esperaba.

El edificio de piedra estaba, por suerte, seco y resguardado de los vientos. Tras ordenar a dos hombres que hicieran el primer turno de guardia, Aren cerró la puerta de madera con más fuerza de la necesaria. Como cabía esperar, sus ojos buscaron inmediatamente a Lara, que seguía de pie en el centro de la sala, abrazada a la bolsa llena de suministros.

—¿Hay muchos lugares así?

Giró sobre sí misma. No había mucho que ver. Literas hechas de madera y cuerdas ocupaban dos de las paredes. En la tercera habían apilado cajas de suministros, y la cuarta estaba dedicada casi por completo a la puerta. Los guardias estaban poniendo las botas y las túnicas a secar, antes de fijar su atención en las armas, puesto que todas precisaban que las afilaran y engrasaran.

—Sí. —Se quitó la túnica y la lanzó a una litera—. Pero, como ves, utilizarlos en medio de una tormenta es un problemón.

—¿La tormenta hundirá el resto de la flota amaridana? —preguntó ella, y uno de los guardias se rio entre dientes, lo que sirvió de recordatorio a Aren de que todo el mundo estaba escuchándolos.

—No. Pero optarán por regresar a mar abierto en lugar de arriesgarse a acabar en un bajío o naufragando entre las rocas. Nos darán cierto respiro.

Lara arqueó una ceja.

—Tampoco es que sea el respiro más cómodo mundo.

—Vamos—exclamó Jor—. No repudies tan rápido las comodidades de los refugios. Y mucho menos de un refugio de Guardia Central. —Se acercó a una de las cajas, entreabrió la tapa y ojeó el interior—. El rey aquí presente es una persona de gustos refinados, así que se encarga de abastecer con lo mejor los lugares en los que pueda acabar pasando la noche.

—¿Eso es una queja?

Aren se sentó en la litera de abajo y apoyó la espalda en la pared. Jor extrajo una botella polvorienta.

—Vino fortificado de Amarid. —La acercó al candil de la única mesa del lugar y leyó la etiqueta—. Lo último que se me ocurriría, su alteza, es quejarme.

Descorchó la botella, llenó las tazas de hojalata que Lia había dispuesto y le llevó una a Lara. Él levantó la suya.

—Brindo por los vinateros amaridanos, por hacer los caldos más extraordinarios del mundo conocido, y por sus compatriotas caídos; así se pudran en las profundidades de los mares de la Tormenta. —El veterano se aclaró la garganta—. Y por nuestros caídos. Que el más allá les brinde unos cielos despejados, unos mares calmos y mujeres con pechos turgentes.

—¡Jor! —Lia le dio un golpe en el brazo—. Gran parte de nuestros caídos eran mujeres. Y estoy segura de que a algunas les gustaban los hombres. Tienen derecho también a estar rodeadas por...

—¿Vergas perfectas?

Nueve pares de ojos abiertos como platos voltearon hacia Lara, que se encogió de hombros.

—Cuando la vida mortal nos falla, el más allá provee —recitó Jor, y Aren le lanzó una bota.

Lia echó los brazos al aire.

—Han muertos personas. Un poco de respeto.

—Yo las respeto. Si quisiera faltarles, habría brindado por su sacrificio con ese caldo. —Jor sacó una botella de vino turbio maridrino de la caja y, al levantarla, tintineó. Entonces, le dirigió una mirada incrédula, hasta que distinguió lo que parecía ser una piedrita en el fondo de la botella—. Como si no fuera ya bastante malo, ¿todavía le meten piedras? —Se volvió hacia Lara—. ¿No será esto alguna extraña prueba de resistencia estomacal maridrina? Y yo sin enterarme.

Todos los presentes sonrieron, y luego Gorrick bramó:

—¡Por Ithicana!

Los demás repitieron la proclama al tiempo que alzaban los vasos. Mientras Aren se tragaba el vino, oyó a Lara murmurar: «Por Ithicana», y vio cómo le daba un sorbito al vaso.

Aren se puso en pie y rellenó los vasos.

—Por Taryn, que masacró a nuestro enemigo. Y por nuestra reina. —La animó a dar un paso al frente—. Por salvar a nuestros camaradas.

—¡Por Taryn! —gritaron todos—. ¡Por nuestra reina!

El vino desapareció en pocos minutos. A pesar de la aparente frivolidad, aquel día les había dejado huella. Fingir desinterés era su forma de gestionarlo, aunque Aren sabía que Jor buscaría tiempo para todos y cada uno de ellos y los ayudaría a asimilar lo que habían vivido. Y lo que habían hecho. A fin de cuentas, por algo era el capitán de la guardia.

Lara estaba tiritando, a pesar del vino, y se había rodeado el cuerpo con los brazos. El viento y la lluvia habían llegado más fríos de lo que era habitual en Ithicana, y tenía la ropa completamente empapada. Se dio cuenta de que estaba observando a las otras mujeres, quienes se habían desvestido hasta quedarse solo con los pantalones y la camisola interior, y luego se llevó la mano al cinturón.

Aren notó cómo el corazón le daba un vuelco y se le aceleraba cuando Lara se lo desabrochó y lo dejó a un lado junto con las dagas nupciales maridrinas que solía llevar encima. Acto seguido, se desató los cordones de la túnica a la altura de la garganta y se la sacó por la cabeza.

El refugio se sumió en el silencio durante un instante, antes de volver a llenarse con el estruendoso repicar de las armas que estaban limpiando y las charlas intrascendentes, todos evitando mirar a la reina.

El único que no era capaz de evitarlo era Aren. Mientras que las otras mujeres llevaban gruesas telas de una factura estándar, la ropa interior de Lara estaba confeccionada con la mejor de las sedas color marfil, hasta donde también le había calado el agua y, para efectos prácticos, era transparente. Las curvas llenas de sus pechos y los pezones sonrosados se adivinaban por debajo de la tela, erguidos por el frío. Para Aren, no había nada que el más allá pudiera ofrecerle que fuera más perfecto que ella.

Cuando cayó en la cuenta de que la estaba contemplando, Aren apartó deprisa la mirada. Recogió una manta fina que había doblado a los pies de la litera y se la llevó a la Lara, procurando no apartar los ojos de su rostro.

—El ambiente no tardará en caldearse con tanto cuerpo... o sea, con tantas personas. Pronto. Pronto se estará mejor.

Lara esbozó una sonrisa tímida al echarse la manta por los hombros, pero la alegría ante la incomodidad de Aren desapareció de súbito cuando vio que Jor estaba examinando uno de sus cuchillos.

Había sacado el arma enjoyada de la vaina y estaba comprobando el filo.

—Está afilado. —Lo utilizó para cortar la cera de una rueda de queso harendellés—. ¿No se suponía que estas cosas eran ceremoniales?

—Me pareció más sensato convertirlas en algo útil —respondió Lara, resuelta.

—Hombre, útil útil... —Jor intentó equilibrarla sobre un dedo. Las gemas engastadas en la empuñadura hacían que pesara y que fuera algo incómoda, pero la hoja en sí parecía de calidad—. Podríamos venderlas por una fortuna en el norte y comprte algo que pudieras usar de verdad.

Lara se movía y balanceaba como si solo quisiera abalanzarse sobre Jor y recuperar la daga, así que Aren le ahorró las molestias y limpió el queso de la hoja en un lado de sus pantalones antes de devolvérsela.

—Gracias —murmuró—. Me las dio mi padre. Son lo único que llegó a regalarme.

Aren quiso preguntarle por qué le importaban tanto. Cómo podía preocuparse por algo que tuviera que ver con la criatura avariciosa y sádica que la había engendrado. Pero no dijo nada. No con todo el mundo escuchándolos.

Jor cogió la botella de vino maridrino.

—En situaciones desesperadas... —Descorchó la botella y, al servirse, algo cayó en su taza de hojalata y lo salpicó—. Pero, bueno, ¿qué tenemos aquí?

—¿Qué es? —preguntó Lia.

—Me parece que algún contrabandista ha extraviado un premio. —El veterano sostuvo bajo la luz del candil algo que relucía con un brillo rojizo, y luego se lo lanzó a Aren—. Hay un comprador en Guardia Septentrional que no va a quedar nada satisfecho con su pedido de vino.

Aren alzó un rubí de gran tamaño. No era ningún experto en piedras preciosas, pero a juzgar por las dimensiones y el color, valía una pequeña fortuna. Sin lugar a duda, un contrabandista muy desdichado. Se lo guardó en el bolsillo y dijo:

—Con esto deberíamos cubrir los impuestos que intentaba evadir el tunante.

Todos rompieron a reír y luego hincaron el diente a los suministros. Estaban exhaustos y famélicos después de un día entero combatiendo, remando y enfrentándose a la muerte; en aquel momento les interesaba más engullir la comida que conversar. Lara se sentó junto a Aren en la litera, haciendo equilibrio encima de las rodillas con un plato lleno de carnes curadas, quesos y una jarra de agua mientras comía.

Tenía manos y dedos delicados, cubiertos por todo tipo de viejas cicatrices y cortadas, y uno de los nudillos ligeramente más grande que el resto, lo que indicaba que se lo había roto alguna vez. No eran las manos que esperarías ver en una princesa maridrina, pero en lugar de preguntarle qué tipo de vida había llevado en el desierto para ganarse aquellas cicatrices, le vinieron a la cabeza pensamientos muy distintos sobre aquellas manos.

De lo que sentiría al tocarlas.

De lo que sentiría cuando lo tocaran.

De lo que sentiría...

—¡Luces fuera! —gritó Jor—. El viento me dice que esta tormenta amainará por la noche, y debemos estar de vuelta en el agua antes de que amanezca.

Todas las miradas se fueron a las ocho literas y, seguidamente, a las diez personas de la sala.

—O hacemos parejas o echamos a la suerte quién duerme en el suelo.

Gorrick se subió a una de las literas y subió a Lia con él. Aren torció el gesto y deseó que, por una vez, dejaran de manosearse.

—Yo me voy al suelo —anunció—. Pero les digo aquí y ahora que mañana en cuanto llegue a casa tomaré una siesta en mi cama de plumas.

—Apreciamos su sacrificio, alteza.

Jor alargó un brazo y redujo la llama del candil hasta que el refugio se quedó casi a oscuras. Aren se tumbó en el suelo de piedra, con un brazo doblado debajo de la cabeza a modo de cojín. Tenía frío y estaba incómodo, y por muy agotado que estuviera, no era capaz de conciliar el sueño mientras oía las respiraciones profundas del resto de la guardia y miles de pensamientos ocupaban su cabeza.

Cuando algo frío le rozó el pecho, a punto estuvo de helársele el corazón antes de darse cuenta de que había sido Lara. Se había asomado por la litera que tenía al lado y sus ojos centelleaban bajo la tenue luz del candil. Sin mediar palabra, lo tomó de la mano y lo jaló, animándolo a subir a la litera.

Con el corazón martilleándole en los oídos, Aren accedió y apoyó la espalda en la fría pared, sin saber qué hacer con los brazos, las manos o cualquier otra parte de su cuerpo hasta que ella se acurrucó contra él y notó que tenía la piel helada.

«Tiene frío, nada más —se dijo a sí mismo—. Las manos, lejos de ella.»

Algo que podía suponer la tarea más ardua a la que se había enfrentado en la vida. Lara le había puesto una rodilla entre las piernas, se abrazó a su pecho, apoyó la cabeza en su hombro y él notaba su aliento cálido en la garganta. No veía el momento de volverse hacia ella, probar aquellos labios y arrancarle la provocadora prenda de seda del pecho, pero se limitó a pasarle la manta por encima del hombro desnudo y apoyarle una mano en la espalda.

El aire de la estancia estaba cargado y olía a humedad, sudor y acero. Taryn roncaba como si su vida dependiera de ello, Gorrick hablaba en sueños y alguien, probablemente Jor, expulsaba gases a intervalos regulares. Era, con casi toda certeza, la situación menos deseable para compartir por primera vez el lecho con su esposa. Y, sin embargo, aunque su cabello le hiciera cosquillas en la nariz, el brazo se le hubiera dormido debajo de su cabeza tuviera un calambre en el cuello, Aren concluyó, mientras el sueño se apoderaba de él, que no querría estar en ningún otro lugar.

Horas más tarde, Aren despertó con un golpeteo rítmico. Frunció el ceño y, al volverse, se topó con los ojos de Lara, abiertos y reluciendo bajo la luz sutil. Ella sacó una mano de la manta para apuntar hacia arriba, y arqueó una ceja con una media sonrisa burlona.

Gorrick y Lia. Debían estar dándose calor después de su turno de guardia.

Aren se estremeció y le susurró:

—Lo siento. Así es la vida del soldado.

Luego repasó mentalmente la guardia y se percató de que Jor no le había avisado y que Taryn se había marchado, lo que significaba que estaba a punto de rayar el alba.

—¿Quieres que salgamos?

Una sensación de alivio lo inundó cuando Lara asintió. Se pusieron las botas, se vistieron y se cargaron las armas en un silencio casi absoluto. Lara tomó algo de comida de una de las cajas y lo siguió hacia el paisaje nocturno. La tormenta se había dispersado y había dejado un cielo repleto de estrellas argénteas, con el romper de las olas contra los acantilados de la isla como único sonido de fondo.

Taryn se había apostado en una roca entre las sombras, pero la oyó murmurar un «gracias» cuando Lara le acercó un poco de comida.

—Aren, llévala a la cara este.

—¿Por qué?

Incluso en mitad de la oscuridad, supo que Taryn le sonreía.

—Confía en mí.

—Está bien. —Tomó a Lara de la mano—. Volveremos al amanecer.

Aren había visitado pocas veces aquella isla concreta, así que decidió avanzar poco a poco. Se las arregló para encontrar el mirador oriental de memoria, un lugar que no era más que una roca llana que pendía sobre el océano. Un mar de luces de estrellas azuladas se extendía ante ellos.

Lara dio un paso al frente sin soltarle la mano.

—Nunca había visto nada tan hermoso.

Él tampoco, pero Aren se obligó a apartar la vista de su rostro y concentrarse en las aguas calmadas que tenían a sus pies.

—Lo llamamos el mar de las estrellas. No es un fenómeno común, pero siempre ocurre durante la Marea de Guerra, así que tampoco se valora lo suficiente.

Madejas de algas luminiscentes cubrían el agua y formaban grupos que configuraban brillantes puntos de luz azul en el mar y lo hacían sentirse como si se encontrara entre dos planos de luz de estrellas. Temblaban sobre las suaves olas y proyectaban sombras sobre las rocas que parecían danzar al ritmo del oleaje. Estuvieron contemplándolas durante largo tiempo sin despegar los labios, y Aren supuso que debería besarla, pero, en su lugar, dijo:

—¿Qué ha cambiado?

Porque algo había cambiado. Había algo distinto que había suavizado su carácter con él, tal vez con toda Ithicana, pero no habría sabido decir por qué. Hasta donde sabía, la mayor parte de las experiencias de Lara desde que había llegado al reino no habían sido particularmente buenas. Era la hija de un hombre que Aren consideraba más un enemigo que un aliado, y no debería confiar en ella. De hecho, no confiaba. Pero cada día que pasaba a su lado le generaba más ganas de confiar en ella. De confiárselo todo.

Lara tragó sonoramente, se soltó y se sentó con las piernas cruzadas, esperando a que él hiciera lo mismo. La luz azul del mar le iluminaba el rostro y la hacía parecer algo de otro mundo, intocable.

—De niña me dijeron muchas veces la cantidad de dinero que se rumoreaba que Ithicana conseguía con el puente en un año.

—¿Cuánto? —Sacudió la cabeza en respuesta al número que ella sugirió —. Es más.

—¿Estás presumiendo?

—Solo te digo la verdad.

Ella torció ligeramente la boca y estuvo callada unos instantes, antes de continuar:

—A mí la cifra me parecía pasmosa. Y pensaba... Me dijeron que Ithicana jugaba con el mercado y lo manipulaba, que desangraba a los viajeros que temían demasiado al mar e imponían impuestos y peajes asfixiantes a los mercaderes que querían transportar y comerciar con sus propios bienes. Que decidían quién tenía derecho a comprar y vender en sus mercados, y que le arrebataban el privilegio si se le atravesaba por una u otra razón. Que controlaban prácticamente todo el comercio entre los continentes y once reinos diferentes.

—Es bastante preciso, sí.

Lo que no se molestó en añadir era que Ithicana pagaba por ese derecho con sangre, puesto que ella lo había podido comprobar con sus propios ojos.

—Lo que no era preciso era... el motivo.

—¿Qué te contaron?

—Codicia. —Lara tenía la mirada clavada en el océano, sin pestañear—. Cuando era más joven, daba por supuesto que vivirían en enormes palacios repletos de los mayores lujos que el mundo podía ofrecer. Y que te sentarías en un trono de oro.

—Ay, sí. Mi trono de oro. Lo tengo en otra isla, pero solo lo visito cuando necesito reafirmar mi autoestima y mis privilegios.

—No me tomes el cabello.

—No te estoy tomando el cabello. —Se llevó la mano a la punta de la bota, donde el cuero se había roto de tanta exposición al agua salada—. Gran sorpresa debiste llevarte al descubrir la verdad.

Lara emitió un sonido que estaba entre la risa y un gemido.

—En Guardia Central hay tanto lujo como en mi hogar del desierto Rojo, y el tiempo que llevo aquí ha sido hasta relajante en comparación. Tuve una infancia dura, Aren.

—¿Por qué te trataban así?

—Pensaba que lo sabía, pero ahora... —Levantó la barbilla de las rodillas y volteó hacia él—. Me preguntaste qué ha cambiado. Lo que ha cambiado es que ahora sé que utilizas ese dinero para alimentar y proteger a tu pueblo.

En cierto modo, era inevitable que Lara descubriera la verdad. Tal vez si la hubiera tenido encerrada en la casa de Guardia Central, sin contacto con nadie más que con el servicio y su guardia, se lo hubiera podido ocultar. Pero su intención era que el matrimonio con Lara fuera el símbolo del cambio en Ithicana, una nueva dirección. El problema era que, para conseguirlo, debían verla, y esa decisión siempre tenía consecuencias; la revelación de los secretos de Ithicana era una de ellas.

Y lo que más quería en el mundo era confiar en ella.

—La verdad es que Ithicana no sobreviviría sin el puente —dijo—. Perdón, sí, podría sobrevivir, pero solo si dedicáramos cada minuto de nuestras vidas a la supervivencia. —Giró sobre sí mismo hasta estar frente a ella, y la miró fijamente a los ojos. El sol rayaba, la luz azul se tornaba dorada, como si estuviera despertando de un sueño y se precipitara a la realidad. Si Aren pudiera haberlo detenido, lo habría hecho—. Imagina una vida en la que debes combatir estas tormentas y estos mares para alimentar a tu familia. Vestir a los hijos. Resguardarlos. Ver que pasan las semanas y que no puedes hacerte a la mar. Ver que hay días en los que poner un pie fuera de tu hogar sería un suicidio. En un mundo así, ¿se puede acaso hacer algo más que sobrevivir?

Aren no se había dado cuenta de que le había tomado las manos, pero ella se las apretaba con fuerza y, en ese momento, él hizo una pausa y repasó con los pulgares las cicatrices.

—El puente lo cambia todo. Me permite ofrecerle a mi pueblo lo que necesita para que pueda dedicar una minúscula porción de sus días a algo más que la supervivencia, aunque solo sea una hora. Le puedo dar a mi gente la posibilidad de leer, aprender, crear. Cantar, bailar o reír.

Se interrumpió al tomar conciencia de que era la primera vez que se lo contaba a alguien. Que explicaba lo que significaba gobernar el reino: la lucha constante por proporcionarle a tu pueblo una vida que valiera la pena vivir. Y no era bastante. Quería que tuvieran mucho más.

—Con ese dineral, podrías alimentar a todo el mundo como a reyes.

Lara no cuestionaba su palabra, sino que trataba de presionarlo, de sacarle toda la verdad.

—Sí, tienes razón. Pero disponer de todo eso, poseer el puente, tiene un costo. Hay otros reinos que saben los ingresos que nos proporciona el puente, y lo ansían. Los piratas creen que tenemos alijos de oro ocultos en las islas, así que las asaltan para encontrarlos. Y a nosotros no nos queda otra que luchar. Mi ejército permanente no es nada del otro mundo, pero, durante las Mareas de Guerra, casi dos terceras partes de mi pueblo dejan sus oficios y toman las armas para defender el puente. Tengo que comprarles armas, pagarles por sus servicios. Y debo compensar a las familias cuando mueren.

—En definitiva, y a pesar de todo, Ithicana se limita a sobrevivir.

Él le apretó aún con más fuerza las manos.

—Pero tal vez un día vivamos por algo mejor.

Los dos se sumieron en el silencio, hasta que una suave brisa cubrió el rostro de Lara con mechones de cabello, y Aren alargó un brazo para apartárselos. Lara no se estremeció ante su tacto. Ni desvió la mirada.

—Eres hermosa. —Entrelazó los dedos en su cabello—. Lo pienso desde el primer momento en que te vi, pero creo que nunca te lo había dicho.

Lara agachó la cabeza y se sonrojó, aunque quizá no fuera más que el reflejo del sol. Negó ligerísimamente con la cabeza.

—Pues debería habértelo dicho.

Él inclinó la cabeza con la intención de besarla, pero un ruido repentino lo hizo dar un respingo. Llevó la mano a su arma y, al voltear, vio a Jor doblando una esquina con gesto burlón.

—Me molesta arruinar su pícnic, sus majestades, pero el amanecer nos cae encima y tenemos que ponernos en marcha.

Como para subrayar sus palabras, el toque de unos cuernos resonó por el agua para anunciar el avistamiento de barcos en el horizonte.

—¿Cambia esto algo para ti? —le preguntó a Lara, ayudándola a ponerse en pie.

Ella cerró los ojos y torció el gesto durante un instante, como si algo le doliera, antes de volver a abrirlos y asentir.

—Lo cambia todo.

Su corazón se inundó de esperanza y de algo único reservado exclusivamente para ella; después de tomarla de la mano, Aren la guio corriendo de regreso los botes.

24
Lara

Todo había cambiado.

Y, al mismo tiempo, todo seguía igual.

No era lujuria. Lara no eran tan débil como para sacrificar una vida de planes y preparación por un muchacho demasiado guapo y encantador para su propio bien. Si ese hubiera sido el motivo, habría saciado su curiosidad y habría seguido adelante con la conciencia limpia del buen espía. No, lo que cada vez le resultaba más problemático era la admiración que sentía por Aren, así como el dolor de saber lo que ocurriría con Ithicana cuando culminara su plan.

A Lara y sus hermanas les habían enseñado a odiar Ithicana por una razón. Su propósito era infiltrarse en las defensas de una nación para, en el mejor de los casos, conquistarla. Y en el peor, para destruirla. Una tarea fácil de concebir cuando el enemigo no eran más que demonios enmascarados que aprovechaban su fuerza para oprimir al pueblo de Lara.

Pero ahora tenían rostros. Nombres. Familias.

Personas que soportaban los ataques de reinos y piratas todos los años. Tal vez los ithicanos fueran un pueblo cruel y despiadado, pero Lara había comprendido que no podía culparlos. Hacían lo necesario por sobrevivir, y con cada nuevo dato que memorizaba sobre ellos, la culpa aumentaba, porque sabía que Ithicana no podría sobrevivir a ella. Tal vez antes aquel conocimiento la hubiera satisfecho, pero en ese momento no eran más que hechos ineludibles que parecían destinados a colmarla con una sensación de autodesprecio en cada instante de vigilia.

Con sus acciones en la isla de Aela, había conseguido lo que creía imposible: granjearse la confianza de Aren. Y no solo la de él, sino también la de todos los soldados que habían combatido en la batalla. Sus expresiones ante su presencia habían dejado de ser irrespetuosas, y como si de un solo ente se tratara, todos habían dejado de cuestionar su derecho a ir donde le placiera. Un derecho del que había abusado sin pensar dos veces. Nadie la había interrogado cuando se alejó de los sanadores y los heridos tras la batalla. Nadie la había detenido ni seguido cuando fue a la base del pilar del puente, donde había encontrado la entrada casi invisible, para marcarla con unas piedras colocadas con sumo cuidado que no significarían nada para los ithicanos y que significarían todo para los soldados maridrinos cuando tomaran la isla de Aela.

Dentro del pilar también había ocultado tres de los cuernos que había robado de los cadáveres de la playa, listos para confundir a los refuerzos ithicanos cuando llegara el momento. Una estrategia que Aren prácticamente le había explicado con cabellos y señales durante sus intentos por convencerla para que abandonara a los heridos y se subiera al bote; algo que había hecho solo porque creía que Lara acabaría queriendo a su pueblo tanto como él.

«No flaquees», se dijo con la mirada clavada en el cielo mientras flotaba con el cuerpo aún dolorido en la fuente termal. «No falles.»

Mordiéndose un padrastro del pulgar, Lara valoró lo que había aprendido. Valoró si bastaba para que Maridrina tomara Ithicana. Si bastaba para conquistar lo inconquistable, si bastaba para entregarle a Maridrina el puente que sería su salvación.

Sí, bastaba.

Lo único que faltaba era hacerles llegar los detalles de su plan de invasión a Serin y a su padre, y luego fingir su muerte para huir de Guardia Central e Ithicana y, con un poco de suerte, de los inevitables asesinos de su padre. No sabía adónde iría. Tal vez a Harendell. Quizá, cuando las aguas hubieran vuelto a su cauce, intentara encontrar a sus hermanas. Ganarse la vida por su cuenta. El problema era que, por mucho que lo intentara, no se imaginaba cómo podía ser su vida lejos de Ithicana. Lejos de él.

Le habían empezado a escocer los ojos, así que, en un movimiento frenético, salió de la fuente termal y tomó la toalla que había dejado en una roca. Ya había pasado una semana desde el ataque de Aela, y, a pesar de ello, todavía no había dado ni un paso más para poner su plan en marcha. Se había convencido a sí misma de que debía reposar el músculo del brazo que se había desgarrado en la batalla, antes de obtener la fuerza necesaria para escapar. Pero el corazón le decía que lo estaba posponiendo por otras razones. Razones que ponían en peligro la misión completa.

De todas formas, de aquella noche no pasaría.

Aren le había enviado un mensaje desde los barracones a través de Eli para informarle que se avecinaba una tormenta aquella misma noche y que planeaba cenar con ella, lo que implicaba que Taryn, que seguía insistiendo en dormir justo delante de su puerta, se tomaría un descanso de sus obligaciones como guardaespaldas. Una dosis doble de somnífero en el vino de Aren después de la cena, y tendría toda la noche para ella en sus aposentos, para trabajar sin miedo a que la interrumpieran.

Las nubes rodaban ya por el cielo y el viento arreciaba, porque incluso en la estación de calma, los mares de la Tormenta no perdonaban. Lara se aplicó a fondo a acicalarse; se secó el cabello y luego usó una plancha caliente para hacerse unos rizos que le cayeran sobre la espalda. Se oscureció los ojos con kohl y polvos hasta tener una mirada arrebatadora, y se pintó los labios de rosa pálido. Escogió un vestido que aún no se había puesto: púrpura oscuro, de una seda escandalosamente transparente que dejaba al descubierto su cuerpo cuando pasaba cerca de una fuente de luz. En las orejas, se puso unos diamantes negros, y en la muñeca, el ingenioso brazalete donde ocultaba los viales de narcóticos.

Salió al pasillo y se dirigió al comedor. Después de tantas semanas llevando botas, se le hacía extraño caminar con sandalias. La estancia estaba iluminada por velas, y habían dejado abiertas las contraventanas de los ventanales, a pesar del riesgo que suponía el viento para un cristal tan caro. Allí se encontró con Eli, calado hasta los huesos, enfrascado en una conversación con Taryn; Lara no esperaba encontrarla aún en la casa. Los dos se volvieron hacia ella con caras largas, y a Lara le dio un vuelco el corazón.

—¿Dónde está?

—Se fueron a patrullar a media mañana. —Taryn se pasó la mano por un lado afeitado de la cabeza—. No sabemos nada de ellos desde entonces.

—¿Y es normal?

Lara no era capaz de controlar el temblor en su voz. La otra mujer suspiró largamente.

—No es raro que Aren decida que lo necesitan más en otro lugar que en Guardia Central. —En ese momento, miró a Lara de arriba abajo—. Aunque no creo que ese sea el caso esta noche.

—¿Y dónde está?

—Quizá hayan tenido problemas con uno de los botes. O tal vez hayan decidido esperar a que amaine la tormenta. O...

Resonó el toque de unos cuernos, y Lara ya no necesitaba que Taryn se lo tradujera: saqueadores.

—Me voy a los barracones.

Lara se fue corriendo hacia sus aposentos, se cambió las sandalias por unas botas y se echó una capa encima del vestido. Afuera, la lluvia caía a un ritmo constante, pero el viento no era lo bastante fuerte como para haberles provocado problemas en el agua a los ithicanos. Con Taryn del brazo y el resto de los guardaespaldas flanqueándola, Lara se apresuró a andar por el oscuro sendero que conducía a los barracones.

Cuando llegó, respiró una tensión que no había visto jamás.

—Voy a ver qué se sabe.

Taryn dejó a Lara con los otros dos guardias, que la siguieron cuando rodeó la bahía y subió por los peldaños de piedra tallada que daban a la cima de los acantilados, desde donde podía contemplar el mar. Había varios soldados arrodillados detrás de los pedruscos que usaban como refugio, con catalejos en mano.

—¿Han visto algo?

Pero se limitaron a sacudir la cabeza.

¿Y si no volvía?

El plan se iría a la mierda. Sin Aren para escribirle una carta a su padre, no tenía forma de pasar un mensaje detallado a través de Ahnna y los criptógrafos de Guardia Meridional. Su única opción sería fingir su muerte y huir, y luego enviar la información a su padre ya fuera de Ithicana. No obstante, en ese caso, tanto él como Serin sabrían que seguía viva, y eso implicaba una vida entera de asesinos pisándole los talones. Y, sin embargo, allí agachada en el suelo contemplando la negrura del océano, lo que le ocupaba la mente no eran soluciones a su dilema.

Era miedo.

Había visto a muchos ithicanos morir en combate de muchas formas distintas. Apuñalados o destripados. Aplastados o asfixiados. Apaleados y ahogados. Sus cadáveres danzaban por sus recuerdos, aunque ahora todos tuvieran el rostro de Aren.

—No han enviado ningún mensaje. —Taryn apareció junto al codo de Lara—. Pero es posible que no quieran revelarle su presencia al enemigo, y nada más.

«O que estén todos muertos», pensó Lara, y el dolor le atenazó el pecho. Taryn le entregó un paquete de papeles doblados.

—Esto es para ti.

Sosteniendo los papeles al lado de uno de los tarros de algas, Lara examinó el contenido. Serin, haciéndose pasar por su padre, expresaba su honda decepción porque su segundo hermano mayor, Keris, exigiese ir a la universidad de Harendell en lugar de asumir el mando de las fuerzas de Maridrina como su otro hermano, el primogénito. ¡Quería estudiar filosofía! ¡Como si hubiera tiempo de sentarse a conjeturar sobre el sentido de la vida con nuestros enemigos a las puertas!

Algunos de los soldados se agitaron y le hicieron perder la concentración en la carta, y necesitó algunos instantes antes de volver a concentrarse. El código de Marylyn le resultaba esquivo. Sus ojos regresaban continuamente hacia el mar. Aun así, al fin pudo extraer el mensaje de Serin de entre tantas tonterías: «Valcotta nos ha bloqueado el acceso a Guardia Meridional. El hambre aumenta».

Lara sintió náuseas y se guardó las hojas en el bolsillo de la capa. Con las catapultas, Guardia Meridional podría poner a Valcotta en su sitio, pero entendía su reticencia a enemistarse con la otra nación. Comprendía el costo de que Valcotta se uniera a las filas de los reinos que asaltaban Ithicana. Pero era su pueblo quien pagaba el precio.

Estuvieron sentados horas bajo la lluvia, pero no sonaron más cuernos. Ningún bote apareció entre los escollos pidiendo acceso a la bahía. Nada se movía en la oscuridad.

Finalmente, Taryn se movió a su lado.

—Deberías volver a casa, Lara. No hay manera de saber cuándo regresarán, y al final acabarás resfriándote con esta lluvia helada..

Debía marcharse. Sabía que lo mejor era irse. Pero la idea de tener que esperar a que otra persona le llevara las noticias...

—No puedo.

Notaba la lengua gruesa en la boca.

—¿Y a los barracones? ¿Qué te parece?

Había cierto tono de súplica en la voz de la mujer. Lara asintió a regañadientes, pero, a cada pocos pasos que daba por el sendero, no podía evitar voltear al mar, cuyo rugir la atraía, la llamaba de vuelta.

—Este es el catre de Aren —le dijo Taryn cuando entraron en los confines del edificio de piedra—. No creo que le importe que duermas aquí.

Después de cerrar la puerta de la habitacioncita, Lara dejó el candil en la rugosa mesa de madera que había junto a la estrecha cama y se sentó. El colchón era duro como una piedra y la manta áspera, comparada con las delicadas sábanas de casa. Le recordó al catre que había compartido con él en el refugio. Y cómo se había quedado dormida entre sus brazos, escuchando los latidos de su corazón.

Se quitó la capa y se acurrucó de lado, con la cabeza apoyada en la almohada.

Olía a él.

Cerró con fuerza los ojos y trató de rememorar todas las lecciones que le había impartido el maestro de Meditación, a controlar la respiración y vaciar la mente; pero el sueño la eludía, así que se incorporó y se cubrió las piernas con la manta.

No había nada en la habitación con lo que pudiera distraerse. Ni libros ni rompecabezas. Ni siquiera una baraja de cartas. Eran las dependencias de un soldado, no de un rey. O al menos no las del tipo de rey que ella había imaginado. Esas eran las dependencias de un líder que no se consideraba por encima de su pueblo. Que cargaba con sus penurias como si fueran propias. Porque, a fin de cuentas, lo eran.

«Por favor, que siga vivo.»

La puerta se abrió de par en par, Lara se volvió de golpe y vio a Taryn en el umbral.

—Han vuelto.

Siguió a la otra mujer a todo correr hasta la bahía, con el pecho oprimido por el miedo. Su mente le gritaba que temía por sí misma. Que temía por la misión. Que temía por el futuro de su pueblo.

Pero el corazón le decía algo distinto.

La arena de la playa cedía bajo sus pies, y Lara entrecerró los ojos para ver algo en la oscuridad. Una voz lejana exclamó algo y la cadena chirrió, permitiendo el acceso a la ensenada.

Entre chapoteos, las olas chocaban contra las quillas y los remos que cortaban el agua. Pero, por encima de todo el ruido, Lara percibió un gruñido de dolor, y el alma se le cayó a los pies.

«Por favor, que siga vivo.»

La bahía se convirtió en un hervidero de actividad, de botes llenos de hombres y mujeres ensangrentados que los que estaban en la costa ayudaban a amarrar, antes de dejar a los heridos en tierra firme. Posó la mirada en los rostros ensombrecidos, buscando. Buscándolo.

—¿Quieren hacer el favor de apurarse, carajo?

Era la voz de Jor. Lara se abrió paso entre la eficiente circulación de personas, tratando de encontrar al soldado. Finalmente, lo vio a él y a Lia agachados en el suelo del bote, con una figura desmadejada en medio.

—¿Aren?

La voz que emitió fue más bien un graznido, y de súbito notó como si sus pies echaran raíces. Jor y Lia hicieron ademán de levantarlo, y una sensación de alivio le recorrió las venas a Lara cuando Aren les apartó las manos.

—Suéltenme. Me puedo levantar solo, carajo.

Se puso en pie y el bote se escoró. Tanto Jor como Lia recuperaron el equilibrio sin problema, pero Aren estuvo a punto de caer de lado.

—No es momento de valentonadas, muchacho —bramó Jor, y entre él y Lia arrastraron al rey hasta tierra firme.

Lara no era capaz de ver cuál era el problema en medio de aquella oscuridad casi absoluta, con los candiles proyectando sombras que se le antojaban manchas de sangre, aunque se movieran y cambiaran. Cuando Aren volteó, el farol que tenía detrás iluminó la silueta de una flecha hundida en la parte superior de su brazo.

—Apártense. Fuera.

Empujó a un lado a dos soldados y corrió hacia Aren.

—¿Se puede saber qué haces tú aquí? —Aren apartó a Jor a pesar de estar tambaleándose. Lara se abalanzó sobre él para sostenerlo, y el olor punzante y cálido de la sangre le subió por la nariz—. Puedo caminar solo —masculló.

—Uy, sí, claro.

A Lara le temblaba todo el cuerpo por el esfuerzo de intentar mantener a Aren erguido mientras avanzaban por las dunas de la playa hasta el lindero de la selva y después por el sendero que conducía a los barracones, tenuemente iluminado por frascos de algas.

Después de arrastrar a Aren hasta los barracones, lo dejó con cuidado en un banco. Se abrió la capa empapada de agua para poder sacar una de sus dagas y cortarle a Aren la túnica, antes de lanzar la prenda raída al suelo. Acto seguido, se arrodilló junto a él y examinó la herida.

La punta de la flecha se había hundido en el músculo del brazo y, en algún momento, alguien había partido a la mitad el astil. La madera estaba oscurecida por la sangre.

—Putos amaridanos.

La voz de Jor le sonaba lejana. Tenía todos los sentidos puestos en la respiración de Aren que notaba en el cuello, cálida y entrecortada. Alzó la cabeza y se encontró con su mirada, nublada por el dolor.

—No podemos tirar de la flecha. Hay que sacársela por el otro lado.

—Cada momento que paso contigo es una fiesta. —Sus ojos volvieron a iluminarse con una frágil chispa—. Siento no haber llegado a la cena.

—Y haces bien. —Le costaba mantener la voz firme—. Olía deliciosa.

—Lo que más siento no es haberme perdido la comida.

Aren levantó el brazo malherido y rozó con los dedos uno de los diamantes que le adornaban a ella las orejas, y Lara se estremeció.

—Agárrate de mí. —Le apartó la mano antes de perder

por completo la compostura—. Ya solo nos falta que te retuerzas y te empeores la herida.

Aren dejó escapar una carcajada dolorida, pero le agarró la muñeca con la mano del brazo ileso y le hundió los dedos en los músculos de la espalda.

—Esto te va a doler —le advirtió Jor, agarrando con firmeza la flecha.

Renegando, Aren dejó caer la cabeza en el hombro de Lara, y ella lo atrajo hacia sí, consciente de que no sería capaz de inmovilizarlo si se resistía.

—Reájate —le espetó Jor—. Eres peor que un niño.

—Respira —le susurró Lara a Aren al oído.

Los hombros le temblaban con cada respiración, y Lara sabía que tenía toda la atención puesta en ella. Notó cómo relajaba los dedos y los deslizaba desde su muñeca hasta la cadera.

—Respira —volvió a decir, rozándole el lóbulo de la oreja con los labios—. Respira.

Cuando repitió la orden por tercera vez, su mirada se cruzó con la de Jor. Y él empujó la flecha.

Aren le gritó en el hombro y la embistió con tanta fuerza que Lara, cuyas botas resbalaban sobre el suelo de los barracones, estuvo a punto de caer de espaldas. Tenía la cara salpicada de sangre, pero aguantó, decidida a no soltarlo.

—¡Ya la tengo! —exclamó Jor, y un segundo más tarde, a Lara le fallaron las rodillas y cayó hacia atrás, y Aren se desplomó sobre ella.

Estuvieron un instante inmóviles, ella notando el aliento trabajoso de él en la oreja y el peso de su cuerpo. Lo abrazó y se aferró a él, con el deseo irracional de dar caza y destruir a los culpables de aquel ataque consumiendo cualquier otro pensamiento. Poco después, Jor y Lia se lo quitaron de encima.

Después de incorporarse, Lara se limpió la sangre de la cara. El corazón seguía martilleándole en el pecho mientras Jor examinaba la herida.

—Te recuperarás —dijo, y se hizo a un lado cuando vio llegar a una de las estudiantes de Nana.

Estaban rodeados de soldados ensangrentados. Algunos apretaban los dientes para mitigar el dolor. Otros gritaban mientras sus camaradas intentaban detener la hemorragia de heridas terribles. Había algunos que ni siquiera se movían.

Todos habían acabado malheridos por defender su hogar.

Lara posó la mirada sobre Taryn, a quien las lágrimas le surcaban las mejillas mientras le presionaba el estómago a un muchacho con las manos, en un esfuerzo por evitar que se le salieran las entrañas.

—No te me mueras. —De algún modo, su frágil voz consiguió atravesar el alboroto general—. Que ni se te ocurra morirte.

Pero, con Lara aún mirando, el pecho del joven dejó de moverse.

¿Cuántos corazones más dejarían de latir cuando su padre se pusiera en marcha?

«Son el enemigo. Tu enemigo —se repitió—. Tu enemigo.» Pero eran palabras que le sonaban tremendamente vacías.

Lara dio un paso atrás. Y dos. Y luego tres. Hasta salir de los barracones y empezar a andar el sendero desierto.

—¡Lara!

Se volvió. Aren estaba a una docena de pasos, con la venda del brazo medio caída, como si se hubiera librado de la sanadora antes de que pudiera terminar.

—Espera.

No podía. No debía. No cuando la poca resolución que le quedaba se desmoronaba poco a poco. Y, sin embargo, no pudo levantar los pies del suelo mientras Aren caminaba despacio hacia ella, con la sangre deslizándosele por el brazo y goteándole de las puntas de los dedos.

—Lo siento. —La voz le temblaba—. Siento que todo lo que hayas visto desde que llegaste haya sido violencia.

Lara no había conocido más que violencia. No le importaba en lo más mínimo. Y era todo lo que le importaba.

—Ojalá las cosas fueran distintas. Ojalá nuestra vida no fuera así.

Aren se balanceó y cayó de rodillas, y Lara no se percató de que también se había arrodillado hasta que notó el lodo calándole el vestido. No se dio cuenta de que estaba intentando ayudarlo a sostenerse hasta que él le plantó la mano del brazo ileso en la cadera para no perder el equilibrio. Era un baile en el que ella llevaba la voz cantante y él la seguía.

—Tienes los ojos del desgraciado de tu padre. Eso fue lo que pensé cuando te vi. Lo llamamos azul pérfido maridrino.

Aren debió notar que Lara se estremecía, puesto que la agarró aún con más fuerza de la cadera y la atrajo hacia sí. Y ella no se resistió.

—Pero me equivocaba. Son distintos. Son... más profundos. Como el color del mar que rodea Eranahl.

¿Eranahl? No era la primera vez que oía ese nombre. Lo había visto escrito en las hojas de su escritorio... Lo había oído durante la reprimenda al comandante Aster en la playa de la isla de Aela. Se suponía que era algo que no debía revelarle, de eso no le cabía la menor duda; pero no era capaz de darle importancia cuando él le bajó la mano hasta las lumbares. Tuvo que reunir toda la voluntad de la que disponía para no rodearle el cuello con los brazos, para no besar aquellos labios endiabladamente perfectos sin importarle lo más mínimo la sangre y las heridas.

Lara hizo ademán de quitarle la mano del hombro, pero él se la atrapó, le flexionó los dedos hasta cerrárselos en un puño y le besó los nudillos, atravesándola con una mirada ardiente.

—No te vayas.

Todo ardía.

El corazón de Lara latía con frenesí, respiraba entrecortadamente y tenía la piel tan sensible que incluso el roce del vestido le dolía.

«¡Basta! —La orden resonó en su cabeza—. Estás perdiendo el control.» Pero Lara apagó aquella vocecita, la alejó.

Aren le rozó la parte inferior de la muñeca con el pulgar sin dejar de apretarle los labios en los nudillos, haciendo que ríos de sensaciones le recorrieran la piel, y la idea de que aquellas manos se deslizaran hacia otros lugares le hizo flaquear las piernas. Lara se balanceó y él tiró de ella, los dos manteniendo el equilibrio a duras penas.

—Tienes que volver con los sanadores —le susurró ella—. Te tienen que coser la herida antes de que te acabes desangrando y te mueras.

—Estoy bien.

Aren agachó la cabeza mientras ella la levantaba; compartían el mismo aire, el mismo aliento, pero los movimientos rápidos del pecho de él se contradecían con sus palabras. No estaba bien. La mera idea le provocaba a Lara un miedo cerval. Un miedo que se convirtió al instante en ira. ¿Por qué tenía que importarle lo que le pasara a él más allá del éxito de su misión? ¿Por qué le importaba que viviera o muriera? Aquel hombre era quien tomaba a conciencia las decisiones que tanto perjudicaban a la gente de su patria. Tal vez lo hiciera por el bien de su pueblo, pero eso no excusaba la falta absoluta de empatía y culpa que demostraba. Era su enemigo, y debía librarse de él antes de cometer un error.

En ese instante, los labios de él rozaron con delicadeza los suyos, y la desarmó por completo. Le enredó los dedos en el cabello, porque quería más. Más de aquella situación y más de él. Pero él, en lugar de dárselo, se apartó.

—Necesito que me ayudes a detener esto. Estoy harto de luchar contra el mundo cuando lo que quiero es luchar porque Ithicana forme parte de él.

Lara sintió como si alguien le hubiera dado un bofetón de realidad, y se alejó de él.

—Esto no va a parar nunca, Aren. —Hablaba con una voz vacía, muerta, algo extraño teniendo en cuenta que lo que tenía en la cabeza era un torbellino de emociones—. Tienes algo que quiere todo el mundo, y nunca van a dejar de intentar arrebatártelo. Ithicana es esto, y seguirá así para siempre. Aprende a vivir con ello.

—Esto no es vida, Lara. —Tosió y torció el gesto, presionándose la herida con la mano—. Y pienso luchar por cambiar nuestro futuro, aunque eso me acabe matando.

Aquellas palabras le generaron una furia irracional que le recorrió las venas.

—¡Pues entonces puedes acostarte en el suelo y dejarte morir!

Necesitaba alejarse de aquel lugar, porque la estaba despedazando. Se levantó con un movimiento frenético, dio media vuelta y echó a correr sendero arriba, a oscuras, tropezando entre el lodo y las raíces hasta llegar a la casa.

Esperó en sus aposentos hasta que los pasillos quedaron desiertos, hasta que ya no hubo posibilidad de que nadie la molestara, se escabulló a través de los oscuros corredores y forzó la cerradura del cuarto de Aren. *Vitex* estaba sentado en la cama, pero se limitó a marcharse y a ignorarla cuando pasó a su lado.

Después de cerrar la puerta, Lara aumentó la luz del candil y se aproximó al escritorio de Aren. Extrajo el botecito de tinta invisible que Serin le había dado y se acercó la caja que tenía junto a su mano izquierda, llena de pesados pergaminos oficiales, antes de abrir la tapa. Tomó la hoja por la parte superior y la giró de tal forma que el grabado del puente quedara boca abajo, antes de hundir una pluma en la tinta y empezar a escribir con una letra minúscula mientras el líquido se secaba sin dejar rastro y ella detallaba todo lo que había aprendido sobre Ithicana y la estrategia para tomar y someter el Reino del Puente. La mano le temblaba cuando llegó a la parte inferior, pero solo apartó la hoja para dejarla secar, tomar otra y repetir el mensaje. Fue escribiéndolas todas, una tras otra, hasta que los veintiséis pergaminos de la caja contuvieron las mismas palabras condenatorias.

Tuvo que reunir todo el coraje del mundo para no hacerlos pedazos al volver a guardarlos en su sitio, y se retiró a sus aposentos. Las extremidades le pesaban de cansancio cuando hundió la cabeza en las almohadas de la cama y las lágrimas empaparon las plumas del interior. «Es la única solución —se recordó—. Es la única forma de salvar Maridrina.»

Aunque eso supusiera condenarse a sí misma.

25
Lara

La Marea de Guerra terminó con un violento tifón que llegó sin avisar y enfureció el océano hasta tal punto que ni siquiera los ithicanos se atrevían a hacerse a la mar. Era probable que el puente también estuviera vacío, según le dijo Eli, porque la tormenta era tan intensa que los barcos mercantes temían aventurarse a cruzar los estrechos de las islas de Guarda Septentrional y Guardia Meridional. En concordancia con la situación, en Guardia Central reinaba una sensación de profunda soledad; estaban completamente aislados del mundo, y por si fuera poco, Lara estaba encerrada en la casa sin más compañía que los sirvientes.

A pesar de que los combates hubieran terminado, Aren la estaba evitando. Se pasaba los días con sus soldados y las noches en el estrecho catre de los barracones. Jamás se le veía enfilando el sendero que daba a la casa de Guardia Central.

Aun así, Lara comprobaba todas las noches la cantidad de pergaminos en los aposentos del rey, pero todas y cada una de las hojas en las que había escrito aquellas palabras condenatorias seguían en Ithicana.

Igual que ella.

La mañana posterior a que estallara la tormenta, Lara decidió que había llegado la hora. Se vistió con sus ropajes ithicanos, se llenó los bolsillos de joyas y algunos de sus narcóticos de preferencia, comió todo lo que le cupo en el estómago y luego le dijo a Eli que se marchaba a respirar un poco de aire fresco.

Intentar navegar los mares durante una tormenta sería lanzarse a una muerte segura, así que esperó a que los cielos se despejaran antes de poner en marcha el plan de fingir su muerte, consciente de que el honor haría que Aren le enviara una carta formal a Silas informándolo del fallecimiento de su hija. Y que Serin, siempre atento, examinaría el pergamino y descubriría lo que había escrito. Luego no le quedaría más que rezar y tener la esperanza de que, cuando su padre y Serin vieran que, con el tiempo, Lara seguía sin presentarse en Vencia, creyeran que había muerto de verdad. De ese modo, no enviarían asesinos a buscarla en Harendell, que era adonde tenía planeado fugarse. Podría vivir su vida sabiendo que le había proporcionado a su pueblo la posibilidad de un futuro mejor.

A costa de los futuros de todas las almas de Ithicana.

Con las tormentas protegiendo la isla, habían descargado a Taryn y al resto de la guardia de sus obligaciones, así que no tuvo que esquivar a nadie cuando tomó el camino que conducía a los acantilados que dominaban el mar y los bordeó en dirección norte hasta llegar al lugar que hacía tanto tiempo había escogido.

Era un punto alto, a más de doce metros por encima del nivel del mar, pero lo que más la había convencido era la serie de rocas llanas que sobresalían entre la espuma. Era un lugar ideal tanto para bajar la canoa con la ayuda de unas cuerdas como para escenificar lo que parecería una caída accidental y una muerte trágica. Desde allí, su intención era ir saltando de isla en isla, aprovechando los refugios que encontrara, avanzando poco a poco hacia Harendell cuando las tormentas le dieran un respiro.

Era un plan plagado de peligros y, con todo, no era miedo lo que le pesaba en las entrañas mientras contemplaba las rocas del mar.

—Cuidado, no te caigas.

Lara dio un respingo y perdió el equilibrio, y Aren se lanzó hacia ella para agarrarla del brazo y alejarla del borde. El rey soltó un suspiro exasperado y siguió tirándola del brazo.

—Ven conmigo. Tienes que atender ciertas obligaciones.

—¿Qué obligaciones?

—Tus deberes como reina.

Ella clavó los tacones en el suelo y fue dejando marcas paralelas en el lodo hasta que Aren se detuvo y la fulminó con una mirada de desprecio.

—Ese no es tu deber, Lara. Supervisar el regreso de los evacuados de Guardia Central, sí. Así que, o te pones a caminar o te arrastro al agua y te meto en un bote.

—Camino, camino.

Estaba hecha una furia por ver interrumpido su plan, pero también por la sutil nota de alivio que había sentido al saber que lo más probable era que tuviera que esperar a que pasara otra tormenta antes de marcharse de Ithicana.

Arrellanada en su lugar habitual del bote, esperó a estar fuera de la bahía antes de preguntar:

—¿Adónde vamos?

—A Serrith.

Aren se encorvó de espaldas a ella.

—Otro día encantador en el mar —dijo Jor detrás de ella mientras izaba las velas. Después de eso, nadie volvió a despegar los labios.

La bahía de la isla de Serrith estaba dominada por dos de las grandes embarcaciones con doble quilla que había visto durante la evacuación, pero en ese momento ya no había civiles ni suministros a bordo, y la tripulación se preparaba para partir. «Hacia Eranahl», consideró, sin perderse detalle. Y, con todo, y después de semanas de espionaje, la ubicación exacta de aquel lugar seguía siendo un misterio para ella.

La piel se le erizó al seguir a Aren por el camino que atravesaba la hendidura en la roca en la que había matado a todos aquellos soldados. Prosiguieron hasta llegar a la aldea, aunque la imagen era radicalmente distinta a la de la última vez que había estado allí. En lugar de sangre y cadáveres, niños con las miradas perdidas y padres dolientes, el lugar bullía de actividad. Mujeres abrían contraventanas y puertas para ventilar, y los niños corrían sin cuidado entre las casas.

Hubo una avalancha de salutaciones y buenos deseos, presentaciones orgullosas de recién nacidos a los gobernantes, y niños pisándoles los talones, desesperados por llamar la atención. La táctica de Aren era evidente. Estaba intentando tocarle la fibra sensible poniéndole bebés regordetes en los brazos o pidiéndole que les diera dulces a los niños con los que se cruzaban.

Y era una estrategia efectiva. Sintió el impulso de tirarse al suelo y llorar, porque su mundo iba a acabar hecho pedazos. Pero debía elegir entre ellos o los maridrinos. Las personas que morían de hambre en Maridrina necesitaban el puente, los ingresos y los bienes que lo atravesaban. Por tanto, sacrificaría a aquellas personas por el bien de su pueblo y rezaría porque la culpa y la pena no la mataran.

Lara habría dado lo que fuera por tener allí a sus hermanas y compartir con ellas aquella carga; porque sabía que lo entenderían. Eran las únicas personas del mundo que lo comprenderían. Pero estaba sola, y a cada minuto que pasaba se sentía más al borde del límite de lo que podía llegar a soportar.

No volvió a respirar con tranquilidad hasta que regresaron a los botes, se sentó y apoyó la cabeza en las manos mientras ponían rumbo de vuelta a Guardia Central.

—Parece que los guardianes han tenido visita —dijo Jor, rompiendo el silencio.

Lara levantó la cabeza y posó la mirada sobre un islote con paradisíacas playas de arena blanca que se fundían en la roca y la selva. La sombra del puente se cernía sobre ella, a medida que un tramo del mismo descansaba sobre el pilar que se alzaba en el centro de la isla. No parecía una isla única ni excepcional, pero sí fácilmente accesible comparada con las otras que los arquitectos habían aprovechado como pilares.

«Porque no tenían otra opción», concluyó, mirando a lo lejos. El tramo de puente más largo que había visto casi alcanzaba los cien metros de pilar a pilar, y para evitar aquella isla habrían tenido que prolongarlo más allá de los límites de lo posible. Sus ojos se fijaron en las tres siluetas humanas tendidas en la playa, hinchadas y pudriéndose bajo el sol.

—¿Qué es este lugar?

—La isla de las Serpientes.

Lara pensó en las incontables víboras que había visto desde que llegó.

—Un nombre que podría describir a la mayor parte de Ithicana.

—Y especialmente a esta isla. —Aren le hizo un gesto a Jor para que arriara las velas, y dejaron que el bote fuese a la deriva por las zonas poco profundas en dirección a la playa—. Mira.

Lara escudriñó la isla y percibió movimiento bajo la cornisa de las rocas que pendían sobre la playa, pero no era capaz de distinguir ningún detalle. Aren se puso de pie en el bote junto a ella con un pez, que habían capturado poco antes, aún vivo en una mano, y esperó a que las olas los arrastraran poco a poco hacia la orilla. Cuando apenas los separaban tres metros, Jor hundió un remo en el agua para evitar que la embarcación se siguiera moviendo, y Aren lanzó el pez.

El animal cayó en mitad de la playa, y Lara contempló horrorizada cómo decenas y decenas de serpientes salían disparadas del borde, volando hacia el pez con las mandíbulas abiertas. La mayoría eran enormes, y si se irguieran, serían tan altas como Aren, y algunas eran mucho más largas.

La que iba en cabeza cerró las fauces en torno al pescado en el momento en que las otras se empezaron a amontonar unas encima de otras, forcejeando y dando dentelladas hasta que el pescado desapareció por la garganta de una de las serpientes, cuyo cuello se distendió para hacer sitio al preciado premio.

—Madre de Dios.

Lara se cubrió la boca con la mano.

—Si alguna te mordiera, acabarías paralizada en pocos minutos. Luego ya sería cuestión de tiempo que una de las grandes acudiera a rematar la faena.

—Las grandes...

La isla cada vez se le antojaba un lugar más amenazante mientras buscaba señales de una de esas víboras. Oteó un sendero de piedra que ascendía hasta la base del pilar. Estaba invadido por la vegetación, pero comparado con el resto de los pilares, casi parecía acogedor.

—Por favor, no me digas que usan esa ruta para ir hacia el puente.

Aren negó con la cabeza.

—Es un señuelo. Y funciona de maravilla, porque pide a gritos que lo aproveches.

—Demasiado, diría yo —añadió Jor—. ¿A cuántos de los nuestros se han zampado esas víboras?

Lara miró de reojo a Aren.

—Es un juego habitual entre los más jóvenes, aunque esté prohibido. Dos personas atraen a las serpientes para alejarlas del camino, y la que corre debe llegar al pilar, escalarlo y subir al puente, y luego regresar al agua. Es una prueba de valentía.

—De estupidez, más bien —soltó Jor.

—Hombre, es una buena manera de suicidarse.

Lara se mordió el interior de las mejillas, reflexionando sobre la utilidad de aquel lugar concreto. Sería sencillo anclar embarcaciones y trasladar unidades hasta la isla, siempre que fuera posible solucionar la cuestión de las serpientes.

Lara estaba tan enfrascada en sus pensamientos que no se percató de que Aren se había quitado toda la ropa, excepto los pantalones, hasta que saltó por la borda y se metió en el agua, que le llegaba por la cadera.

—Aguántame esto. —Le entregó el arco—. Procura que no se moje.

—¿Se puede saber qué haces?

Se tronó los nudillos.

—Hace mucho que no lo hago, pero estoy seguro de que todavía soy capaz de conseguirlo.

—Vuelve al bote, Aren —le dijo Jor—. Ya no tienes catorce años.

—No, y eso es algo que debería beneficiarme. Lia y Taryn, ustedes son el cebo. No me fallen, o se pasarán el resto de sus días viendo la máscara de Ahnna.

—Que ni se les ocurra —les ordenó Jor a las dos mujeres—. No se muevan.

Aren giró sobre sí mismo en el agua y apoyó las manos en el bote.

—¿Tengo que recordarte quién es el rey, Jor?

Lara estaba boquiabierta. Era la primera vez que lo veía imponer su rango. Lo había visto dar órdenes, claro, pero aquello era distinto. Los dos hombres se fulminaron con la mirada, pero Jor levantó una mano en el aire, consciente de la derrota.

—Obedezcan a su majestad.

Con el gesto descompuesto, las dos mujeres tomaron un par de peces por cabeza y saltaron al agua. «No es la primera vez que lo hacen», pensó Lara. Lo habían hecho antes, y había sido por él.

El corazón le latía a un ritmo irregular.

—Vuelve al bote. Tu brazo aún no está curado.

—Está suficientemente curado.

—¡Estás loco, Aren! ¿Qué estás intentando demostrar?

Aren no respondió, y siguió vadeando hasta que apenas lo separaron unos pocos metros de la orilla. A continuación, se quedó muy quieto mientras las dos soldados chapoteaban con estruendo en direcciones opuestas, atrayendo la atención de las serpientes. El suelo que había bajo la cornisa era una masa confusa de cuerpos, de criaturas que se alejaban del camino al percatarse de la presencia de las mujeres.

«La culpa es tuya, por lo que le dijiste —le susurró una voz en su cabeza—. Le dijiste que se acostara en el suelo y se dejara morir.»

—Aren, vuelve al barco. —Hablaba con una voz tan estridente hasta ser irreconocible—. No hay ninguna necesidad de que hagas esto.

Aren la ignoró.

«Dile que te importa. Dile que su vida te importa. Dile lo que haga falta para que vuelva al bote.»

Pero no podía. No era capaz de mentirle para después apuñalarlo por la espalda.

Pero ¿era acaso una mentira?

—Aren, yo...

El resto de las palabras se le atoraron en la garganta. Jor hizo un gesto de cabeza a los guardias que seguían en el bote, y los que portaban arcos prepararon con discreción una flecha, pero, de algún modo, Aren presintió lo que estaban haciendo.

—Si alguien suelta una flecha, despídanse de mi guardia.

Bajaron los arcos.

—No lo puedo creer —gruñó Lara—. Aren, vuelve al barco, pedazo de...

—¡Ahora!

Ante la orden, las mujeres lanzaron los peces a la playa. De nuevo, las víboras salieron por decenas de debajo de la cornisa. Lara ni siquiera era capaz de contarlas. Y justo cuando las que iban en cabeza estaban a punto de darle un mordisco a su premio, Aren echó a correr, hundiendo los pies en la arena profunda. No había llegado a la mitad de la playa cuando las serpientes lo vieron, y varias de ellas se irguieron para contemplar al intruso antes de abalanzarse en su dirección.

Él era rápido.

Pero las serpientes lo eran más todavía.

—¡Van por ti! —gritó Lara, viendo con horror cómo las malévolas criaturas se deslizaban por la arena. Aren había llegado al sendero y corría hacia el imponente pilar, con el sudor reluciéndole en los hombros desnudos. Le faltaban menos de treinta metros.

No llegaría a tiempo.

Las serpientes se lanzaban por el aire y cerraban con fuerza las mandíbulas a pocos pasos por detrás de él. Y se estaban acercando.

—¡Corre!

Lara se había puesto de pie y ni siquiera se había dado cuenta de que el bote se balanceaba bajo sus pies. No podía morir. Así no.

Jor también se había levantado.

—¡Corre, pedazo de idiota!

Solo diez metros más. «Por favor», suplicó. «Por favor, por favor.»

Ella y Jor la vieron antes que Aren. Una serpiente descomunal rodeaba la base del pilar, atraída por el alboroto de sus hermanas menores. La criatura y Aren se vieron a la vez, y la serpiente se irguió a pesar de que el rey había frenado en seco, atrapado en medio de una muerte segura.

Sin pensarlo dos veces, Lara levantó el arco de Aren y le arrancó una flecha de la mano al guardia más cercano. Preparó la flecha al tiempo que se giraba, y la soltó. Las plumas negras cortaron el aire y la flecha pasó casi rozando el hombro de Aren, pero acabó acertando en el hocico abierto de la devoradora de hombres.

Aren reaccionó al instante: esquivó a la víbora muerta y saltó para agarrarse a los asideros que sobresalían de la roca desgastada, apartando los talones del alcance de las serpientes en el último momento. Llegó al punto intermedio en cuestión de segundos, y volteó en dirección al bote, probablemente para descubrir quién había desobedecido sus órdenes.

Lara dejó caer el arco de entre sus dedos, pero poco importaba. La había visto. Todos la habían visto. Y ahora tendría que enfrentarse a las consecuencias.

Nadie dijo nada mientras Aren escalaba el pilar, y el corazón de Lara no le dio ni un momento de respiro, consciente como era de que una caída desde aquella altura lo mataría. La herida del brazo se le había abierto y le había empezado a gotear sangre, pero no parecía molestarlo, o no lo mostró. Al alcanzar la cima del puente, Aren recorrió un tramo hasta estar de nuevo sobre una zona de aguas hondas y, sin vacilar, se zambulló en las profundidades.

Lara contuvo el aliento, buscando por el mar alguna señal de él. Nada.

Le sangraba el hombro.

¿Y si había tiburones cerca?

Jor trajinaba a sus espaldas. Se quitó las botas y el bote comenzó a ir a la deriva.

—¡Lia, Taryn! ¡Aquí, ya!

En ese momento, Aren salió a la superficie y se subió a la embarcación en un único y ágil movimiento. El agua brillaba en su piel tostada, y sus músculos se tensaron cuando recuperó el equilibrio. Sus soldados apenas pudieron hacerse a un lado cuando Aren se fue hacia Lara.

—¿Se puede saber a qué vino eso?

Lara se mantuvo firme a pesar de que Aren se alzara imponente sobre ella.

—Pues a que te salvé el pellejo de niñito que tienes.

—No necesitaba que nadie me salvara.

El carraspeo posterior de Jor sonó casi como «claro». Aren lo atravesó con la mirada antes de volver a fijar su atención en Lara.

—Primera noticia que tengo de que sabes usar el arco. No habría estado de más que lo hubieras mencionado estos últimos meses.

—Me hubieras preguntado. —Se puso de puntitas y lo miró fijamente hasta que él dio un paso atrás; el barco se mecía a medida que se iba aproximando a la orilla—. Y si vuelves a asustarme así, te juro que no dudaré en usarlo contigo.

—Y yo que creía que no te importaba.

—¡Es que no me importa! Por mí regresa a esa playa y revuélcate con una de las serpientes.

—¿Ah, sí?

Y, con la misma velocidad que las víboras de la isla, Aren la levantó y la lanzó al agua. Lara cayó de sentón sobre un banco de arena; el agua apenas le llegaba por la cintura, pero se le había empapado la ropa.

—¡Imbécil!

Se incorporó como pudo, entorpecida por las olas que le golpeaban las rodillas.

—Dice la mujer que desde que llegó no ha sido más que un grano en el...

Se interrumpió con un grito cuando Jor se apoyó en el bote y le dio una patada firme en el trasero. Aren cayó al agua sobre sus manos y rodillas con un fuerte chapoteo, y a punto estuvo de tirar a Lara. Después de recuperar el equilibrio con bastante más rapidez que ella, Aren gritó:

—Maldición, Jor. ¿Por qué demonios hiciste eso?

Pero el bote ya se alejaba.

—¡Volveremos! —respondió Jor a viva voz—. Cuando hayan solucionado su peleíta conyugal.

Poco después, la embarcación rodeó el pilar y se perdieron de vista. Después de escupir una ristra de violentas maldiciones, Aren le dio un puñetazo a la superficie del agua, pero Lara ni se percató. Tenía la vista puesta en las víboras que reptaban por la arena y se detenían en la orilla. Varias de ellas se irguieron, meciéndose a un lado y a otro sin dejar de observarlos. Y a sus espaldas... el océano. Aunque hubiera sabido nadar, Lara sabía muy bien lo que acechaba en aquellas aguas.

Estaba atrapada.

El sol caía a plomo, y la frente le picaba del sudor que se mezclaba con el agua salada que le empapaba el cabello. Debía tener el pánico que la empezaba a torturar grabado en el rostro, puesto que Aren creyó conveniente decir:

—Las serpientes no llegarán hasta aquí. Pueden nadar,

pero no les gusta. Y Jor volverá. Esto es una mierda de las suyas. No te preocupes.

—Qué fácil es decirlo. —A Lara le castañeaban los dientes como si estuviera helada, aunque ese no fuera el caso—. Tú puedes irte nadando si quieres.

—No me tientes.

—No me sorprende, con lo poco que valoras las vidas de los maridrinos.

Habría preferido evitar que aquellas palabras salieran de su boca, pero quizá había llegado el momento de soltárselo. Tal vez había llegado la hora de reprocharle la villanía de Ithicana.

Aren la miró fijamente, boquiabierto.

—¿Puedes explicarme qué he hecho para merecer un comentario así? Me he desvivido por tratarte con cortesía, y lo mismo con tus compatriotas.

—¿Te has desvivido? —Lara era consciente de que estaba dejando que su temperamento se apoderara de ella, pero la ira sabía mejor que el miedo—. ¿Crees que dejar que mi pueblo muera de hambre con tal de llenarte bien las arcas es desvivirte por él?

Silencio. Y después:

—¿De verdad piensas que Ithicana es la responsable de los problemas de Maridrina? —Hablaba con incredulidad—. Somos aliados, por el amor de Dios.

—Ajá, aliados. Por eso todo el mundo sabe que la mayor parte de la comida que se vende en Guardia Meridional acaba en Valcotta.

—¡Porque nos la compran! —Aren lanzó los brazos al aire—. Guardia Meridional es un mercado libre. Quien ofrece más por los bienes, se los lleva. Sin distinciones. Sin favoritismos. Así es el mercado. Ithicana es neutral.

—Qué fácil es lavarse las manos y eludir toda culpa.

Estaba a punto de perder los estribos. ¿Cómo era posible que él se hubiera pasado todo el día intentando generarle empatía por su gente y ahora se hiciera de la vista gorda con su pueblo?

—¿Y cómo te atreves a hablar de alianza e inmediatamente defender tu neutralidad?

Aren renegó y sacudió la cabeza.

—Mira, ya no puedo más. —Se presionó la sien con el pulgar—. ¿Por qué crees que tenemos a Amarid constantemente encima? Pues porque no toleran las concesiones que le hicimos a Maridrina, y lo mismo nos pasaría con Harendell si Ahnna decidiera desposarse con su príncipe.

—¿Y qué clase de beneficio les han aportado las que tú llamas «concesiones»? Maridrina se muere de hambre, atrapada entre Ithicana y el desierto Rojo, y aún no he visto ni una mínima muestra de empatía por tu parte.

—No tienes ni idea de lo que hablas.

—¿Ah, no? Te oí el día que me trajiste aquí. Te oí decir que las concesiones que le hiciste a mi padre no eran lo que tú querías, ¡y que Maridrina se moriría de hambre antes de ver los beneficios del tratado!

Aren la miraba fijamente, con el rostro descompuesto por la cólera.

—Tienes razón. Dije eso. Pero si tú y el resto de tu gente quieren culpar a alguien por el hambre que asola Maridrina, fíjense más bien en tu padre.

Lara abrió la boca para discutir, pero no fue capaz de articular palabra.

—¿Has leído el tratado? —le preguntó Aren.

—Por supuesto. Si Maridrina respetaba la paz con Ithicana durante quince años, te casarías con una princesa del reino y ofrecerías concesiones en impuestos y peajes del puente mientras durara la paz entre los reinos.

—Ese es el resumen, sí. El problema es que cuando llegó el momento de negociar las concesiones, me ofrecí a eliminar todos los costos asociados con un bien de importación, convencido de que eso obligaría a tu padre a tomar una decisión enfocada a alimentar la paz. Ganado. Trigo. Maíz. Pero ¿sabes qué nos exigió? Acero harendellés.

Lara notó una opresión en el pecho.

—Mientes. Todo lo que mi padre ha hecho ha sido por el bien de nuestro pueblo.

Aren soltó una carcajada sin un ápice de humor.

—Todo lo que tu padre ha hecho ha sido por el bien de sus arcas. Y por orgullo. —Negó con la cabeza—. Nuestros impuestos sobre el acero y las armas siempre han sido exorbitados hasta rayar en lo prohibitivo, porque el tráfico de armas tiene ramificaciones políticas que querríamos evitar. Y eso por no mencionar que dichas armas suelen acabar usándolas en nuestra contra.

Lara no podía respirar.

»Maridrina no tiene minas de minerales, por eso deben buscar el acero de sus armas en otro sitio. Y dado que tu padre no está dispuesto a renunciar a su guerra eterna con Valcotta, se ha visto obligado a importar armas en barco a un precio desorbitado. Hasta ahora.

El sol brillaba con tanta fuerza que todo lo que la rodeaba se desdibujaba.

—Voy a continuar, porque me parece que tu educación en el desierto tuvo ciertas lagunas. —Los ojos avellana de Aren destellaban de ira. Era lo único en lo que aparentemente ella podía centrarse—. La guerra cuesta dinero, créeme, lo digo por experiencia propia. Pero tu padre no posee el puente, así que lo paga todo con impuestos asfixiantes que han dejado muy endeble la economía de Maridrina. Por tanto, cuando sus mercaderes atracan en el mercado abierto de

Guardia Meridional, son incapaces de ofrecer un precio competitivo, y acaban marchándose con lo que nadie más quiere.

Carne pasada. Grano podrido. Lara cerró los ojos. Si le estaba contando la verdad, todo lo que habían utilizado para alimentar su deseo de capturar el puente habían sido falsedades. Y lo único que justificaría la caída de Ithicana sería aquello contra lo que había luchado toda su vida: la codicia.

—Yo no soy quien te ha estado engañando. Aunque tampoco espero que me creas.

Jor y los demás escogieron ese preciso momento para dar media vuelta, y la expresión en el rostro de Aren bastó para borrar cualquier ánimo burlón que pudiera tener el veterano. Cuando el bote se acercó, Aren se agarró al borde y se subió. Después de que Lara hiciera lo propio, Aren ordenó:

—Pongan la otra vela.

Jor esbozó una mueca.

—¿Tantas ganas tienes de volver a casa?

—No vamos a casa.

—¿Ah, no? ¿Y adónde?

Aren alzó la vista a los cielos del este, que amenazaban tormenta, y se volvió de nuevo; pero sus ojos no se dirigieron a Jor.

A Lara se le revolvió el estómago cuando Aren la atravesó con la mirada. Retándola.

—Vamos a visitar Maridrina.

26
Lara

Que Aren estuviera dispuesto a arriesgarse a poner un pie en territorio enemigo y a llevarla a ella, que conocía tantísimos secretos de Ithicana, debería haberla convencido de que le había dicho la verdad. De que su padre, Serin y todos los maestros del complejo eran unos farsantes.

Pero no fue así.

A Lara le habían grabado a fuego en el alma las historias sobre la maldad de Ithicana. Se las habían susurrado al oído a lo largo de toda su vida. Repetidas como un mantra durante horas, días y años de penosos entrenamientos que casi habían acabado con ella. De hecho, habían acabado con muchas de sus hermanastras, y las habían llevado, de una forma u otra, a la muerte.

«Toma el puente y serás la salvadora de Maridrina.»

Creerle a Aren significaría cambiar esa proclama por algo muy distinto. «Toma el puente y serás la destructora de una nación. Toma el puente y demostrarás no ser más que la peona de tu padre.» Y fue por eso por lo que, como una cobarde, se negó de inmediato a ir a su patria.

—Estamos en medio de la temporada de tormentas. —Lara señaló los nubarrones del este—. ¿A qué clase de impertinente se le ocurriría hacerse al mar para demostrar que tiene razón?

—Al que tienes delante. —Aren anudó con firmeza la cuerda que le había dado Lia—. Además, los cielos están despejados en la dirección a la que nos dirigimos. Y si nos atrapa la tormenta, se sabe que somos unos marineros muy duchos.

—¡Vamos en una canoa! —Lara no soportaba el tono estridente de su propia voz—. ¡A ver de qué nos sirven tus habilidades en medio de un tifón!

Aren soltó una carcajada y se sentó en uno de los tablones.

—No vamos a navegar hasta la capital de Maridrina con una embarcación ithicana.

—¿Y cómo, entonces? —exigió—. ¿Por el puente?

Jor resopló y le lanzó a Aren una mirada elocuente.

—¿No será mejor evitar Guardia Meridional, su majestad?

Aren lo ignoró, levantó los talones y se recostó sobre un saco.

—Pronto lo descubrirán.

Lara no tardó en agarrarse al borde de la embarcación mientras se deslizaba por las olas y se escoraba hasta tal punto que estaba convencida de que una ráfaga de viento los haría volcar y se ahogarían en alta mar.

Lara se recordó a sí misma que debía prestar atención a lo que viera. «Así es como se infiltran en tu hogar, como nos espían.» Y, aun así, a medida que el puente y su bruma se difuminaban en la distancia y otras islas emergían más adelante, lo único que le importaba era saber hasta dónde llegaban las mentiras de Serin y su padre.

Los ithicanos arriaron una de las velas y el bote recuperó cierta estabilidad, así que Lara aprovechó para intentar descubrir adónde la estaba llevando Aren. Columnas de roca salpicadas de verde se alzaban en medio de un mar azul tan cristalino que el lecho parecía estar al alcance de la mano. Bandadas de aves llenaban el aire, y algunas se precipitaban hacia el agua para reemerger poco después con un pez en el pico, que luego engullían antes de que una de sus compañeras pudiera robarlo. En algunas de las islas más grandes, se atisbaban playas blanquísimas y sugerentes, y no había rastro, por ningún lado, de las defensas que teñían de rojo con la sangre de sus enemigos las aguas en torno al puente de Ithicana.

Lara se arrodilló para alzar la vista cuando pasaron junto a dos torres de caliza.

—¿Aquí vive alguien?

Como si hubieran esperado a que les dieran pie, cuando rodearon otra de las islas, aparecieron varias barcas de pescadores, con hombres y mujeres a bordo que dejaban lo que estuvieran haciendo para levantar las manos y saludar, casi todos llamando a Aren por su nombre.

—Sí, unas cuantas personas —respondió él con parsimonia, como si le costara admitirlo—. Pero es peligroso. Si los atacaran, no llegaríamos a tiempo de salvarlos.

—¿Y suelen recibir ataques?

—No desde que se firmó el tratado, y por eso cada vez son más las familias que se asientan aquí.

—¿Se marchan durante las Mareas de Guerra?

Apretó la mandíbula.

—No.

Lara les dio la espalda a los barcos pesqueros para poder mirarlo, y el estómago se le revolvió. ¿Qué posibilidad había de que Serin y su padre supieran de la existencia de aquella gente? ¿Y qué posibilidad había de que Aren hiciera todo lo que estuviera en su mano por ayudarla frente a un ataque?

Aunque eso implicara debilitar las defensas del puente.

Serpentearon entre las islas sin mediar palabra, antes de navegar por debajo de un arco de piedra natural y adentrarse en una bahía oculta que eclipsaba a la de Guardia Central y en la que, ante la sorpresa de Lara, había varios navíos anclados.

—Son, por lo general, buques que hemos capturado. Remodelamos unos cuantos para que parezcan barcos mercantes. Este es mío.

Aren señaló una embarcación mediana pintada de azul y dorado.

—¿No son todos tuyos? —replicó Lara con frialdad, aceptando el brazo de Jor para no perder el equilibrio antes de agarrar la escalera de cuerdas que pendía de uno de los lados del barco.

—Todos pertenecen al rey Aren de Ithicana. Pero este está bajo el mando del capitán John, mercader de Harendell. Vamos. Si nos retrasamos más, la tormenta nos va a perseguir hasta Vencia.

La bodega resultó estar hasta los topes del producto que justamente Ithicana quería alejar de Maridrina: acero.

—No podemos tener la bodega llena de ganado para este tipo de situaciones —continuó Aren—. Además, el acero es lo único que compensaría el riesgo de atravesar el mar en temporada de tormentas. O lo compensaba, vaya.

Cuando se retiraron de cubierta y se dirigieron al camarote del capitán, Lara partió un trocito de la raíz que le había dado Nana y la masticó con energía y la esperanza de que le mitigara las náuseas que no solo le provocaba el mareo de ir en barco.

Aren abrió un cofre, buscó dentro y extrajo unas prendas y un gorro, que después le lanzó.

—Es un disfraz. Si te haces pasar por un chico, tendrás mucha más libertad cuando lleguemos a la ciudad.

Lara le hizo una mueca antes de aceptar la ropa y esperó a que se volteara para deshacerse de sus ropajes ithicanos. Después de darle un par de vueltas, se envolvió con fuerza un pañuelo alrededor del pecho, ciñéndose los pechos lo mejor que pudo, y luego se puso la camisola holgada y los pantalones voluminosos que, por lo visto, solían llevar los marineros harendelleses. Se enrolló la larga coleta en un chongo sobre la coronilla y lo apretó con firmeza, antes de calarse el gorro para ocultarlo y voltearse de nuevo.

Aren ya se había puesto su conjunto harendellés y un gorro similar en la cabeza. Frunció el ceño.

—Sigues pareciendo una mujer.

—No me digas —replicó ella, y se cruzó de brazos.

—Mmm. —Giró sobre sí mismo, y luego se acercó a una esquina y pasó la mano por el suelo—. Hace más de un año que este barco no se mueve, y dudo que haya venido nadie a limpiarlo.

Cruzó la estancia en dirección a ella. Lara retrocedió, alarmada.

—¿Se puede saber qué haces?

—Completar el disfraz. —Sujetándole la nuca, le frotó la cara con una mano que olía a mugre y mierda de rata, ignorando sus protestas. Aren dio un paso atrás y la revisó de arriba abajo—. Encórvate un poco. Y no dejes de fruncir el ceño. Pareces un muchacho de trece años al que obligaron a trabajar para su primo, un jovencito pícaro pero encantador algo mayor que él.

Lara levantó la mano en un gesto universalmente ofensivo. Aren soltó una carcajada y, acto seguido, gritó a través de la puerta:

—¡Marineros a cubierta! ¡Zarpamos rumbo a Maridrina!

Con una eficiencia casi ensayada, los soldados, ahora convertidos en marineros harendelleses, estaban enjarciando el navío mientras Jor platicaba con una docena de ithicanos que ella no reconoció, y que debían ser habitantes de la isla.

—¿Cuál es la coartada, capitán? —gritó Jor cuando Aren y Lara salieron a cubierta.

—Vimos que las tormentas nos daban una cierta tregua y nos arriesgamos a cruzar el mar por conseguir un buen beneficio rápido. Esta es la última oportunidad que tenemos de ganar un buen pellizco mientras el precio del acero siga por las nubes.

Todos los presentes asintieron, conformes, y Lara comprendió que aquella no era la primera vez que hacían algo así. Que el hombre más buscado de Ithicana se había paseado delante de las narices de su padre y que nadie, ni siquiera Serin, se había dado cuenta. Aren tomó el control del timón y empezó a proferir órdenes. Se levó el ancla, se arriaron las velas y el barco navegó a la deriva hasta salir de la cala.

—¿Sueles visitar Maridrina?

Aren sacudió la cabeza.

—Ya no. Antes de que me coronaran, me pasaba la vida viajando por los otros reinos para formarme sobre economía y comercio.

—¿Eso hacías? —preguntó Jor al pasar cerca—. Y yo que pensaba que tus aventuritas fuera de Ithicana las dedicabas a jugar, meterte en líos de faldas y despilfarrar el dinero en bebida barata.

—No es incompatible. —Aren tuvo la decencia de aparentar cierto bochorno—. Sea como sea, todo se terminó cuando me coronaron, pero por Lara estoy dispuesto a hacer una excepción.

Ella apoyó los brazos en el pasamano.

—¿Cuánto tardaremos en llegar?

—Pues o nos adelantamos a la tormenta... —Esbozó una sonrisa—. O no llegaremos jamás.

—Esto es innecesario.

Le preocupaba más lo que pudiera llegar a descubrir cuando llegaran que el hecho de que Aren la llevara hasta allí sana y salva.

—Eso lo decido yo. ¿Por qué no buscas algo útil que hacer?

Consciente de que Aren no esperaría que le hiciera caso, eso fue justamente lo que hizo. Armada con una cubeta, un mechudo y un cepillo mohoso, se puso a fregar la cubierta antes de dirigirse al camarote del capitán, donde robó algo de oro que encontró en el cajón de un escritorio, deteniéndose solo a tirar el agua ennegrecida y tomar otra limpia. Con el rabillo del ojo, veía a Aren abrir la boca cada vez que pasaba cerca de él, antes de volver a cerrarla, fruncir el ceño y mirar al mar que se extendía frente a ellos.

Solo eso ya la satisfacía, pero, además, la limpieza le permitía pensar sin interrupciones. Tal como Lara lo veía, tenía tres opciones una vez que llegaran a puerto. La primera era correr. No le cabía la menor duda de que podía escaparse de Aren y su guardia, y con las joyas que llevaba en el bolsillo y el oro que acababa de robar del camarote del capitán, podría comenzar una vida nueva donde le pareciera mejor. Sería libre, y si Aren llegaba a escribirle una carta a su padre con el papel que había marcado, habría cumplido con su cometido para con su pueblo.

La segunda opción era escabullirse hacia el palacio de su padre y usar los códigos que Serin le había dado para que la dejaran entrar. Les contaría a todos lo que sabía hasta el más mínimo detalle a cambio de su libertad, tal como le habían prometido. El problema era que también se arriesgaba a que su padre le cortara el cuello en cuanto le diera la información que necesitaba. Y la tercera...

La tercera opción era que todo lo que le había contado Aren fuera cierto. Que a su padre le hubieran ofrecido la oportunidad de mejorar las vidas del pueblo de Maridrina y que él la hubiera rechazado. Que su padre, no Ithicana, fuera el opresor de su patria. Aun así, Lara se resistía a aceptar aquella explicación. Y, sobre todo, no estaba dispuesta a aceptarla sin pruebas.

Agarrando el cubo de agua sucia con una mano y la barandilla con la otra, se volvió a observar a Aren guiando el barco y el corazón se le aceleró, a pesar del ridículo gorro que él llevaba.

¿Y si había dedicado toda su vida a una mentira?

Tampoco tuvo demasiado tiempo para ofuscarse, puesto que en ese momento una ola inundó la cubierta y tiró por la borda todos sus esfuerzos. El mar se estaba picando y, al alzar la vista al cielo, vio un relámpago partir las nubes, a la vez que el viento le sacudía el gorro. Aren estaba bordeando la tormenta, aunque ya la tenían casi encima. Lara entrecerró los ojos y divisó la silueta del continente a poca distancia. ¿Qué posibilidades tenían de sobrevivir?

Soltó el mechudo y la cubeta y trastabilló por la cubierta hasta el timón, donde estaba Aren.

—¡Tienes que virar al oeste y adelantarte a este tifón, estás loco! —le gritó a viva voz para que pudiera oírla por encima del viento, señalando los nubarrones.

—Es una tormenta sin importancia —respondió él—. Yo me encargo. Pero tú deberías agarrarte.

Aferrada al pasamanos y sujetándose el gorro, Lara observó cómo Vencia y su puerto resguardado se iban dibujando en el horizonte, apenas visibles cuando la lluvia comenzó a caer. A diferencia del día en que se marchó, el cielo de la ciudad que la vio nacer era un manto negro y funesto, y los edificios encalados que se alzaban en el puerto eran hoy de un gris apagado. Dominándolo todo estaba el palacio imperial, sus muros bañados de un azul brillante y las cúpulas de bronce. Allí era donde su padre tenía su harén de esposas, y si seguía viva, su madre era una de ellas.

Oyó a duras penas a Aren ordenarle a la tripulación que arriara algunas de las velas para reducir la velocidad del buque, a medida que se aproximaba al rompeolas que protegía el puerto. Un relámpago iluminó el cielo y, un instante más tarde, el trueno sacudió el barco. Las olas no dejaban de anegar la cubierta, y los ithicanos se agarraban con fuerza a las jarcias para no salir despedidos por la borda.

El único que parecía imperturbable era Aren.

Controlando unas náuseas que empeoraban cada segundo, Lara hundió los dedos en la barandilla. El oleaje golpeaba contra el alto rompeolas como un ariete incansable y lanzaba espuma y rocío a más de quince metros de altura. Cada embate sonaba como una explosión, y Lara notaba el sudor cayéndole por la espalda cuando se imaginaba lo que ocurriría si el navío se empotraba contra las rocas.

Gruñendo por el esfuerzo, Aren giró el timón con la mirada clavada en la aparentemente estrecha abertura por la que tendrían que pasar.

Una ola se alzó hasta casi superar la altura del rompeolas.

—Esto es de locos.

Lara apenas fue capaz de mantener el equilibrio cuando el navío viró y se enderezó para deslizarse en medio de la hendidura con precisión absoluta. Un profundo suspiro se escapó de sus pulmones, y la madera del pasamanos se le clavó en la frente cuando apoyó la cabeza encima mientras la lluvia le salpicaba.

—Te dije que nos las arreglaríamos —le dijo Aren, pero ella no respondió, sino que se limitó a contemplar el ajetreado puerto y las aguas, que eran una laguna en comparación con las del mar abierto que habían dejado atrás.

Durante la temporada de tormentas, sabía que la mayoría de las embarcaciones mercantes permanecían cerca de la costa, a un tiro de piedra de un puerto por si los cielos oscuros amenazaban temporal, así que fueron muchas las cabezas que se volvieron al ver un barco harendellés adentrándose en el puerto. El posible contenido de la bodega tentó tanto al capitán del puerto que les hizo un gesto para que se saltaran la fila, ante el claro rechazo de los demás capitanes y sus tripulaciones.

—¡Dichosos los ojos, engreído con agallas! —gritó el hombre en cuanto el barco chocó contra el atracadero, y Jor y varios miembros de la guardia saltaron por encima del pasamanos para amarrar el navío.

Aren esperó a que prepararan la pasarela antes de hacerle un gesto a Lara para que lo siguiera, azotados por una lluvia cada vez más torrencial.

—Tú dices que tengo agallas, pero mi abuela utiliza una palabra algo distinta para describirme.

El capitán del puerto soltó una risotada.

—¿Codicioso?

Aren se llevó una mano al pecho y fingió que se tambaleaba.

—¡Qué ataque más injusto!

Reían como si se conocieran de toda la vida. Aren extrajo un puñado de monedas y se las ofreció al supervisor, antes de darle también una de oro, que el hombre se guardó con disimulo en el bolsillo mientras su asistente registraba los detalles en un pedazo de papel.

—Llegas en el mejor momento posible —continuó el capitán—. El precio del acero se desplomará de un momento a otro; Ithicana está enviando el puñetero metal sin impuestos ni peajes y se está acumulando en Guardia Meridional. Y encima los valcotteses están impidiendo que el rey Silas recoja su premio.

El capitán escupió al agua y Aren dejó escapar un ruido de conmiseración.

—Eso he oído.

—La flamante reina de Ithicana no nos ha hecho ningún favor. Silas nos ha estado consumiendo con impuestos y gastándoselos para comprar acero, pero nuestras vidas siguen igual.

—Las mujeres hermosas suelen costarles dinero a los hombres —respondió Aren.

Lara temblaba de ira, y al capitán del puerto no le pasó desapercibido.

—No me gusta nada cómo me estás mirando, muchacho.

Aren le dio una palmada a Lara en el hombro lo bastante fuerte como para que se tambaleara.

—No le hagas ni caso a mi primo. Está enojado porque se ha pasado la travesía fregando la cubierta en lugar de holgazaneando, que es lo que hace siempre.

—La familia es la peor tripulación posible.

—Dímelo a mí. He estado tentado a tirarlo por la borda media docena de veces, pero luego no me dejarían volver a casa.

—Conozco a más de una señorita aquí en Vencia que estaría más que dispuesta a levantarte los ánimos.

—No me tientes.

Un cuarto plan, que consistía en hundirle a Aren un cuchillo en las entrañas, comenzó a tomar forma en la mente de Lara cuando se dispuso a seguir a los dos hombres fuera del atracadero.

Al oír la voz del capitán, volvió a poner atención en la conversación.

—He oído que Amarid se ha pasado la estación de calma demostrándole al Reino del Puente lo que opina sobre que Ithicana les haya fastidiado el negocio de suministrar armas harendellesas a Maridrina.

—Ithicana no está suministrándole armas a nadie.

Lara percibió la indignación en la voz de Aren, pero el capitán no parecía haberse dado cuenta.

—Para el caso, es lo mismo. Lo envían gratis. Nos lo ponen en las manos. O, vaya, eso era lo que pasaba hasta que Valcotta decidió arriesgar su flota para bloquearnos el acceso al puerto. —La amargura en su voz era palpable—. El rey Silas debería haber pedido ganado.

—Las vacas no ganan guerras —respondió Aren.

—Y si los soldados se mueren de hambre, tampoco. Ni los que ya se ha llevado la peste. —El capitán escupió al suelo—. Lo único bueno que el matrimonio de nuestra princesa ha hecho por Maridrina es llenarles los bolsillos a los mendigos a los que el rey pagó para que se sentaran en la calle y gritaran su nombre al pasar.

Aren y el tipo pasaron a comentar los detalles de la descarga del barco, pero sus palabras apenas eran un zumbido en los oídos de Lara mientras lo que acababa de oír se hundía en lo más profundo del alma. Lo que Serin le había contado en la carta sobre el hambre y la peste era cierto, y aun así... Aun así, si lo que aquel hombre decía era verdad, la habían engañado por completo sobre quién era el culpable de tantos males. El sudor le caía en gotitas por la espalda y le picaba la piel.

No podía ser verdad. Aren había contratado a aquel hombre para que le contara aquellas falacias con el único propósito de confundirla. Lara sintió como si algo le estuviera oprimiendo el pecho y dificultando la respiración mientras se esforzaba por conciliar toda una vida de enseñanzas con lo que estaba viendo. Con lo que estaba oyendo.

Con lo que ella misma había hecho.

—Dile a tu tripulación que descargue mañana a primera hora. Con esta tormenta, en este momento sería prácticamente imposible.

Lara parpadeó varias veces y observó a Aren estrechar la mano del capitán y esperar a que el tipo se hubiera marchado antes de susurrarle:

—¿Necesitas más pruebas?

Lara no respondió, sino que se limitó a presionarse las sienes y odiarse a sí misma por cómo le temblaban las manos.

—¿Podemos volver ya al barco?

Notaba la lengua gruesa en la boca y su voz distante.

—No.

Había algo en el tono de su voz que la arrancó del estado de fuga. El agua de lluvia resbalaba por los ángulos afilados del rostro de Aren, y gotas diminutas se acumulaban en sus oscuras pestañas. Sus ojos avellana buscaron los de ella durante un instante, y luego repasó el muelle.

—Vamos a tener que esperar a que amaine la tormenta aquí, en Vencia. Lo mejor será que nos pongamos cómodos.

Lara notaba el pulso martilleándole en el cráneo cuando atravesó el mercado, siguiendo de cerca a Aren, rodeada de ithicanos que no se percataban de su presencia. «Corre.» La orden se repetía en su cabeza y le hacía flexionar los pies dentro de las botas, desesperada por huir de aquella situación. No quería oír nada más. No quería enfrentarse al hecho de que quizá no fuera la liberadora de nadie. Tal vez no fuera una salvadora. Ni siquiera una mártir.

Quería escapar de aquellos fragmentos de realidad que pretendían convencerla de que era algo totalmente distinto a lo que creía.

Aren fue ascendiendo por callejuelas serpenteantes, delimitadas a ambos lados por edificios de dos plantas apiñados entre sí, con las contraventanas cerradas por la tormenta. Se detuvo frente a una puerta con un cartel que rezaba «El Trino» justo encima. La música, el tintineo de las copas y el murmullo colectivo de voces se filtraban hasta la calle. Vaciló unos instantes con la mano en el picaporte, antes de abrir la puerta con un suspiro.

El aroma a madera quemada, a comida caliente y a cerveza derramada abrumó a Lara, y escudriñó la estancia llena de mesas bajas, la mayoría ocupadas por mercaderes. Jor y Aren se sentaron a una mesa de la esquina, mientras que el resto de la guardia optó por irse a la barra. Esforzándose por controlar las violentas emociones que le atenazaban el corazón, Lara tomó asiento junto a Aren, se arrellanó en la silla y rezó porque la lluvia no se hubiera llevado por completo la mugre que completaba su disfraz. Una voz femenina captó su atención.

—Pero, bueno, dichosos los ojos que te ven.

Una joven, tal vez de veintantos años, se acercó a la mesa. Tenía el cabello largo, de un tono más claro y dorado que el de Lara, y el corte bajo de su corpiño dejaba al descubierto una buena parte de su generoso escote.

Aren tomó uno de los vasitos de líquido ámbar que una camarera había llevado a la mesa.

—¿Todo bien, Marisol?

—¿En serio me lo preguntas? —La mujer, Marisol, puso los brazos en jarras—. Hace más de un año que no te dignas a aparecer por Vencia, John, ¿y me preguntas si todo está bien?

—¿Tanto hace?

—¡Bien que lo sabes, canalla!

Aren levantó las manos en señal de disculpa y le dirigió a la mujer una sonrisa arrebatadora que Lara jamás le había visto en el rostro. Coqueta. Familiar. Lara comprendió el tipo de relación que habían tenido, y sintió un sofoco.

—Si de mí dependiera... Pero me alegro de verte.

La mujer adelantó el labio inferior y lo miró largamente. Acto seguido, se sentó sobre sus rodillas y le rodeó el cuello con el brazo. Lara cerró los dedos en torno a las dagas que llevaba ocultas en las botas. Le hervía la sangre. ¿Cómo era capaz de pasear a su amante delante de ella? ¿Era un castigo? ¿Intentaba demostrarle algo?

Poco después, la mujer saludó a Jor y le hizo un gesto a una de las camareras para que llevaran otra ronda. Jor vació la copa en un santiamén, y cogió la siguiente antes de que la camarera tuviera oportunidad de dejarla sobre la mesa.

—Me alegro de verte, Marisol.

Los ojos de la mujer se posaron en Lara.

—¿Quién es el de la cara larga?

—Mi primo. Lo estamos introduciendo en el negocio.

Marisol inclinó su bella cabeza y observó a Lara como si intentara ubicar su cara.

—Con esos ojos, tu madre debe de haber estado coqueteando con el mismísimo rey Silas.

Aren se atragantó con la bebida.

—Madre mía, ¿te imaginas?

—Muchacho, si sonrieras un poco, la pasarías mejor. A ver si aprendes algo de tu primo más allá de saber llevar un barco.

Lara sonrió con todos los dientes, pero la mujer soltó una carcajada y volvió a fijar la atención en Aren.

—¿Cuándo te vas?

—Mañana, si la tormenta nos da una tregua.

Ella apretó la mandíbula, claramente decepcionada.

—Qué pronto.

—Me necesitan en casa.

—Siempre estás con lo mismo. —Marisol exhaló despacio, y luego sacudió la cabeza—. Necesitarás habitaciones para tu tripulación esta noche, ¿no? ¿Y para tu primo?

A Lara se le revolvió el estómago. A él no se lo había ofrecido. No. No tendría pensado...

—Sí. Y otra para mí.

Marisol arqueó una ceja, y Lara reprimió el impulso de arrearle un puñetazo en la naricita.

Jor carraspeó.

—Se ha casado, Marisol.

La mujer se puso en pie de una forma tan repentina que le dio un golpe a la mesa y vertió parte del líquido de los vasos. Aren, después de dejar el vaso, fulminó a Jor con la mirada, pero el veterano se limitó a encogerse de hombros.

—No tenía ningún sentido alargar la conversación. Ya está dicho, así que, a otra cosa, mariposa.

A Marisol se le vidriaron los ojos, y parpadeó rápidamente.

—Felicidades. Seguro que es un encanto.

—Tiene el temperamento de un fuego descontrolado y la lengua afilada como un puñal.

Marisol desvió la vista hacia Lara y la miró con los ojos de una mujer que estaba cayendo en la cuenta de demasiadas cosas. En lugar de sostenerle la mirada, que era lo que quería, Lara clavó la vista en una grieta de la mesa.

—Seguro que es muy hermosa —respondió la otra mujer.

Aren se quedó mudo unos instantes.

—Hermosa como los cielos despejados sobre los mares de la Tormenta. E igual de esquiva.

A Lara se le encogió el estómago cuando procesó aquel cumplido envuelto en una oscura verdad que no habría podido negar.

—Bueno, pues eso explica por qué te has enamorado de ella —dijo Marisol con voz queda—. Nunca has dejado pasar un buen reto.

Lara agarró uno de los vasitos y se lo bebió, tratando de mitigar el zumbido que notaba en las orejas a pesar de estar evitando mirar a Aren a toda costa.

Jor tosió sonoramente y levantó los brazos.

—Aquí ya nos está faltando otra ronda.

—Más de una, quizá.

Marisol se sentó a la mesa y les hizo un sutil gesto de cabeza a los músicos, quienes dejaron a un lado los instrumentos de cuerda, recogieron tambores y panderetas y llenaron la estancia de ritmo. Muchachas vestidas con atavíos de colores brillantes danzaban alrededor de las mesas acompañando la música con sus voces y sacudiendo brazaletes de cascabeles que llevaban en muñecas y tobillos y que tintineaban con cada movimiento. Momentos más tarde, los clientes comenzaron a palmear y a generar un estruendo tal que a Lara le costaba incluso oír sus pensamientos.

Marisol también acompañaba la música con palmadas.

—No hay ninguna prueba de que el rey esté reforzando su flota para combatir el bloqueo de los valcotteses. No parece ni siquiera que pretenda intentarlo. Tengo informantes a lo largo y ancho de la costa, y no hay ni un solo astillero que haya recibido encargos de la corona.

Lara abrió los ojos como platos. ¿Aquella mujer era una espía?

—El precio de las importaciones está por las nubes. La comida se limita a lo que Maridrina produce de forma autosuficiente, que es más bien poco, teniendo en cuenta que han convertido a todos los granjeros en soldados, y el hambre no hace más que aumentar en las ciudades. Y la previsión es que vaya a ser peor.

Aren palmeaba al ritmo de la música.

—¿Amarid no se ha aprovechado de la oportunidad? Habría apostado lo que fuera a que era justamente lo que esperaban.

Marisol negó con la cabeza.

—Los marineros amaridanos vocean en cada puerto que la alianza entre Ithicana y Maridrina ha destruido sus ingresos. —Se volvió hacia Aren—. Y ahora que la alianza no está funcionando como se esperaba, no les importa lo más mínimo que Maridrina pague el pato.

—Mira que son vengativos.

Marisol le dio un sorbo a su bebida y asintió.

—El apoyo del pueblo de Maridrina al conflicto con Valcotta estaba en horas bajas, porque nadie creía que se pudiera sacar nada de ahí. Pero desde la boda y las represalias posteriores por parte de Valcotta, las voces a favor de una guerra sin cuartel contra ellos se han multiplicado por diez. Adultos y muchachos se están lanzando a los brazos del ejército, aspiran a ser los salvadores de su pueblo y... —Marisol se interrumpió, mirando de reojo a Lara.

—¿Y? —la animó Aren.

—Y cada vez son más las personas que sugieren que la alianza del Tratado de los Quince Años debería romperse. Porque mientras Maridrina se muere de hambre, Ithicana continúa aprovechándose del comercio con Valcotta. Se dice que, si el Reino del Puente fuera un aliado verdadero, se negaría a dejar que nuestros enemigos atracaran en Guardia Meridional.

Marisol levantó un hombro y lo dejó caer de nuevo.

—Las concesiones que Ithicana le ofreció a Maridrina no han beneficiado lo más mínimo a nuestra gente. Pero en lugar de culpar al rey Silas, culpan a Ithicana de las dificultades. El pueblo está en pie de guerra.

«Maridrina se morirá de hambre antes de que lleguen a ver los beneficios de este tratado.» Las palabras de Aren resonaban en su cráneo. Cuánta razón tenía.

La canción terminó, las bailarinas retomaron sus otras

funciones y los músicos escogieron un tema más tranquilo para su siguiente actuación. Marisol se puso de pie.

—Tengo que volver al trabajo. Ahora pediré que les traigan comida y les preparen las habitaciones a ti y a la tripulación.

Su padre, Serin... todos los maestros. Todos habían engañado a Lara y sus hermanas. Algo que, en sí mismo, no era una gran revelación; ella ya sabía que les habían contado y sobredimensionado la maldad de Ithicana para convertir a las muchachas en fundamentalistas con un único propósito: la destrucción del reino opresor de Maridrina. Pero hasta aquel preciso instante, había estado convencida de que, a pesar de que los métodos de su padre hubieran sido viles, su motivación era pura. Salvar al pueblo de Maridrina. Alimentarlos y protegerlos.

Excepto que el opresor no era Ithicana, sino su padre.

A Lara y a sus hermanas las habían recluido en el complejo del desierto por su seguridad. En el fondo, ni siquiera las habían aislado para ocultar los planes de su padre sobre Ithicana. El objetivo era alejar a Lara y sus hermanas de la verdad. Porque, si hubieran sabido que la razón de ser de su misión no era resarcir un agravio, sino la codicia infinita de su padre, ¿cómo habría estado dispuesta ninguna de ellas a traicionar a su esposo?, ¿a despedazar una nación?, ¿a aceptar la masacre de un pueblo? Las promesas, las amenazas y los sobornos eran motivaciones irrisorias que palidecían frente al fanatismo que habían marcado a fuego en las almas de ella y sus hermanas.

Un fanatismo que, en el caso de Lara, había dejado de arder.

27
Aren

—¿Qué hacemos aquí? —Jor le hizo un gesto a una de las muchachas para que les llevara otra ronda de bebidas—. ¿Por qué nos hemos arriesgado a cruzar los mares y adentrarnos en territorio enemigo?

Empujando la comida del plato que tenía enfrente, Aren permaneció en silencio. Hacía una hora que Lara había subido a su habitación en silencio, pálida. Le había dicho que se quedara allí hasta que él se retirara, por su propio bien, pero no esperaba que lo obedeciera.

Lo sabía. Lo supo el día en que los dos acabaron en el agua delante de la isla de las Serpientes. Todas las peculiaridades de su esposa maridrina, esos detalles que en su momento le habían resultado extraños, se habían ido acumulando hasta que ya no fue capaz de negarlo más.

Lara era una espía.

La mujer de la que se había enamorado era una maldita espía.

Al principio de su matrimonio, estaba convencido de que el palpable desdén que Lara sentía por él se debía al malestar por haberse visto precipitada a un matrimonio que no quería. Una vida que no había elegido. Además, el desconcierto de su rostro cuando le reveló que a su padre se le había ofrecido la posibilidad de alimentar a un pueblo hambriento, y que al final había optado por comprar armas, le indicaba que, por encima de todo lo demás, a la que habían engañado había sido a ella.

Aren había trabajado con suficientes espías como para saber que todos y cada uno de ellos confiaban en que el trabajo que hacían era por el bien común. El Rey de las Ratas habría pasado las de Caín para encontrar a un espía que creyera que Ithicana era culpable del calvario de Maridrina, así que había optado por crearlo: una hija criada en un lugar totalmente aislado para poder insuflarle un falso sentido de la justicia.

Salvo que ahora Lara sabía la verdad.

—¿Aren?

Jor no parecía preocupado, pero Aren jamás había oído al capitán de la guardia confundirse con un seudónimo, y mucho menos con el de su rey. El veterano estaba intranquilo, y con razón. Ithicana estaba entre la espada y la pared.

Antes de que Aren pudiera responder, un miembro de su tripulación entró en la taberna y asintió una sola vez. A Aren se le cayó el alma a los pies.

—Estás a punto de descubrirlo.

Afuera, el guardia los puso al día.

—La hemos localizado en la avenida principal. Gorrick la está siguiendo.

Le entregó a Aren su arco y su carcaj, y este los aceptó sin mediar palabra antes de dirigirse a la calle, con Jor pisándole los talones. Vencia estaba repleta, como siempre, y le llevó algún tiempo encontrar al ithicano alto que estaba siguiendo a su esposa.

—Retírate —le musitó a Gorrick cuando localizó por fin a Lara—. Aquí seguimos nosotros.

El hombre abrió la boca para discutir, pero, al ver la expresión en el rostro de Aren, desapareció entre la muchedumbre.

Lara avanzaba a grandes pasos por el centro de la calle, ataviada aún con el disfraz y evitando, así, la atención de borrachos y provocadores. Y, sin embargo, mientras la seguían se preguntaba cómo era posible que aquellos trapos engañaran a nadie. Cada vez que Lara volteaba para observar algo que había captado su interés, la luz de las antorchas iluminaban los delicados rasgos de su rostro, sus labios carnosos, la larga columna del cuello, las curvas redondeadas de su trasero. El sutilísimo balanceo de sus pasos. En su vida había conocido a ningún marinero harendellés que caminara así.

Era tan terriblemente hermosa que ni siquiera saber que había utilizado su belleza para engañarlo disminuía en absoluto lo mucho que lo atraía.

Aren suplicó para sus adentros: «Por favor, que me equivoque sobre lo que estás a punto de hacer».

Pero la ruta que Lara había tomado dejaba poco lugar a dudas: serpenteaba por las callejuelas en dirección al palacio azul y bronce de su padre, testimonio de su orgullo y su codicia.

Jor maldijo también cuando cayó en la cuenta de hacia dónde se dirigía Lara.

—Debemos detenerla.

Aren apartó a un par de borrachos y se ocultó en las sombras que proyectaban los edificios.

—Todavía no.

Cuanto más ascendían, más se vaciaban las calles, pero Lara no había mirado atrás ni una sola vez. Como si no se le hubiera ocurrido en ningún momento que pudieran estar vigilándola.

—¿Se puede saber qué haces, Aren? —siseó Jor.

—Tengo que comprobar si será capaz de traicionarme llegado el momento.

Aunque en el fondo tenía la esperanza de que la verdad la hubiera cambiado. Que ahora, abiertos ya los ojos a las mentiras de su padre, le hubiera dado la espalda a fuera cual fuese el propósito que le hubiesen encomendado. Si era el tipo de mujer que creía; no, que esperaba con impaciencia que fuera.

Lara continuó andando hacia la puerta. Los guardias que la flanqueaban la miraron con un ligerísimo interés; a fin de cuentas, era un joven solitario que no les preocupaba lo más mínimo. Aren se detuvo en un lugar sombrío donde los guardias no pudieran verlo y extrajo una única flecha del carcaj. Iba armado con su arco, pero notaba la madera extraña y ajena bajo sus sudorosos dedos.

Jor llevó la mano al arma.

—Déjame hacer los honores.

Aren dio un paso a un lado y preparó la flecha mientras negaba con la cabeza.

—No. Yo la llevé a Ithicana. Es responsabilidad mía.

Lara no aminoraba la marcha, y los guardias de la puerta se irguieron al verla aproximarse. Uno de ellos le gritó:

—¿Se te ha perdido algo, muchacho?

Lara no respondió. De nuevo, Jor intentó tomar el arma.

—Estás medio encaprichado con la muchacha. No tienes por qué cargar con esto en tu conciencia.

—Sí, debo.

Lara se detuvo a una docena de pasos de las pesadas puertas de hierro.

—Expón tus intenciones o da media vuelta —bramó el guardia.

Aren tensó poco a poco el arco, apuntando la flecha al centro de su espalda esbelta. A aquella distancia, le atravesaría el corazón de lado a lado. Estaría muerta antes de poder condenarlo a él y a Ithicana más de lo que ya los había condenado.

El corazón se le había subido a la garganta, y su sudor se mezclaba con la lluvia que le caía por la espalda. Al parpadear, la vio caer. Vio su sangre formando un charco a su alrededor. Vio aquellos ojos endiabladamente preciosos perder su chispa. Luego volvió a parpadear y comprobó que seguía inmóvil en las sombras. Lara dio un vacilante paso al frente. A él, el brazo le tembló.

Otro paso.

La cuerda del arco se hundió en sus dedos cuando empezó a enderezarlos, consciente de que, a pesar de no tener otra opción, jamás se perdonaría por haberla matado.

Lara se balanceó y a Aren el corazón le dio un vuelco. Poco después, un relámpago destelló, Lara giró sobre sus talones y se alejó corriendo de las puertas. Jor arrastró a Aren a lo más profundo de las sombras antes de que ella pasara por delante, en dirección a la ciudad. Aren hizo ademán de seguirla, antes de que todo lo que había cenado le subiera a la garganta. Después de apoyar una mano en el muro de un edificio, Aren vomitó todo lo que tenía en el estómago.

—Ve tras ella —consiguió farfullar—. Asegúrate de que llegue sana y salva.

No apoyó la cabeza en la piedra húmeda y resbaladiza hasta que Jor no desapareció calle abajo. Medio segundo. Esa había sido la diferencia entre que Lara echara a correr hacia la noche o que hubiera acabado muerta en medio de la calle. Medio segundo.

El hedor a vómito inundó su nariz, pero eso no fue lo que provocó que le escocieran los ojos. Se los frotó con vehemencia, sintiendo un odio visceral hacia el rey de Maridrina. Lo que existía entre Maridrina e Ithicana no merecía llamarse alianza, puesto que Aren no creía tener mayor enemigo que Silas Veliant.

—¡Eh, tú! —le gritó alguien—. Nada de deambular por las calles. ¡Muévete!

Después de echar un último vistazo al palacio donde dormía el padre de Lara, Aren se fundió en la noche.

28
Lara

—*Whisky* —le mascculló Lara al tabernero, y se acomodó en un taburete de El Trino, formando un charco en el suelo con el agua que goteaba de su ropa.

El tabernero la miró con un gesto burlón.

—¿Y podrás pagarlo, muchacho?

—No —le espetó ella—. Mi intención es tomármelo y salir corriendo por la puerta de atrás.

El tipo perdió todo humor en los ojos y se inclinó sobre la barra.

—Mira, pedazo de...

—Cariño, ¿me traes más vino de la bodega? —Marisol había aparecido de la nada—. Yo me encargo.

El tabernero se encogió de hombros y se dirigió hacia una puerta abierta que había tras la barra. Cuando se marchó, Marisol sacó una botella de debajo de la barra y sirvió una cantidad generosa en un vaso, que luego colocó frente a Lara.

—No estoy familiarizada con las costumbres de Harendell, pero no tengo por hábito dejar que los niños se emborrachen en mi establecimiento.

Lara le dirigió una mirada fría, vació el vaso y volvió dejarlo delante de la mujer. Luego, se metió la mano en el bolsillo, sacó una moneda de oro harendellesa y la aplastó contra la barra.

—Haz una excepción.

Marisol arqueó una ceja.

—Eres un encanto, su majestad.

—¿Les otorgas títulos a todos tus clientes?

—Solo a las mujeres con ojos azul Veliant que viajan en compañía de espías ithicanos.

No tenía demasiado sentido tratar de disuadirla.

—O me sirves y me hablas al mismo tiempo o te callas. No estoy de humor.

No estaba de humor para nada que no fuera silenciar las dudas que danzaban por su mente mientras intentaba reconciliarse con un mundo que parecía haberse puesto patas arriba. Y desde luego, no tenía humor para parlotear con la examante de Aren.

Marisol le llenó el vaso y le dejó la botella a un lado.

—Yo estaba ahí cuando atravesaste Vencia camino de Ithicana. —Descansó los codos sobre la madera pulida—. Llevabas la cortina del carruaje descorrida, y apenas te vi un segundo. Pero parecía que ibas a la guerra, no a desposarte.

Lara marchaba a la guerra. O eso creía en aquel momento.

—El rey ordenó que se vaciaran las calles. No se permitía a nadie salir de su hogar hasta que embarcara. Según ellos, era para protegerte.

No tenía nada que ver con su seguridad. Era el último paso para asegurarse de que Lara subía al barco convencida de que Maridrina vivía una situación desesperada por culpa de Ithicana. La última pieza del rompecabezas de las mentiras.

—Luego te subieron al barco y ya, te esfumaste, rumbo a Ithicana; y, aunque yo no lo supiera en aquel momento, a robarme a mi amante favorito.

Lara le lanzó una sonrisa afable.

—Teniendo en cuenta que hace más de un año que no lo ves, no sé si tenías algún derecho a reclamarlo. Si es que lo llegaste a tener.

—Vaya zorra que eres. No tienes ni un pelo de tonta, ¿eh?

Lara le arrancó a Marisol de las manos el vaso que estaba secando, lo llenó, esperó a que la otra mujer lo levantara y luego le dio un golpecito con el suyo.

—Brindo por eso.

Marisol se bebió el líquido de un trago y apartó el vaso.

—Esperábamos que las cosas cambiaran. Que tu padre rebajara un poco los impuestos asquerosos que nos impone o que al menos aprovechara el dinero para algo mejor que su guerra eterna contra Valcotta.

—Pero todo sigue igual.

Marisol asintió.

—De hecho, te diría que estamos incluso peor.

—Ya no sé ni por qué me fui.

Aunque sí sabía por qué se había marchado a Ithicana. Para salvar a sus hermanas. Para salvar su reino. Para salvarse a sí misma. En aquel preciso instante, lo que verdaderamente se cuestionaba era si no los habría condenado a todos.

—Supongo que no dependía de ti. —Marisol miraba por encima del hombro de Lara a la gente que iba y venía de la sala común—. Lo que sí sé es que te casaste con el mejor hombre que he tenido el privilegio de conocer, así que quizá, en lugar de ahogar tus penas, te recomiendo que aproveches mejor el tiempo. —Se inclinó hacia ella—. Sea como sea, espero que disfrutes de la velada, majestad.

—Buenas noches —farfulló Lara, rellenando su vaso. Sabía que Aren era un buen hombre. Sus instintos, los instintos en los que debería haber confiado, se lo decían a gritos desde mucho antes de que fuera capaz de admitirlo, pero los había ignorado en favor de lo que le habían contado. La habían engañado. Manipulado. Utilizado.

Había ido a palacio a matar a su padre.

Su plan era utilizar los códigos para que la dejaran entrar, esperar a que la llevaran ante su padre y... matarlo. Con sus propias manos, si hubiera sido necesario. A fin de cuentas, estaba entrenada para ello. Después la habrían matado, pero su muerte habría valido la pena. La habría compensado vivir el momento en que su padre comprendiera que ella, su preciada arma, lo había traicionado.

Sin embargo, cuando Lara se había plantado bajo el diluvio delante de los guardias de su padre, que la observaban con un interés relativo, la voz del maestro Erik le había llenado los oídos: «No dejes que tu temperamento te domine, cucarachita, porque, de lo contrario, los que te acabarán dominando serán tus enemigos».

Y una cosa era que el hecho de perder los estribos solo la perjudicara a ella. El problema era que allí parada, con la piel erizada por un sexto sentido que le advertía el peligro, se le ocurrió que quien pagaría el precio sería Ithicana... y Aren. Las hojas de papel de los aposentos de Aren en Guardia Central seguían repletas de secretos sobre el puente. Si una sola de ellas caía en manos de Serin... el daño sería irreparable. Debía asegurarse de que se destruyeran. Una vez eliminadas, podría entregarse a la venganza con la conciencia tranquila.

Había vuelto con la intención de dejarle a Aren una nota en la que se lo contaría todo con pelos y señales y le ordenaría destruir los papeles, pero la imagen del rostro de Aren cuando lo leyera no dejaba de rondar sus pensamientos. Él, una persona leal hasta la médula, se tomaría su acto de deslealtad como algo personal. La odiaría. Lara se tragó el contenido del vaso a grandes tragos, deseando que el alcohol la afectara más rápido. Deseando que entumeciera su traicionero corazón.

Siguió llenando el vaso una y otra vez, rumiando hasta que no quedó en la botella ni una gota de *whisky* que, a pesar de todo, no hizo nada por mitigar el profundo dolor que le oprimía el pecho. Habría pedido otra y habría seguido bebiendo, pero ya no había nadie que pudiera servirle; habían guardado las botellas y el cristal hasta el día siguiente y la estancia estaba tranquila y en silencio.

Lara se puso de pie y, al voltearse, descubrió la sala común vacía, sin clientes ni camareros, las sillas metidas en las mesas, los suelos fregados y la puerta atrancada. Sin vida. Salvo por Aren, que estaba sentado en la mesa que tenía detrás.

Le dirigió una mirada nublada por el alcohol y se sintió como si alguien le hubiera partido el corazón en mil pedazos y luego le hubiera prendido fuego.

—¿Estás esperando a que me vaya a la cama para irte a ver a Marisol?

Arrastraba unas palabras cargadas de rencor, pero casi deseaba que fuera cierto, por la única razón de que así tendría un motivo válido para detestarlo. Un motivo válido para marcharse y no volver la vista atrás.

Aren torció las comisuras de la boca.

—¿Quién crees que me dijo que me encargara de lavarle la boca con jabón a mi primo pequeño?

Lara torció el gesto.

—Ya sabe que no soy tu primo. Sabe perfectamente quién soy y, por extensión, sabe quién eres tú.

—Esta Marisol es más lista que el hambre.

—¿No te preocupa?

Aren negó con la cabeza y se levantó. Tenía la ropa húmeda, pero el agua de lluvia que hubiera podido traer a la taberna hacía mucho que se había secado. ¿Cuánto tiempo llevaba sentado allí?

—Lleva casi una década como espía de Ithicana, desde que tu padre colgó al suyo y clavó la cabeza a las puertas de Vencia. Es una persona leal.

Los celos le bailaban por la lengua, pero hizo lo posible por tragárselos.

—Es guapa. Y buena.

—Sí. —Su mirada era intensa—. Pero no es como tú.

Se tambaleaba y la estancia le daba vueltas. Aren cubrió la distancia que los separaba en dos zancadas y la sujetó por los costados para que no perdiera el equilibrio. Lara cerró los ojos para tratar de controlar el mareo, pero la estancia siguió girando hasta que fue sustituida por el recuerdo del cuerpo firme y musculoso de él, la piel canela bajo sus dedos. Notó una sensación cálida en el bajo vientre.

«No puedes —se dijo—. Eres una mentirosa y una traidora. No eres la mujer que cree que eres, y nunca lo serás. Nunca podrás ser tú misma, no sin arriesgarte a que descubra la verdad.» Si no era capaz de reunir el coraje necesario para contarle la verdad, no le quedaba otra que regresar a Ithicana para destruir todas las pruebas de su traición, antes de desaparecer. Fingir su muerte. Volver a Maridrina clamando venganza.

Y no volver a ver a Aren jamás.

Los ojos le ardían y la respiración amenazaba con convertirse en un sollozo y delatarla.

—¿Estás bien?

Ella apretó los dientes.

—No estoy muy mal.

—No me lo explico, con la cantidad de alcohol que has bebido. Y tienes gustos de reina, por cierto. Esa botella no es barata.

—La pagué yo.

Articuló las palabras poco a poco con la esperanza de que sonaran claras.

—Con las monedas que robaste de mi barco, dirás.

—Si eres tan tonto de dejarlas por ahí tiradas, te mereces que te las quiten.

—Lo siento. No he acabado de entenderte con tanto balbuceo.

—Imbécil.

Él soltó una carcajada.

—¿Puedes caminar?

—Claro.

Se desasió de él y se dirigió trastabillando hacia la escalera cuando, de pronto, el primer peldaño alzó el vuelo para saludarla. Sin embargo, antes de que Lara pudiera darse de bruces contra la madera, Aren la agarró y la levantó en brazos.

—No tentemos a la suerte.

—Necesito agua.

—Lo que necesitas es una almohada. A lo mejor tienes la fortuna de que la tormenta dure lo suficiente como para que se te pase la cruda, pero lo veo complicado.

Lara profirió un sonido airado contra el pecho de él, pero estaba más bien dirigido a sí misma. Por lo poco que le costaba acurrucarse con él. Por lo mucho que le atraía la idea de pasar unas cuantas noches más con él, aunque supiera que no estaría más que retrasando lo inevitable.

—¿Te ayudó el *whisky*?

—No.

—A mí tampoco suele servirme de mucho.

Al notar cómo una lágrima se deslizaba por su mejilla, Lara volvió la cabeza hacia el pecho de Aren para ocultarla.

—Siento haber sido una persona tan horrible. Mereces a alguien mejor.

Aren suspiró, pero no dijo nada. El movimiento metódico de sus pasos a medida que subía la escalera la arrullaron, y sintió cómo iba perdiendo poco a poco la conciencia. No se resistió, porque, contra todo pronóstico, confiaba ciegamente en él. No obstante, seguía lo bastante despierta como para oírlo decir con la voz ronca:

—Desde el momento en que te vi en Guardia Meridional, no he tenido ojos para nadie más. Y aunque esto me haga quedar como un imbécil de remate, nunca voy a tener ojos para nadie más que tú.

«Eres un imbécil», pensó Lara mientras la oscuridad la acunaba.

Y no era el único.

29
Aren

Jamás había sido capaz de seguir durmiendo después de que amaneciera en un día con los cielos despejados. No habría sabido explicar cómo era posible que su cuerpo durmiente sintiese que los vientos habían amainado y la lluvia había cesado. Un sexto sentido desarrollado a lo largo de toda una vida en Ithicana le advertía del momento en que los mares de la Tormenta bajaban la guardia y de cuándo le tocaba a él asumir esa función. Por eso, cuando abrió los ojos ante el sutilísimo fulgor del horizonte, Aren se levantó del suelo, donde había dormido, se vistió en silencio para no molestar a Lara, que seguía roncando débilmente sobre la almohada, y bajó la escalera en busca de algo que llevarse a la boca.

Era como si alguien le hubiera quitado un peso de encima. Ir a Vencia siempre suponía un riesgo, pero el peligro se había multiplicado por mil al haber decidido llevar a Lara. Pero había valido la pena; había descubierto la verdad sobre las circunstancias de Maridrina con sus propios ojos y oídos. Había comprendido que el verdadero opresor de su hogar era su padre, y no Ithicana. Lara se había quitado la venda de los ojos, una venda generada por las patrañas y estupideces que le habían metido en el cabeza a lo largo de los años.

Todo eso compensaba el riesgo de que lo hubiera traicionado y que hubiese aireado hasta el último secreto que le habían revelado, así como aquellos instantes tortuosos en que Aren había creído que no le quedaría otra que pararle los pies.

El momento en que Aren había entendido que, aunque tal vez no hubiera cambiado de bando, Lara ya no le debía lealtad a su enemigo.

Y comprendió que había tomado esa decisión en cuanto la había visto sentada en la barra y bebiendo *whisky* como si su vida dependiera de ello. Aren conocía lo suficientemente bien a su esposa como para saber que estaba encabronada, que en su interior ardía ese fuego mudo y constante que hacía que cualquier persona en su sano juicio la evitara, fuera o no consciente. Lara había pasado la noche anterior hecha una furia, pero, por primera vez, él no era la fuente de sus males. Cuando ella volteó y lo vio, la ira dio paso a una emoción totalmente distinta. Un sentimiento que había deseado desesperadamente ver en los ojos de ella desde hacía mucho más tiempo del que se habría atrevido a admitir.

En la sala común, Jor estaba sentado con Gorrick, pero Aren se limitó a hacerles un gesto de cabeza y tomar asiento en una esquina, solo, satisfecho con observar a los clientes que iban y venían, mientras sorbía el café que Marisol le había llevado, aunque su amiga y examante estuviera demasiado ocupada con tanto ajetreo como para dedicarle poco más que algún que otro apretón en el hombro al pasar por allí.

La estancia estaba medio ocupada por mercaderes errantes. Algunos tenían los claros ojos de quienes no ven el momento de sacar una buena ventaja cuando abrieran los mercados; otros, en cambio, mostraban la mirada nublada y el rostro cetrino del que ha cerrado las tabernas de Vencia y se ha despertado solo por el miedo a ser el blanco de la ira de sus patrones.

Aren tenía mucho más en común con el segundo grupo. Se había aventurado más allá de las fronteras de Ithicana desde los quince años. En teoría, su objetivo era espiar, conocer las estrategias de los seudoaliados de su reino sobre el papel y de sus enemigos a la hora de la verdad, pero no podía negar que también había aprovechado los viajes para aliviarse de las constantes cargas que suponía el título. Vencia siempre había sido su lugar favorito. Allí había dejado pasar más de una docena de tifones empinando el codo, jugando y riendo en una u otra sala común, por lo general en compañía de una muchacha maridrina calentándole el catre, sin ser más que el hijo de un mercader de éxito a ojos de los demás.

Por mucho que el reino de Maridrina fuera una piedra en el zapato de Ithicana, Aren siempre había valorado la amistad con sus habitantes, lo que le generaba cierto conflicto. Se suponía que no debían caerle bien, pero no podía evitarlo. Le gustaba la forma que tenían de regatear y discutir por todo, sin excepción; su descaro y su valentía, donde incluso la persona más cobarde del reino estaba dispuesta a pelear a puñetazos por defender el honor de un amigo; cómo cantaban, reían y vivían, siempre aspirando a algo mejor.

Vencia era un lugar hermoso en sí mismo: una colina de edificios encalados y tejados azules que siempre parecían relucir cuando se llegaba por mar, con calles llenas de vida y gente de todas las naciones, de norte a sur. Una metrópoli que prosperaba a pesar de su rey, quien gobernaba con puño de hierro y utilizaba los impuestos para desvalijar a su pueblo.

No, si Maridrina cambiara de manos y Aren no fuera el gobernante de su propio reino, sería más que feliz de comenzar una nueva vida en Vencia. A veces se preguntaba si no sería ese el motivo por el que el concilio se resistía a abrir las fronteras y permitir que sus ciudadanos se marcharan: el miedo a que los habitantes de Ithicana vieran lo sencilla que era la vida en otros reinos y decidieran no regresar. Que el fin de Ithicana no fuera una conquista, sino una desaparición lenta e inexorable.

Pero Aren dudaba de que ese fuera su futuro. Había algo en la incertidumbre atávica de vivir en Ithicana que se comunicaba con las almas que habían nacido en las islas, y ni sus gentes ni el reino permitirían que desapareciera por voluntad propia.

Una sombra cubrió la mesa y arrancó a Aren de sus pensamientos.

—Buenos días, alteza —lo saludó una voz nasal—. Espero que me disculpe por haber interrumpido su desayuno.

Aren sostuvo vacilante el tenedor a medio camino de la boca, y le costó un gran esfuerzo tragarse la porción de huevos. Levantó la cabeza.

—Me han llamado muchas cosas en esta taberna, pero nunca «alteza».

La Urraca esbozó una sonrisa y se sentó frente a él.

—Valoro este juego como cualquier hijo de vecino, alteza, pero tal vez podamos dejar de fingir que no es otro que el rey de Ithicana en persona. —Su sonrisa se ensanchó—. Por una cuestión práctica, vaya.

Aren dejó el tenedor y se recostó en la silla. Con el rabillo del ojo, vio a Jor y Gorrick alzar la cabeza. Conocían perfectamente el rostro de Serin, aunque solo hubieran visto al cabecilla de los espías de Maridrina de lejos, puesto que nunca, jamás, les había fallado el camuflaje.

Todos los espías ithicanos que se infiltraban en territorio enemigo sabían que, si los descubrían, debían caer bajo su propia espada antes que revelar secretos del reino, y a Aren no le cabía duda de que todos sus acompañantes estarían dispuestos a hacerlo. Salvo, quizá, la mujer que dormía en el piso de arriba.

—Lo ha delatado la cicatriz de la mano. —Serin levantó la barbilla y apuntó a la mano izquierda de Aren, apoyada sobre la mesa, con una cicatriz blanca de una vieja pelea a cuchillo claramente visible—. Además de la máscara, siempre lleva guantes cuando se reúne con forasteros. Pero no el día de su boda, a la que, huelga decir, asistí. Una ceremonia muy... extravagante.

Gorrick se puso en pie, bostezando, y echó a andar hacia la barra con la intención aparente de coquetear con Marisol. Su amiga sonreía y reía mientras secaba el vaso que tenía en las manos, pero, un instante más tarde, desapareció de la sala. Iba a buscar a Taryn para que pusiera a Lara a salvo.

Si es que a aquellas alturas seguía siendo posible.

Maldición, ¿cómo había sido capaz de bajar la guardia, de creer que estaban fuera de peligro después de que Lara decidiera no entrar a palacio? Quizá no hubiera sido más que un ardid y en ese preciso momento su esposa maridrina estuviera escupiéndoles a los lacayos de su padre todo lo que sabía.

—No es propio de los ithicanos meter la pata. —Serin levantó una mano para avisar a una de las camareras—. Sobra decir que nosotros ya sospechábamos que visitaba nuestras costas de vez en cuando, pero hasta ahora no había anunciado su llegada con bombo y platillo.

Aren arqueó las cejas.

—El acero, alteza. Hace un año que lo sellaron para transporte en Guardia Septentrional, y por alguna arcana razón, el cargamento no llegó a Vencia hasta ayer, y lo han descargado esta misma mañana. Y de un navío que afirma provenir de Harendell, y no de un ferri de Guardia Meridional.

Demonios. Si salía vivo de aquella, Ahnna lo mataría.

—Habría dicho que era el error de un principiante, pero esta no es su primera visita a Vencia, ¿me equivoco, alteza? —Serin aceptó un café de una de las muchachas de Marisol—. Se ve demasiado cómodo para ser la primera vez.

Aren levantó su taza sin dejar de observar al jefe de los espías.

—Siempre he sentido cierta debilidad por Vencia. Está llena de mujeres atractivas.

Serin resopló con sorna.

—Y yo que pensaba que, ahora que es un hombre casado, esos días habrían quedado atrás.

—Esa era la idea, si no me hubiera encasquetado a una bruja.

El café de la taza que Serin tenía en las manos tembló, y el hombrecillo la dejó deprisa sobre la mesa para ocultar la reacción. Por lo visto, Lara no se había ceñido al plan del jefe de los espías en relación con los métodos de seducción. Aunque era posible que fuera algo bueno, porque Aren sospechaba que él y Serin tenían gustos bastante distintos en lo que a mujeres se refería.

—Podríamos enviarle otra... quizá una con una disposición más amable, más diligente. —Los ojos de Serin se fijaron en Marisol—. Veo que le gustan las rubias. Tengo la princesa ideal para usted. De hecho, era mi primera opción, pero el destino confabuló contra mí... y contra usted, por lo visto.

Aren volvió a sentir una curiosidad irresistible por el motivo de la elección de Lara, pero no tardó en dejar paso a la preocupación por su amiga. Habían relacionado a Marisol con él; es decir, estaba en peligro.

—Me tientas. Pero me temo que mi gente no ve con buenos ojos ese tipo de prácticas. Voy a tener que conformarme con lo que me enviaste.

—Hablando de Lara, ¿qué tal está? Hace tiempo que no sabemos nada de ella, y su padre estaba empezando a... inquietarse.

A Aren le bullía la cabeza. Si no habían descargado y registrado el acero hasta aquella mañana, era posible que apenas hubieran estado bajo el escrutinio la Urraca unas pocas horas, que eran las que Lara se había pasado sin conocimiento en la cama. También cabía la posibilidad de que aquello no fuera más que una treta para distraer a Aren mientras los maridrinos rescataban a su princesa.

—Bastante bien.

—Su padre querría que se lo demostrara.

—Cuando vuelva a casa, le sugeriré que se encargue del papel y la pluma. Aunque debo advertirte de que Lara no es la esposa más... obediente del mundo. Lo más probable es que me diga que me meta la pluma y el pergamino por el trasero.

A Serin se le acentuaron las arrugas del ceño.

—Quizá puedas probar a recordarle que su padre se preocupa por su bienestar.

Aren hincó los codos en la mesa.

—Mira, Urraca, no me vengas con monsergas. Los dos sabemos que a tu señor su hija no le importa un rábano. Le di lo que me pidió, es decir, comercio libre en acero y armas. ¿Qué más quiere?

Serin sacudió una mano como si quisiera rebajar la tensión y esbozó una sonrisa arrepentida.

—Debe entender que las apariencias importan. Francamente, podría usted rebanarle el cuello a esa perra y a mi señor no le importaría; lo que sí le importa es que su majestad mantenga su compromiso con la alianza de nuestros reinos.

—Ya tiene su acero, tal como acordamos. ¿Qué más cree que merece?

Serin asintió con superioridad.

—Si bien es cierto que ha respetado al pie de la letra el acuerdo, yo le hablo más bien de su... espíritu. El tratado establecía la paz entre Ithicana y Maridrina y, aun así, usted sigue comerciando con nuestro mayor enemigo en su mercado de Guardia Meridional, y le permite comprar unos bienes que Maridrina necesitaba desesperadamente. Mi señor le pide que reconsidere su postura.

—¿Quieres que rompa las relaciones con Valcotta?

¿Pretendían que rompiera las relaciones con el reino que le proporcionaba casi una tercera parte de los ingresos anuales del puente? Valcotta no era aliada de Ithicana, pero tampoco era su enemiga jurada, como sí lo había sido Maridrina en el pasado. Además, si Aren accedía a la petición de Serin...

—No tengo ningún interés en declararle la guerra a Valcotta.

—Ni tampoco es eso lo que mi señor le pide. —Serin deslizó un cilindro de plata grabado por encima de la mesa, lacrado con un sello azul maridrino—. Lo único que le solicita es que deje de suministrarles armas y acero en su guerra contra nosotros.

—Habrá represalias, y tendré la guerra a las puertas de mi reino lo quiera o no.

—Es posible. —Serin dio un largo sorbo al café—. Pero si Valcotta ataca sus tierras, que no le quede duda de que Maridrina contraatacará con una fuerza diez veces mayor. No vemos con buenos ojos a aquellos que perjudican a nuestros amigos y aliados.

Eran palabras de apoyo, pero Aren percibía la amenaza que ocultaban. «Haz lo que te exige mi señor o atente a las consecuencias.»

—Piénselo un poco, alteza. —Serin se puso en pie—. Mi señor espera una respuesta escrita en la que detalle su compromiso con nuestra amistad. —Volvió a esbozar una media sonrisa—. Que tenga un viaje seguro hasta su hogar y, por favor, salude Lara de mi parte.

Sin mediar otra palabra, el jefe de los espías de Maridrina se marchó de la sala común cerrando la puerta de un portazo. Aren recogió el tubo del mensaje, leyó en diagonal el contenido antes de lanzarlo a la bolsa que tenía a sus pies, y su mirada y la de Jor se cruzaron de una punta a otra de la estancia.

Hora de irse.

30
Lara

Lara se despertó poco antes del alba, con una manta cubriéndola de pies a cabeza, un vaso de agua en la mesilla de noche y el peor dolor de cabeza de su vida. Se dio la vuelta entre gimoteos para hundir la cara en la almohada. Los hechos de la noche anterior no eran más que una mezcla de recuerdos borrosos pero lo bastante claros como para que se ruborizara al acordarse del momento en que Aren la había agarrado para que no cayera de bruces. Cómo se había acurrucado en sus brazos mientras él la llevaba al piso de arriba. Lo que ella le había dicho. Lo que él le había dicho.

Se incorporó y se miró la ropa masculina que llevaba, y con la que había dormido. Después de que perdiera el sentido, Aren solo le había quitado las botas, que descansaban en el suelo junto a la cama.

Sus cuchillos.

Lara miró alrededor frenéticamente, lanzó las almohadas al suelo, su corazón se calmó y una sutil sonrisa se dibujó en sus labios cuando vio que las dagas estaban allí. Por lo visto, Aren conocía sus hábitos más de lo que creía.

Tomó el vaso de agua, abrió las contraventanas y miró a la calle: los cielos estaban despejados y apenas corría una suave brisa que mecía la ropa tendida de una cuerda al otro lado de la calle. Podrían marcharse ese día a su hogar.

«Su hogar.» Sacudió la cabeza para olvidarse del desliz, vació el vaso de varios tragos y se puso las botas. Habían limpiado la habitación a conciencia, así que aprovechó algo de hollín del candil para completar el disfraz antes de guardar sus pocas pertenencias en la bolsa y salir al pasillo.

Al abrir la puerta, se encontró de frente con la mitad de la guardia de Aren.

—¿Qué pasó? —le preguntó a Taryn, y pensó en lo rara que se veía con el vestido sencillo que llevaba para camuflarse.

—El tiempo está a punto de cambiar. Tenemos que irnos.

Mentía. Había muy pocas cosas que infundieran temor en los ojos de los ithicanos, y la promesa de una tormenta no era, ni mucho menos, una de ellas.

La planta de abajo estaba ya repleta de mercaderes madrugadores rompiendo el ayuno, pero sus ojos encontraron de inmediato a Aren sentado en la barra. Detrás, Marisol, en lugar de estar secando un vaso como siempre, tenía toda la atención puesta en el hombre que tenía delante. Lara apretó la mandíbula, pero sus celos se esfumaron cuando recordó las palabras de Aren. «Nunca voy a tener ojos para nadie más que tú.»

Con todas las mentiras que le había contado, tanto como lo había manipulado, ¿cómo podría quedarse con él?

Mientras Lara seguía paralizada en la entrada de la sala común, Aren volteó y la vio. Un gesto de alivio pareció recorrer su rostro. Después de decirle algo más a Marisol, dejó un puñado de monedas en la barra. Algo no estaba nada bien.

Atravesó la sala a grandes pasos.

—¿Ya viste qué horas son, primo? Ya estábamos justos para llegar a tiempo a Guardia Meridional sin tener que esperar a que te arreglaras.

Ella lo fulminó con la mirada porque había otros clientes mirándolos, pero cuando lo tuvo a menos de un metro, Aren masculló:

—Nos han descubierto. Tenemos que irnos.

Jor y el resto de los ithicanos los esperaban afuera, apoyados en un muro y con una falsa actitud de indiferencia. A pesar de su indumentaria, nadie con dos dedos de frente los habría creído marineros. Estaban demasiado alerta y ninguno parecía tener resaca. A diferencia de ella.

—Vámonos, tenemos que aprovechar la marea —anunció Aren, y se pusieron en movimiento sin perder un instante.

En el puerto, se abrieron paso casi corriendo entre la multitud, bajaron hasta el muelle y se dirigieron al atracadero donde estaba amarrado su navío. Los ithicanos que se habían quedado en el barco se apresuraban ya en la cubierta, preparándose para zarpar. Preparándose para huir. Lara aguzó los sentidos y escudriñó los muelles y el gentío por si alguien los estaba siguiendo. Aren le había dicho que los habían descubierto, pero esa afirmación tenía varios niveles. Una cosa era que los maridrinos hubieran descubierto que eran de Ithicana, y otra que hubieran descubierto la identidad de Aren, o, aún peor, la de Lara; en ese caso, tenía un problema muy serio.

—Estás loco, John. —La panza del capitán del puerto se balanceaba de un lado a otro cuando echó a correr hacia ellos—. Se avecina una tormenta.

Aren se detuvo en la base de la pasarela, ayudando a Lara a subir con una mano.

—Un chubasco, nada más. Así me quito de encima a los valcotteses.

—Es una necedad —gruñó el tipo—. Te reservo un espacio en los atracaderos.

—Estaremos de vuelta antes de la comida. Me invitarás a un par de copas cuando regrese.

—Me parece que voy a tener que brindar por tu recuerdo.

Aren soltó una risotada que se interrumpió sin previo aviso. Lara contemplaba con la piel de gallina la negrura que se revolvía en el este, y al voltear vio a Serin a unos doce pasos del capitán del puerto, con los brazos cruzados detrás de la espalda. Observándolos.

El navío se escoró con el oleaje y Lara se tambaleó y sus hombros golpearon el pecho de Aren, quien por instinto la rodeó con los brazos para que no perdiera el equilibrio.

Serin abrió los ojos como platos.

—Vámonos —susurró, consciente de lo que significaba la expresión del jefe de los espías.

Era el gesto de quien había comprendido que la presencia de Lara en Maridrina significaba que sabía la verdad. Que el engaño que habían estado preparando durante quince años se había revelado demasiado pronto. El gesto de quien había tomado conciencia de que, si Lara conseguía marcharse de aquel muelle, con ella se irían todas las posibilidades de que su padre llegara a conquistar el puente.

—¡Vámonos! —gritó.

—¡Izen las velas! —rugió Aren.

Los ithicanos se pusieron en marcha y, en un abrir y cerrar de ojos, el navío navegaba a la deriva y se alejaba del puerto; después, la pasarela cayó al agua con un sonoro chapoteo. Aren la arrastró con él cuando corrió hacia el timón, bramando órdenes al tiempo que grupos de soldados bajaban hacia el muelle.

—¡Rápido! —El espacio entre el navío y el puerto se ensanchaba, pero no con la celeridad necesaria—. Aren, no puedo dejar que me atrapen viva. —Lara se sacó una daga de la bota—. Me harán hablar.

Él, al ver el cuchillo, comprendió sus intenciones.

—¡Guarda eso, Lara! No pienso dejar que se te lleven.

—Pero...

Le arrancó la hoja enjoyada de las manos y la lanzó, y el arma salió disparada dando vueltas hasta aterrizar a los pies de los soldados que encabezaban el contingente que estaba llenando el atracadero, listos para saltar.

—¡Vamos, vientos! —gritó Aren—. Que no sea esta la primera vez que se niegan a soplar.

Como si hubieran esperado la llamada de su señor, los vientos aullaron desde el este e inflaron las velas. El buque salió despedido justo en el momento en que tres soldados trataron de alcanzarlo, y acabaron sacudiendo los brazos y cayendo a plomo en el agua en lugar de la cubierta.

El barco chocó con un sonoro crujido contra otra embarcación, cuya tripulación empezó a proferir gritos y maldecirlos al ver que les estaban rayando toda la quilla, antes de empotrarse con otros dos barcos mientras Aren aprovechaba la fuerza del viento para abrirse paso.

Los soldados corrían en todas direcciones, saltando entre las embarcaciones en un intento por alcanzar su objetivo, pero eran demasiado lentos. En la distancia, buques de la armada se llenaban de marineros que se disponían a perseguirlos.

—¿Puedes dejarlos atrás? —le exigió Lara.

Aren asintió, con la mirada clavada en su progreso a lo largo del abarrotado muelle.

En la ciudad, las campanas tañían con estruendo.

—¡Maldición! —gritó Aren—. Tenemos que atravesar el rompeolas antes de que levanten la cadena.

Lara siguió con la vista el recorrido del barco hasta las dos torres gemelas que flanqueaban el acceso del rompeolas y hacia la pesada cadena de acero que iba ascendiendo entre chirridos.

—¡A toda vela!

La cubierta se sumió en un caos controlado de ithicanos tirando de las cuerdas y velas blancas elevándose hacia el cielo. El navío saltaba en las olas en dirección a la abertura, pero la cadena se levantaba a la misma velocidad. Por mucho que consiguieran atravesarla, les arrancaría el timón y serían un blanco fácil para la armada maridrina.

—¡No podemos meternos por esa hendidura a toda vela! —gritó Jor—. ¡Acabaremos chocando con las rocas!

—Ícenlas —ordenó Aren—. Todas.

Lara se agarró al pasamanos mientras el cabello le ondeaba al viento con la velocidad a la que se desplazaban. Y, sin embargo, la expresión en los rostros de los miembros de la tripulación le indicaba que no sería suficiente, que iban de cabeza a una catástrofe que acabaría con todos ahogados o capturados; lo que, a fin de cuentas, era lo mismo.

No podía hacer nada para salvarlos. Aunque saltara por la borda, el barco seguiría atrapado. Serin y su padre no los dejarían marchar.

Golpeando la barandilla con los puños, Lara gruñó con furia mientras la desesperación le atenazaba las entrañas. A pesar de todo, su padre acabaría venciendo.

Aren la tomó de la mano.

—El viento sopla alrededor de la colina y se cuela por la hendidura del rompeolas. Si lo calculamos bien, puede que funcione.

—¿Qué? ¿Qué puede funcionar?

Estaban peligrosamente cerca de la cadena.

—Ahora lo verás. —Aren le dirigió una sonrisa sombría—. Agárrate del pasamanos y, por lo que más quieras, ¡no te sueltes!

Luego, le soltó la mano y tiró del timón. Justo en ese momento, una violenta ráfaga de viento los embistió de lado. Los aparejos gruñeron, las cuerdas, la madera y las velas se tensaron hasta casi su límite y el barco se escoró. Y siguió inclinándose poco a poco. Entonces, Lara gritó, agarrándose a todo lo que podía, convencida de que la embarcación acabaría volcando.

El navío se estremeció y un potente ruido de crujidos llenó sus oídos: la cadena se estaba arrastrando a lo largo de la banda de babor del barco. El sonido era horroroso, un estruendo de crujidos y madera astillándose. Fueron perdiendo velocidad a la vez que el viento también aflojaba, y el barco se fue enderezando poco a poco.

—¡Vamos! —gritó Aren mientras Lara observaba a los soldados que ocupaban las torres del rompeolas y que veían lo que estaba ocurriendo con los ojos abiertos como platos.

Y luego atravesaron la abertura.

Lara, después de recuperar el equilibrio, se dirigió entre tambaleos al otro lado del barco para mirar atrás. Una lluvia de flechas caía sobre su estela, arrojadas más por desesperación que porque tuvieran alguna oportunidad de alcanzar su objetivo. Lara pensó que tampoco se arriesgarían a utilizar las catapultas que había montadas en las colinas. Su padre quería capturarlos, no matarlos. Los navíos maridrinos se acumulaban detrás de la cadena, ahora sí levantada por completo, mientras los capitanes vociferaban a los que había en las torres.

—Tardarán un buen rato en bajar de nuevo la cadena. Es posible que nos persigan hasta Guardia Meridional. —Aren echó la vista a los nubarrones que flotaban sobre el oscuro océano y que prometían unos mares salvajes—. La carrera ya ha empezado.

31
Lara

Los buques de la armada se cansaron de perseguirlos a medio camino de Guardia Meridional, aunque era imposible decir si había sido por miedo a la tormenta que se avecinaba por el este o a la docena de rompeolas de la isla fortificada.

Atracar el barco en el muelle de Guardia Meridional no era tarea fácil, y Lara sintió cómo el cuerpo entero le dolía por la tensión cuando Aren por fin acercó el maltrecho navío a la roca y las cuadrillas de ithicanos en tierra echaron mano de las cuerdas atadas al muelle para asegurar el barco inestable. Ella, Aren y el resto de la tripulación desembarcaron deprisa, y se aproximaron a un ithicano anciano del puesto de guardia que habían instalado donde el muelle se encontraba con la isla.

—No sabíamos que estaba en Vencia, alteza.

El hombre hizo una reverencia mucho más formal que las que había visto en Guardia Central. Sus ojos se apartaron del rey y se posaron sobre Lara, y los abrió mucho antes de inclinar la cabeza.

—Fue un viaje improvisado. ¿Dónde está la comandante?

Aren hablaba con voz clara y firme, aunque su mano izquierda se cerrara y abriera en movimientos repetitivos que lo traicionaban. No quería tener que justificarse frente a su hermana, de eso no cabía duda.

—Fuera de la isla, alteza. Se marchó esta mañana para solucionar un conflicto en la isla de Carin, y preveo que tendrá que esperar allí a que pase esta tormenta.

Aren relajó la mano.

—Dile que siento que no nos hayamos podido ver, pero no podemos quedarnos aquí. Que vacíen el barco y luego lo hundan.

—Como diga, alteza.

El hombre volvió a hacerle una reverencia y bajó hacia el barco, profiriendo órdenes en el camino. Lara miró de reojo la embarcación maltrecha.

—¿Por qué lo hunde? ¿No se podría... reparar?

—No tenemos tiempo de llevarlo a un muelle resguardado antes de que llegue la tormenta. El mar lo destrozará y lo hundirá de todos modos si lo dejamos aquí, y eso podría suponerles un problema a otros barcos que intenten tomar puerto. Ahnna me cortaría los huevos si tuviera que encargarse de limpiar un desastre así.

—A mí me parece que de todas formas va a echar mano de su cuchillo cuando sepa dónde estuviste.

Aren se rio y le posó una mano sobre las lumbares para guiarla por el camino.

—Menos mal que no hemos coincidido, ¿no?

—¿Te lo perdonará?

—Uy, en absoluto, pero esperemos que no le dé por seguirnos hasta Guardia Central para exponer su opinión al respecto.

—Tu valentía es inspiradora.

—Todos tenemos nuestros miedos. Anda, vamos adentro antes de que empiece a llover.

Apenas se detuvieron en el mercado de Guardia Meridional, algo que habría sido un desencanto para Lara si no hubiera ardido en deseos de regresar a Guardia Central cuanto antes. El mercado estaba formado por una serie de grandes almacenes de piedra, así como un edificio más pequeño que, según le contó Taryn, era donde se producían los intercambios comerciales. Ansiaba ver lo que había dentro de aquellos edificios, qué tipo de bienes llegaban desde Harendell, Amarid y más allá, y qué llegaría desde su tierra natal. Igual que, ante su sorpresa, ansiaba ahora hablar con los ithicanos que vivían y trabajaban allí, en Guardia Meridional. Conocerlos de una forma que, por pura necesidad, no se había permitido hasta entonces.

Porque ahora eran tanto su gente como los maridrinos que había dejado atrás. De la mano de ese sentimiento le llegó también una vergüenza profunda e infinita, porque ella, su reina y quien creían que era también su protectora, había estado a punto de arrojarlos a los lobos. Hombres, mujeres y niños. Familias y amigos. La mayoría no eran más que personas inocentes dedicadas a vivir sus vidas; eran esas personas, y no solo Aren, a quienes habría traicionado si sus palabras hubieran caído en manos de Serin y su padre.

Con esa certeza ardiéndole en el pecho, se alegró cuando Aren y sus guardias la condujeron a la enorme boca negra del puente.

El puente. Lo odiaba con todo su ser. Era la fuente de todos sus males. A cada paso que daba por los hediondos tramos, deseaba que no existiera. Deseaba que la hubieran enviado a Ithicana con el único objetivo de ser la esposa del rey. Deseaba no ser la persona retorcida, mentirosa y traicionera que era. Pero los deseos eran para los necios. Aunque tal vez ese fuera un adjetivo que le quedaba, porque la parte más necia de su alma perdía todo raciocinio cuando su manga rozaba la de Aren, cuando sus miradas se cruzaban, cuando recordaba el tacto de sus manos sobre su cuerpo y lo mucho que deseaba que la volviera a tocar.

Dentro del puente no existían los días ni las noches, solo una oscuridad húmeda e interminable. La tormenta producía un quejido dentro del túnel que a veces no era más que un murmullo, y otras, en cambio, se convertía en un rugido atronador que obligaba al grupo a taparse los oídos con algodón. Era como una bestia viva, y hacia el final de su primer día de travesía, Lara estaba casi convencida de que la había consumido.

No podía quedarse en Ithicana por mucho que quisiera. Y era lo que más quería en el mundo. Sin embargo, había construido su relación con Aren sobre una mentira, y si le contaba la verdad, ¿qué posibilidad había de que la perdonara? Amaba demasiado a su pueblo como para permitir que alguien como ella siguiera siendo la reina. Pero guardar el secreto tampoco era una opción. Su padre le haría pagar por su traición. No habría un «y vivieron felices por siempre». Para ella no.

Aunque a regañadientes, Lara armó un plan. Su primera acción sería destruir los papeles con la invasión que había planeado. Luego, esperaría a la primera noche despejada y huiría a buscar la canoa y los suministros ocultos. Después no tendría más que navegar y culminar su venganza. Porque nada iba a evitar que hiciera pagar a su padre por lo que le había hecho a Maridrina. Por lo que pretendía hacer con Ithicana. Y por lo que le había hecho a ella. Analizar todas las variables la distrajo y se llevó la opresión que notaba en el pecho cada vez que tomaba conciencia de que no volvería a ver a Aren.

De vez en cuando, se topaban con grupos de transportistas cargando mercancías. Asnos aburridos tiraban de los carros cargados de acero, telas y grano en dirección sur. Hombres con carretillas acarreaban las cajas de cristalería valcottesa hacia el norte. Y una única vez, después de seguir un rastro de cerveza durante varios kilómetros, pasaron por delante de un carro lleno de barriles que se dirigía al norte. Jor quiso bromear poniendo la boca debajo del barril que tiraba cerveza, hasta que Aren le dio una patada en los pies y lo hizo caer, antes de pedirle al tipo que conducía el carro de que dejara de ensuciarle el puente.

En algunos casos, había mercaderes en las caravanas, pero siempre estaban flanqueados por guardias ithicanos con máscaras. Antes de cruzarse con ellos, el grupo de Lara se ponía unas máscaras idénticas, y ella se preguntaba distraídamente qué opinarían si supieran que los gobernadores de Ithicana habían pasado a su lado en medio de la oscuridad.

Acamparon dentro del puente dos noches seguidas, alimentándose a base de raciones frías que habían recogido en Guardia Meridional y bebiendo solo agua. Los guardias se rotaban para hacer guardia mientras los demás dormían con sus sacos como almohada y las capas como manta. La intimidad brillaba por su ausencia, así que, al tercer día de caminata, Lara apenas podía contener las ganas de salir de aquel lugar.

—Como en casa, en ningún sitio —exclamó Jor.

El resto del grupo frenó en seco y observó al capitán apoyar ambas manos en los puntos de presión del muro del puente. Un chasquido sutil resonó por el lugar, y un bloque de piedra del tamaño de una puerta se abrió hacia dentro sobre unas bisagras mudas, lo que dejó al descubierto una pequeña cámara con una abertura en el suelo.

Jor entró y miró hacia abajo.

—La marea sigue demasiado alta. Vamos a tener que esperar un poco.

—Me llevo a Lara a la superficie —anunció de repente Aren—. Los demás, esperen aquí.

Sin mediar palabra, Taryn y Jor abrieron la trampilla del techo. Aren impulsó a Lara antes de subir él mismo. Dejó la trampilla abierta y dio varias decenas de pasos a lo largo del puente. Lara lo siguió, y se detuvieron junto a una de las gruesas anillas de acero incrustadas en la roca que los ithicanos usaban para las tirolesas.

La tormenta había durado poco; terminó durante su segundo día dentro del puente, pero ya se veía otra formándose en el horizonte. De momento, los cielos que rodeaban Guardia Central estaban despejados y el sol brillaba con fuerza sobre aguas de un manso color azul. El aire fresco y el espacio abierto la aliviaron instantáneamente de la sensación opresiva que le había producido el puente.

—Tenemos que hablar, Lara.

Su corazón dio un vuelco y su cuerpo entero se agitó.

—Sé que eras una espía de tu padre.

Se le hizo un nudo en el estómago.

—Era espía de mi padre, pero se acabó.

—Voy a necesitar alguna prueba más que tu palabra.

—La prueba es que estoy aquí. Contigo.

Silencio.

Cuando Lara no pudo contener más los nervios, preguntó:

—¿No vas a decir nada?

Aren se volvió para contemplar Guardia Central. La tensión era palpable.

—Creo que una de las preguntas es obvia: ¿has llegado a filtrar información de la que yo deba tener constancia?

—No les he dicho nada.

Y no mentía. Nada de nada. No les había hecho llegar aquellos malditos pergaminos que seguían descansando sobre el escritorio de Aren, esperando a que ella los destruyera.

Aren dejó escapar un largo suspiro.

—Algo es algo.

«Algo es algo»... A Lara le ardía el pecho, consciente de que él necesitaba saber la razón de sus actos.

—Serin y los demás maestros me engañaron. Estuvieron mintiéndome desde el principio sobre la verdadera naturaleza de Ithicana, sobre la relación entre los reinos. Te pintaban como a un oscuro dictador que aprovechaba su poder sobre el comercio para oprimir a mi pueblo, para controlarlo y dejar que muriera de hambre. Y todo por sacar provecho de la situación. Me decían que habías matado a mercaderes y marineros sin motivo aparente, más que el atrevimiento de haberse acercado demasiado a tus costas. Y que no solo matabas, sino que mutilabas y torturabas por diversión. Que eras un demonio.

Aren no dijo nada, así que ella prosiguió:

—Me hicieron creer que esto salvaría a mi gente. Que era lo correcto. Ahora entiendo por qué me recluyeron en el complejo... Para que nunca llegara a conocer la verdad. Y creían que tú también me tendrías encerrada y que no sabría la verdad hasta que ya fuera demasiado tarde.

—¿Y cuál es esa verdad?

¿Cuál era la verdad? Lara no se engañaba a sí misma creyendo que era igual de buena persona que alguien como Marisol. Había matado a guerreros valcotteses en el complejo por una cuestión de vida o muerte, sin más. Conocía cientos de formas de torturar, lisiar y matar. Había permanecido impasible mientras asesinaban a sangre fría a los sirvientes que habían cuidado de ella y sus hermanas desde niñas. Había visto al hombre que había sido como un padre para ella cortándose la garganta por una culpa que no era tal. Había mentido, embaucado y manipulado, y había estado a punto de condenar a toda una nación. No era una buena persona.

Y, sin embargo, tampoco creía que fuera mala. Se había condenado a esa vida por salvar la de sus hermanas, a quienes quería más que a sí misma. Y una vez allí, había seguido adelante con su misión convencida de que estaba salvando a su pueblo. Tal vez sus motivos fueran nobles, pero no estaba del todo segura de que eso bastara para absolverla de la culpa. Consciente de lo que le ocurriría a Ithicana, había escrito instrucciones detalladas sobre cómo destruirla. Había tomado esa decisión. Ahora no podía hacer otra cosa que enmendar sus errores.

—La verdad es... La verdad es que yo soy la villana.

Pero no volvería a ejercer jamás esa función.

Más silencio.

—¿Qué piensas hacer conmigo? —le preguntó.

—No lo sé, Lara. —Con esas palabras, la tensión entre los dos se disparó—. Hacía tiempo que lo sospechaba, pero oírlo de ti... No lo sé.

Un miedo cerval se arremolinaba en su pecho. El miedo a perderlo. A que la odiara. A que jamás la perdonara.

—No les he dado nada, Aren. —Estaba desesperada por salvar lo poco que quedara entre ellos—. No he hecho nada.

—¿No has hecho nada? —Se volteó para verla de frente—. ¿Cómo te atreves a decir eso? ¿Cómo puedes decir que no has hecho nada si desde el momento en que nos casamos has estado armando un plan para apuñalarme por la espalda? Todo lo que has dicho y hecho, todo lo que ha habido entre nosotros ha sido una patraña, carajo. Una forma de manipularme para que confiara en ti y pudieras descubrir los secretos de Ithicana para luego usarlos contra nosotros. Y yo, mientras tanto, como un imbécil, intentando conquistarte.

Lo que decía era verdad, pero se olvidaba de algo, porque durante todo ese tiempo, ella había acabado preocupándose por él y por el reino; había comprendido la gravedad de su situación, aunque, a pesar de todo, había optado por destruirlos. Había escrito todos los detalles que había visto y oído en aquellas hojas, una estrategia para invadir la patria de Aren y arrebatarle a su pueblo el puente que tan desesperadamente necesitaba. Había sido una cuestión de pura suerte que aquellos pergaminos no hubieran terminado en las manos de su padre.

—¿Te hemos llegado a importar en lo más mínimo? —le exigió saber él.

—Sí. Más de lo que crees. Más de lo que soy capaz de explicar. —Se apartó el cabello que le cubría el rostro, tratando de hallar las palabras que lo ayudaran a entenderla—. Pero no creía que hubiera otra manera. Estaba convencida de que la única oportunidad de mi gente era entregarles el puente. He dedicado toda mi vida a darles un futuro mejor, costara lo que costara. Precisamente tú deberías entenderlo, ¿no?

—No es lo mismo —respondió él con frialdad—. Ese futuro mejor que concebías se habría edificado sobre cadáveres ithicanos.

Lara cerró los ojos.

—¿Y por qué no me mataste en cuanto lo supiste? ¿Por qué me llevaste a Vencia si ya lo sospechabas? ¿Por qué te arriesgaste tanto?

Aren arrastró una bota por el puente con la mirada clavada en Guardia Central.

—Sabía que te habían engañado. Y si la verdad nos daba una oportunidad, estaba dispuesto a correr el riesgo. —Dejó escapar una exhalación entrecortada—. Te seguí la noche en que te plantaste frente a las puertas de palacio. Te apunté a la espalda con una flecha y... estuve a punto de matarte. Si hubieras dado un paso más, la habría soltado. —Le temblaban las manos hasta tal punto que Lara no podía desviar la atención de él—. Pero acabaste dando media vuelta y regresaste. Conmigo.

—No fui capaz de seguir. —Lara le rodeó las manos con las suyas; necesitaba que dejaran de temblarle—. Y no me arrepiento. No lo haré jamás. Ni siquiera si mi padre me sigue el rastro y me mata por haberlo traicionado.

Aren se quedó inmóvil.

—¿Te llegó a amenazar?

Ella tragó saliva sonoramente.

—En el barco a Ithicana me dijo que, si fallaba o lo traicionaba, me daría caza.

—Si cree que...

Un alboroto lo interrumpió y los hizo dar un respingo. Segundos más tarde, con una maldición entre dientes, Ahnna subió por la trampilla con el gesto descompuesto por la ira.

Aren se puso delante de Lara y echó a andar hacia su hermana, a pesar de que ella estuviera recortando la distancia que los separada a grandes zancadas.

—¿Se puede saber qué demonios te pasaba por la cabeza? —le espetó Ahnna—. ¿Cómo se te ocurre ir a Maridrina en persona? ¿Has perdido por completo el juicio?

—He ido decenas de veces. ¿Cuál es el problema?

—No como rey. Tienes una responsabilidad para con tu pueblo. Además, estuvieron a punto de atraparte. ¿Me puedes explicar qué habría pasado si lo hubieran conseguido?

—Pues que tendrías opción de aspirar a la corona.

—¿Crees que eso es lo que quiero? —Apartó la mirada de su hermano y la desvió hacia Lara—. Y ahí tienes al mayor problema de todos. Por si no te bastaba con ir a Vencia, vas y te llevas a la hija de nuestro enemigo a su patria, a la mujer con la que, si los rumores son ciertos, has estado compartiendo todos los secretos de Ithicana.

—Me llevé a mi esposa a su patria por razones que no te competen, ¿me oyes?

Ahnna se quedó lívida, cerró las manos en sendos puños, y por un instante, Lara creyó que le daría un puñetazo a su hermano. A su rey. Pero se limitó a decir:

—No hay razón lo bastante buena. Sabe suficiente como para que todos acabemos postrados de rodillas ante Maridrina, y tú prácticamente se la entregaste a su rey. Podría haberse lanzado a los brazos de la Urraca.

—Pero eso no ha ocurrido.

—¿Y si hubiera ocurrido? Este no era el plan. Se suponía que ibas a...

—¿A qué? —Aren se acercó a su hermana, cerniéndose sobre ella—. ¿Tenerla toda la vida bajo llave? Es mi esposa, carajo, no mi prisionera.

—¿Tu esposa? Por lo que he oído, de esposa solo tiene el nombre. Y entérate de que todo el mundo sabe que estás poniendo en riesgo el reino entero por meterte entre sus piernas.

Todos se quedaron callados, incluidos Aren y Ahnna, y los soldados que habían subido al puente y miraban a todas partes menos a sus líderes. Lara tampoco hablaba, aunque el corazón estuviera a punto de estallarle. Porque los temores de Ahnna no eran infundados. Y, sin embargo, Aren la estaba defendiendo. A pesar de saber que había ido a Ithicana con malas intenciones, estaba defendiendo el derecho que tenía a vivir. El derecho a un hogar. El derecho a la libertad. Y no, no lo merecía. Y tampoco lo merecía a él.

Antes de que Lara pudiera reflexionar sobre las consecuencias de lo que pretendía decir, dio un paso al frente, manteniendo el equilibrio sobre la superficie resbaladiza del puente.

—Ahnna...

—Tú no te metas.

Sin mirar, la otra mujer movió repentinamente el brazo para bloquearle el paso a Lara. El golpe acertó en el pecho de Lara, que se tambaleó hacia atrás y sus pies resbalaron.

Estaba cayendo.

—¡Lara!

Aren se abalanzó hacia ella, pero ya era demasiado tarde. Lara gritó, sacudiendo los brazos en el aire, pero no tenía donde agarrarse. No había nada que pudiera evitar lo inevitable.

Golpeó el agua con una fuerza tal que se quedó sin respiración, rodeada por un torbellino de burbujas a medida que se hundía más y más.

El pánico se adueñó de ella, furioso y desenfrenado, al que poco después acompañó la necesidad desesperada de respirar. Comenzó a patalear, a mover con frenesí los brazos, luchando por alcanzar una superficie que parecía imposiblemente lejana.

«No vas a morir.»

«No vas a morir.»

«No vas a...» Su conciencia se fue disipando y la luz de la superficie empezó a atenuarse a medida que se hundía en las profundidades.

Hasta que algo la agarró de la cintura.

Lara se resistió, buscando a tientas su daga hasta que su rostro atravesó la superficie y Aren le gritó al oído:

—¡Respira, Lara, respira!

Aspiró con desesperación una bocanada de aire, y luego otra. Una ola le cubrió la cabeza y el miedo volvió a apoderarse de ella.

Intentaba clavar las uñas, agarrarse a algo, subir. Salir del agua.

Poco después, vio el rostro de Aren frente al suyo.

—Deja de resistirte. No voy a soltarte, pero tienes que quedarte quieta.

Era una petición imposible. Se estaba ahogando. Se estaba muriendo.

—¡Confía en mí, por favor!

Estaba desesperado y, de algún modo, sus palabras consiguieron abrirse paso a través del miedo. La hicieron volver en sí. Dejó de resistirse.

—Bien. Ahora agárrate a mí y no te muevas.

Después de agarrarlo de los hombros, Lara se obligó a dejar de sacudir las piernas. No estaban debajo del puente y debía de haber unos veinte metros hasta el pilar más cercano: el estrecho que no tenía acceso al puente. Y la orilla...

—¿Podremos llegar? —preguntó, escupiendo agua después de que otra ola le salpicara el rostro.

—No.

—¿Y qué vamos a hacer?

Se retorció para poder ver el puente. Oía a los soldados gritando, y vio a Jor colgado de una cuerda en uno de los lados, señalando al agua con un dedo.

—¡Deja de moverte, Lara!

Se quedó estática. Porque hasta ese momento no divisó lo que estaba señalando Jor y lo que era el centro de toda la atención de Aren... y de sus temores.

Aletas grises cortaban el agua.

Los rodeaban.

Se acercaban.

—Tenemos que aguantar hasta que puedan venir a buscarnos con un bote.

Los ojos buscaron el pilar lejano, cuya abertura seguía oculta por la marea, antes de distinguir la bahía desde la que habían partido dos embarcaciones. Era imposible que los alcanzaran a tiempo.

Como para enfatizar aquel pensamiento, uno de los tiburones se precipitó sobre ellos antes de virar en el último momento.

—Maldición —gruñó Aren.

Las criaturas nadaban cada vez más cerca, y Lara gimoteó cuando algo le golpeó un pie.

Los soldados habían comenzado a disparar flechas que se hundían en las aguas que los rodeaban y formaban charcos de sangre cuando acertaban a sus objetivos. Luego, como si de un solo ser se tratara, todas las aletas desaparecieron a la vez.

—¡Aren!

El grito de Ahnna resonó desde las alturas y, un segundo más tarde, vieron una aleta gigantesca partiendo en dos las olas en dirección a ellos.

—Suéltame. —Fue Lara quien tomó la decisión, consciente de que él no se atrevería—. Sin ti, me ahogaré. Pero si se concentran en mí, tendrás una oportunidad de salvarte.

—No.

—No seas necio. No tenemos por qué morir los dos.

—Cállate.

Aren tenía la mirada clavada en el tiburón que iba dando vueltas en círculos.

—Te conozco, vieja amiga —mascultó antes de levantar la vista—. Vendrás a probarnos antes de matarnos desde abajo.

—¡Suéltame!

—No.

Lara se soltó de él y trató de alejarse nadando, pero Aren la arrastró de vuelta, evitando sus patadas. La atrajo hacia sí.

El tiburón se precipitó hacia ellos a una velocidad pasmosa. Iba demasiado rápido como para esquivarlo, y huir a nado estaba fuera de toda cuestión. Un pavor primario e indigno se apoderó de ella, y Lara gritó.

—¡Ahora!

Un virote de acero conectado a un cable cortó el aire y se hundió en el costado del tiburón, pero la criatura siguió adelante como si el instinto de caza pesara más que la herida que le habían infligido.

Lara gritó de nuevo, ahogándose con el agua, viendo cómo se dirigía hacia ellos con el morro abierto y fila tras fila de dientes afilados como cuchillas al descubierto.

El cable conectado al virote se tensó.

Con una violenta sacudida, el tiburón salió disparado del agua, y su enorme cuerpo se retorció en el aire antes de caer de nuevo a plomo al mar, resistiéndose al cable que lo sujetaba al puente.

El agua le cubrió la cabeza a Lara, la cola del tiburón la golpeó con la fuerza de un ariete, e hizo que Aren la soltara.

Lara se debatía sin saber en qué dirección estaba la superficie. Sin saber dónde estaba el tiburón. Sin saber dónde estaba Aren. Torbellinos de burbujas pasaban por delante de su rostro y le oscurecían la visión mientras pataleaba y braceaba. Poco después, unas manos se cerraron alrededor de su muñeca y tiraron de ella hasta la superficie.

—¡Naden! —No era la voz de Aren, sino de los soldados que había en el puente, con los gritos de Ahnna superando al resto—. ¡La sangre los está atrayendo! ¡Naden, por lo que más quieran!

Él comenzó a arrastrarla por el agua mientras las cabrillas cobraban violencia con cada oleada. Sobre sus cabezas, el cielo se estaba oscureciendo. Un relámpago destelló en la distancia.

Aren dejó de nadar.

Se quedó inmóvil, manteniéndose a flote, resollando por el esfuerzo de estar tirando de los dos.

Lara vio lo que estaba mirando.

El océano batía contra el pilar más cercano, repleto de estacas de metal, con la fuerza de la tormenta que se avecinaba.

—Tienes que... agarrarte... a una de las estacas —jadeó—. Y no te sueltes.

Sin esperar respuesta, la impulsó hacia el pilar.

Las olas los impelieron con un ímpetu irreversible y los precipitaron a ella y a Aren contra la roca y el acero.

Solo tendrían una oportunidad. Solo una.

Lara tomó aire y clavó la mirada en la estaca a la que se agarraría. El acero sería su salvación o su condena.

Aren se retorció en el último momento para recibir el impacto. Lara alargó un brazo a tientas, consciente de que apenas tenía un instante.

Su mano se cerró alrededor de la estaca justo cuando Aren la soltó.

Tuvo que reunir todo su aguante para aferrarse con fuerza y resistir la furia del mar en las piernas mientras los brazos le temblaban por el esfuerzo. Había momentos en los que el cuerpo quedaba por encima del agua, hasta que las olas volvían a romper contra ella. Aún agarrada a la estaca, consiguió incorporarse y rodearla con las piernas, y respiró cuando el agua volvió a retirarse.

—¡Aren!

Escudriñó el agua en su busca, con el corazón en un puño.

—¡Aquí!

Colgaba de la estaca justo donde se incrustaba en la roca. Pero no aguantaría mucho más.

El agua volvió a cubrirlos y, por encima del rugir del mar, Lara oyó su nombre. Al levantar la vista, vio a Ahnna suspendida de una soga con otra cuerda en la mano, que balanceó en dirección a Lara.

—¡Agárrate!

La pesada cuerda le pasó por delante y Lara trató de asirla, y estuvo a punto de perder el equilibrio. La soga se balanceaba ante sus ojos, pero no era capaz de alcanzarla.

Y Aren seguía quedándose sin tiempo.

Así que cuando la cuerda volvió a pasarle por delante, Lara se impulsó, consciente de que si fracasaba caería al agua y Aren no estaría en condiciones de ayudarla. Aunque lo intentaría de todas formas.

El equilibrio comenzó a fallarle, y ella estiró los dedos, rozó la cuerda y la agarró.

Las piernas le resbalaron y se quedó suspendida. Agradeciendo en silencio todas las dominadas que Erik la había obligado a hacer durante sus entrenamientos, se subió, hizo un lazo y se lo pasó por debajo de las axilas.

Comenzó a balancearse con energía hasta asirse de nuevo a la estaca, y fue reptando poco a poco hacia Aren con cada vez más problemas para agarrarse, ahogándose con cada embate de las olas.

—¡Agárrate de mí! —gritó, justo cuando una ola la arrancó de la estaca.

Se balanceó y chocó contra Aren, y por puro instinto, le rodeó la cintura con las piernas, mientras soportaba el dolor de brazos que le provocaba tener que cargar con su peso. Acto seguido, Aren levantó los brazos y asió la cuerda.

El mar volvió a azotarlos y los acercó a las rocas. Lara se ahogaba y gimoteaba, porque sabía que no podría aguantar mucho más. Sabía que la próxima ola la obligaría a soltarse.

Y la vio venir hacia ella en una nube de espuma. Justo antes de que los alcanzara, alguien tiró de la soga y comenzaron a ascender, cada vez más rápido. Giraban y se balanceaban, y Aren subió para que las piernas de Lara, con las que aún le rodeaba la cintura, pudieran aliviarles parte de la presión a los brazos.

—No te sueltes. —Un hilo de sangre le bajaba desde un corte en la sien—. No vas a soltarte.

Iban golpeando la pared del puente, y Lara gimoteaba mientras se arrastraba por la roca, pero el dolor desapareció para dejar paso al alivio que sintió cuando unas manos la agarraron de la ropa, la alzaron y la acostaron sobre la sólida superficie del puente. Resollando, se puso de lado y vomitó tanta agua de mar que al final no le quedaron fuerzas más que para apoyar la frente en la roca húmeda.

—Lara.

Unos brazos la ayudaron a incorporarse, y en cuanto se volvió, se desplomó sobre el pecho de Aren y se colgó de su cuello. Él estaba temblando, pero el contacto de su cuerpo contra el suyo la tranquilizaba más que el suelo firme bajo sus pies.

Nadie habló. Sabía que estaban completamente rodeados por hombres y mujeres, pero se sentía como si no existiera nada más que ellos dos, mientras la lluvia de la tormenta que se avecinaba le tamborileaba sobre la mejilla.

—¿Aren? —La voz de Ahnna rompió el silencio, con el distante estallido de un trueno como si del eco de su nombre se tratara—. No era mi intención... No quería...

Lara notó cómo Aren se tensaba, y percibió su ira cuando, con frialdad, respondió:

—Vuelve a Guardia Meridional, comandante. Si te vuelvo a ver antes de la Marea de Guerra, que no te quepa duda de que no vacilaré en culminar el contrato de Ithicana con Harendell.

Lara asomó la cabeza a tiempo de ver a Ahnna retroceder como si le hubieran dado una bofetada.

—De acuerdo, su majestad.

Sin mediar otra palabra, dio media vuelta se retiró, con sus soldados pisándole los talones.

Después de ponerse de pie entre tambaleos, Aren jaló a Lara.

—Debemos regresar a Guardia Central. La tormenta se acerca.

Pero Lara sabía, mientras el corazón retumbaba en su pecho, que Aren se equivocaba.

La tormenta ya había llegado.

32
Aren

Después de quitarse las botas que había tomado prestadas en los barracones, Aren se quitó las prendas empapadas y desgarradas que llevaba y las amontonó en el suelo antes de atravesar la habitación a oscuras y tomar unos pantalones secos del armario. Las contraventanas repiqueteaban contra las ventanas con cada ráfaga de viento, y la lluvia tamborileaba furiosa sobre el tejado, aunque todo quedara ahogado por las sucesiones de truenos que sacudían la casa hasta los cimientos. En el aire flotaba el olor fresco y metálico del ozono, que se mezclaba con los aromas omnipresentes de la tierra húmeda y la vegetación que asociaba con su hogar.

Bum. El suelo tembló bajo sus pies y la presión cambió cuando el tifón descargó toda su fuerza. Era una tormenta bestial, de las que le daban el nombre a los mares de la Tormenta, con vientos tan incontrolables y salvajes que casi parecían tener conciencia propia. La tormenta dejaría un rastro de destrucción a su paso, y borraría de la faz de la Tierra todo lo que se encontrara en el mar. Ithicana estaba construida para soportar los peores temporales que el mar y el cielo pudieran desatar; y, de hecho, Aren solo respiraba con tranquilidad durante aquellas tormentas, convencido de que su reino estaba a salvo de sus enemigos.

Pero aquella noche era distinto.

Exhaló y apoyó una mano en la cabecera de su lecho, tratando de hallar cierto equilibrio, aunque supiera que era una causa perdida. Como tantas otras cosas.

Lara no había despegado los labios desde que los sacaron del mar, y no podía culparla. Había estado a punto de ahogarse y de acabar aplastada contra las rocas. Habían estado a punto de devorarla. No se había desmoronado por completo, algo que debería haber resultado un pequeño milagro, si no fuera porque habría preferido eso a su silencio e indiferencia.

Con el rostro tan lívido que hasta sus labios se habían puesto grises, Lara lo había seguido sin rechistar, aturdida, con las extremidades inertes mientras la examinaban en busca de heridas. No había ni rastro de su mordaz sentido del humor ni de esa lengua venenosa que él tanto había llegado a amar y odiar. No mostraba... nada.

Aren cerró los ojos y apoyó la frente en el poste de la cama, porque la otra opción era arrancarlo de cuajo y estamparlo contra la pared. Una furia ardiente e irrefrenable le corría por las venas. Por Ahnna. Por el puente. Por él mismo.

Un quejido más animal que humano le subió a la garganta y, en un movimiento frenético, se volvió y hundió el puño en la pared. El dolor en los nudillos se fue acentuando hasta que acabó arrodillándose, sintiendo el impulso de explotar, de echar a correr. Consciente, sin embargo, de que nada lo aliviaría.

Bum. La casa tembló, y sus pensamientos volvieron a la carta del Rey de las Ratas, guardada en algún lugar de su bolsa. El ultimátum no dejaba lugar a dudas: o se aliaban con Maridrina en su guerra contra Valcotta, o se enfrentarían a una guerra y bloqueos como los que Maridrina les había impuesto quince años atrás, y que solo levantó tras la firma del tratado.

Habían sido tiempos oscuros. Maridrina estuvo dos años impidiendo que nadie atracara en Guardia Meridional, lo que paralizó por completo el comercio. Se dejaron de transportar mercancías por el puente, e Ithicana se quedó sin ingresos y, por tanto, sin forma de alimentar a su gente, de suministrarle lo que necesitara, de mantenerla viva. Y las violentas tormentas alejaban a los pescadores de los mares más días de los que les permitían trabajar. El hambre asoló Ithicana. Y la peste. Y la sola idea de que se repitiera la historia...

La alternativa era aliarse con un hombre que había estado conspirando contra él de las formas más retorcidas posibles. Involucrarse en una guerra en la que no quería tomar partido. Era muy tentador aliarse formalmente con Valcotta por puro rencor. Las arcas de Ithicana estaban lo bastante llenas como para que el reino pudiera comprar lo que necesitara durante al menos un año sin que el puente les reportara beneficios adicionales. Entre las catapultas de Guardia Meridional y la fuerza de la armada valcottesa, los ejércitos de Silas no tendrían ninguna oportunidad.

No obstante, esa decisión implicaría sufrimiento en el pueblo de Maridrina. En la gente de Lara.

Condenarlos a morir de hambre lo convertiría en el villano que la Urraca les pintaba. Aren sería el hombre que Lara había crecido odiando. Pero ceder a las exigencias de su padre significaría poner en jaque a Ithicana cuando Valcotta llegara clamando venganza. No tenía solución.

La voz de su padre danzó por su mente, con las palabras que le gritaba a su madre: «Ithicana no forja alianzas. Somos neutrales, es la única opción para evitar guerras». Sin embargo, Aren, igual que su madre antes que él, estaba convencido de que el tiempo de la neutralidad había llegado a su fin. Solo que existía una diferencia entre desear una alianza y permitir que otro hombre dictara los términos.

Aren titubeó, y se dirigió al escritorio de dos largas zancadas. Tras abrir el compartimento oculto, extrajo la carta que había empezado a escribirle a Silas tantos meses atrás. Clavó la mirada en la cordial salutación y los tratamientos pertinentes, antes de dejar a un lado el pergamino y tomar una hoja limpia.

Silas:

Ithicana no dejará de comerciar con Valcotta. Si deseas poner fin a sus agresiones navales, te sugiero que desistas de tus ataques contra la frontera septentrional de Valcotta. Solo la paz entre las dos naciones permitirá que Maridrina pueda resurgir y recuperar la salud y la prosperidad. En lo referente a tus insinuaciones sobre que Maridrina ha respetado el espíritu del acuerdo entre nuestras naciones, creemos necesario destacar la hipocresía de tales afirmaciones. En aras del bienestar de nuestros pueblos, perdonaremos tus maquinaciones y permitiremos que Maridrina siga comerciando en el mercado de Guardia Meridional bajo los términos de nuestro acuerdo. De igual forma, quiero dejar constancia de que, si intentas tomar represalias contra tu espía, Ithicana lo tomará como un acto de agresión contra su reina, y la alianza entre nuestros reinos quedará terminantemente desmantelada.

Elige con sensatez,

Aren

Contempló la carta, consciente de que jamás podría decirle a Lara lo que había escrito. Había dedicado su vida a aliviar las penurias de su gente, y no le perdonaría jamás el haber amenazado precisamente a su pueblo por protegerla a ella. Aun así, no había otra forma de asegurarse de que Silas no le hiciera daño. Por el bien de todos, esperaba no tener que cumplir sus amenazas.

Se puso de pie, salió al pasillo y caminó hasta que dio con Eli.

—Lleva esto a los barracones cuando la tormenta amaine. Comunícale a Jor que lo envíe inmediatamente al rey de Maridrina.

Después de regresar a sus aposentos, Aren abrió la puerta que daba al patio y se adentró en la tempestad.

33
Lara

Lara aterrizó de rodillas, con el cuchillo en una mano. Estaba rodeada de oscuridad. Un trueno resonó por la estancia y dos destellos de luz iluminaron tenuemente la silueta de una ventana. El suelo de madera estaba pulido y el aire olía a humedad y al aroma terroso de la selva.

Unas lágrimas cálidas le caían por la cara, y se secó las mejillas. Pretendía colarse en la habitación de Aren desde que habían regresado a Guardia Central, decidida a eliminar las pruebas condenatorias de su traición antes de que la situación pasara a mayores. Debía hacerlo sin que él se enterara, puesto que no podía dejar que leyera aquellas palabras.

Una cosa era que Aren supiera que lo había engañado o manipulado, y otra muy distinta que leyera las pruebas que lo corroboraban. Que tomara conciencia de que todos los momentos en los que había creído que el vínculo entre los dos se reforzaba no eran más que una estrategia para conocer la información que necesitaba. Que, después de todo lo que habían pasado, ella había decidido destruirlo aquella fatídica noche en que la había besado en el lodo.

No solo era algo imperdonable, sino que pensar en el daño que le haría leerlo... No podía permitirlo. No cuando destruir las hojas eliminaría todas las pruebas. Su plan era drogar ligeramente a Aren durante la cena, escabullirse hasta sus aposentos y empezar un pequeño fuego en su escritorio para que, a simple vista, pudieran culpar a una vela encendida demasiado cerca de los papeles. Luego podría afirmar haber olido el humo, y sus gritos y porrazos en la puerta habrían bastado para despertarlo a él y alertar a la servidumbre. Entre las llamas y el agua que haría falta para apagarlas, los pergaminos con los mensajes invisibles acabarían inutilizados. Era un plan peligroso y dañino, pero prefería arriesgarse a quemar la casa de Guardia Central hasta los cimientos antes de que Aren se preguntara cómo era posible que todos sus materiales epistolares hubieran desaparecido misteriosamente.

Con todo, mientras Lara esperaba la hora de la cena, el agotamiento la venció y cayó dormida en las sábanas limpias y suaves de su cama. Poco después, habían comenzado a llegarle los aromas de la cena por debajo de la puerta, y no estaba en absoluto preparada.

—Vamos, puedes arreglarlo —masculló, poniéndose de pie.

Después de escoger uno de sus vestidos de seda maridrinos y pasarse un cepillo por el cabello, su mente empezó a bullir cuando ocultó un vial de narcótico en el brazalete. Ya en el pasillo, se apresuró a dirigirse al comedor, donde habían cerrado todas las contraventanas, convencida de que encontraría allí a Aren. No era habitual que ignorara las necesidades de su estómago.

Pero solo vio a Eli, quien dio un respingo al verla.

—Pensábamos que querría cenar en su alcoba, señora —dijo—. ¿Prefiere comer aquí?

—Gracias, pero no tengo hambre. ¿Sabes dónde está?

Solo había una persona por la que podría preguntar.

—En sus aposentos, mi señora. No ha querido cenar.

La lógica y su entrenamiento le susurraron que esperara a otra noche. A otra oportunidad. Mejor eso que arriesgarse a que la descubrieran. Sin embargo, y casi por inercia, Lara echó a correr por el pasillo opuesto hasta la habitación de Aren, descalza y sin hacer ruido por el frío suelo.

Llamó y aguardó. No hubo respuesta.

Intentó abrir y, extrañamente, la puerta no estaba trancada.

—¿Aren?

No había ni un alma. Era su oportunidad. Podría argüir que se había encontrado el fuego ardiendo.

Tras cerrar la puerta, Lara se abalanzó sobre el pesado escritorio y divisó de inmediato la caja de los pergaminos abierta. Y el inicio de una carta dirigida a su padre.

Con el corazón en un puño, Lara contempló las pocas líneas de tinta seca escritas a su padre. No comprendía cómo era posible que Aren hubiera tenido el estómago de hablarle con tanto respeto a su enemigo. Tal vez no la hubiera terminado precisamente por eso, porque no había podido soportarlo.

Un ronroneo captó su atención, y al bajar la vista vio al enorme gato de Aren serpenteando entre sus piernas, y estuvo a punto de tirarla. Una idea, mejor y mucho menos peligrosa que la del fuego, le vino a la mente.

—Te pido perdón, *Vitex*, pero necesito tu ayuda.

Se dispuso a recrear la escena: colocó la caja de lado, en el suelo, antes de salpicar la carta de tinta y dejar el tintero volcado sobre el resto de las hojas para que quedaran totalmente empapadas e inutilizadas. No sin antes contar el montón. Veinticinco hojas en blanco más la carta que había dejado a medias sumaban veintiséis.

Atrajo a *Vitex*, le rascó las orejas y le tomó con cuidado una de las patas para dejar sus inconfundibles huellas por la tinta. Consciente de lo que estaba haciendo, el gato le bufó y salió corriendo, dejando un rastro de tinta por la habitación.

Sus músculos se contrajeron y, con una exhalación entrecortada, Lara se desplomó sobre las rodillas, observando lo que había sido la culminación de todos sus esfuerzos. De todo su entrenamiento. De toda su vida. Recordó cómo se había sentido la última vez que sostuvo aquellas hojas, sabiendo que las palabras condenatorias que había escrito salvarían a su pueblo. Qué equivocada estaba.

Y con ellas también desaparecía el peso con el que cargaba desde que había descubierto la verdad sobre las mentiras de su padre. Lo que ella había hecho... no tenía nombre. La peor de las traiciones. Pero antes estaba motivada por las mentiras con las que le habían llenado los oídos durante casi toda su vida. Por el contrario, darle en ese momento la espalda a su padre era un acto movido por la verdad. Lo que estaba haciendo en ese momento era por decisión propia.

Y a pesar de que Lara sabía que se había pintado una diana en la espalda, que los asesinos de su padre jamás dejarían de intentar darle caza, por primera vez en su vida se sintió libre.

Impelida por un extraño sexto sentido, se dirigió a la antecámara, abrió la puerta del patio, y el viento la empujó con la fuerza de un gigante. Al salir, se encontró en un infierno de viento y lluvia.

El viento aullaba mientras giraba en torno al patio, arrastrando hojas, ramas y lluvia que mordisqueaban sus brazos desnudos y golpeteaban sus mejillas. La tormenta era de una furia ensordecedora; rayos ramificados atravesaban el cielo y los truenos le martilleaban los tímpanos.

Y, en medio de todo, vio a Aren.

Estaba sin camisa y descalzo, con la mirada puesta en el cielo, inconsciente, o eso parecía, de la tormenta que lo rodeaba. O del peligro que corría.

Una de las ramas de los árboles se partió y salió despedida a través del patio, hasta reventar contra uno de los lados de la casa.

—¡Aren! —gritó, pero la tormenta ahogó su voz.

No era capaz de mantener el equilibrio cuando comenzó a andar camino abajo. Las ráfagas de viento la derribaban una y otra vez, y amenazaban con levantarla del suelo. Su cabello se sacudía con frenesí y la cegaba, pero en ningún momento valoró la posibilidad de darse media vuelta. Tras recuperar el equilibrio sobre los resbaladizos adoquines, siguió adelante.

Los vientos amainaron justo cuando agarró a Aren de los brazos, como si el mundo hubiera suspirado y se hubiera relajado. Los desechos cayeron con suavidad al suelo y la lluvia se convirtió en un ligero tamborileo sobre su piel.

—¿Lara? —Tras soltar un resuello, levantó la cabeza hasta encontrarse con los ojos de Aren, que la miraba con el gesto descompuesto, como si no fuera capaz de entender cómo era posible que la tuviera delante—. ¿Ya terminó? —preguntó, con dificultades para respirar, y aún más para pensar—. La tormenta, digo.

—No. Ahora mismo estamos en el ojo. —El ojo de la tormenta. Notó una opresión en el pecho—. ¿Qué haces aquí afuera?

Los firmes músculos de sus antebrazos se flexionaron bajo sus manos.

—Lo necesitaba.

Lara comprendió instintivamente a qué se refería. La mayoría de las personas buscaban consuelo lejos del peligro, pero a él lo consolaba. La descarga de adrenalina que le vaciaba la mente, que se llevaba la incertidumbre que plagaba todas sus decisiones como rey. El miedo a errar. Las consecuencias de sus errores. En la tormenta, tenía claro su camino.

Lo comprendía porque ella se sentía igual.

—Hoy podrías haber muerto. Por hacer lo que hiciste.

—Si no lo hubiera hecho, habrías muerto tú.

Aren la tomó de los brazos, y a pesar de que le ardían las palmas de las manos, Lara se estremeció.

—A lo mejor te habría facilitado la vida.

Él la agarró con más fuerza.

—¿De verdad crees que habría podido perdonarme si no hubiera reaccionado y hubiera visto cómo te ahogabas?

—Pero lo que hice...

—Lo hecho, hecho está. Es cosa del pasado.

Su pulso apenas era un murmullo apagado en sus oídos mientras procesaba lo que Aren acababa de decirle. La había perdonado. No podía entender sus razones, pero así estaban las cosas. Había ocurrido lo que más deseaba en el mundo, y lo que no se había atrevido a esperar.

—¿Quieres irte de Ithicana? Porque si eso es lo que necesitas para ser feliz, te dejaré en la costa que elijas con todo lo que te haga falta para empezar de cero.

Lara había planeado irse. Los asesinos de su padre no tardarían en pisarle los talones, y no creía que pudiera sacar nada quedándose allí. No valoraba la posibilidad de que naciera una relación entre los dos; Aren iba a acabar descubriendo la verdad acerca de ella y jamás la perdonaría por ello.

Pero Aren ya conocía la verdad. Y, contra todo pronóstico, la había perdonado. Ahora... ahora la idea de darle la espalda a aquel lugar, de darle la espalda a él, era el peor futuro que podía imaginarse.

—No puedes dejar que me vaya de Ithicana. —Tenía la garganta tensa, y las palabras sonaban ahogadas y extrañas—. Sé demasiado. Arriesgarías demasiado.

Los ojos de él se grabaron a fuego en los suyos, y Lara sintió que nadie la había visto jamás con tanta perfección.

—Puedo dejar que te vayas porque confío en ti.

Lara no podía respirar.

—No quiero irme.

Aquellas palabras eran una verdad arrancada de las profundidades de su alma. No quería alejarse de Ithicana. No quería alejarse de él. Quería quedarse allí, y luchar, sudar y sangrar por él y por aquel reino hermoso, duro y salvaje.

La tormenta daba vueltas a su alrededor, los observaba, pero de momento los estaba evitando.

Aren dejó de apretarle los brazos y, durante un espantoso instante, ella pensó que la soltaría. Que quería que se fuera.

En cambio, sus dedos recorrieron la parte trasera de sus brazos con un ligerísimo tacto que dejaba ríos de sensaciones a su paso. Caricias arriba y abajo, como si estuviera calmando una bestia que pudiera morderlo.

O comprobando el estado de las aguas.

Aren le acarició los lados de los pechos y Lara exhaló un ligero suspiro cuando enganchó las tiras del vestido con los pulgares y las deslizó mientras se inclinaba, rozándole con los labios un hombro desnudo. Y luego el otro.

Dejó escapar un gemido cuando Aren le apartó el cabello húmedo para dejar al descubierto el cuello y besar la clavícula, la garganta, la silueta de la mandíbula. Lo único que impedía que el vestido cayera al suelo y quedara desnuda frente a él eran sus manos.

Lara quería tocarlo.

Quería sentir la piel brillante que le cubría los músculos, pero tenía miedo, porque sabía que eso sería su ruina. Ya no habría vuelta atrás.

Los labios de Aren se detuvieron y ella contuvo el aliento, esperando a que se posaran sobre los suyos al tiempo que se preguntaba si sería capaz de salir de nuevo a la superficie si se permitía hundirse en aquella ardiente poza de pasión. O si querría.

Pero él se limitó a apoyar la frente sobre la suya.

—Necesito que confirmes que esto es lo que quieres, Lara. Que lo permites porque así lo has decidido, no porque te lo impusieran.

El pecho le ardía con una emoción tan intensa que casi le dolía. Se apartó hasta que sus miradas se cruzaron.

—Sí quiero. —Y como eso no bastaba, añadió—: Y te quiero a ti.

La tormenta arreció como un espíritu vengativo cuando sus labios se encontraron, pero Lara apenas se percató de los vientos que soplaban cuando Aren la levantó por las caderas y ella le rodeó la cintura con las piernas, y el cuello con los brazos. Él tenía la boca caliente y la lengua húmeda, y la lluvia le empapaba la piel mientras cargaba con ella en mitad de la tormenta hacia el cobijo de la casa.

Una vez adentro, los pies de Aren resbalaron sobre las baldosas mojadas y los dos se precipitaron hacia la pared y tiraron al suelo lo que quedaba en los estantes. Él apoyó las manos a cada lado del cuerpo de Lara, y ella notó su aliento cálido en la garganta cuando se frotó contra él. Lara le hundió los talones en la espalda mientras lo atraía hacia sí, desesperada porque no hubiera espacio alguno entre ellos, aunque la fricción de su cinturón contra el cuerpo le arrancó un gemido de los labios.

Arqueó la espalda hasta tocar la pared solo con la cabeza, y el vestido, cuyas faldas ya tenía amontonadas en la cintura, se deslizó hasta dejar al descubierto la parte superior de los pechos. Oyó a Aren contener el aliento.

—Dios, eres preciosa —gruñó él—. La mujer más insufrible, mordaz e increíble que he conocido jamás.

Sus palabras hicieron que sus muslos se humedecieran, y gimió.

—La puerta. Cierra la puerta, maldición.

—Sus deseos son órdenes, majestad.

Aren le metió la lengua en la boca y la saboreó, antes de dejar que ella se deslizara hacia el suelo y presionarle el estómago con el cuerpo antes de volverse a atrancar la puerta y dejar fuera la tormenta.

Con el pesado cerrojo en su lugar, Aren avanzó hacia ella al acecho, con los ojos avellana de un depredador, del cazador que jamás podía dejar de serlo. Lara retrocedió hacia la habitación, retándolo a que la siguiera. Lo atrajo porque ella no era la presa de nadie, y nunca lo sería. Sus pantorrillas chocaron con la madera maciza del lecho del rey, y cuando ella lo miró de arriba abajo, él frenó en seco.

El aullar del viento era ahora un ruido amortiguado que no ahogaba la respiración de Aren. Cada aspiración y exhalación le acrecentaba su deseo, y ella recorría su cuerpo con los ojos y se fijaba en cómo se le marcaban los músculos de la mandíbula mientras la observaba con la misma intensidad.

Buscando a tientas el candil, Lara subió la llama y lo dejó a un lado, sin despegar los ojos de los de él. Agarrándose el canesú empapado del vestido, con el escote pendiendo de los pezones erguidos, se fue arrancando poco a poco la seda del cuerpo, antes de tirar la prenda al suelo. Acto seguido, se tumbó en la cama y apoyó el peso sobre los codos. Con una parsimonia premeditada, Lara fue abriendo las rodillas.

Lo vio perder el control y mantenerse firme únicamente por la fuerza de la mirada de Lara, con un deseo que se adivinaba a través de los pantalones mojados, que eran la única prenda que llevaba puesta.

—Quítatelos —le ordenó ella, y la media risa que él soltó le erizó la piel, dominada por la necesidad de volver a sentir sus manos sobre el cuerpo.

Aren se desabrochó el cinturón, lo enganchó con los pulgares y empujó, y el peso del cuchillo que llevaba colgado arrastró los pantalones hasta el suelo, y luego él los apartó de una patada. Esta vez le tocaba a Lara contener el aliento mientras contemplaba la musculosa extensión de su cuerpo, porque no era la primera vez que lo veía desnudo, pero sí de aquella forma. Los muslos le temblaron ante la necesidad de poseerlo, y asintió una sola vez.

En tres zancadas, atravesó la habitación, pero en lugar de aplastarla contra la cama, como ella creía, se arrodilló frente a ella. Ithicana —y su rey— no se arrodillaban ante nadie. Pero él sí se arrodillaba ante ella.

Aren le besó la corva de la rodilla izquierda, antes de pasar a la derecha y demorarse en una vieja cicatriz que le recorría la parte interna del muslo. Tomó sus piernas con manos ásperas por los callos que se había ganado defendiendo su reino. Y, con ella estremeciéndose bajo sus manos, bajó la cabeza y le introdujo la lengua.

Lara sacudió las caderas, pero él la sujetó contra la cama, lamiendo y succionando el vértice de sus muslos hasta arrancar un gemido de los labios. Ella se dejó caer sobre las sábanas, alargó los brazos y lo jaló, pero Aren solo levantó la cabeza lo suficiente para lanzarle una sonrisa animal antes de introducir los dedos en el lugar en el que poco antes había metido la lengua.

Lara encorvó la espalda y se agarró a los bordes de la cama. El mundo entero se puso de cabeza mientras él acariciaba su interior y volvía a consumirla con la boca y a provocarle una presión que se iba acumulando en lo más profundo de su ser. Un relámpago destelló justo cuando la rozó con los dientes y todo su mundo se hacía añicos mientras su visión se fracturaba al verse arrollada por las descargas de placer que la dejaron jadeando y temblando.

Aren se quedó quieto durante un buen rato, y luego, con una ternura que le partió el corazón, le dio un beso en el vientre antes de apoyar encima una mejilla, momento que ella aprovechó para enredarle los dedos entre sus cabellos.

Pero ella no había acabado con él. Y él tampoco con ella.

Se encaramó sobre ella con la gracia de una pantera de caza. Después de agarrarle las manos, le sujetó los brazos por encima de la cabeza y hundió los nudillos en el colchón. Ella se resistió por un instante, ejerciendo presión contra una fuerza muy superior a la suya. Y luego su cuerpo se rindió. No a él, sino a sí misma. A sus deseos. Había pasado la vida siendo el peón involuntario de las maquinaciones de su padre, pero se había acabado. Cada victoria o error, cada caricia o arrebato de violencia... Dependían solo de ella. Los dominaría. Igual que pensaba dominar aquel momento.

Levantó la cabeza, lo besó y lo notó estremecerse cuando le rodeó la cintura con las piernas, atrayéndolo hacia ella para que sus cuerpos se apretaran. El beso se intensificó hasta convertirse en una mezcla de lenguas y dientes, y de resuellos más sentidos que oídos bajo el retumbar de los truenos.

La punta rozó su cuerpo, y Lara le gimió en la boca; su cuerpo sabía lo que quería, desesperado porque él la llenara. Le frotó las caderas y profirió un grito ahogado cuando jugueteó con el miembro en su interior antes de sacarlo.

—No todo va a ser según tus términos, cielo —le gruñó al oído—. No pienso correr.

—Al fin y al cabo, eres un demonio —le susurró ella, pero su capacidad de habla se desvaneció en cuanto él le soltó las muñecas y bajó la cabeza hasta sus pechos, succionando y lamiendo sus pezones, sin apartar la mano de entre sus piernas.

Lara deslizó las manos hasta los hombros de Aren, y repasó con los dedos las firmes curvas de sus músculos, los restos de viejas y nuevas cicatrices, y luego bajó por la columna, deleitándose en cómo se estremecía ante su tacto.

Pero no le bastaba. Le mordió el cuello; quería tenerlo cerca, quería que sus cuerpos y almas se fundieran y no volvieran a separarse.

—Aren. Por favor.

Él retrocedió y se la llevó consigo. De rodillas, la sostuvo contra él y, con la mirada clavada en sus ojos, la hizo descender sobre su cuerpo. Lara echó la cabeza atrás y gritó hacia la tormenta mientras le arañaba los hombros cuando él se introdujo en ella y, poco después, se quedó quieto.

—Mírame.

Lara lo obedeció y apoyó la mejilla en su mano cuando él alargó el brazo para tocarle la cabeza.

—Te quiero —le dijo, y sus labios se rozaron—. Y voy a quererte nos depare lo que nos depare el futuro. Por mucho que deba luchar. Nunca dejaré de quererte.

Aquellas palabras la anularon, la derrumbaron por completo y luego volvieron a formarla hasta convertirla en algo nuevo. Algo más fuerte. Algo mejor. Lo besó largamente, con firmeza y pasión, mientras sus cuerpos se mecían a compás.

Después de volver a posarla sobre las sábanas, él retrocedió, antes de volver a introducirse en ella con una lentitud que la torturaba. Y luego otra vez. Y otra. Con cada empujón, sus cuerpos se iban cubriendo de sudor. Ella le tomó una mano y le pasó la otra por el cabello, por la espalda, desesperada por poseer cada centímetro de él mientras su propio cuerpo se tensaba, ardiendo y ardiendo hasta el final.

Lucharía por él.

Sangraría por él.

Moriría por él.

Porque era su rey, y aunque eso implicara soportar la persecución de los asesinos de su padre durante el resto de sus días, sería la reina de Ithicana.

Cuando culminó, una sensación de liberación la colmó, violenta como la tormenta que azotaba el reino, y sintió que el placer de su cuerpo llevó a Aren al límite. Se hundió hasta el fondo, aullando su nombre mientras la estancia temblaba bajo el embate de la tempestad, y luego se desplomó, jadeando en su oído.

Apenas se movieron durante lo que se le antojaron horas. Lara se acurrucó en la calidez de sus brazos mientras su cabeza flotaba y él le acariciaba la espalda desnuda, y la tapó con una sábana cuando el sudor de sus cuerpos empezó a enfriarse. Hasta que la respiración agitada de Aren no dejó paso al suave ritmo del duermevela, no levantó ella la cabeza.

Después de apartarle el cabello de la frente, lo besó con delicadeza. Y puesto que necesitaba decirlo, aunque no estuviera preparada para que él la oyera, le susurró:

—Te quiero.

Con la cabeza apoyada sobre su pecho y sus latidos en el oído, se permitió al fin que la venciera el sueño.

34
Lara

La furia del tifón duró cuatro días, durante los cuales Lara y Aren apenas salieron de la cama. Y apenas durmieron.

Los momentos que pasaban fuera de la habitación los dedicaban a jugar a las cartas y a peculiares juegos de mesa ithicanos, en los que Aren hacía trampas con absoluto descaro. Horas en las que ella leía en voz alta con la cabeza de él apoyada en el regazo, Aren con la mirada perdida mientras la escuchaba, y los dedos entrelazados. Él le contaba historias de su infancia en Ithicana, en las que por lo general acababa evitando a sus tutores y corriendo como loco por la selva hasta que Jor echaba a correr detrás de él. Le contó la primera vez que él, Taryn y Lia habían corrido por sus vidas en la isla de las Serpientes, turnándose mientras sus amigos los observaban desde botes en el agua.

—¿Y Ahnna?

Aren resopló.

—Le falta estupidez para ese tipo de numeritos.

Cierta acritud en su voz hizo que Lara dejara el vaso de jugo en la mesa con un sonoro tintineo.

—Tienes que pedirle perdón a tu hermana por lo que le dijiste. Estuvo fuera de lugar.

Aren se volvió, devolvió un libro a la estantería y apuró de un trago su bebida.

—Estuvo a punto de matarte.

—Fue un accidente. Y, por si no te diste cuenta, también fue una de los que nos salvó el pellejo.

—Tomo nota.

—Aren.

Volvió a llenar el vaso.

—Nos hemos dicho cosas mucho peores. Se le olvidará.

Lara se mordió el interior de las mejillas. Sabía que el problema no era que se resistiera a perdonarla, sino que se viera obligado a justificar sus acciones delante de ella.

—Hay una diferencia sustancial entre decirle algo cruel a un hermano y amenazar en calidad de rey a la comandante de sus ejércitos.

Aren soltó un largo suspiro.

—Bueno, bueno. Le pediré perdón cuando la vuelva a ver.

—¿Y eso cuándo será?

—Dios, qué insistente eres. —Lara le lanzó una sonrisa dulcísima—. En la reunión del concilio, antes de que comience la Marea de Guerra, donde discutiremos nuestra estrategia. Ahnna representa a Guardia Meridional, así que no le quedará otra que presentarse.

Lara abrió la boca para preguntarle dónde tendría lugar la reunión, pero luego volvió a cerrarla. Aquellos últimos días había procurado no preguntar por ningún detalle que pudiera interesar a un espía, decidida a no darle a Aren ningún motivo para dudar de su lealtad. Una parte de ella se preguntaba si llegarían a superarlo, o si por el contrario su pasado mancharía siempre su relación.

—¿Por qué no hablas nunca de tus hermanas?

Sus hermanas. Lara cerró los ojos, reprimiendo el escozor

repentino de las lágrimas. Se esforzaba a conciencia por pensar lo menos posible en ellas. En parte, quería evitar el dolor que le provocaban los recuerdos, esa desgarradora sensación de pérdida que la abrumaba cada vez que entendía que lo más probable era que no volviera a verlas jamás. Y también temía que, si pensaba en ellas demasiado a menudo, se le pudiera escapar por accidente que seguían vivas, y que esa información pudiera llegarle a su padre. Así que, por su bien, ni siquiera podía confiarle a Aren la verdad, porque si alguna vez encontraba motivos para volverse contra ella, podía pagarlo con ellas.

—Están muertas.

El vaso se le resbaló de las manos y se hizo añicos contra el suelo.

—¿Me estás tomando el cabello?

Lara se arrodilló para recoger los fragmentos.

—Mataron a todas las personas que conocían el plan de mi padre, a excepción de Serin.

—¿A todas? ¿Estás segura?

—Cuando me fui, estaban boca abajo en la mesa de la cena, rodeadas de llamas.

Recordó el tacto de los cabellos dorados de Marylyn entre sus dedos cuando le sacó la cabeza del cuenco de sopa. El instante en que ella, su padre y el resto del grupo habían abandonado el complejo y dejado a sus hermanas a merced de la suerte y de su propio ingenio. Un cristal se clavó en su dedo y chascó la lengua, y se sorbió la sangre de la herida antes de retomar la tarea.

Aren la tomó de las manos.

—Déjalo, amor. Alguien lo recogerá.

—No quiero que se encargue Eli. —Recogió otro fragmento de vidrio—. Siempre intenta hacerlo todo lo más rápido posible, y se va a cortar.

—Pues lo hago yo.

Las esquirlas le cayeron de las manos y distinguió cómo los restos de líquido ámbar que aún los manchaba reflejaban la luz. Tenía todavía tanto que contarle...

—No tuve una infancia feliz. Trataron de convertirnos en monstruos. Y quizá lo consiguieron.

La lluvia era el único otro sonido que los acompañaba.

—El día que atacaron la isla de Serrith... había como una docena de amaridanos muertos en el sendero que conducía a la bahía.

—Los maté yo, si es eso lo que me preguntas.

—¿A todos?

—Sí. Te superaban en número, y que murieras... no era parte de mi plan.

Él exhaló un largo suspiro y repitió:

—No era parte de tu plan.

A pesar de que Aren conociera la verdad y la hubiera perdonado, una parte de Lara seguía temiendo que cambiara de opinión. Que aquellos últimos días no hubieran sido más que un truco: una forma de mostrarle lo que habría podido ser aquel matrimonio de haber tenido otras intenciones.

Ayudó a Lara a levantarse.

—Esto no puede salir de aquí. Nada, ni un solo detalle. Ya había una parte importante de mi gente que se oponía a esta unión desde un principio. Si supieran que eras una espía (y una asesina entrenada) enviada para infiltrarse en nuestras defensas, no lo perdonarían. Exigirían tu ejecución, y si yo no lo aceptara...

Lara notó cómo palidecía. No por la amenaza contra su vida, sino contra la de él.

—¿Crees que sería mejor para ti que me marchara? Podemos fingir mi muerte. Se solucionarían todos los problemas que genera mi presencia aquí.

Aren no respondió, y cuando ella por fin se atrevió a levantar la cabeza, lo encontró con la mirada distante, perdida. Poco después, sacudió la cabeza con brusquedad.

—Te hice una promesa, y pienso cumplirla.

A Lara se le encogió el estómago.

—Mi padre enviará asesinos por mí. Todas las personas cercanas a mí correrán peligro.

—No si no conocen tu paradero.

—Saben que estoy en Guardia Central, Aren. Y no es tan impenetrable como crees. Mi padre no permitirá que mi traición quede impune.

—Soy consciente de las limitaciones de Guardia Central, y por eso no nos quedaremos aquí. —La rodeó con los brazos—. Y tu padre desistirá si el costo de su venganza supera lo que esté dispuesto a pagar.

Para su padre, la venganza no tenía precio.

—Déjame volver a Maridrina. Déjame que lo mate y acabe con esto.

—No pienso utilizarte para asesinar a mis enemigos.

—Él también es mi enemigo. Y el enemigo del pueblo de Maridrina.

—Y no lo niego. —Aren le recorría la columna con la mano—. Pero asesinar a tu padre no contribuiría lo más mínimo a lo que pretendemos conseguir; de hecho, todo lo contrario. Serin nos achacaría la culpa, aunque no pudiera demostrar que fuera obra de Ithicana, y el pueblo de Maridrina no tardaría en olvidar a Silas el tirano y empezaría a exigir venganza por la muerte de Silas el mártir. Tu hermano mayor está cortado por el mismo patrón que tu padre, y no pienso entregarle un ejército de sangre ithicana.

»Si nos atacan —prosiguió—, es probable que podamos convencer a Valcotta de que se una a nosotros y los aplastemos, pero quien sufriría las consecuencias sería tu gente.

Y, al final, estaríamos igual que hace quince años, con los dos pueblos odiándose mutuamente.

—Entonces, ¿nos quedamos de brazos cruzados?

Todo lo que le había dicho era cierto, pero Lara no pudo evitar el tono amargo de su voz.

—No. Vigilamos. Nos preparamos. Pero... —Se encogió de hombros—. Cualquier acción que podamos tomar en estos momentos hará más mal que bien.

—Con Valcotta atacando a los mercaderes maridrinos que intentan atracar en Guardia Meridional, mi gente seguirá pasando hambre.

—Algo que se resolvería si tu padre renunciara a la guerra con Valcotta y dejara que los granjeros regresaran a sus campos y los comerciantes a sus negocios.

Era imposible. Lara sabía a ciencia cierta que su padre no aceptaría jamás una derrota.

—Así las cosas, la temporada de tormentas nos ayudará a que la flota valcottesa regrese a puerto. Los muelles de Vencia son los que están más cerca de Guardia Meridional, por lo que tu pueblo podrá aprovechar los breves respiros que les den las tormentas. Por increíble que parezca, la temporada de tormentas favorece más que la de la calma a tus compatriotas. La comida empezará a llegar a las costas de Maridrina.

Aren no sería capaz de mentirle, de eso no le cabía la menor duda. Confiaba en él, aunque el hecho de quedarse de brazos cruzados la matara.

Se quedó en silencio durante un buen rato, y luego continuó:

—Pero la moneda tiene otra cara, Lara. Son muy pocos los ithicanos que se han alejado de nuestras costas, y aún menos los que alguna vez han llegado a conocer a un maridrino. En definitiva, en Ithicana creen que tu padre representa a todo tu pueblo. Necesito que me ayudes a cambiar esa concepción. Necesito que les hagas ver que los maridrinos no son nuestros enemigos, que deseen una verdadera alianza entre nuestros pueblos, y no un simple trato de papel y palabras entre reyes. Porque esa es la única forma de que alguna vez lleguemos a vivir en paz.

—No veo que eso sea posible mientras él viva.

—No vivirá para siempre.

Lara soltó un largo suspiro.

—Pero mi hermano es igual que él, tú mismo lo has dicho. Y se aprovechará de la utopía que planteas.

—Lo que planteo no es una utopía, Lara. Es, simplemente, algo mejor. —Le dio un beso en el hombro; tenía los labios cálidos—. Se acabó ya lo de permitir que nuestros enemigos dicten nuestras vidas. Debemos empezar a vivir por nuestros seres queridos. Y por nosotros mismos.

—Eso es un sueño.

—Pues hazlo realidad. —Después de meter la mano en los bolsillos de los pantalones, extrajo una bolsita de seda—. Tengo una cosa para ti.

Lara volteó y abrió los ojos como platos cuando él le mostró unos delicados eslabones de oro, esmeraldas y diamantes negros que destellaban bajo la luz del candil.

—Creo que me dijiste que te gustaba el verde.

Con cuidado, le apartó los cabellos y le abrochó el collar alrededor del cuello.

—Era de mi madre. Mi padre se lo regaló hace muchos años, y ella no se lo quitaba casi nunca. Los sirvientes lo encontraron en sus aposentos cuando... —Se interrumpió, y sacudió la cabeza para recuperarse—. Siempre decía que estaba hecho para llevarlo puesto.

Lara recorrió el collar de oro y las joyas con el dedo, antes de apartarlo y cerrar la mano en un puño.

—No puedo aceptarlo. Debería ser para Ahnna.

—Ahnna detesta las joyas. Y, además, la reina de Ithicana eres tú. Tú eres la que debería llevarlo.

Después de tomarla de las manos, Aren la acompañó al enorme espejo de la pared y le apretó los dedos contra el gran diamante negro que colgaba en el centro de su clavícula, e hizo que se le acelerara el pulso.

—Guardia Septentrional.

Luego fue descendiendo por el collar, nombrando las islas más grandes a medida que avanzaba.

—Serrith.

Allí se detuvo, le dio un beso en el hombro y le rozó el cuello con los dientes. Lara se estremeció, se apretó contra él y dejó caer la cabeza sobre su hombro.

—Guardia Central.

Rodearon con los dedos la pendiente de su pecho derecho y se detuvieron en una esmeralda de un tamaño considerable. Aren dejó escapar un tarareo de reflexión, antes de continuar por el mapa de joyas, hasta llegar a Guardia Meridional, la esmeralda que tenía encajada en el escote.

—Es tuyo —le susurró al oído—. Ithicana. Todo lo que tengo es tuyo. Nuestro deber es protegerlo. Mejorarlo.

—Y eso haré —musitó ella—. Te lo prometo.

Lara se volvió y apoyó la frente sobre su pecho, concentrándose en el tacto de sus manos. En el sonido de su corazón.

Poco después, Aren se quedó inmóvil.

—¿Lo oyes?

—No oigo nada.

—Exacto. La tormenta amainó. Lo que significa que también habrá terminado al sur de aquí y los barqueros de Vencia ya estarán en el agua en dirección a Guardia Meridional.

Le resultaba extraño tener que depositar su fe en los mares de la Tormenta, la fuente principal de todos sus temores, para que protegieran a sus pueblos. Poco a poco, fue bajando la tensión.

—Si ya es seguro salir, creo que me gustaría darme un baño decente.

—Sus deseos son órdenes, majestad —le gruñó al oído, antes de echársela al hombro y dirigirse hacia la puerta.

En el pasillo, se cruzaron con Eli, quien llevaba al hombro un morral repleto.

—Voy a hacer un viaje a los barracones, altezas. ¿Necesitan que les transmita algún mensaje?

Aren vaciló.

—Sí. Dile a Jor que quiero verlo. Después de comer. —Le dio a Lara una palmada premeditada en el trasero, y soltó una carcajada cuando ella respondió con un rodillazo en el pecho—. Ahora mismo, necesito un baño.

Horas más tarde, estaban terminando un plato de pescado a la brasa con salsa de cítricos cuando la puerta de la casa se abrió de par en par.

Sin preocuparse lo más mínimo por el lodo que arrastraba con las botas, Jor entró atropelladamente en el comedor y se sentó frente a ellos.

—Majestades. —Sus ojos se movían alternativamente entre Lara y Aren cuando aprovechó para hurtar un pastelito de la bandeja—. Cómo me alegra ver que por fin se soportan.

A Lara se le encendieron las mejillas y le dio un trago al jugo de fruta, con la esperanza de que el vaso ocultara su bochorno.

—Y lo único que hizo falta para ganarse mutuamente sus afectos fue que el pobre muchacho saltara a unas aguas infestadas de tiburones para salvarte el pellejo. —Dejó escapar un suspiro afectado—. No sé si yo estaría tan dispuesto a tales actos de heroísmo. Supongo que tendré que olvidarme del sueño de tomarte como esposa cuando Aren se mate en uno de esos estúpidos retos que le da por hacer.

—Vete al diablo, Jor.

Lara sonrió.

—Por suerte para ti, los hombres mayores son mi debilidad.

—¿Cómo que mayores? —Restos de pastel salieron despedidos de la boca del guardia—. Permítame que le diga, señora, que tengo...

—Basta, suficiente. —Aren se llenó la copa delante de Jor—. No te convoqué para esto.

—Eso, dime por qué he tenido que arrastrar estas piernas de viejo colina arriba para visitar a un par de tortolitos.

Lara se dio la vuelta en la silla para mirar a Aren, curiosa.

—¿Cómo ves los cielos? —preguntó él.

—Saca la cabeza por la puerta y compruébalo tú mismo.

—Jor.

—Despejados. —El guardia masticó lentamente otro pastelito y frunció el ceño con suspicacia—. ¿Por qué?

Aren cerró la mano sobre la mano de Lara y le trazó un círculo en la palma con el pulgar.

—Dile a todo el mundo que recoja sus cosas y prepare los botes. Creo que ha llegado el momento de volver a casa.

35
Lara

«A casa.»

Lara consideraba Guardia Central su hogar, con esa paz y serenidad que le ofrecía. Pero era inequívoco el entusiasmo que vio en los rostros de los guardias mientras recogían sus pertenencias y cargaban provisiones en un trío de embarcaciones, a menudo a punto de tropezar unos con otros por culpa de las prisas. El lugar al que se dirigían, fuera donde fuera, era su hogar, así que aquel bullicio no hacía sino picar aún más su curiosidad. En Ithicana no había núcleos de civilización significativos, o al menos no más grandes que una aldea de pescadores, y a la maridrina que llevaba dentro le costaba creer que el rey del Reino del Puente llamara «hogar» a uno de esos lugares.

—¿Adónde vamos? —le preguntó a Aren por centésima vez.

Él se limitó a dedicarle una sonrisa burlona y lanzó la bolsa con sus posesiones a la canoa.

—Ya lo verás.

Apenas la habían dejado llevarse nada, más que un juego de prendas ithicanas, una selección de ropa interior y, a petición de Aren, uno de sus vestidos de seda maridrinos, aunque a Lara se le escapaba de qué le iba a servir en un pueblo de pescadores.

Mordisqueando un trocito de raíz fresca para mantener a raya el estómago, Lara se sentó en el bote y procuró no estorbar mientras salían de la bahía. A pesar de que los cielos estuvieran más o menos despejados, el mar estaba lleno de ramas y escombros, y a través de la bruma que rodeaba Guardia Central, Lara vislumbró que la tormenta había dañado seriamente la selva; había tumbado árboles y despojado plantas de flores y hojas.

Los botes pasaron por debajo del puente y la isla se fue perdiendo de vista, así que Lara miró al frente cuando izaron las velas y los vientos racheados los impelieron a través del oleaje. Viraron al oeste, alejándose del sinuoso puente, y dejaron atrás innumerables masas de tierra diminutas, todas aparentemente deshabitadas, aunque Lara ya sabía que en Ithicana las apariencias engañaban.

Llevaban una hora navegando cuando, al rodear un islote, Lara posó los ojos sobre una imponente montaña que se alzaba desde el mar. No era una montaña, como se corrigió para sus adentros. Era un volcán. La isla en sí misma tenía varias veces el tamaño de Guardia Central, y las laderas del volcán, que se elevaban hacia el cielo, estaban cubiertas por una jungla densa y verdísima. Aguas turquesa batían contra acantilados de más de quince metros, sin playas o bahías a la vista. Era un lugar impenetrable y, a juzgar por el humo que emergía de la cima, inhabitable.

Sin embargo, cuando empezaron a circundar el monolito, Jor arrió las velas y fueron perdiendo velocidad, al tiempo que Lia se ponía de pie y, apoyada en el hombro de Taryn para no perder el equilibrio, escudriñó los alrededores.

—No hay velas en el horizonte —anunció, y Aren asintió.

—Icen la bandera, pues.

Desplegaron la brillante bandera verde dividida por una línea negra curva y la izaron hasta la parte superior del mástil, y el viento la infló con la misma impaciencia que mostraban los rostros de los ithicanos. Se estaban aproximando a la isla, y después de cubrirse los ojos para protegerse de los destellos del agua, Lara distinguió una oscura hendidura en unos acantilados, que por lo demás eran de roca maciza.

La entrada a la cueva marina fue ensanchándose a medida que los botes se acercaban, aunque apenas quedara espacio para los mástiles cuando se adentraron a la deriva en una oscuridad que ocultaba todo lo que hubiera dentro.

Lara tenía el corazón en un puño, consciente de que estaba siendo testigo de algo que ningún forastero había visto jamás. Un lugar que era única y exclusivamente dominio de Ithicana. Un secreto tal vez mayor que los de su preciado puente.

Un chirrido ensordecedor le hizo dar un respingo. Aren le puso una mano en la espalda para tranquilizarla mientras los ojos de los presentes se adaptaban a la penumbra. Lara parpadeó varias veces y observó con asombro cómo una verja de acero cubierta de algas y lapas ascendía por una estrecha abertura en la roca del techo y los tres botes se veían arrastrados suavemente hacia un túnel que giraba hacia la derecha. Agarrada a ambos lados de la embarcación, Lara contuvo el aliento cuando Taryn y Lia se dispusieron a remar hacia delante, hasta que el túnel se abrió en una gigantesca caverna. La luz del sol se filtraba por las pequeñas hendiduras del techo y danzaba sobre las aguas cristalinas, y el suelo de la caverna parecía estar al alcance de la mano, aunque Lara sospechaba que era mucho más profundo de lo que aparentaba.

Había decenas de botes amarrados a los muros, incluidos los más grandes que había visto evacuando la aldea de la isla de Serrith. Niños semidesnudos nadaban entre ellos, cuyos estallidos de risas eran audibles a pesar del rechinido de la verja que bajaba tras ellos, cuyo sonido ya se perdía en la distancia. Se oyeron los gritos de las criaturas cuando reconocieron a Aren y a sus guardias, y empezaron a rodear los botes como bancos de peces. Jor se reía y amenazaba con golpearlos con un remo a medida que se dirigían al extremo de la caverna, donde unos escalones tallados en la oscura roca permitían salir del agua.

Con las voces de los niños llenando sus oídos, Lara se dio cuenta de que le temblaban las piernas y dejó que Aren le ayudara a salir del bote. ¿Qué era aquel lugar?

Apoyando una mano sudorosa en el brazo de Aren, Lara subió los escalones hacia una abertura bañada por la luz del sol, con el corazón a punto de desbocársele. Juntos, salieron al exterior, y una ráfaga de aire salobre le sacudió los cabellos y le deshizo la trenza. La luz la deslumbró y tuvo que parpadear varias veces, en parte para contener las lágrimas, y en parte también porque no podía creer lo que estaba viendo.

Era una ciudad.

Las calles, casas y jardines de la ciudad cubrían las empinadas lomas del cráter del volcán, fundiéndose a la perfección con la vegetación natural, y todo se reflejaba en un lago esmeralda que se había formado en la cuenca. Después de soltarle el brazo a Aren, Lara giró sobre sí misma, esforzándose por comprender la magnitud de un lugar que no debería ni podía existir.

Hombres y mujeres vestidos con túnicas y pantalones se afanaban en sus oficios, y un sinfín de niños corrían como locos, probablemente disfrutando del respiro que les había dado el mal tiempo. Había cientos de personas, y no le cabía duda de que debía de haber muchas más dentro de las estructuras construidas en las lomas, hechas del mismo material sólido que el puente. Árboles y hiedras envolvían las casas y sus raíces se hundían en la tierra, en una mezcla de grises y verdes que solo rompía la infinidad de flores de todos los colores del arcoíris. Carillones de viento colgaban de las ramas de los árboles, y el aire se llenaba de su delicada música con cada brisa que soplaba.

Aren, igual que un rey que inspecciona su reino, dijo:

—Bienvenida a Eranahl.

36
Aren

Era la peor temporada de tormentas que Aren había visto en su vida.

Los tifones azotaban Ithicana sin descanso, y el mar, el viento y la lluvia hostigaban la fortaleza que era Eranahl, aislándola todavía más que de costumbre. La ciudad se había visto obligada a depender de sus suministros, y sería una carrera agónica intentar reabastecer los almacenes antes de que llegara la Marea de Guerra, cuando la población de la ciudad se triplicaría con aquellos que vivían en las islas cercanas al puente y que acudirían buscando refugio de los inevitables saqueos. Traerían suministros, claro, pero apenas tendrían para sí mismos tras meses con apenas días despejados para pescar y recolectar que se contaban con los dedos de una mano.

Lo que significaba que el puente tendría que proveerlos de lo necesario.

Además, le había costado demasiado poco pensar en los peligros que los acecharían a lo largo de los próximos meses desde que había llevado a Lara a Eranahl, a casa. Apenas le costaba sentarse a la mesa con sus amigos, beber, comer, reír y contar historias en mitad de la noche; perderse en un libro sin el temor a que, sin previo aviso, sonaran los cuernos que anunciaban la llegada de saqueadores; dormir hasta tarde, abrazado a la figura esbelta de su esposa. Despertarse y adorar las curvas de su cuerpo, el sabor de sus labios, el tacto de sus manos en la espalda, el cabello, el miembro.

Había días en los que tenía la sensación de que Lara llevaba con él toda la vida, de tanto que se había sumergido por completo en todos los aspectos de su existencia. En todos los aspectos de Eranahl. Temía que pudiera tener problemas para integrarse con su gente, y viceversa. Pero al cabo de un mes, se había aprendido el nombre de todos los ciudadanos y sus relaciones de parentesco, y Aren se la encontraba a menudo trabajando con ellos, ayudando a los enfermos y heridos. Aunque con quien más tiempo pasaba era con la juventud de Ithicana, en parte porque tenían menos prejuicios contra los maridrinos que sus padres y abuelos, y en parte, creía Aren, porque le daban un propósito. Había iniciado una escuela, porque, aunque el cabrón que tenía por padre la hubiera tratado mal, no había escatimado en su educación, y los esfuerzos de Lara por compartir esos conocimientos se ganaron aún más corazones que sus gestas en la isla de Aela.

Se había hecho amiga de sus amigos: se enfrentaba con Jor por ver quién contaba los peores chistes, bebiendo, comiendo y riendo mientras iba ahondando en sus vidas, tomada de la mano de Aren cuando aguardaban a que pasaran las tormentas. En ningún momento llegó a revelar más que detalles someros sobre su propia vida, pero si alguien se había percatado, no se lo había comentado. Y Aren también había dejado de insistir, había dejado de preguntarle quién le había infligido las cicatrices, las que se veían y las que no, convencido de que ella se lo contaría si en algún momento lo creía conveniente.

A base de mucha insistencia y halagos, los niños de Ithicana la habían convencido para entrar en el agua del muelle de la caverna, donde le habían enseñado a flotar y a nadar como un perro, pero de donde salía como alma que lleva el diablo si un pececito la rozaba, y se negaba a meter la cabeza debajo del agua. Las pocas veces que alguien había sido lo bastante valiente —o necio— como para hacerle la broma de sumergirla habían sido los únicos momentos en los que Aren la había visto perder los estribos con los niños y poner el grito en el cielo. Luego salía medio desnuda y goteando agua todo el camino al palacio, donde se negaba a hablar con nadie, incluido él, durante el resto del día, para volver a meterse en el agua cuando la tormenta siguiente amainaba.

Ir a Eranahl había cambiado a su esposa. No la había ablandado, no exactamente, puesto que seguía siendo la persona con el carácter más incisivo que había conocido jamás, pero Aren tenía la sensación de que estar allí la había hecho salir del caparazón, romper la coraza que se había construido para protegerse. Era más feliz. Estaba radiante. Satisfecha.

Solo que todas las estaciones de tormentas llegaban a su fin, y aquella no sería la excepción.

Después de suspirar a pleno pulmón, Aren ojeó el cielo y una lluvia finísima le tamborileó en el rostro. Corría una brisa serenísima y el temporal apenas merecía ese nombre, por lo que sospechaba que era cuestión de días para que Nana anunciara el final de la temporada. Y de ahí que se hubiera convocado el concilio de guerra.

Durante la última hora, los guardianes habían ido llegando en bote: hombres y mujeres, endurecidos por mil batallas, que habían visto lo peor que sus enemigos habían podido ofrecerles, y que habían respondido de formas mucho peores. Cada uno de los nueve, incluido él como protector de

Guardia Central, era responsable de la defensa de ciertas porciones del puente y las islas que lo flanqueaban, y todos habían acudido preparados para discutir lo que les traería la estación. Salvo uno.

Ahnna se estaba tardando.

Tras resguardarse en el muelle de la caverna de Eranahl, Aren se sentó en los escalones a esperar, molesto por el nudo que se le iba formando en el estómago. Aquella sería la primera vez que veía a su melliza desde que Lara cayó del puente. La primera vez que hablaban desde que le amenazó con enviarla a Harendell. Ahnna se había opuesto diametralmente a que Lara fuera algo más que una simple prisionera con pretensiones recluida en Guardia Central, y no podía evitar preguntarse cómo reaccionaría al ver a su esposa en el corazón de Ithicana.

Las puertas comenzaron a ascender con su lento traqueteo y sacaron a Aren de su ensimismamiento. Uno de los botes de Guardia Meridional torció la curva y él entornó los ojos en la penumbra, en un intento por divisar la silueta de su melliza. Ahnna estaba sentada en popa, con el timón en las manos y un gesto impenetrable.

La embarcación chocó con los escalones de piedra y uno de los soldados saltó para amarrarla mientras los demás descargaban suministros. Ahnna se echó una bolsa al hombro y animó a su tripulación a disfrutar aquellas pocas horas de libertad, antes de subir los peldaños de dos en dos.

—Majestad —dijo, y a él se le cayó el alma a los pies—. Le pido disculpas por el retraso. Con el estado de las relaciones entre los reinos del sur, Guardia Meridional precisa toda mi atención.

—No te preocupes. —Aren trataba de aceptar que la brecha que se había abierto entre los dos tal vez no llegara nunca a cerrarse—. Tenemos tiempo.

Ahnna miró al cielo y negó con la cabeza.

—Yo no estoy tan segura...

El palacio estaba sumido en el silencio cuando él y Ahnna entraron, después de que aquellos que no eran necesarios hubieran abandonado el complejo y los que sí hacían falta estuvieran enfrascados en sus tareas. El sonido era algo extraño, como si la ausencia de personas modificara el edificio y provocara que las pisadas resonaran y las voces reverberaran.

Aunque tampoco es que estuvieran dispuestos a hablar.

Al doblar una esquina del pasillo, Aren divisó a Lara sentada en uno de los bancos acolchados a la salida de las cámaras del concilio, erguida y con la mirada clavada en las puertas macizas. Llevaba un vestido de seda azul y verde, y el cabello trenzado y recogido en una diadema que dejaba al descubierto el largo pilar de su cuello. Unas sandalias de tacón alto y lapislázulis engastados en el cuero le cubrían los pies, y desde allí podía ver polvo de oro en los pómulos y la frente.

—Veo que sigue siendo una persona de gustos refinados —masculló Ahnna.

Sí, y Aren la había consentido, pero no por las razones que su hermana creía. Lara habría renunciado a los lujos y se habría mezclado entre su gente hasta que olvidaran que ni siquiera había nacido entre ellos, pero los dos comprendían la importancia de que la gente recordara que era de origen maridrino. Y que llegaran a amarla como maridrina, que es lo que había conseguido.

Lara se puso en pie al verlos aproximarse, y en cuanto se volvió hacia ellos, Aren oyó cómo Ahnna contenía el aliento. Estaba contemplando las joyas que pendían del cuello de Lara, el collar de esmeralda y diamantes negros que había pertenecido a su madre.

—¿Cómo pudiste? —Las palabras surgieron de entre sus

dientes como un siseo—. De todo lo que podrías haberle dado, ¿por qué elegiste eso?

—Porque Lara es la reina. Y porque la amo.

Cientos de réplicas surcaron los ojos de su hermana, pero no dijo ninguna. Le hizo una reverencia a Lara.

—Me alegra verla bien, alteza.

Acto seguido, extrajo la llave que la identificaba como guardiana, abrió la cámara del concilio y entró.

—Te dije que era un error que no hablaras con ella antes. —Lara puso los brazos en jarras y le hizo un gesto de cabeza lento y perfecto—. La abofeteas con todo lo que no quiere ver y luego esperas que apriete los dientes y claudique.

Aren superó la distancia que los separaba y atrajo a Lara hacia sí, y ella le rodeó el cuello con los brazos.

—¿Por qué siempre tienes razón? —le preguntó, cerrando los ojos y dándole un beso en la garganta.

—Eso no es verdad. Lo que pasa es que tú te equivocas muy a menudo.

Él se rio, y sintió parte de la tensión atenuarse solo para volver a acentuarse cuando ella dijo:

—Es demasiado pronto. Déjame que vaya a buscar a Jor.

—No. Eres la reina de Ithicana, y eso te convierte en mi mano derecha. Así ha sido siempre, y si entro con Jor les estoy diciendo a los guardianes y a la gente que no te veo capaz. Que no confío en ti. Perderíamos todo lo que hemos conseguido desde que llegaste a Eranahl.

—Hasta donde saben, no soy capaz.

—Pero yo sé que sí. —El problema era ser el único que lo sabía; el pasado de Lara, su entrenamiento y su letalidad eran un secreto que Aren le había ocultado a todo el mundo, y seguiría callando para proteger tanto a su esposa como a la frágil paz que su matrimonio simbolizaba—. Además, gobernar un reino no depende solo de las destrezas marciales de uno.

—Esto es una reunión del consejo para preparar la Marea de Guerra —dijo entre dientes, vigilando de reojo el pasillo para asegurarse de que no los oía nadie—. Aquí lo único que importa son las destrezas marciales. Voy a buscar a Jor.

Aren sacudió la cabeza.

—Eres la única que sabe todo lo que está en juego. —Apoyó la frente sobre la de ella—. Te necesito a mi lado.

Antes de que pudiera seguir rebatiéndoselo, Aren abrió la puerta e incitó a Lara a entrar en la sala de guerra.

37
Lara

Aren le soltó el brazo en cuanto entraron, perdida ya la intimidad que se había formado entre ellos poco antes, y a la que había sustituido algo totalmente distinto.

Allí no eran marido y mujer. Ni siquiera el rey y la reina de Ithicana. En aquella sala, Aren era el comandante de Guardia Central y ella era su mano derecha, y Lara imitó por inercia su postura de hombros cuadrados y gesto grave, y lo siguió muy de cerca hasta la réplica en relieve de Guardia Central, una de las islas que formaban parte de un gigantesco mapa de Ithicana. El único mapa completo del reino que existía.

Los únicos que tenían acceso a aquella sala eran los guardianes y sus ayudantes. Ni siquiera se permitía que entrara la servidumbre a limpiar, algo de lo que se encargaba el grupo con la eficiencia que tanto representaba a los ithicanos. Que ella, una maridrina, estuviera en aquella estancia era algo sin precedentes, un hecho que quedó patente cuando todas las cabezas se volvieron hacia ella y sus dueños abrieron los ojos como platos.

—¿Dónde está Jor?

La voz de Ahnna rompió el silencio desde su posición, junto a la réplica de Guardia Meridional, con una mano apoyada posesivamente sobre la gran isla.

—Abajo.

Aren hablaba con sequedad, aunque Lara sospechaba que era más bien producto de los nervios, y no del mal humor. Sabía que cuestionarían su presencia.

—Comandante, tal vez podamos discutir si la presencia de la reina aquí es adecuada —dijo Mara, algo que no la sorprendió. Aquella mujer no había disimulado lo más mínimo lo mucho que detestaba a Lara; apenas le dirigía la palabra cuando visitaba Eranahl.

Aren clavó una mirada fría en la comandante de Guardia Septentrional.

—Nosotros elegimos a nuestras manos derechas. Y nuestras decisiones no se ponen en tela de juicio. —Apuntó con la barbilla a Aster, a quien Mara había tomado como su segundo al mando después de que lo cesaran como comandante de Kestark—. A menos que quieras modificar el protocolo, claro está.

Mara levantó las manos, a la defensiva.

—Yo solo digo que pensaba que querrías a alguien con experiencia como mano derecha, comandante. Emra —comenzó, y señaló a la joven comandante de Kestark— eligió a alguien de más edad para compensar su juventud.

Emra había escogido a su madre, una guerrera veterana a la que Lara adoraba, como mano derecha, y la mujer en cuestión puso los ojos en blanco en dirección al techo cuando su hija respondió.

—Elegí a alguien en quien confiaba.

Una pequeña luz de solidaridad, aunque el poco alivio que Lara hubiera podido sentir ante las palabras de la joven desaparecieron cuando Ahnna repuso:

—¿Desde cuándo no confías en Jor?

Aren se revolvió junto a Lara y le rozó la falda con las piernas. Ella sabía que le dolía no contar con el apoyo de su hermana. Por lo que le habían contado Taryn, Jor y el resto de los guardias, los mellizos tenían una relación estrecha, y habían estado protegiéndose el uno al otro hasta que a Ahnna la trasladaron a Guardia Meridional. Había sido el voto decisivo, en aquella cámara del concilio, a favor del matrimonio de Aren y Lara, pero a juzgar por la expresión de la princesa, en ese momento se arrepentía profundamente de aquella decisión.

—Lara es mi esposa. Y es la reina. Confío en ella, y es mi mano derecha. —Lara contuvo el aliento cuando Aren recorrió la estancia con la mirada—. Y si alguien tiene algún problema, ya puede irse largando de aquí.

Mara resopló, pero todos los demás se mordieron la lengua.

—¿Empezamos, les parece? Quiero volver a estar en el agua antes de que caiga la noche.

Lo que siguió fue una larga exposición de detalles por parte de Mara sobre lo que había ocurrido durante la temporada de las tormentas, lo que los espías de Guardia Septentrional habían descubierto sobre las intenciones de Harendell y Amarid. Dónde estaban ubicados sus ejércitos y armadas. La cifra de navíos que se habían fletado o destruido. Lara escuchaba con interés; no se le escapaba que cualquier gobernante del mundo habría matado por tener un espía en su situación.

—Amarid está reemplazando los barcos que perdieron en los saqueos del año pasado —continuó Mara—. Pero hemos estado siguiendo su progreso, y no tendrán ninguno listo para cuando comience la Marea de Guerra, así que es posible que nos den un cierto respiro.

—¿Todos? —preguntó Aren—. ¿Con qué fondos? Amarid está al borde de la bancarrota.

Una bancarrota que Lara sabía que se cimentaba en el hecho de que ahora fuera Ithicana quien recibía los ingresos que normalmente percibía Amarid por transportar acero a través de los mares de la Tormenta. De todos los reinos, de norte a sur, al que más había perjudicado su matrimonio con Aren había sido a Amarid.

—Por lo que sabemos, el dinero ha salido de sus arcas —respondió Aster—. No viene de ningún préstamo. A estas alturas, nadie les daría dinero. —El veterano alzó el papel que tenía en las manos—. Corre el rumor de que financiaron los barcos con gemas, pero lo veo improbable.

«Gemas.» Aquella palabra le despertó algo en la mente, algo importante, aunque no podía identificarlo.

—¿Qué tipo de gemas?

Todos los ojos de la estancia se volvieron hacia ella, antes de posarse sobre Aren. Él apretó la mandíbula, claramente irritado.

—Responde la pregunta.

—Rubíes —contestó Aster—. Pero Amarid no tiene minas, así que es más que probable que no sea más que un chisme.

Lara se llevó la mano a la daga que le colgaba de la cintura, y repasó con los dedos las piedras carmesíes incrustadas en la empuñadura.

—No quiero rumores —dijo Aren—. Lo que quiero son hechos. Descubran cómo está pagando Amarid los barcos. Si están en contubernio con alguien, quiero saber quién es. Y cuáles son sus intenciones.

Le hizo un gesto a Mara para que continuara, pero Lara siguió cavilando sobre los barcos y con la idea de que tal vez a alguien de fuera de Amarid le interesara seguir financiando los ataques contra Ithicana.

—... y un notable incremento de las importaciones de Amarid de ciertos bienes maridrinos.

Las palabras de Mara captaron la atención de Lara.

—¿Qué tipo de bienes?

Mara la miró con cara de pocos amigos.

—Vino barato, más que nada.

—¿Qué sentido tiene que Amarid importe vino maridrino cuando los suyos son excelentes y son conocidos en todo el mundo por sus destilerías?

—Está claro que hay algunos amaridanos con una cierta debilidad por esa bazofia turbia —escupió Mara—. ¿Puedo seguir?

—Comandante, vigila el tono —le reprendió Aren con frialdad.

La veterana se limitó a levantar los brazos al aire, exasperada.

—Doy por hecho que los maridrinos están vendiendo todo lo que pueden para suplir sus necesidades; lo registramos porque nos pareció inusual, y porque es un mercado que podríamos explotar en el futuro.

—No era un cargamento significativo —la interrumpió Ahnna—. Debieron perder más de la mitad de los beneficios en peajes; el producto era barato a más no poder. Robé una caja y la incluí con los suministros que enviamos a Guardia Central.

Lara notaba el pulso martilleándole en los oídos, con el recuerdo de la botella de vino maridrino en los suministros del refugio danzando frente a sus ojos, junto con el rubí de contrabando que hallaron dentro. Un rubí que ahora descansaba en su joyero de Guardia Central. ¿Qué mejor que ocultar piedras preciosas en un vino barato que los ithicanos raramente se atreverían a tocar, y en el que ni siquiera se habrían fijado si Ahnna no hubiera decidido gastarles una broma? Lara no era capaz de saber si Aren había atado también los cabos; estaba controlando minuciosamente sus reacciones.

—¿Puedo continuar? —preguntó Mara y, ante el gesto afirmativo de Aren, hizo un breve repaso de las defensas de Guardia Septentrional, antes de pasarle la palabra al siguiente comandante.

Las islas al norte y sur de Guardia Central eran las que sufrían la mayor parte de los ataques durante la Marea de Guerra, y el concilio acabó especulando sobre si aquel año ocurriría lo mismo. Lara escuchaba con un oído, pero no podía dejar de pensar en que alguien en Maridrina estaba financiando la armada amaridana.

La conversación fue avanzando progresivamente hacia el sur, y la reunión solo se detenía cuando alguien necesitaba ir al baño, y se retomaba cuando dicha persona regresaba. No había tiempo que perder. Lara podía sentirlo: el tronar galopante de la adrenalina que solía preceder a una tormenta, aunque en este caso trajera vientos de guerra. Le llegó el turno a Guardia Central, y Aren se limitó casi por completo a las notas que le había pasado Lara.

—La isla de Guardia Central solo sufrió un ataque. En la temporada de transición, y claramente a manos de un capitán inexperto, puesto que navegaron directamente hacia la trayectoria de las catapultas. Era como si estuvieran pidiendo a gritos que los hundiéramos. Aun así, apenas nos dieron tregua; las otras islas bajo nuestra protección estuvieron recibiendo ataques constantes.

Pasaron a concretar detalles, pero Lara apenas prestaba atención a la conversación. Tenía la piel fría como un témpano. La clave del plan de su padre había sido que Lara fuera testigo de las tácticas militares de Ithicana desde dentro, que su entrenamiento le permitiera comprender dichas tácticas y cómo podían aprovecharlas. A lo largo de la Marea de Guerra, había estado convencida de que todas las oportunidades que había tenido de observar a los ithicanos habían sido cuestión de suerte, pero ¿y si estaba equivocada? ¿Y si había sido intencionado? ¿Y si lo había ordenado el individuo que había estado financiando la reconstrucción de los barcos?

¿Y si ese individuo era su padre?

—El ataque amaridano en Serrith fue la única ocasión en la que sufrimos bajas importantes...

Serrith. Los recuerdos del ataque le vinieron a la cabeza sin previo aviso. Del momento en que los marineros amaridanos la habían reconocido y, en lugar de atacarla, habían retrocedido hasta que había quedado patente que era su vida o la de ellos. Algo que no tenía ningún sentido; a fin de cuentas, Lara y el tratado que representaba eran la causa de los males de Amarid.

—Te toca, Emra —dijo Aren—. ¿Cómo les va por Kestark?

A la joven le temblaba el papel que sujetaba con las manos mientras hablaba, pero tenía una voz clara y firme, y se dispuso a resumir el estado de su puesto de guardia, donde habían sufrido graves pérdidas durante la Marea de Guerra. Al llegar al final de las notas, hizo una pausa antes de añadir:

—Hace dos días vimos un barco mercante amaridano pasar por Kestark.

—Limítate a los detalles importantes, jovencita —le reprendió Aster, y Lara reprimió la urgencia de lanzarle a la cabeza el vaso que tenía en las manos—. No tenemos tiempo de repasar todos los barcos de mercaderes que pasan por nuestras aguas durante la temporada de las tormentas.

Un destello de irritación cruzó los ojos de Emra, pero permaneció en silencio, en esa habitual deferencia que le profesaba al veterano.

Todo lo que tuviera que ver con Amarid era a aquellas alturas significativo, así que Lara abrió la boca para pedirle a Emra que lo desarrollara, pero Aren se le adelantó:

—¿Por qué lo has mencionado?

—Estaba en la isla de Aela, inspeccionando el puesto de guardia, comandante. Divisamos la embarcación anclada al este, resguardada del viento. La tripulación fingía estar haciendo reparaciones.

—¿Y?

—Y me di cuenta de que el barco apenas estaba hundido. Y no me cuadraba, si era verdad que venían del norte. Así que lo abordamos para ver qué tramaban.

—¿Abordaste un barco amaridano?

—Pacíficamente. La bodega estaba vacía, y cuando les pregunté por sus negocios, el capitán me dijo que estaban transportando a una noble pudiente.

—Una historia apasionante —replicó Aster con sequedad, pero Aren lo mandó callar con un gesto muy oportuno, porque justo en ese momento Lara estaba planteándose cómo podría envenenar la bebida del veterano para cerrarle el pico.

—¿Viste a la mujer?

—Sí, comandante. Era una mujer muy hermosa, de cabello dorado. Iba acompañada de una doncella, y la escoltaba un grupo de soldados.

—¿Hablaste con ellos?

Emra negó con la cabeza.

—No. Pero me fijé en que el vestido que llevaba era del mismo estilo que los que su majestad se pone a veces.

—¿Era maridrina?

Emra se encogió de hombros y se ruborizó.

—Me falta experiencia para distinguirlo. Su majestad es la primera persona maridrina que conozco.

—Quizá deberías haber consultado a tu madre, comandante —la interrumpió Mara—. A fin de cuentas, ella combatió en la guerra contra Maridrina y sabe perfectamente qué aspecto tienen y cómo hablan. Sea como sea, poco importa. Los maridrinos que no pueden permitirse atravesar el puente suelen arriesgarse a viajar en barcos amaridanos. Es barato.

—Y no le habría dado más vueltas, comandante —respondió Emra—, si no hubiera sido porque al pasar por el territorio de Guardia Central de camino a Eranahl, vimos el mismo barco. Y un vejestorio mercante como aquella no habría podido ir a Maridrina y regresar a Guardia Central en menos de dos días.

A Lara se le pusieron los pelos de punta, como si alguien la estuviera observando, a pesar de que no hubiera ventanas en la estancia. Su padre no utilizaba mujeres como guerreras o espías, a excepción de Lara y sus hermanas. Y ella misma había pagado con sangre por la libertad de sus hermanastras.

—¿Alguien más lo vio? —preguntó Aren.

Varios sacudieron la cabeza, pero el comandante de la guarnición al norte de Guardia Central respondió:

—Nuestros exploradores atisbaron un barco mercante amaridano dirigiéndose al sur y al este, más allá de Serrith y Gamire, pero parecía estar alejándose del temporal que se estaba formando en el oeste.

—¿Hay algo que debamos saber? —preguntó Mara.

Ese «algo» era que el padre de Lara le estaba dando caza. Lara lo sabía, y a juzgar por la tensión que irradiaba Aren, él lo sospechaba también. Pero ninguno de los dos habría sabido aventurar por qué Silas estaba tan interesado en rastrear a su hija perdida.

Aren negó con la cabeza.

—Seguimos.

Le llegó el turno a Ahnna, de Guardia Meridional.

La princesa se frotó la barbilla y alargó un brazo para tocar la réplica de la isla que con tanto celo protegía.

—Todas las defensas de Guardia Meridional están en buen estado. Pudimos reparar los daños que se produjeron durante la temporada de tormentas cuando el temporal nos daba un respiro.

En ese momento, consultó el papel que tenía en las manos y detalló la cantidad de soldados apostados allí, las reservas de armas y los suministros de comida y agua.

—Como saben —siguió, y dejó los papeles sobre la mesa—, Valcotta ha sido capaz de bloquear parcialmente el acceso de Maridrina a Guardia Meridional, a pesar de lo que eso ha supuesto para su flota. Creíamos que la situación perjudicaría nuestros beneficios, pero la emperatriz de Valcotta es demasiado astuta como para darnos motivos de queja. Teníamos barcos mercantes valcotteses haciendo cola cuando las tormentas nos daban un respiro, y nos lo compraban todo, a menudo por un precio mayor del habitual. Cuando los barcos maridrinos tenían oportunidad de tomar puerto, apenas quedaban productos. Aunque hay que reconocerle al rey Silas que les había dado orden de priorizar la comida, no su preciado acero y armas.

—¿Sigue todo en Guardia Meridional? —preguntó Aren.

—Tenemos un almacén repleto de armas —respondió Ahnna—. Tal y como están las cosas, acabarán oxidándose todas antes de que llegue a verlas. Y siguen llegando más.

—Sus compradores se llevan todo el acero y armamento que los harendelleses ofrecen en Guardia Septentrional —añadió Mara—. Y los compradores valcotteses están al tanto.

Ahnna asintió.

—Pero Silas no se atreve a utilizar sus recursos para recuperar los cargamentos. No con su pueblo manifestándose en las calles. Se mueren de hambre. Y están desesperados. Y culpan a Ithicana de todos sus problemas.

Lara creyó que su corazón se detenía cuando de repente

tomó conciencia de lo que estaba ocurriendo. Qué necia había sido al creer que quizá todo hubiera terminado. Había pensado, con una esperanza engañosa, que sin los esfuerzos de su espionaje su padre no tendría forma de infiltrarse en las defensas ithicanas.

Su padre había esperado quince años e invertido una fortuna y las vidas de sus hijas en su apuesta por hacerse con el puente. Había mentido, manipulado y matado por mantenerlo todo en secreto. Era imposible que tirara la toalla.

Fuera cual fuese el costo para Maridrina.

Debía hablar con Aren a solas. Debía advertirle de que Ithicana corría el mismo peligro de siempre. Debía decírselo antes de que terminara la reunión para que todos los guardianes que protegían las costas de Ithicana regresaran a sus puestos listos para luchar.

El problema era que no podía pedirle que hablaran en privado sin que los demás cuestionaran qué era lo que ella y Aren estaban ocultándole al consejo.

Después de recoger el montón de notas de Aren, Lara se abanicó con la energía suficiente como para atraer varias miradas. Acto seguido, tomó su vaso de agua y lo tiró al suelo adrede, y el vidrio se rompió.

Aren interrumpió su discusión con Mara y se volvió hacia ella.

—Lo siento —masculló ella.

Él entrecerró los ojos cuando Lara comenzó a mecerse.

—Tengo mucho calor.

—¿Te encuentras bien?

—Creo que necesito sentarme un poco —respondió, y se desplomó sobre sus brazos.

38
Aren

—Espero que sea importante —dijo Aren entre dientes mientras la llevaba pasillo abajo—. Porque no creo que te hayas mareado.

—Vamos a algún sitio donde podamos hablar —respondió ella con voz queda, confirmando sus sospechas.

Aren abrió de una patada la puerta de sus aposentos y despachó a los sirvientes que habían echado a correr tras ellos.

—Demasiado rato de pie.

Luego cerró la puerta con el codo y Lara se deslizó ágilmente de entre sus brazos en cuanto oyó el cerrojo.

—Solo tenemos unos minutos —dijo—, así que escúchame con atención. Mi padre se ha aliado con Amarid.

Silencio.

—Lara, Ithicana tiene espías en ambos reinos y nadie nos ha informado que ni siquiera huelan una alianza entre Maridrina y Amarid. Todo lo contrario, de hecho.

—Sí, y no me cabe duda de que eso es lo que mi padre quiere que creas.

Aren la escuchó en silencio mientras Lara le explicaba las conexiones entre los ataques concentrados en la zona de

Guardia Central, el vino maridrino y el rubí de contrabando, y los barcos financiados en Amarid con esas mismas gemas. Un flujo constante de pequeños detalles y coincidencias que tal vez podría haber pasado por alto, si no supiera por qué habían enviado a Lara a Ithicana y Silas no fuera su enemigo.

—Y luego está lo de los barcos merodeando por Guardia Central. La noble... —Se interrumpió, dubitativa—. La noble no es más que una excusa para llevar soldados a bordo. Sabes que me están buscando.

Ahí fue cuando Aren la interrumpió.

—Claro que sé que te está buscando, Lara, porque sin ti, sus tejemanejes, su alianza con Amarid y todo lo demás... no sirve de nada.

—Pero...

Aren la agarró de los hombros.

—Sin ti, no tiene nada.

Lara no lo había traicionado, Aren lo sabía. Le había confiado su corazón, el puente, su pueblo. Y, con todo, el inquieto brillo de sus ojos le plantó una semilla de duda en las entrañas.

—¿Estás segura de que no le diste ninguna pista en tus cartas?

Lara lo miró sin pestañear.

—Estoy segura. Igual que estoy segura de que está intentando generar una situación en la que ya no me necesite para conseguir el puente. Va a tomarlo por la fuerza.

Aren dejó escapar un largo suspiro y respondió:

—Lara, no sería la primera vez que lo intenta. Y siempre ha fallado, y ha asumido bajas catastróficas. Los maridrinos recuerdan lo que significaba lanzarse hacia nuestras catapultas. Ver a sus camaradas ahogados entre las olas, vapuleados contra las rocas y descuartizados por los tiburones. Silas puede contratar todos los barcos amaridanos que quiera para... Es una lucha a la que tu gente no prestará su apoyo.

—¿Por qué crees que los está matando de hambre?

De repente, la sangre se le heló.

—Para intentar que rompamos nuestros acuerdos comerciales con Valcotta.

Lara negó despacio con la cabeza.

—Eso es lo último que le interesa. Mi padre no quiere a Ithicana como aliado; los quiere como enemigos. —Los ojos le brillaban con las lágrimas que no había derramado—. Y lo ha conseguido. Mi padre te ha convertido en el villano de Maridrina, y pronto vendrán pidiendo sangre.

Aren supo que Lara decía la verdad en cuanto aquellas palabras surgieron de su garganta. Comprendió que, a pesar de todo lo que había hecho, de todo lo que había soñado para el futuro de Ithicana, tenía la guerra a las puertas de su reino. Le dio la espalda a Lara y se apoyó sobre la piecera del lecho que compartía con ella, y la madera crujió bajo sus manos.

—¿Puedes defender Ithicana de las dos naciones?

Lara le hablaba con dulzura. Él asintió lentamente.

—Este año sí, pero preveo que nuestras pérdidas serán desastrosas. Los dos reinos pueden echarnos encima muchos más soldados de los que Ithicana puede permitirse perder.

¿Y cuáles eran sus opciones? La forma más segura de detener a Silas sería aliarse con Valcotta, pero eso sería un desastre para Maridrina. Los compatriotas de Lara caerían por miles, pasados a cuchillo o muertos de hambre. Se perderían vidas inocentes, y todo por la codicia de un solo hombre. Sin embargo, la otra opción implicaría el fin de Ithicana, a menos que Harendell interviniera, algo que, a juzgar por sus actos pasados, era improbable.

—No hay ninguna solución —concluyó.

Silencio.

—Deja de comerciar con Valcotta —musitó Lara tan bajo que Aren tuvo problemas para oírla—. Intenta entorpecer esta guerra con Maridrina. Haz que Ithicana sea la heroína.

—Si corto las relaciones con Valcotta y utilizo mis recursos para romper el bloqueo a Maridrina, nuestros beneficios caerán en picada. Ithicana necesita los ingresos que Valcotta nos trae a Guardia Meridional para sobrevivir. Y eso por no hablar de que lo más probable es que tome represalias. ¿Quieres que corra ese riesgo en base a una especulación? ¿ Por simples coincidencias?

—Sí.

Silencio.

—Aren, me trajiste aquí porque creías que tu gente necesitaba conocer Maridrina para que pudiera haber paz entre nuestros pueblos. Para que vieran a Maridrina como a una aliada, y no como a la enemiga de antaño —dijo Lara con voz entrecortada—. Y es algo que va en ambas direcciones. Maridrina también debe ver a Ithicana como a una aliada. Como a una amiga.

Aren dejó caer los hombros.

—Por mucho que coincida contigo, es imposible que pueda convencer al concilio. Creen que compramos la paz con Maridrina, que le dimos a tu padre lo que quería, y que por eso no debería tener motivos para atacarnos. No pondrán en riesgo los ingresos valcotteses a partir de la suposición de que tu padre quizá quiera más.

—Pues a lo mejor ha llegado el momento de que les cuentes la verdad sobre mí. Quizá eso baste para convencerlos de la gravedad de la situación.

Aren se quedó lívido.

—No puedo.

—Aren...

—No puedo, Lara. La reputación de cruel que tiene Ithicana no es totalmente infundada. Si descubren que eras una espía... —Notaba la lengua áspera como una lija—. No te concederán una ejecución compasiva.

—Que así sea.

—Ni hablar. —Salvó la distancia que los separaba en tres pasos, la abrazó y le apretó los labios contra el cabello—. No. Me niego a entregarte para que te masacren. Antes dejaría que me dieran de alimento a los mares que aceptar algo así. Te quiero demasiado. —Y como Aren sabía que ella era lo bastante valiente como para sacrificarse, independientemente de lo que él decidiera, añadió—: Si conocieran la verdad sobre ti, lo último que harían sería ayudar a tu pueblo. Me obligarían a forjar una alianza formal con Valcotta, y las consecuencias... No creo que Maridrina pudiera sobrevivir.

A Lara comenzaron a temblarle los hombros y los sollozos brotaron de su garganta.

—Es imposible. Es imposible salvar a ambos reinos. Y siempre ha sido así.

—Quizá no. —Aren la acompañó hasta la cama—. Necesito que te quedes aquí y sigas con el numerito.

Lara se pasó una mano por la mejilla.

—¿Qué piensas hacer?

Tras detenerse con una mano apoyada en la puerta, Aren se volvió para mirar a su esposa.

—Tu padre te envió a Ithicana con un propósito. Y falló. Pero yo también te he traído aquí por una razón, Lara. Y creo que ha llegado el momento de comprobar si mi táctica funcionó.

No detuvo a Aren cuando se marchó, ni cuando echó a andar a grandes zancadas por los pasillos de palacio mientras iba dando forma a las palabras, a un discurso al que había recurrido tantas otras veces, aunque ahora cobrara un cariz distinto. Al llegar a la cámara del concilio, Aren extrajo la llave, abrió la puerta y entró.

La sala se sumió en el silencio, y Ahnna anunció:

—Nos ha llegado un mensaje de Nana. La temporada de las tormentas terminó. Ya comenzó la guerra de las Mareas.

Se produjeron momentos de desorden y se formaron grupitos en la estancia, con los comandantes y sus segundos al mando más que impacientes por regresar a sus puestos y prepararse para repeler a sus enemigos, fueran quienes fuesen. Impacientes porque terminara aquella reunión.

Pero Aren aún no había dicho su última palabra.

—Hay otro asunto que debemos discutir —anunció con un tono que hizo que todas las cabezas se volvieran hacia él—. O, vaya, acabar de discutir. Me refiero al calvario del pueblo de Maridrina.

—¿Hay algo más que hablar? —replicó Aster, e intercambió una risita con Mara—. Ellos se lo buscaron.

—Igual que nosotros.

Aster perdió la sonrisa.

—Hace dieciséis años, Ithicana firmó un tratado de paz con Maridrina y Harendell. Un trato que ambos reinos han respetado al no atacar nuestras fronteras durante todos estos años. Los términos con Maridrina se cumplieron. Ellos procuraron a mi queridísima esposa, y nosotros rebajamos los costos de usar el puente.

—Deduzco que pretende llegar a algún sitio, alteza —insistió Mara.

—Los términos se cumplieron —repitió Aren—, pero seguimos sin responder a la pregunta de cuál es la naturaleza del acuerdo entre las dos naciones. Tal como lo ha descrito la comandante Mara con la elocuencia que la caracteriza, ¿estamos ante un contrato comercial?, ¿Ithicana ha comprado la paz con Maridrina? ¿O estamos ante una alianza en la que ambos reinos pueden aprovechar los términos del tratado para forjar una relación más allá del intercambio de servicios, productos y monedas?

Nadie habló.

—El pueblo de Maridrina se muere de hambre. Apenas disponen de terreno cultivable, y la mitad del que tienen está sin cultivar por falta de manos. Los ricos aún pueden importar productos, pero ¿qué pasa con el resto? Están hambrientos. Desesperados. Y mientras tanto, nosotros, sus supuestos aliados, comerciamos con su enemigo, y llenamos sus bodegas con los bienes que Maridrina tanto necesita solo porque Valcotta paga más. Y nos quedamos de brazos cruzados mientras los barcos valcotteses impiden a Maridrina recoger el acero que han pagado legítimamente. No me extraña que consideren este tratado una farsa.

—Lo que ocurre en Maridrina es responsabilidad de Silas —dijo Ahnna—, no nuestra.

—Sí, tienes razón. Pero ¿acaso somos mejores que él si nos quedamos de brazos cruzados mientras vemos cómo cavan tumbas para niños inocentes cuando tenemos el poder para salvarlos? Silas no representa a todo el reino, igual que yo no represento al nuestro, y ni él ni yo somos inmortales. La situación es mucho más compleja.

—¿Y qué sugieres, Aren? —le preguntó Ahnna, impasible.

—Sugiero que Ithicana le exija a Valcotta que deshaga el bloqueo. Y si se niegan, propongo que les neguemos atracar en Guardia Meridional. Que demostremos ser los aliados de Maridrina.

La estancia estalló en un desorden de voces, con Aster superando a todas las demás.

—Yo ahí veo las palabras de su mujer, alteza.

—¿Sí? ¿Tú crees? —Aren lo fulminó con la mirada—. ¿Cuánto hace que presiono a este concilio para que establezcamos uniones con otros reinos y que nuestro pueblo pueda tener alguna oportunidad más allá de la guerra?, ¿para convertir a Ithicana en algo más que un ejército que protege con uñas y dientes el puente? ¿Cuánto tiempo estuvo mi madre presionando por lo mismo antes que yo? Estas no son las palabras de Lara.

Aunque, en cierta manera, sí lo eran, porque antes de conocerla solo le preocupaba proteger su reino, y hasta qué punto beneficiaría a Ithicana una alianza. Ahora Aren veía los dos lados, y creía que eso lo había convertido en un hombre mejor.

—Pero no podemos aceptar una alianza que solo le ofrezca dichas oportunidades a nuestra gente. Debemos ofrecer algo a cambio. Con las dificultades de Maridrina, tenemos la oportunidad de mostrar la valía de Ithicana. Nuestra valía.

—¿Es esto una proclamación, entonces? —escupió Aster—. ¿Quiere que arriesguemos las vidas de nuestros hijos sin que podamos dar nuestra opinión al respecto?

Si Aren hubiera podido decretarlo lo habría hecho, por la simple razón de que habría sido él quien asumiera la culpa en caso de que no funcionara. Pero en Ithicana las cosas se hacían de otra forma.

—No. Vamos a votar.

Ante los cabeceos de la sala, la madre de Emra exclamó:

—Decidido, pues. Manos arriba quienes estén a favor.

Ella la levantó de inmediato, así como Emra y cuatro de los comandantes más jóvenes. Incluyendo el voto de Aren, sumaban siete, y necesitaba nueve. Esa era una de las razones por las que le había pedido a Lara que se quedara en la habitación. Que fueran impares aseguraba que la votación no se dilataría. Y que ella no estuviera significaba que nadie podría culparla del resultado.

Varios miembros de la vieja guardia, incluido Aster, dieron un paso atrás, negando con la cabeza. Pero Aren a punto estuvo de dar un respingo de sorpresa cuando Mara levantó la mano. Algo que no pasó desapercibido a la comandante de Guardia Septentrional, que dijo:

—Que te cuestione no significa que no crea en ti, muchacho.

La única que faltaba por emitir su voto era su hermana. Ahnna pasó un dedo por encima de Guardia Meridional con el ceño fruncido.

—Si esto sigue adelante, ya podemos despedirnos de nuestras relaciones con Valcotta. Estaremos declarándole la guerra.

Aren repasó con la mirada la maqueta de su reino.

—Ithicana siempre ha estado en guerra, ¿y de qué nos ha servido?

—Estamos vivos. Tenemos el puente.

—¿No crees que ha llegado el momento de luchar por algo más?

Ahnna no respondió, y una gota de sudor le recorrió la espalda a Aren mientras esperaba a que su melliza revelara su voto. Esperaba para comprobar si sería capaz de ver más allá de su desconfianza hacia Lara y Maridrina. Si estaba dispuesta a correr ese riesgo, a dar ese salto de fe. Si combatiría a su lado, como siempre había hecho.

Ahnna le dio a su isla un último golpecito de afecto, y luego asintió una sola vez.

—Te prometí hace mucho tiempo que lucharía a tu lado, fuera cual fuera el pronóstico. Y mantengo mi palabra. Cuenta con Guardia Meridional.

39
Lara

Ocho semanas más tarde, Lara chocaba su jarra contra la de Jor por encima de la lumbre, y los dos estallaron en carcajadas cuando un leño se partió y les saltaron pavesas a las manos.

Por primera vez en la historia, los meses de respiro que les habían dado las tormentas no habían traído la guerra a Ithicana, aunque fue como si la nación entera hubiera contenido el aliento hasta que se declaró el final de la estación.

Tras una advertencia enérgica por parte de Aren para que Valcotta retirara el bloqueo, a riesgo de que perdiera su derecho a comerciar en el mercado de Guardia Meridional —y que la emperatriz valcottesa había ignorado—, Ithicana había expulsado a los navíos que acechaban en las aguas en torno a Guardia Meridional y permitido así el acceso a las embarcaciones maridrinas. Poco después, Aren había procedido a cargar los buques ithicanos con comida y suministros, que luego había transportado hasta Vencia y distribuido entre los pobres. Desde ese momento, Aren había recurrido a las arcas y recursos de Ithicana para abastecer a la maltrecha ciudad, hasta que la gente de Maridrina había empezado a corear su nombre en las calles.

Bien fuera porque había perdido el apoyo de su pueblo a favor de la guerra o porque Lara no le había proporcionado la inteligencia que necesitaba, Silas no se había atrevido a levantar la mano contra Ithicana. Ni tampoco Amarid, que aún parecía estar lamiéndose las heridas. Y ahora que las tormentas habían regresado, ambos reinos habían perdido la oportunidad un año más. O tal vez para siempre, si la solidez de la relación entre los pueblos de Ithicana y Maridrina podía tomarse como indicio de lo que estaba por venir.

De todos modos, no podía negarse que había habido consecuencias. La emperatriz había respondido con una carta en la que le transmitía a Aren lo mucho que se merecía todo lo que le ocurriera por haberse encamado con serpientes. Había transformado toda su armada en barcos de transporte mercante, en un intento por recortar aún más los ingresos del puente, después de que la pérdida del comercio con la nación del sur ya los hubiera reducido a la mitad. Las arcas estaban vacías. Pero Lara solo pensaba en que tanto los civiles de Maridrina como los de Ithicana estaban vivos. Y a salvo. Lo demás era secundario.

Había cumplido con su deber como princesa y como reina.

—Tu hermano debe de estar pasando Guardia Central en estos momentos —le informó Jor, alargándole otra jarra llena de cerveza—. Hay bajamar. Podríamos dar una vuelta por el puente y hacerle una visita. Reunión familiar.

Lara puso los ojos en blanco.

—No, gracias.

Su hermano Keris por fin había convencido a su padre de que le permitiera asistir a la universidad de Harendell para estudiar filosofía, y estaba viajando a través del puente con toda su *troupe* de cortesanos y sirvientes para comenzar su primer semestre. Uno de los carteros se había adelantado al grupo y les había comentado que parecían una bandada de pájaros, todos engalanados con sedas y joyas.

—Vámonos —le murmuró Aren al oído—. No veo el momento de pasar una noche contigo en una cama de verdad.

—Vas a caer rendido en cuanto apoyes la cabeza en la almohada.

Lara se deleitó con el cálido deseo que sintió entre las piernas cuando él le dibujó las venas de los brazos con los dedos. Habían pasado la guerra de las Mareas juntos en los barracones, pero el estrecho catre de soldado no era lo más propicio para el amor. Aunque al final se las habían ingeniado.

—Acepto la apuesta. Vamos.

La acompañó hasta el exterior, hacia la lluvia ligera. Lo peor del temporal ya había pasado. Uno de los soldados de Aren estaba afuera, y la miró con gesto de sorpresa.

—Pensaba que ya habían subido a casa.

—Aún no. Jor no dejaba de llenarme la jarra. Me parece que se van a quedar sin cerveza para cuando acabes tu turno.

—Me había parecido verlos, nada más. —El hombretón frunció el ceño y luego se encogió de hombros—. Nos han avisado para que recojamos suministros en el muelle, así que es posible que nos llegue más priva.

—Enviaré a alguien desde casa —le aseguró Aren al hombre, jalando a Lara del brazo.

—Gracias, alteza.

Pero Aren ya estaba tirando de ella camino arriba, con el chirrido de la cadena de la bahía resonando a sus espaldas. El lodo chapoteaba bajo sus botas a lo largo del sendero que conducía a la casa que apenas habían visitado durante las últimas ocho semanas, incapaces de relajarse lo bastante como para alejarse de los barracones.

—Vamos a bañarnos primero —dijo Lara, soñando con las humeantes fuentes termales—. Hueles a soldado.

—Qué fácil es ver la paja en el ojo ajeno, majestad.

Aren la tomó en brazos y el candil que llevaba Lara en la mano se balanceó peligrosamente. Ella se retorció y le rodeó la cintura con las piernas. Un sutil gemido se le escapó de los labios cuando se apretó contra él y Aren la agarró del trasero.

Lara lo besó con entusiasmo, deslizándole la lengua dentro de la boca, y luego se rio cuando él resbaló y el candil se le cayó de las manos y los sumió en la oscuridad.

—Ni se te ocurra soltarme.

—Pues deja de distraerme —gruñó—. O me obligarás a tomarte en el lodo.

Lara se deslizó hacia el suelo, le tomó la mano y lo guio por la peligrosa pendiente de la colina hasta que divisó al gato de Aren, *Vitex*, sentado en el primer escalón, sacudiendo frenéticamente la cola.

—¿Qué haces tú aquí?

Aren hizo ademán de tocar al gato, que le bufó y se zafó de él, cojeando de camino a los árboles.

—Está herido —dijo Lara, que lo había observado marcharse.

—La hembra que ha estado persiguiendo le habrá dado un escarmiento. Seguramente se lo merecía.

Tras agarrarla por la cintura, Aren la levantó escalera arriba y abrió de una patada la puerta de la casa.

Estaba a oscuras.

—Qué raro que Eli no haya encendido un candil...

A Lara se le erizó la piel cuando se adentraron en una oscuridad que casi parecía engullirlos. Aren había enviado un mensaje a la casa para informar del fin de la guerra de las Mareas, en el que también ordenaba a Eli que seleccionara una botella de algún vino caro de la bodega para su madre y su tía. Pero el muchacho ithicano jamás eludía sus responsabilidades.

—A ver si no decidió acabarse el vino... —mascullló Aren, colmándole a Lara la garganta de besos hasta que sus manos dieron con sus pechos—. Que lo disfrute.

—Tiene catorce años.

La casa estaba en silencio, algo que no era precisamente inusual, pero había algo en la naturaleza misma de aquella calma que la irritaba. Como si nadie respirara.

—Exacto. ¿Sabes lo que yo hacía con catorce años?

Lara se apartó de él y aguzó el oído.

—Voy a ver si está bien.

Un suspiro afectado escapó de la garganta de Aren.

—Lara, relájate. Ya tenemos aquí las tormentas, y cumplirán con su deber.

La rodeó con los brazos y le dio un beso. Lento. Impetuoso. La arrancó de sus pensamientos al empujarla con delicadeza por el oscuro pasillo, en dirección a sus aposentos, donde, por suerte, sí ardía un candil. La llama amarilla repelía la oscuridad y calmaba sus nervios, por lo que dejó caer la cabeza hacia atrás cuando los dientes de su esposo rozaron su cuello, mientras sentía la suave brisa que se colaba por la ventana abierta.

—Nos bañamos luego —gruñó él.

—No. Apestas. Adelántate tú, yo voy en un momento.

Refunfuñando, Aren se desprendió de la túnica y los avambrazos, que lanzó al suelo, y se dirigió hacia la antecámara y la puerta que daba al patio.

Lara se quitó la capa con capucha y la colgó en una percha para que se secara, y se estaba deshaciendo el lazo superior de la túnica cuando sus ojos se posaron sobre una carta con un sello familiar, y el corazón le dio un vuelco. A su lado, una daga gemela que le colgaba de su cintura descansaba sobre un pequeño montón de arena carmesí, con los rubíes reluciendo a la luz de la lámpara. Era la daga que Aren había lanzado a la dársena de Vencia. Se le formó un nudo en el estómago cuando se acercó a la mesa, levantó el pesado papel con dedos entumecidos y rompió el lacre.

Queridísima Lara:

Incluso a Vencia han llegado noticias del afecto que se tienen el rey ithicano y su flamante reina, y nos llena el corazón saber que, por improbable que parezca, hayas encontrado el amor en tu nuevo hogar. Por favor, acepta nuestros mejores deseos para el futuro, por breve que pueda ser.

Tu padre

—Aren. —La voz le temblaba—. ¿Por qué no entregaron esta carta en los barracones? ¿Quién la trajo?

No hubo respuesta.

Se oyeron movimientos.

Y una maldición ahogada.

Al volverse, se llevó la mano al cuchillo que llevaba en la cintura. Y se quedó de piedra. Aren estaba de rodillas en el otro extremo de la habitación. Una figura encapuchada, vestida exactamente igual que Lara, lo retenía con una hoja brillante. Y bajo el lecho que tenían al lado, sobresalía la mano de un joven, con los dedos cubiertos de sangre casi seca. Eli...

—Hola, hermanita —dijo una voz familiar, y la mujer levantó el brazo y se quitó la capucha.

40
Lara

—Marylyn —graznó Lara.

En el pecho sintió una cascada de sentimientos por volver a ver a su hermana, a pesar de ser muy consciente de lo que significaba su presencia. Hermosa, de cabellos dorados como el trigo.

Marylyn era la noble que viajaba en el barco; el que Emra había abordado.

—Lara.

Aren comenzó a forcejear y sacó a Lara del trance.

—No te muevas —lo advirtió Lara—. La hoja estará envenenada.

—Veo que conoces mis trucos.

—Suéltalo.

—Las dos sabemos lo poco probable que es eso, cucarachita.

El viejo apodo quemó sus oídos, mientras con los ojos buscaba la forma de desarmar a Marylyn sin que pudiera matar a Aren. Era imposible.

—¡¿Quién es esta mujer?! —exigió saber Aren.

—Lara es mi hermana pequeña. La zorra mentirosa y ratera que tengo por hermana.

Recibió aquellas palabras como si le hubieran dado una bofetada.

—Marylyn, vine aquí para ayudarte.

—Mentirosa. —La voz de Marylyn era puro veneno—. Me arrebataste lo que por derecho me correspondía y me dejaste a mi suerte en el desierto. ¿Tienes idea de lo que tardé en llegar a Vencia para poder contarle a nuestro padre lo que habías hecho?

—¡Lo hice para protegerte!

—Ay, Lara la mártir. —Los labios de Marylyn se torcieron en una mueca—. Yo fui la única que te caló y vio tus verdaderas intenciones, puta mentirosa.

Lara la miraba fijamente, atónita. La carta que le había dejado a Sarhina en el bolsillo lo explicaba todo. Las intenciones de su padre de matar al resto de las hermanas. El hecho de que simular sus muertes y luego ocupar el lugar de Marylyn como reina de Ithicana era la única forma de salvarles la vida, a costa, tal vez, de la suya. Les había ofrecido la libertad.

—Tenía intención de matar a nuestras hermanas. Era la única solución. ¿Por qué no lo entiendes?

—Lo entiendo perfectamente. —Marylyn torció la daga que presionaba contra la garganta de Aren, inclinando la punta hacia arriba—. ¿Crees que no sabía que mi padre pretendía matar al resto? —Soltó una carcajada—. ¿Y crees que me importaba lo más mínimo?

Aquella no era su hermana. Era imposible. Marylyn siempre había sido la más dulce, la más bondadosa. La que necesitaba que la protegieran.

La mejor actriz.

—Me dijiste que tus hermanas estaban muertas.

La voz de Aren volvió a transportarla al presente.

—Ay, ¿te ha estado ocultando secretos? —Marylyn le acarició la mejilla con la mano que tenía libre, y rompió a reír cuando él se apartó—. Permíteme que te abra los ojos, majestad. Nadie obligó a Lara a venir a Ithicana como espía; fue decisión suya. Aunque tal vez la palabra *decisión* no sea lo bastante fuerte. Lara conspiró contra todas nosotras para asegurarse de que se convertiría en la reina de Ithicana y que se llevaría la gloria de pasar a tu pueblo por hojas maridrinas.

—Eso no es cierto —susurró Lara.

—Esa es la mujer con la que te casaste, majestad. Una mentirosa rematada. Y peor aún: una asesina. La he visto matar. Lisiar. Torturar. Y a sangre fría, ¿eh? Y todo por practicar lo que pretendía hacerle a tu pueblo.

En eso no se equivocaba. Por mucho que le doliera y le repugnara.

—Como todas, Marylyn. No teníamos alternativa.

Su hermana mayor puso los ojos en blanco.

—Siempre hay alternativas —replicó, antes de clavar la mirada en Aren—. ¿Qué crees que habría hecho él en la misma situación? ¿Crees que habría sacrificado a un hombre inocente por salvarse el pellejo?

«No.»

—Ay, cucarachita egoísta, siempre poniéndote en primer lugar. Aunque ahora veo por qué decidiste quedarte después de apuñalarlo por la espalda. —Deslizó un dedo por el pecho desnudo de Aren—. El premio está bueno. Esto no nos lo dijeron durante nuestras lecciones en el complejo. Creo que yo misma le habría dado varios repasos antes de cortarle el cuello.

Con el pecho atenazado por la ira, Lara desenvainó la daga por la empuñadura enjoyada, aunque la mera idea de herir a su hermana le provocaba náuseas.

—No lo toques.

Marylyn apretó los labios.

—¿Por qué? ¿Porque es tuyo? Para empezar, es mío por derecho. Y segundo, aunque pretendiera perdonarle la vida, que no es el caso, ¿de veras crees que él querría seguir teniendo algo contigo después de ver el tipo de mujer que eres? ¿Cuando descubra lo que has hecho?

—No he hecho nada.

Marylyn se metió la mano en el bolsillo y extrajo un pesado pergamino con los bordes dorados.

«No.»

—¿Reconoces esto, majestad? —Marylyn lo sostuvo frente al rostro de Aren—. La escribiste el pasado otoño, como respuesta a la petición de mi padre de que respetaras lo acordado en el Tratado de los Quince Años. No fue la respuesta más comprensiva del mundo, aunque al final cumpliste, por así decirlo. —Las carcajadas sacudían todo su cuerpo.

No era posible.

Lara había destruido todas las hojas.

—Hay un tipo de tinta que resulta invisible hasta que se rocía con otro agente. En ese momento, se vuelve más que visible. Si echas un vistazo en los aposentos de Lara, no me cabe duda de que encontrarás un tarro con dicha tinta, algo vacío, eso sí.

Marylyn le dio la vuelta a la carta y Lara fue incapaz de evitar que Aren leyera las líneas de su pulcra caligrafía, donde revelaba todos y cada uno de los secretos de Ithicana, y una estrategia para infiltrarse en el puente detallada hasta decir basta.

Les había servido Ithicana en bandeja de plata.

—¿Lara?

La mirada

—No quería... —Sí, sí quería—. Lo escribí antes de saber la verdad.

Antes de que él arriesgara su vida por salvarla. Antes de que la hubiera llevado a su lecho. Antes de que se lo hubiera confiado todo.

—Pensé que había destruido todas las copias. Esto es... es un error. Te quiero.

Era la primera vez que lo decía. Jamás le había dicho que lo quería. ¿Por qué no se lo había dicho antes?

—Me quieres —repitió él con una voz hueca—. ¿O eso también forma parte de tu plan?

—Qué tragedia. —El reloj dio la hora, enfatizando las palabras de Marylyn—. Aunque sospecho que la situación va a complicarse mucho más, si tenemos en cuenta que la procesión de cortesanos de Keris acaba de cruzarse con un envío de armas de Harendell.

Se oyó el toque de un cuerno. Una llamada de ayuda. Y luego otra, y otra más, hasta que las notas se convirtieron en poco más que una mezcla confusa de ruidos.

—Los cortesanos han salido por los pilares de las islas de Aela y Gamire, han atacado los puestos de vigilancia por la retaguardia y han inutilizado las catapultas para que los navíos amaridanos repletos con centenares de nuestros soldados pudieran tomar tierra sin problemas. Mientras hablamos, muchos de ellos se dirigen ya a Guardia Septentrional y Guardia Meridional para atacar por detrás. Y tenemos hombres utilizando los mismos cuernos de alerta de Ithicana para asegurarnos de que nadie acuda a ayudarlos. Y esto es apenas el principio. Las instrucciones de Lara eran bastante detalladas, sobre todo en lo referente a la toma de Guardia Central.

Aren la miraba con los ojos dominados por el pánico, y ella supo lo que estaba pensando: todos sus soldados —y amigos— estaban descansando en los barracones, con la guardia baja.

Marylyn siguió parloteando, pero a Lara le bullía la mente. Si eran capaces de bajar a los barracones, tal vez pudieran cerrar la cadena a tiempo y enviar una señal a Guardia Meridional para advertirlos. Pero todo eso sería imposible a menos que desarmara a Marylyn.

—No lo hagas. Deja de ser el peón de nuestro padre.

A su hermana se le ensombreció el rostro.

—Yo no soy el peón de nadie.

—¿Ah, no? Cumples sus órdenes, ¿y para qué? Todo lo que nos contaron de niñas era una patraña para alimentar nuestro odio irracional hacia Ithicana. Para convertirnos en fanáticas que no se detuvieran ante nada hasta destruir a nuestros enemigos. Pero nuestro padre era el villano. Él es el opresor del que Maridrina debe deshacerse. Nos engañaron, Marylyn. ¿No lo ves?

—No, Lara. Te engañaron a ti. —Marylyn hizo un gesto condescendiente de cabeza y golpeó la cama con la pantorrilla—. Yo siempre lo he visto claro. ¿Me preguntas qué saco de esto? Mi padre me ha prometido que me colmará de riquezas si le llevo sus cabezas a Vencia. Y si doy caza a nuestras hermanas extraviadas, me nombrará heredera. Seré reina de Maridrina y señora del puente. —Esbozó una sonrisa—. E Ithicana dejará de existir.

La ira consumía a Lara como una bestia sintiente, reptando a través de músculos y tendones, haciendo que flexionara los dedos en torno a la daga que llevaba en la mano. El maestro Erik siempre le había advertido de que la cólera no le serviría más que para actuar con descuido y cometer errores. Pero era un mentiroso. La rabia la ayudaba a concentrarse. Y fue esa concentración lo que le permitió captar el ligero movimiento de las sábanas sobre la cama que Marylyn tenía detrás. Lo que hizo que oyera el sutilísimo siseo por encima del acelerado latir de su corazón. Aren, nacido y criado en aquel reino salvaje, también lo había oído.

—Te estás engañando a ti misma. —Lara no perdía detalle de la forma en movimiento—. Padre sabe que eres un perro rabioso. En cuanto le hayas hecho el trabajo sucio, te sacrificará. Aunque yo podría ahorrarle el esfuerzo.

Lanzó el cuchillo.

La hoja cortó el aire sin acertar a Marylyn, pero se hundió en el lecho y las sábanas comenzaron a revolverse.

—Has perdido facultades.

Cuando su hermana se echó a reír, Aren aprovechó para inclinarse hacia atrás y apoyar todo su peso sobre ella. Los dos se desplomaron sobre la cama y la serpiente herida atacó. Marylyn profirió un grito cuando los colmillos de la víbora se hundieron en su hombro. Se retorció, dejó escapar a Aren y ensartó a la serpiente en el colchón con su daga.

Lara ya había cruzado la habitación. Se abalanzó sobre Marylyn y las dos acabaron rodando por el suelo. Forcejearon en un desorden de puños y pies, dispuestas a herir a la otra. A lisiarla. A matarla. Golpe tras golpe, las dos igual de bien entrenadas. Con todo, cuando todo se reducía a eso, a la violencia, Lara siempre había sido mejor.

Tras sujetar la cabeza de Marylyn con una llave, Lara le susurró:

—No eres reina de nada.

Acto seguido, sacudió los brazos y le partió el cuello a su hermana. La otra mujer perdió toda luz en los ojos, y el tiempo pareció detenerse.

¿Cómo habían acabado así las cosas? Tenía la sensación de que hacía una eternidad del día en que había tomado la decisión de sacrificarse para salvar a sus hermanas. De convertirse en la campeona de Maridrina. De destruir el Reino del Puente. Y todo había cambiado desde entonces. Sus creencias. Sus lealtades. Sus sueños. Y, sin embargo, ahora una de sus hermanas había muerto a sus manos, e Ithicana estaba al borde de caer bajo el yugo de Maridrina.

A pesar de todo, su padre había vencido.

—¿Qué has hecho?

El horror que se filtraba en la voz de Aren le hizo rechinar los dientes.

—Yo no quería que pasara esto.

Él tenía un machete en la mano, pero su brazo le tembló cuando lo apuntó hacia ella.

—¿Quién eres? ¿Qué eres?

—Tú ya sabes quién soy.

Aren respiraba entrecortadamente. Sin despegar la vista de ella, alargó el brazo para recoger el trozo de papel que había supuesto la condenación de Ithicana, antes de releer cada línea y que sus pensamientos se marcaran con fuego en su rostro.

Hubo un alboroto en el exterior. Hombres gritando.

—No pienso dejarte aquí para que sigas perjudicándome —dijo Aren entre dientes.

Lara no se resistió cuando le ató las muñecas con el lazo de una de las cortinas. Ni cuando le cubrió la cabeza con la funda de una almohada y la arrastró fuera de la habitación mientras los soldados ocupaban la casa. Lo primero que oyeron fueron voces ithicanas. Luego, maridrinas. Por último, el caos.

Gritos que cortaban el aire, espadas que entrechocaban, mientras a ella la empujaban de un lado a otro. Los cuernos seguían sonando, llenando el ambiente de llamadas de un auxilio que jamás llegaría. La brisa nocturna le llenó la nariz y se notó caer, hasta golpear dolorosamente las rodillas contra los escalones. Unos brazos la levantaron, y echaron a correr juntos.

Las ramas le azotaban el rostro, tropezaba con las raíces del suelo y resbalaba con el lodo.

Susurros.

—Por aquí, por aquí.

Bramidos de sus perseguidores.

—Agáchense, al suelo. ¿La amordazaste?

Le apretaron la cabeza contra el suelo y la tierra húmeda comenzó a calar la funda de la almohada. Una roca se le clavó en las costillas, y otra le arañaba la rodilla. Todo le resultaba distinto, como si le estuviera ocurriendo en un sueño. O a otra persona.

Siguieron avanzando bajo el abrigo de la noche, esquivando, gracias a la lluvia, a los aparentes centenares de soldados maridrinos que les daban caza a lo largo y ancho de Guardia Central, aunque lógicamente ella sabía que no podían ser tantos. A aquellas alturas, la élite de su padre ya habría descubierto el cadáver de Marylyn —y la ausencia de Lara y Aren—, y no le cabía duda de que encontrarlos tendría la misma prioridad que hacerse con el control del puente.

No buscaron refugio hasta que rayó el alba, que se filtraba entre los nubarrones y la tela empapada que le cubría el rostro. Oyó voces familiares en el grupo. Jor y Lia. Y otros miembros de la guardia de honor. Aguzó los oídos en busca de Aren, pero no fue capaz de distinguir su voz entre los susurros.

Con todo, sabía a ciencia cierta que estaba allí. Sentía su presencia. Sentía la culpa y la ira que irradiaba en oleadas mientras asumía la caída de su reino. Y se percató, por puro instinto, del momento en que despachó a todos los demás para quedarse a solas con ella.

Lara esperó durante un largo rato a que él hablara, preparada para soportar la culpa y las acusaciones. Pero Aren permanecía en silencio.

Cuando ya no pudo soportarlo más, Lara se incorporó, levantó las muñecas atadas para quitarse la funda de almohada de la cabeza y parpadeó ante la tenue luz.

Aren estaba sentado en una roca pocos pasos más allá, con los codos apoyados en las rodillas y la cabeza gacha. Seguía con el pecho descubierto, y la lluvia le caía en cascadas por la espalda musculosa, llevándose consigo las manchas de sangre y lodo. Un arco y un carcaj descansaban bajo el refugio que les ofrecía un saliente. Llevaba un machete colgado de la cintura. En las manos sostenía la daga de Lara, la que había lanzado a la serpiente, y la iba volteando sin descanso, como si se tratara de un artefacto que no hubiera visto jamás.

—¿Alguien consiguió huir? —Su voz sonaba rasposa como papel de lija sobre madera áspera—. ¿Pudieron alertar a Guardia Meridional?

—No. —Sus manos se quedaron inmóviles y el borde afilado del cuchillo relució bajo la lluvia—. Taryn lo intentó. Los maridrinos utilizan nuestras propias catapultas con una técnica asombrosa. La mataron.

Lara notó una intensa punzada de dolor en el estómago y un sabor amargo en la boca. Taryn estaba muerta. La mujer que ni siquiera quería ser soldado había muerto, y por culpa suya.

—Lo siento muchísimo.

Él alzó la cabeza, y Lara retrocedió ante la ira de sus ojos.

—¿Por qué? Te saliste con la tuya.

—Yo no quería que ocurriera esto.

Aunque hubo un momento en el que sí lo quiso, en el que su intención había sido hundir Ithicana. Aquel deseo los había llevado hasta ahí, por mucho que se arrepintiera.

—Basta de mentiras. —Se había puesto en pie y, en un veloz movimiento, se aproximó hacia ella, cuchillo en mano—.

Aún no dispongo de un informe completo, pero sé que el puente ha caído en manos de tu padre gracias a un plan para infiltrarse en nuestras defensas que ni yo habría sabido diseñar. Tu plan.

Lara no pudo evitar estremecerse ante los gritos de Aren, consciente de que aún los buscaban.

—Creía haber destruido todas las pruebas. No sé cómo se me pudo escapar...

—¡Cállate! —Alzó la hoja—. Mi gente está muerta o agoniza por tu culpa. —El cuchillo se le cayó de los dedos—. Por mi culpa.

Extrajo la hoja de papel que los había condenado del bolsillo y la sostuvo frente al rostro de ella. No por el lado que ella había escrito, sino por el otro, donde vio la caligrafía pulcra y clara de Aren. Unas palabras que persuadían a su padre para que reconsiderara la guerra con Valcotta y pusiera a su pueblo por delante de su orgullo. Sintió un vacío cuando leyó el final.

«De igual forma, quiero dejar constancia de que, si intentas tomar represalias contra tu espía, Ithicana lo tomará como un acto de agresión contra su reina, y la alianza entre nuestros reinos quedará terminantemente desmantelada.»

Aren se arrodilló frente a ella, con las manos a ambos lados del rostro y los dedos enredados en el cabello. Tenía los ojos vidriosos.

—Yo te quería. Confiaba en ti. Te confié mi vida. La de mi reino. —La «quería». En pasado. Porque jamás se había merecido su amor, y ahora lo había perdido para siempre—. Y solo te estabas aprovechando de mí. Era todo una pantomima. Una farsa. Un complot.

—¡No! —Se arrancó la palabra de los labios—. En un primer momento, sí. Pero luego... Aren, te quiero. Por favor, créeme al menos eso.

—Y yo me preguntaba por qué nunca me lo habías dicho. Ahora lo entiendo. —Aren se estrujo la cabeza antes de apartar las manos—. Me lo dices ahora porque estás intentando salvar tu pellejo.

—¡Eso no es verdad!

Los argumentos se agolpaban en su boca, luchando por ver cuál saldría primero. Explicaciones que le hicieran entenderla. Que lo ayudaran a creer en ella. Todas murieron entre sus labios cuando él recogió la daga del lodo.

—Debería matarte. —A Lara el corazón le revoloteaba en el pecho como un pájaro enjaulado—. Pero, a pesar de todo, de absolutamente todo lo que has hecho, no tengo los huevos para hundir esta hoja en ese corazón maridrino tan negro que tienes.

La daga se deslizó entre sus muñecas y le cortó las ataduras de un movimiento limpio. Luego, le apretó la empuñadura contra la palma de la mano.

—Vete. Corre. Estoy seguro de que serás capaz de huir de esta isla. —Apretó la mandíbula—. Está en tu naturaleza sobrevivir.

Lara lo miró fijamente con los pulmones paralizados. No la estaba dejando marchar, la estaba... desterrando.

—Por favor, piénsalo. Puedo luchar. Puedo ayudarte. Puedo...

Aren le dio un empujón en los hombros lo bastante fuerte como para que se tambaleara y retrocediera.

—¡Que te vayas!

En ese momento, se agachó a recoger su arco y preparó una de las flechas de plumas negras.

Lara se mantuvo firme y despegó los labios, desesperada por no perder la oportunidad de deshacer el daño que le había hecho. De luchar contra su padre. De liberar Ithicana.

De recuperar a Aren.

—¡Vete! —gritó, apuntando la flecha a la frente de Lara al tiempo que las lágrimas le surcaban las mejillas—. No quiero volver a ver tu rostro. No quiero volver a oír tu nombre. Si existiera una forma de eliminarte de mi vida, lo haría. Pero hasta que reúna la fuerza necesaria para llevarte a la tumba, no me queda otra opción. ¡Corre, ya!

Los dedos le temblaban sobre la cuerda del arco. Estaba dispuesto a hacerlo. Aunque eso lo matara en vida después.

Lara giró sobre sus talones en el lodo y echó a correr colina arriba, sacudiendo los brazos. Las botas le resbalaban y tropezaba al saltar por encima de árboles caídos y al hacer a un lado los helechos.

Y se detuvo. Se apoyó en un árbol y se volvió, justo a tiempo de ver una flecha pasar rozándole la cara, antes de hundirse en el árbol que tenía al lado.

Se llevó una mano temblorosa al corte que le había infligido en la mejilla, y una gota de sangre le corrió por los dedos. Con la mirada clavada en ella, Aren sacó otra flecha del carcaj, la preparó y apuntó la punta barbada. Sus labios se movieron. «Corre.»

Y Lara corrió, sin volver en ningún momento la vista atrás.

41
Lara

—Ponme otra.

El camarero arqueó una ceja por encima de la jarra que estaba secando con un trapo mohoso, pero no despegó los labios cuando se dispuso a llenarle el vaso con la bazofia que en aquella taberna intentaba hacer pasar por vino. Tampoco es que importara; Lara no tenía ninguna intención de saborearlo.

Después de apurar el contenido en tres tragos, Lara volvió a deslizar el vaso hasta el otro lado de la barra.

—Llénamelo.

—Las muchachas guapas como tú pueden llegar a meterse en problemas bebiendo de esta manera, señorita.

—Las muchachas guapas como yo le rajarían el cuello a cualquiera que le diera problemas. —Le dirigió una sonrisa que dejó todos sus dientes al descubierto—. ¿Qué te parece si no tientas a la suerte y me pasas directamente la botella? —Lanzó varias monedas acuñadas con la efigie del rey de Harendell en dirección al tabernero—. Toma. Así nos ahorramos tener que intercambiar más palabras esta noche.

El tabernero, que era más espabilado de lo que parecía, se limitó a encogerse de hombros, aceptar las monedas y deslizarle una botella entera de aquella basura. Sin embargo, e incluso borracha, Lara tomó en cuenta sus palabras. Allí ya la conocían. Había llegado el momento de encontrar otro tugurio en el que ahogar las penas cada noche.

Aunque era una lástima. Olía a cerveza derramada y vómito, pero había acabado por tomarle cariño a aquel lugar.

Bebiendo directamente de la botella, examinó la estancia con la mirada nublada por el alcohol, las mesas repletas de marineros harendelleses vestidos con pantalones holgados y esos gorros odiosos que siempre le recordaban a Aren. Un trío de músicos tocaba en una esquina. Las camareras, que no se andaban con tonterías, les llevaban bandejas de rosbif humeante y deliciosas sopas a los clientes, y a ella se le hizo agua la boca al captar el aroma. No hizo falta más que un simple gesto de cabeza a una de las mujeres para que le plantaran delante un cuenco de sopa unos instantes más tarde.

—Buen provecho, Lara.

Mierda. Debía marcharse de aquel lugar. ¿Cuánto tiempo llevaba en aquel pueblo? ¿Dos meses?, ¿tres? Aturdida por el alcohol, había perdido la noción del tiempo, y tanto podría haber sido ayer como una eternidad el día en que arrastró su maltrecho bote hasta una playa harendellesa, famélica y con la ropa aún roja con la sangre de los soldados maridrinos que había matado para escabullirse de Guardia Central.

El aroma de la sopa despertó sus sentidos, pero el estómago se le revolvió, así que apartó el cuenco y siguió bebiendo de la botella.

Lo más sensato sería continuar tierra adentro, hacia el norte, lejos de todos los que conocían a Lara y opinaban sobre ella, la reina traidora de Ithicana. Los agentes de su padre la estarían buscando —e incluso tal vez alguna de sus hermanas, hasta donde ella sabía—, y una pordiosera borracha como ella sería un blanco fácil.

Pero siempre encontraba excusas para no marcharse. El tiempo. Lo fácil que era robar monedas. La comodidad de aquel antro de taberna. Solo que era consciente de que la razón que la retenía allí era que las noticias de Ithicana estaban en boca de todos. Noche tras noche, se sentaba a la barra a escuchar a los marineros charlar sobre esta y esa batalla, esperando y rezando porque cambiaran las cosas. Que, en lugar de rezongos sobre el creciente dominio de Maridrina, oyera que Aren volvía a estar en el poder. Que Ithicana controlaba de nuevo el puente.

Esperanzas malgastadas.

Con cada día que pasaba, las noticias empeoraban. En Harendell no estaban particularmente satisfechos con que Maridrina controlara ahora el puente —los ancianos recordaban con nostalgia la eficiencia y neutralidad de Ithicana—, y cada vez eran más las voces que hablaban de una probable reacción por parte del rey de Harendell. El problema era que Lara sabía que, en cualquier caso, habría que esperar hasta que terminara la estación de las tormentas, y aún faltaban seis meses. Y para entonces... para entonces ya sería demasiado tarde.

—... una batalla con los ithicanos..., el rey..., prisionero.

Lara aguzó los oídos, y la intranquilidad le ayudó a despejar el aturdimiento del vino. Tras voltear hacia la mesa que tenía detrás, llena de hombres fornidos con densos mostachos, preguntó:

—¿Qué decía del rey de Ithicana?

Uno de los hombres le sonrió con lascivia.

—¿Por qué no te acercas y te cuento todo lo que sé del pobre diablo?

Se golpeó la rodilla, salpicada de manchas de grasa. Lara, después de agarrar la botella, se fue hacia la mesa entre tambaleos y dejó el vino entre las jarras.

—Aquí me tienes. ¿De qué estabas hablando?

El tipo volvió a darse golpecitos en la rodilla. Ella negó con la cabeza.

—Estoy bien de pie, gracias.

—Estarías mejor con ese traserito en mi regazo.

Su mano trazó un amplio arco y se estampó contra el trasero de Lara, y allí la dejó, hundiéndole en la carne unos dedos rollizos. Lara lo agarró con firmeza de la muñeca y el idiota tuvo el valor de sonreír. En ese momento, tiró con fuerza de él, se retorció y le aplastó la mano contra la mesa, y un instante más tarde se la atravesó con la daga.

El hombre aulló e intentó liberarse, pero la hoja del cuchillo estaba clavada en la madera que tenía debajo de la mano.

Uno de sus acompañantes trató de ayudarlo, pero acabó cayendo de espaldas con la nariz rota. Otro hizo ademán de darle un puñetazo, pero Lara lo esquivó sin despeinarse y le dio una patada con la punta de la bota en la entrepierna.

—Bueno. —Apoyó una mano en la daga y la giró lentamente—. ¿Qué estabas diciendo sobre el rey de Ithicana?

—Que lo han capturado en una escaramuza contra los maridrinos. —El tipo sollozaba, sacudiéndose en la silla—. Lo tienen preso en Vencia.

—¿Estás seguro?

—¡Pregúntale a quien quieras! La noticia acaba de llegar desde Guardia Septentrional. ¡Por favor, sácamelo!

Lara lo observaba pensativa, sin nada en su rostro que delatara el pavor que se estaba gestando en sus entrañas. Después de arrancar el cuchillo, se inclinó hacia él.

—Si vuelves a tocarle el trasero a alguien, me encargaré personalmente de buscarte y cortarte la mano.

Dicho eso, giró sobre sus talones, le hizo un gesto de cabeza al tabernero y salió por la puerta, sin apenas sentir la lluvia que le caía en el rostro.

Habían capturado a Aren.

Habían hecho prisionero a Aren.

Aren era ahora rehén de su padre.

El viento la sacudía con violencia y le tensaba los cabellos. No dejó de repetir el mismo pensamiento una y otra vez mientras se dirigía a la pensión y los oriundos se apartaban de un salto al pasar por su lado. Solo había una razón por la que su padre hubiera decidido mantener a Aren con vida: usarlo como cebo.

Subiendo los escalones de dos en dos, abrió la puerta de su habitación y la cerró de un portazo. Después de tragar agua directamente de la jarra, se quitó el sencillo vestido azul que llevaba y se puso sus atuendos ithicanos, antes de meter a toda prisa sus escasas pertenencias en un saco. Luego se sentó a la mesa con un pequeño carbón.

Notó el collar cálido por el contacto con la piel, y las esmeraldas y diamantes relucían a la luz de las velas. No tenía ningún derecho a llevarlo, pero la sola idea de que se lo pudieran robar o de que lo llevara puesto cualquier otra persona le resultaba insoportable, así que no se lo quitaba nunca.

Salvo en ese momento.

Tras dejar el collar sobre el papel, Lara repasó las joyas con el carbón, mientras el efecto del vino se iba disipando a medida que trabajaba. Cuando terminó el bosquejo, volvió a colocarse el collar en la garganta y alzó el mapa completo de Ithicana, antes de clavar la mirada en el gran círculo que había dibujado al oeste de todo lo demás.

«Esto es de locos —le gritaba la parte racional de su cerebro—. Apenas sabes nadar, eres una marinera nefasta y la estación de las tormentas está en su máximo apogeo.» Pero su corazón, que desde el día en que había huido de Aren en Guardia Central no había sido más que una roca fría y humeante, ardía ahora con una ferocidad que no podía ignorar.

Se guardó el mapa en el bolsillo, se abrochó el cinturón con las armas y se perdió en la tormenta.

Tardó tres semanas en llegar a su destino, y estuvo a punto de morir más de doce veces a lo largo de la travesía. Violentas tormentas la habían perseguido hasta las diminutas islas, y ella había gritado a los vientos a medida que arrastraba su humilde bote por encima del oleaje que provocaba el temporal. Se había enfrentado a las serpientes que habían decidido ocultarse bajo la lona de la barca; a ráfagas de viento que le habían desgarrado la única vela que tenía; y a olas que la habían anegado y se habían llevado consigo todos sus suministros.

No obstante, por algo la llamaban «cucarachita», y el éxito del viaje lo demostraba.

Los cielos estaban completamente despejados, lo que indicaba que, con casi toda probabilidad, se avecinaba la peor de las tormentas, y el sol casi la cegaba al destellar sobre las olas. Su bote, con la vela arriada, flotaba bajo la sombra del gigantesco volcán, arropada solo por el rumor del oleaje rompiendo contra los acantilados.

Lara se puso de pie como pudo; las rodillas le temblaban y tuvo que apoyarse en el mástil para no perder el equilibrio. Vio el sutil reflejo del sol en algún tipo de vidrio oculto en las profundidades de las colinas selváticas, pero no le habría hecho falta divisarlo para saber que la estaban observando.

—¡Ábranme! —gritó.

Por toda respuesta, se oyó un fuerte crujido que cortó el aire. Lara blasfemó, viendo el pedrusco volando hacia ella. Cayó en el agua a unos pocos metros, la empapó y a punto estuvo de volcar el bote.

Después de levantarse del lugar en el que se había escondido en la base de la embarcación, clavó los dedos en el mástil y se esforzó por controlar el pavor que le provocaba el agua que la rodeaba.

—¡Ahnna, escúchame! —Los otros ithicanos habrían acertado con el primer proyectil. Solo la princesa podía molestarse en aterrorizarla un poco antes—. ¡Si no te convence lo que vengo a decirte, puedes volver a lanzarme al mar!

No hubo ni el más mínimo movimiento, ni más sonido que el del rugir de las olas.

Poco después, un chirrido llenó el aire, el ruido inconfundible de las puertas de Eranahl abriéndose. Lara recogió el remo y maniobró hacia el interior.

Rostros familiares y descompuestos por la ira la recibieron cuando el bote chocó contra los escalones. No se resistió cuando Jor la agarró del cabello, ni cuando la piedra de la escalera le raspó las espinillas mientras él la arrastraba hacia arriba, rugiendo:

—Te habría arrancado aquí mismo el corazón de no ser porque Ahnna merece hacer los honores.

Cuando acabó de hablar, le cubrió la cabeza con una capucha que le oscureció la visión. La llevaron a palacio, donde la asaltaron unos sonidos y unos olores dolorosamente familiares y, a medida que contaba pasos y giros, Lara supo que iban camino de la sala del concilio. Alguien, tal vez Jor, le dio una patada en las corvas y ella cayó al suelo sobre las palmas de las manos.

—Admito que hay que tener valor para presentarse aquí.

Después de que le quitaran la capucha y la pusieran de pie, Lara se encontró con la mirada de Ahnna, y el alma se le cayó a los pies cuando vio la cruel cicatriz que ahora atravesaba el rostro de la mujer desde la parte central de la frente hasta el pómulo. No había perdido el ojo de milagro. A su alrededor, debía haber media docena de soldados, todos con las marcas que habían recibido tras haber escapado a duras penas de Guardia Meridional. Y tras ellos, colgado de la pared, había un gigantesco mapa de Maridrina.

—Dame una buena razón para que no te corte ahora mismo el cuello, puta traicionera.

Lara se forzó a sonreír.

—Sería muy poco creativo.

Una bota se hundió en sus costillas y la hizo doblarse por la mitad. Lara se llevó la mano al costado y atravesó con la mirada a Nana, la dueña de la bota, antes de volver a fijar su atención en la mujer que estaba al mando.

—No vas a cortarme el cuello porque mi padre ha hecho prisionero a Aren.

Ahnna apretó la mandíbula.

—Un acontecimiento que no contribuye para nada a tu causa.

—Debemos salvarlo.

—¿Debemos? ¿Nosotros? —La princesa hablaba con incredulidad—. Tu padre tiene a Aren en su palacio de Vencia, y no hace falta que te lo diga, pero ese lugar es una verdadera fortaleza, protegida por la élite del ejército de Maridrina. Ni mis mejores hombres han sido capaces de entrar. Todos han muerto en el intento. Pero, por favor, cuéntame cómo puedes ayudarnos, deléitame. ¿Piensas seducir a los guardias, ramera?

Lara la miró fijamente, hasta que el silencio de la habitación comenzó a resultar asfixiante.

La habían estado entrenando durante quince años para que supiera infiltrarse en un reino impenetrable.

Descubrir debilidades y aprovecharlas.

Destruir a sus enemigos.

Ser implacable.

Había nacido para eso.

Pero Lara no dijo nada, porque no había palabras que pudieran convencer a unas personas que creían, con razón, que era una mentirosa.

«Inhala. Exhala.»

Se movió.

Estaba frente a guerreros curtidos en mil batallas, pero ella contaba con el factor sorpresa. Y con sus destrezas. Sin contenerse lo más mínimo, dio una vuelta sobre sí misma en una maraña de puños y pies, al tiempo que desarmaba a los soldados que la rodeaban y los derribaba, obligándolos a retroceder.

Ahnna se abalanzó sobre ella con un grito, pero Lara le rodeó la pierna con un pie y las dos rodaron por el suelo, hasta que volvió a incorporarse agarrando a la princesa por el cuello y el cuchillo de la otra mujer en la mano que tenía libre.

La estancia se sumió en el silencio. Los guerreros se pusieron en pie y la contemplaron con un respeto renovado, profundo, a pesar de estar valorando aún el cómo podrían desarmarla.

Lara pasó la vista por toda la cámara, posándose sobre las miradas de los presentes antes de soltar a Ahnna. La otra mujer se alejó rodando y resollando, con los ojos dominados por el desconcierto. Lara se levantó.

—Me necesitan porque conozco a nuestro enemigo. Me criaron para que fuera su mejor arma, y ahora han visto de primera mano lo que soy capaz de hacer. Lo que nunca pudieron prever era que su mayor arma pudiera volverse contra ellos.

Y Lara no era la única arma que habían creado: había otras diez muchachas que le debían la vida y, llegado el momento, reclamaría esa deuda.

—Me necesitan porque soy la reina de Ithicana. —Se volteó y lanzó el cuchillo que tenía en la mano, y observó cómo se hundía en el mapa, señalando Vencia (y a Aren) con una precisión infalible—. Y ha llegado la hora de que mi padre se postre de rodillas ante nosotros.